LES ETUDES CONVENABLES AUX DEMOISELLES,

CONTENANT

LA GRAMMAIRE, LA POESIE, la Rhétorique, le Commerce des Lettres, la Chronologie, la Géographie, l'Histoire, la Fable Héroïque, la Fable Morale, les Regles de la Bienséance & un court Traité d'Arithmetique.

OUVRAGE DESTINE' AUX JEUNES Pensionnaires des Communautés & Maisons Religieuses.

TOME II.

A LILLE,

Chez ANDRE'-JOSEPH PANCKOUCKE.

ET SE VEND A PARIS,

Chez TILLARD, Quai des Augustins, près le Pont Saint Michel, à Saint Paul.

M. DCC. XLIX.

Avec Apppobation & Privilege du Roi.

LES ETUDES CONVENABLES AUX DEMOISELLES.

PREMIERE EPOQUE NOUVELLE.

L'an du monde 4000. de l'Ere Chrétienne 1-312.

La Naissance de JESUS-CHRIST.

HISTOIRE SACRE'E.

DEMANDE.  QUI appartenoit l'Empire Romain lorſque J. C. vint au monde ?

RÉPONSE. A l'Empereur Auguſte qui regnoit ſeul depuis la bataille d'Actium;

La naiſſance de Jeſus-Chriſt arriva l'an du monde 4000.

La Sainte *Vierge* & S. *Joſeph*, ſuivant l'Edit de l'Empereur allerent à *Bethleem* pour ſe faire enregiſtrer parmi ceux de la Tribu de *Juda*, & de la Maiſon de David dont ils étoient ſortis. L'affluence du monde y étoit ſi grande, qu'ils ne pûrent loger que dans une étable, où le Roi du Ciel & de la Terre, voulut prendre naiſſance. Ces humiliations cependant ne laiſſerent pas d'être accompagnées de quelque gloire, les *Anges* du Ciel le vinrent adorer, & chanterent un Cantique à ſon honneur; les Paſteurs qui gardoient leurs troupeaux dans le voiſinage furent auſſi inſtruits de la naiſſance du Sauveur, ils vinrent à l'étable où ils trouverent Joſeph, Marie, & l'Enfant couché ſur un peu de foin, ils l'adorerent avec ſimplicité, & retournerent à leurs troupeaux, racontant les merveilles qu'ils avoient vûes & entendues. Peu de tems après, les Mages ayant été inſtruits en Orient par l'apparition d'une Etoile miraculeuſe que le Meſſie étoit né, vinrent à Jeruſalem, demanderent où étoit le nouveau Roi des Juifs; & les Prêtres ayant répondu qu'il devoit naître à Bethleem, les Mages s'y rendirent pour l'adorer, & lui offrir leurs présens. Hérode allarmé de cette nouvelle, & craignant que la Nation ne prît ce prétexte pour se soulever, fit mourir tous les petits enfans. Jesus-Christ échappa à sa barbarie par un avertissement que Joseph reçut de Dieu d'aller en Egypte, & d'y demeurer jusqu'à la mort de ce Prince.

HISTOIRE PROFANE.

Auguste.

Auguste ne regna après la naissance de Jesus-Christ que 14. ans; son regne fut si beau que les Empereurs qui lui ont succédé ont tous voulu porter son nom. Auguste se communiquoit aisément, il avoit des amis, bien précieux, ignoré de la plûpart des Princes, il aimoit les Gens de Lettres, il faisoit fleurir les beaux Arts, il en connoissoit l'utilité dans un Etat, & leur finesse ne lui étoit point étrangere : il marchoit dans les rues de Rome comme un simple particulier, il étoit sobre, & ses mets les plus délicieux étoient

le pain & des figues : il eut beaucoup
An de J.C. de chagrins domestiques, par l'impudicité de sa fille Julie ; & par la mort de tous ses petits-fils. Il adopta *Tibere Neron*, fils de sa femme Livie, & le déclara héritier de l'Empire. Les ouvrages admirables qui ont paru sous son regne ont immortalisé leurs Auteurs; Rome, Auguste le Bienfaiteur, & Mecenas leur ami. Ce Prince mourut
14. le 19. du mois d'Août, à *Nole* ville de Campanie. Le Sénat lui fit rendre des honneurs divins après sa mort.

Rien n'est plus louable que la maniere dont Auguste se conduisit envers Cinna, Chef d'une Conjuration, & envers les autres Conjurés, il pardonna à tous, & eut le courage de nommer Cinna pour Consul l'année d'après la Conjuration.

Cette douceur parut encore dans la maniere dont il s'y prit pour appaiser l'aigreur dont il se sentit picqué contre un Sénateur, qu'il injuria en plein Sénat, il sortit aussi-tôt, & rentrant ensuite, il dit : *Qu'il avoit mieux aimé commettre une faute contre la bienséance que de s'exposer à quelque chose de plus fâcheux.*

Le Philosophe Athenc dore étoit fort

bien auprès d'Auguste qui honoroit sa science & sa vertu ; c'est de ce Sage qu'il apprit un moyen propre à calmer les premiers mouvemens de colere, c'étoit de prononcer, lorsqu'on se sentoit ému les 24. lettres l'alphabet Grec. An de J. C.

On a dit d'Auguste avec raison, qu'il ne devoit jamais naître à cause des maux qu'il fit pour se rendre maître de la République, ou qu'il ne devoit jamais mourir, à cause de la sagesse & de la modération avec laquelle il la conduisit.

On compte 45. Empereurs depuis Auguste jusqu'à Constantin. Il y en a 12. que l'on a appellés les 12. Cesars, sçavoir : 1. *Jules-César*, 2. *Auguste*, 3. *Tibere*, 4. *Caligula*, 5. *Claude*, 6. *Neron*, 7. *Galba*, 8. *Othon*, 9. *Vitellius*, 10. *Vespasien*, 11. *Tite*, 12. *Domitien*.

Jesus-Christ fut crucifié sous Tibere, *Pilate* étant Gouverneur de Judée, *Caiphe* Grand Prêtre, & *Herode* Tetrarque de Galilée.

Cet Herode fit couper la tête à *S. Jean-Baptiste* à la sollicitation d'Herodias, à qui il l'accorda dans la chaleur du festin, où la fille de cette femme lui avoit plû en dansant.

An de J.C.

TIBERE.*

Dieu enleva dans la maison d'Auguste tous ceux qui pouvoient disputer le premier rang à Tibere, Marcellus neveu d'Auguste, fils de sa sœur Octavie, Agrippa son gendre, Caius & Lucius, fils d'Agrippa & de Julie, Agrippa Posthume, fils de Julie, né après la mort d'Agrippa son pere. Ses mœurs feroces obligerent l'Empereur de l'exiler, ce qui arracha à l'Empereur cet aveu, *plût à Dieu que j'eusse vécu sans femme, ou que je pusse mourir sans enfans*, & Drusus frere de Tibere qui

* Tibere étoit fils de l'Imperatrice Livie, & de Tiberius Claudius Nero son premier mari, à qui Auguste l'enleva. On soupçonne Livie d'avoir eu part à la mort *de tous les Princes du Sang d'Auguste*. Ce Prince devoit préferer à Tibere, Germanicus petit-fils d'Octavie sa sœur, & qui avoit épousé Agrippine, fille d'Agrippa, & de Julie, mais ses vertus lui furent fatales ainsi que ses exploits. Tibere l'immola à sa jalousie. Pison Gouverneur de Syrie l'empoisonna par son ordre à Antioche. Agrippine accusa Pison devant le Sénat, mais Tibere de crainte d'être découvert le fit assassiner. Germanicus avoit trois fils, Séjan favori de Tibere fit mourir de faim les deux aînés & leur mère.

l'eût emporté par ses bonnes qualités quoique puîné ; mais Tibere devoit regner pour la punition de l'orgueil & de la corruption des Romains.

An de J. C.

Il étoit d'un naturel fier, sombre, cruel, voluptueux, sans amitié : un de ses précepteurs pour exprimer son humeur lente & cruelle l'appelloit *une boue paitrie de sang*. Il excella dans l'art de la dissimulation ; ceux même qu'il admettoit dans sa confidence ne connurent jamais le fond de son ame. Il accabloit de caresses ceux qu'il haïssoit, & affectoit un froid rebutant pour ceux qu'il aimoit ; si toutefois il aimoit quelqu'un. Tibere relegua à Rhege ville de Calabre Julie fille d'Auguste, veuve de Marcellus & d'Agrippa, & ensuite son épouse, il l'y laissa mourir de faim. Auguste l'avoit chargé par son testament de distribuer au peuple une somme d'argent. Comme il ne se pressoit point de payer, un bouffon s'approchant d'un corps mort qu'on portoit par la place, lui dit à l'oreille de rapporter à Auguste, *qu'on ne donnoit encore rien de ce qu'il avoit ordonné* ; cette plaisanterie vint jusqu'à Tibere qui se picqua, fit payer cet homme, & en même tems le fit

An de J. C.

exécuter, *ajoutant qu'il n'avoit qu'à aller lui-même trouver Auguste.*

Ceux d'Ilium lui ayant envoyé un peu tard faire compliment sur la mort de son fils Drusus, il leur répondit froidement, qu'il prenoit *aussi beaucoup de part à la perte qu'ils avoient faite du grand Hector*, il y avoit environ 1200. ans.

37. Il mourut usé de débauches la 23e. année de son Empire dans l'Isle de Caprée, où il passa les dix dernieres années de sa vie.

CAIUS CALIGULA.

Tibere avoit dit de lui qu'il seroit *une peste* du genre humain; Seneque a dit depuis que la nature l'avoit choisi pour montrer jusqu'où elle pouvoit étendre ses forces du côté du mal, à la honte, & à la ruine du genre humain.

Caius Caligula troisiéme & dernier fils de Germanicus & d'Agrippine, étoit porté à la débauche & à la cruauté, facile à écouter les calomnies, timide dans les dangers; ce qui le rendoit cruel, lorsqu'il croyoit le pouvoir être impunément.

Il fit mourir sa grande mere & le jeune Tibere, qui devoit être son Col-

An de J. C.

legue dans l'Empire. Il perdit ensuite Macrin & sa femme à qui il devoit l'Empire, Silanus son beau-pere, homme très-sage ; il proscrivoit les plus riches de l'Empire pour posséder leurs richesses. Il en faisoit une liste, & quand il ordonnoit leur mort, il appelloit cela *mettre ses comptes au net.*

Il se mit en fantaisie d'être Dieu ; on coupa la tête en conséquence aux Idoles de Rome pour y substituer la sienne, & ses Sujets étoient forcés à lui offrir des sacrifices; il eut la folie de traiter son cheval comme la personne la plus raisonnable de l'Empire ; il le fit Consul, il lui faisoit donner des étrennes au premier jour de l'an, il le faisoit ordinairement manger à sa table, & servir en vaisselle d'or : sa passion pour l'argent étoit telle qu'il se rouloit quelques fois dessus.

Etant un jour à quelques lieues de Rome, il dit tout-à-coup qu'il vouloit aller en Germanie : il partit sans différer, ramassa les troupes, passa le Rhin ; mais quand il fut un peu avancé, il revint sans avoir tué un seul ennemi. Ayant trouvé les ponts embarrassés de valets & de bagages, il se fit passer de main en main, croyant ne pouvoir

jamais être assez tôt au-delà du Pont ;
An de J. C. il écrivit sur cela des Lettres véhementes au Sénat contre ceux *qui ne pensoient qu'à se divertir, à faire bonne chere, durant que César étoit aux mains.*

Rien n'est plus risible que son expédition d'Angleterre. Il fit ranger toutes ses troupes sur la côte, il monta sur ses Galeres, il avança dans l'Océan, & puis s'en revint ; il monta ensuite sur un Trône élevé, fit disposer les machines de guerre, sonner les trompettes, donner le signal du combat : & tout-à-coup il ordonna à ses troupes de ramasser des coquilles, & puis revint à Rome, avec tous les préparatifs d'un triomphe, plus irrité contre le Sénat que jamais. Il reçut fort mal les Députés que le Sénat lui envoya, & leur dit, *J'irai à Rome*, & *celui-ci*, frappant sur le pommeau de son épée, *y viendra aussi avec moi.* A son arrivée il fit mourir grand nombre de personnes, & il disoit souvent, *Je voudrois que le Peuple Romain n'eût qu'une tête ;* enfin il fut assassiné par un de ses Officiers
41. nommé Chereas.

CLAUDE I.

An de J. C.

Claude frere de Germanicus, & oncle de Caligula ſe laiſſa gouverner par ſes femmes, Meſſaline & Agrippine, & par ſes affranchis Pallas, Narciſſe & Calliſte. Philoſtrate dit que les femmes l'avoient tellement obſédé, qu'il ne ſçavoit pas même s'il vivoit; l'infâme Meſſaline publiquement & aux yeux de tout le monde, & de l'Empereur ſon mari, épouſa Silius. Claude après avoir épouſé en ſecondes noces Agrippine * ſa niéce, fille de Germanicus, adopta Neron fils d'Agrippine & de ſon premier mari au préjudice de Britannicus ſon propre fils, qu'il avoit eu de Meſſaline. Son regne a été très-cruel, & on a dit de lui qu'il tuoit des hommes comme des mouches, & cela à la perſuaſion de ſes femmes & de ſes valets.

Il avoit ſi peu d'eſprit qu'il redemandoit à ſa table ceux qu'il avoit fait tuer la veille, cela lui arriva à l'égard de Meſſaline même.

* Agrippine étoit fille de Germanicus frere de Claude, sœur de Caligula, & veuve de Domitius Ænorbabus dont elle eut un fils qui fut l'Empereur Néron.

An de J.C. Le courage d'Arria femme de Cecina Petus, qui se trouva engagé dans le parti de Camille qui s'étoit révolté, est célébre parmi les Payens.

Petus fut pris & mené à Rome, sa femme, ne pouvant s'embarquer avec lui, prit une autre barque; étant arrivée à Rome, elle reprocha à la femme de Camille de survivre à un mari qu'elle avoit vu tuer & expirer entre ses bras; & ne pouvant obtenir grace pour le sien, quoiqu'elle fût assez bien dans l'esprit de Messaline, & que néanmoins il n'avoit pas le courage de se donner la mort, elle prit un poignard, se l'enfonça dans le sein, en disant: *Il ne me fait point de mal*, & puis le présentant à son mari, elle ajouta: *Je ne sens que le coup qui te va transpercer*. Claude
54. mourut empoisonné par un champignon qne lui donna Agrippine.

NERON.

Domitius Ænobarbus Pere de Neron, déclaroit que de lui & d'Agrippine, il ne pouvoit rien naître que de détestable; la passion dominante d'Agrippine étant l'ambition, elle sacrifioit tout jusqu'à sa vie pour s'élever, en disant, *n'importe que Neron me tue pourvû qu'il regne.*

An de J. C.

Neron n'avoit que 17 ans lorſqu'il monta ſur le Trone ; les Romains ſe flatterent de voir renaître les beaux jours d'Auguſte. Il ſe montra juſte, libéral, clément populaire ; un jour qu'on lui apportoit un arrêt de mort à ſigner ; *Plût à Dieu*, dit-il, d'un air touché *que je ne ſçuſſe point écrire*. Les cinq premieres années de ſon régne furent marquées par la ſageſſe, & l'équité.

Enfin las des réprimandes de ſa mere, il développa ſon caractere. Neron employa tout ſon tems à graver, à peindre, à chanter, à conduire des chariots, à jouer des inſtrumens, du reſte c'étoit un monſtre de cruauté & d'impudicité. Le jour qu'arriva ce célébre embraſement qui réduiſit preſque Rome en cendres, & fit périr une infinité de perſonnes, Neron voyant que le feu approchoit du Palais, monta ſur une haute Tour & là en habit de joueur de lyre, il ſe mit à chanter un Poëme ſur l'embraſement de Troye; cela fit croire que c'étoit lui-même qui avoit mis le feu à la Ville. Il empoisonna Britannicus fils de Claude, légitime héritier de l'Empire.

An de J. C.

Neron fit trancher la tête à Rubellius Plautus descendu des Cesars par Julie fille de Drusus, se la fit apporter, & quand il la vit, joignant l'insulte à la cruauté, *je ne sçavois pas*, dit-il, *qu'il avoit le nez si grand*. Il fit mourir toutes les personnes qu'il jugeoit pouvoir prétendre à l'Empire. Seneque arrêta cette fureur, en lui disant *qu'il ne pouvoit ôter la vie à son Successeur*.

Il fit ouvrir les veines à Octavie sa femme & la fit ainsi périr après l'avoir répudiée ; il épousa Poppée qu'il tua d'un coup de pied qu'il lui donna dans le ventre lorsqu'elle étoit enceinte ; il voulut ensuite épouser Antonia fille de Claude, sa belle sœur, elle le refusa, & sur cela il la fit mourir de même que Domitia sa tante dont il vouloit avoir les jardins ; il fit mourir Burrhus & Seneque à qui il devoit ce qu'il avoit fait de bien pendant les cinq premieres années de son regne : le premier avoit été son gouverneur, & l'autre son précepteur. Il se défit de Pallas à cause de ses richesses, d'une infinité d'autres personnes illustres, & enfin d'Agrippine

An de J. C.

ſa mere qui étant échappée du naufrage où Néron l'avoit expoſée à deſſein, périt enfin par les coups que des Officiers envoyés de Néron lui donnerent; comme l'un d'eux lui déchargeoit un coup de bâton ſur la tête, *c'eſt mon ventre, dit-elle, qu'il faut battre, puiſqu'il a porté Néron.*

Il couroit les nuits quelquefois avec peu de ſuite & déguiſé en eſclave, alloit boire dans les tavernes, & puis ſe divertiſſoit à battre, à voler, & à tuer; il étoit quelquefois lui-même battu, & en portoit les marques.

Il quitta Rome, & s'en alla en Achaïe, pour s'y faire couronner comme le meilleur * chanteur, le meilleur joueur de lyre, le meilleur cocher, qui fût dans l'Empire Romain.

Un Comédien meilleur muſicien que politique, ſe faiſant admirer de tout le monde, au lieu d'abaiſſer ſa voix pour faire paroître celle de Néron,

* Il puniſſoit de mort tous ceux qui avoient le malheur de paroître inſenſibles aux charmes de ſa voix qui n'étoit ni belle ni forte; ce qu'il y a de deshonorant pour le Peuple Romain, c'eſt qu'il faiſoit des ſacrifices pour la conſervation de la voix de l'Empereur lorſqu'il étoit enrhumé.

An de J. C.

fut étranglé par ses ordres en plein Théâtre ; Vespasien fut disgracié de sa Cour & ensuite envoyé contre les Juifs, à cause qu'il n'estimoit pas assez la voix de Néron.

Sa derniere espérance étoit qu'au moins il gagneroit sa vie à jouer des instrumens. Enfin le Prefet du Prétoire se souleva contre Néron, gagna les Troupes & ses Gardes, assembla le Sénat ; on condamna tout d'une voix Néron, qui s'étant levé la nuit & ne trouvant personne, fut obligé de se cacher & de se retirer chez Phaon un de ses affranchis à une demie lieue de Rome. Phaon l'ayant reçu chez lui, lui dit de se cacher dans un creux d'où on avoit tiré du sable. Néron dit qu'il ne vouloit pas être enterré avant que de mourir. Comme il avoit soif il prit dans sa main l'eau d'une mare, en disant. *Voilà donc les liqueurs de Néron.*

Il fit creuser une fosse de sa grandeur, fit apporter de l'eau pour laver son corps, & du lin pour le brûler, & en faisant tous ces préparatifs, il disoit : *Faut-il qu'un si bon joueur d'instrumens périsse.* Voyant qu'on arrivoit de la part du Sénat, il fut longtems à s'animer lui-même & vouloit que quelqu'un lui montrât l'exemple. Enfin il se donna un coup de poignard dans la gorge. An de J. C. 68.

GALBA, OTHON, VITELLIUS.

Galba succéda à Néron. Il avoit été heureux paticulier & il fut malheureux Souverain, il fut tué par ordre d'Othon qui lui succéda, il présenta son cou aux soldats, & leur dit : *Frappez, si c'est pour le salut de la Republique*; on lui coupa la tête & on la porta au bout d'une lance à Othon qui la fit promener ignominieusement par le camp. 69.

Othon ancien favori de Néron fut fait Empereur par les cohortes Prétoriennes ; il se tua lui-même après la défaite de ses troupes par celles de Vitellius que l'Empire reconnut pour Empereur après la mort d'Othon. 69.

Vitellius croyoit n'être Empereur que pour manger, & sa grande occupation étoit de déjeûner, dîner, souper, & de vomir entre chaque repas pour se préparer au suivant ; il dépensa des sommes immenses à ses repas, son frere Lucius le traita un jour avec deux mille poissons exquis, & sept mille oiseaux ; & Vitellius dépensa

An de J. C. 69. encore plus en un ſeul baſſin couvert de foyes, de cervelas, de langues, de laittes de toutes ſortes de poiſſons, & d'oiſeaux de prix; il fut tué par ordre de Veſpaſien; ce fut lui qui dit en parcourant le champ de bataille où Othon avoit été défait, *l'odeur d'un ennemi mort eſt toujours agréable.*

VESPASIEN.

C'eſt une gloire particuliere à Veſpaſien d'avoir eu une meilleure réputation étant Prince qu'avant que de l'être; il fut extrémement aimé.

Ayant été diſgracié ſous Neron, Phœbus affranchi de ce Prince le voyant embarraſſé de ce qu'il feroit, lui avoit dit d'une maniere fort dure, *qu'il allât ſe faire pendre:* lorſqu'il le vit Empereur, Phœbus le vint trouver, & Veſpaſien lui dit d'une maniere guaye, *qu'il allât auſſi ſe faire pendre.*

On a condamné ſon avarice, il établit beaucoup de nouveaux impôts, il en mit même ſur des choſes qu'on n'oſeroit nommer, & comme on lui en eut apporté le premier argent, il demanda à Tite *s'il ſentoit mauvais*, il ajouta, *que l'odeur du gain eſt bonne de quelque part qu'il vienne.* Il donnoit les plus belles Intendances à ceux qui An de étoient les plus habiles à piller pour J. C. les presser ensuite comme des éponges.

Les Députés d'une Ville lui ayant dit un jour que leur conseil avoit arrêté de lui dresser une Statue qui devoit coûter une grande somme d'argent, *en voilà la base*, leur dit-il, en étendant la main, *vous n'avez qu'à y mettre l'argent de votre Statue.*

Il travailla dans sa derniere maladie à toutes les affaires de l'Etat, se faisant lever de son lit, & disant *qu'il falloit qu'un Empereur mourût debout.* Il 79.
rendît ainsi l'esprit.

TITE.

Tite surnommé *les délices du peuple Romain* lui succéda ; ce fut un des meilleurs Princes que les Romains ayent eu, sa bonté étoit extraordinaire, il avoit pour maxime inviolable, *qu'il ne faut point que personne sorte triste d'avec son Prince.* S'étant souvenu un soir qu'il n'avoit rien donné ce jour-là ; il dit cette parole si mémorable : *Mes amis voilà un jour que j'ai perdu.* Sa bonté éclata d'une maniere admirable

envers Domitien qui vouloit attenter
An de J. C. à sa vie.

Quelque vive que fût la passion qu'il eût pour Bérénice, fille du grand Agrippa Roi de Judée, dès qu'il apprit que les Romains désapprouvoient ce mariage, il renvoya sa maîtresse, & fit voir par-là qu'il étoit maître de ses passions.

Deux Patriciens ayant conspiré contre lui, le Sénat les condamna au dernier supplice. Tite arrêta l'exécution, & se contenta de leur dire, *que la Souveraineté dépend d'une Puissance supérieure à celle des hommes, que c'est en vain qu'on tâche de s'y conserver, ou de s'y élever par des crimes.* Le jour même il les fit manger à sa table, & le lendemain ils assisterent à ses côtés aux spectacles.

81. Il punit tous les Délateurs : il mourut âgé de 41. ans empoisonné, à ce qu'on croit, par Domitien son frere.

Ruine de Jerusalem.

C'est cet Empereur que Dieu choisit pour être l'instrument & l'exécuteur de sa vengeance contre le peuple Juif.

La Justice divine qui marche à pas

lents, & menace long-tems avant que
de fraper, avertit les Juifs par des signes An de
& des prodiges que sa colere alloit J. C.
éclater s'ils ne prenoient soin de la
détourner de dessus leurs têtes ; 37. ans
après la mort de Jesus-Christ, Tite met
le siége devant Jerusalem pendant la
solemnité de la Fête de Pâques. Il sembloit que la Justice de Dieu eût enfermé dans l'enceinte de ses murailles
comme dans un retz, toute la Nation,
afin qu'aucun Juif n'échapât à sa vengeance. Les malheurs qui commencerent à désoler cette malheureuse ville,
& qui précéderent sa prise furent une
guerre intestine qui armoit Citoyen
contre Citoyen, famille contre famille,
le peuple contre les grands ; le meurtre du grand Prêtre ; le feu qui consuma le magasin des vivres ; enfin une 79.
horrible famine suivie d'une peste
meurtriere qui acheva ce que les dissentions, l'épée, & le feu épargnoient.

Au quatriéme mois du siége, Tite se rendit maître de la ville basse. Deux jours après le feu prit au Temple ; rien ne put empêcher qu'il ne fût réduit en cendres. Tite n'ayant pû le sauver fit donner l'assaut à la ville haute ; le fer, le feu alloient chercher les Juifs dans

An de J. C.

les endroits les plus reculés pour les immoler à la Justice divine. C'est ainsi que Jerusalem expia le crime qu'elle avoit commis en la personne adorable de Jesus-Christ, qui l'avoit choisie pour être sa demeure parmi les hommes.

Toute la Nation fut détruite & dispersée par toute la terre, sans Roi, sans Juges, sans exercice de Religion, sans Prêtres, sans Sacrifice, haïe, détestée & abhorrée de toutes les Nations.

DOMITIEN.

On a appellé Domitien, un *second Neron*, à cause de sa cruauté, il voulôt être témoin des douleurs, & des tourmens des suppliciés, en quoi il le surpassoit.

Il étoit triste, sombre, dissimulé comme Tibere. On a remarqué que tous les jours il avoit un tems reglé où il étoit seul sans s'occuper à autre chose qu'à attraper des mouches & les percer avec un poinçon : ce qu'Hipocrate met entre les marques d'un esprit sombre & mélancholique. On rapporte qu'un homme demandant s'il n'y avoit personne avec lui, Vibius Priscus, répondit plaisamment, *il n'y a pas même une mouche*.

An de J. C.

Domitien eut la folie de s'ériger en Dieu comme Caligula ; on sacrifioit tant de bêtes à ses Statues que les chemins en étoient embarrassés. Par une vanité extravagante, il menoit en triomphe des esclaves qu'il avoit fait acheter, pour faire croire qu'il avoit vaincu des peuples dont les esclaves suivoient son char. Il fut tué dans une 96.
conspiration d'un coup de poignard, c'est le dernier des Empereurs qu'on nomme communément les XII. Césars.

NERVA.

A Domitien succeda Nerva qui ne regna que 16. mois & quelques jours, il s'acquit une grande réputation de douceur, d'équité, & de sagesse, on ne loue rien davantage en lui que la prudence avec laquelle il jugea, *qu'il falloit un corps plus robuste, & une ame plus grande que la sienne pour gouverner l'Empire*. Les Romains crurent sous lui avoir recouvré leur liberté, & jouir d'un siécle d'or ; un jour à sa table on vint à parler d'un célébre Délateur, Nerva dit, *que feroit-il maintenant s'il vivoit encore*, un des assistans répondit fort librement, *il mangeroit avec nous*;

Rien ne l'a rendu si illustre que d'avoir choisi Trajan pour son successeur.

An de J. C. 98.

TRAJAN.

Trajan Espagnol d'origine, un des plus célébres Empereurs, étoit plein de bonté, de générosité, sans faste, ennemi des flatteurs, appliqué aux affaires, & à faire du bien à tout le monde.

Dans la guerre qu'il fit aux Daces, qu'il termina heureusement, il fut obligé de livrer plus d'un combat où il se repandit beaucoup de sang Romain; sa compassion lui faisoit prendre un soin particulier des blessés, il les visitoit souvent, pansoit leurs blessures, & les bandoit avec des morceaux de sa pourpre qu'il mettoit en pieces, lorsque le linge venoit à manquer.

Ses amis le blâmant un jour de ce qu'il étoit trop civil & trop bon. Il leur répondit: *Je veux être tel, que je voudrois qu'un autre Empereur fût à mon égard, si j'étois particulier.*

En créant *Saburan* Préfet du Prétoire, & lui donnant une épée nue, qui étoit la marque de cette dignité, il lui dit: *Servez-vous de cette épée pour moi,*

moi, si je fais mon devoir, & contre moi, si je ne le fais pas : puisque celui qui gouverne les autres doit faire moins de fautes que les autres. An de J. C.

Sura un des principaux Favoris de Trajan, étoit extraordinairement riche, il s'attira beaucoup d'envieux qui tâchoient de le ruiner dans l'esprit du Prince; cependant Trajan alla un jour souper chez Sura sans avoir été prié, renvoya ses gardes, fit venir le Chirurgien de Sura pour faire quelque remede à ses yeux, se fit raser par son barbier, se baigna, se mit à table sans avoir la moindre défiance, & le lendemain, il dit à ceux qui avoient accoutumé de lui parler contre Sura, *s'il avoit dessein de me tuer, il l'eût fait hier.* Il mourut à Selinonte en Cilicie, où il 117.
étoit occupé à châtier les Juifs rebelles.

ADRIEN.

Adrien sembloit également né pour les vertus & pour les vices. Doué d'un grand génie, dissimulé, curieux, envieux, inconstant dans son amitié, il étoit malgré cela bon, libéral.

Une femme lui ayant demandé justice, il lui dit qu'il n'avoit pas le tems,

An de J. C. sur quoi cette femme ayant dit tout haut : & *pourquoi êtes-vous donc Empereur ?* Il s'arrêta, l'écouta, & la satisfit.

Il n'y a point d'Empereur qui ait tant voyagé que lui ; il a employé presque tout le tems de son gouvernement à visiter tout l'Univers, ses voyages étoient bien reglés & utiles.

Il y a divers exemples de son naturel féroce, sur-tout au commencement, & à la fin de son regne. Il mourut
138. misérablement ne pouvant supporter ses douleurs, & cherchant quelqu'un qui lui ôtât la vie.

TITE ANTONIN, dit LE BON ou LE PIEUX.

Tite Antonin réunissoit en lui le bel esprit, l'érudition, la politesse, & l'éloquence; il étoit laborieux, appliqué, sobre, magnifique sans luxe, ménager sans avarice, exempt de précipitation & de foiblesse. Point d'ambition pour les honneurs & les dignités, ennemi des flateurs, aimant les gens de Lettres, égal dans toute sa conduite, bon même envers les méchans, toujours de l'avis le plus favorable dans les Conseils, il pratiquoit la maxime : *qu'il vaut mieux conserver un seul Citoïen, que de perdre mille ennemis.* An de J. C.

Lorsqu'il étoit Proconsul d'Asie, il se logea à Smirne dans la Maison du Sophiste Polemon, qui étoit la plus belle de la ville ; ce Sophiste alors absent étant de retour en fut fort mécontent, & fit de grandes plaintes, comme si on l'eût chassé de chez lui. Antonin l'apprit, & sortit de chez le Sophiste en plein minuit. Lorsqu'il fut Empereur, Polemon le vint saluer, Antonin le reçut très-bien, & le faisant souvenir gaïement de ce qui s'étoit passé à Smyrne, il ordonna qu'on lui donnât une Chambre, & ajouta, *que personne ne l'en déloge.*

Il vêcut étant Empereur comme particulier : excellent particulier, & plus excellent Prince, sage, modéré, égal à tous, aisé envers le Peuple, il écoutoit les Sçavans, estimoit leurs avis, leurs corrections, souffroit les plaintes de sa conduite sans s'en plaindre & s'en venger. Ménager des biens du Peuple, libéral du sien, il fit plusieurs Edifices utiles à l'Empire, il écrivit pour les Chrétiens.

Tacien & Priscien furent accusés de

former une conspiration contre l'Empire, le second se tua lui-même, & l'autre fut proscrit par un Arrêt du Sénat. On vouloit chercher ceux qui avoient encore eu part à la conspiration; Antonin le défendit, & dit agréablement, *je ne suis pas bien aise qu'on voie qu'il y a des personnes qui ne m'aiment pas.*

An de J. C.

Antonin épousa Faustine qui ne lui fit pas d'honneur, il en eut une fille qu'il maria à Marc Aurele.

Il tomba malade pour avoir mangé un peu trop de fromage, ce qui lui
160. causa un vomissement suivi de la fiévre qui l'emporta en peu de jours.

MARC AURELE, le Philosophe, & LUCIUS VERUS.

Marc Aurele a passé pour un excellent Prince, son Regne pour un siécle d'or, & il a vérifié cette parole que Platon disoit souvent: *Les Peuples seront heureux, quand les Princes seront Philosophes.*

Il avoit un excellent naturel, il étudia les Lettres, le Droit & la Philosophie avec beaucoup de succès; ce qui le fait encore aujourd'hui surnommer *le Philosophe;* son application à l'étude, & la vie dure qu'il menoit lui altérérent la santé de bonne heure, après un peu de nourriture, il prenoit tous les jours de la Thériaque pour se fortifier l'estomach & la poitrine qu'il avoit fort foible, il ne mangeoit ensuite plus rien jusqu'au Souper. La foiblesse de sa santé attacha auprès de lui le fameux Médecin Galien.

An de J. C.

Il fut adopté par Antonin, élevé par lui à la dignité de César, & à la puissance du Tribunat, épousa sa fille Faustine dont il eut plusieurs enfans, entr'autres Commode qui regna après lui: Faustine mourut en Orient, emportée par une mort subite, lorsqu'elle accompagnoit son mari après la révolte de Cassius.

Elle étoit indigne d'avoir Antonin pour Pere, & Marc Aurele pour Mari, jusqu'à faire douter du pere de Commode. On avoit voulu porter Marc Aurele à la répudier; mais il répondit: *Il faut donc que je lui rende son mariage & l'Empire que j'ai reçu de son Pere.* Il bâtit la Ville de Faustinople à l'endroit où elle mourut, & demanda pour elle au Sénat les honneurs divins: Le Sénat plaça parmi les Déesses celle

An de J. C.

à qui personne n'eût voulu donner un rang parmi les Femmes d'honneur.

Marc Aurele s'associa Lucius Verus son frere, qui eut d'abord beaucoup de respect pour lui; mais bientôt après les passions le jetterent en des excès misérables, & malgré les affaires dont Marc Aurele tâchoit de l'occuper, il menoit une vie molle & voluptueuse, dans les festins, à la chasse & parmi les femmes.

Cassius qui se revolta contre Marc Aurele, s'étoit déja rendu célèbre par son exactitude à garder la discipline Militaire; il y en a un beau trait dans l'Histoire. Ayant été chargé de faire la guerre aux Sarmates, & étant campé près du Danube, quelques Auxiliaires de son Armée, sçachant que 3000 Sarmates étoient postés sur le bord du Fleuve, & faisoient assez mauvaise garde, s'en allerent les attaquer conduits par leurs Centeniers, les tuerent & revinrent chargés de dépouilles, s'imaginant qu'on alloit les récompenser; mais Cassius considérant le danger où peuvent tomber des Troupes qui manquent à la discipline & à l'obéissance, fit crucifier tous les Centeniers. Cet ordre excita un grand tumulte, mais

Caſſius parut nud en chemiſe, & commença à crier : *Lancez vos traits ſur moi, ſi vous êtes aſſez hardis, & ajoutez ce crime au peu de ſoin que vous avez de garder la diſcipline.* Cette intrépidité fit peur ; chacun demeura dans le ſilence, & la Diſcipline en fut mieux gardée.

An de J. C.

Caſſius fut tué par un Centenier, lorſque Marc Aurele ſe préparoit à le combattre. Il témoigna de la douleur de ſa mort, & ſe plaignit d'avoir perdu une occaſion de miſéricorde, parce qu'il eût voulu lui conſerver la vie, & ne le punir qu'en lui reprochant ſon ingratitude. Il ne voulut point voir ſa tête ; ſa bonté éclata enſuite envers les Sénateurs du parti de Caſſius, envers ſa femme, ſes enfans, ſon gendre, & toutes les villes de ſon parti.

Marc Aurele étoit fortement attaché dès l'enfance à l'Idolâtrie. On a dit de lui que ſa premiere vertu étoit la Religion ; avant que de commencer quelque affaire ſérieuſe, il adoroit ſes Dieux. On a encore un Diſtique où les bœufs blancs ſouhaitent qu'il ne revienne point victorieux, de crainte

An de J. C. qu'il n'éteigne leur race par ses Sacrifices.

Il s'appliquoit beaucoup à l'administration de la justice. Voiant un Préteur qui alloit un peu vîte dans un procès, il l'obligea de le revoir tout de nouveau. Il punissoit les fautes sans haïr ceux qui avoient failli, & cela par le seul desir de corriger ou les coupables, ou les autres par ces exemples. Un Préteur s'acquittant mal de sa Charge, il ne voulut pas la lui ôter, mais il lui défendit de l'exercer. Il ne vouloit rien entreprendre sans l'ordre du Sénat. *N'est-il pas plus raisonnable à moi de suivre l'avis d'un si grand nombre d'amis judicieux, que de vouloir assujettir leurs avis à ma volonté seule.*

Dans la guerre contre les Germains qui duroit toujours, & où Marc Aurele combattoit ou par lui-même, ou par ses Lieutenans, il fut enfermé par les Quades, privé de toute subsistance, il n'en fut sauvé que par une pluie
174. miraculeuse obtenue par les Chrétiens, & par les foudres qui se tournoient contre les ennemis des Romains. On croit avec fondement que ce fut la Légion Mélitine, surnommée la *Fou-*

droïante, qui produisit dans le quatriéme siécle les quarante Martyrs de Sebaste, qui obtint cette pluie par ses prieres. De retour à Rome, Marc Aurele triompha avec Commode, il retourna contre les Marcomans, qu'il défit, & mourut ensuite, s'étant couvert la tête comme pour dormir, après sept jours de maladie à Sirmich, selon Tertullien, son regne a duré près de 20. ans.

An de J. C. 180.

La derniere fois que le Tribun vint lui demander le mot, il lui dit : *Allez au Soleil levant, pour moi je me couche.*

COMMODE.

Tous les Historiens conviennent que Commode étoit un abîme horrible de toutes sortes de crimes & de folies, digne de passer plutôt pour fils d'un Gladiateur, que pour fils de Marc Aurele.

Il congedia aussi-tôt tous les habiles Ministres & Officiers, dont son Pere avoit rempli son Palais, pour suivre les avis de ses Esclaves, qui n'ayant d'autre but que de s'enrichir, gagnoient son esprit en lui persuadant de

An de J. C. ſuivre ſes plaiſirs. Il eut juſqu'à cent Concubines, & ſe livra encore à de plus grandes infamies.

C'étoit un autre Néron par ſa cruauté; il fit mourir ſa Sœur, qui ne pouvoit ſouffrir ſes dereglemens, ſa Femme Criſpine, & les perſonnes les plus diſtinguées de l'Empire.

Ce Monſtre de cruauté faiſoit trembler tout le monde. Il portoit ordinairement une Maſſue, vêtu comme Hercule d'une peau de lion, & faiſant aſſembler tous ceux de la lie du peuple qu'on trouvoit malades ou eſtropiés, il tomboit ſur ces miſérables, & les aſſommoit tous avec ſa Maſſue. Il n'oſoit cependant ſe fier à un Barbier, & il étoit réduit à ſe bruler la barbe, comme on le dit auſſi du célèbre Denys le Tyran.

192. Il périt miſérablement empoiſonné & étranglé par l'Athlete Narciſſe.

PERTINAX.

Ce Prince étoit un homme ſage, reglé dans ſes mœurs, d'une vertu éprouvée, d'une grande douceur, d'une ſage économie, d'une application extrême

au bien public ; il n'avoit ni l'humeur An de
altiere, ordinaire au gens de Guerre, J. C.
ni la timidité ordinaire à ceux qui aiment la paix : hardi & terrible contre les séditieux, doux, sage, juste envers ses amis : Il fut toujours grave sans être triste, doux sans molesse, prudent sans finesse, exact sans scrupule, ménager sans avarice, grand & généreux sans arrogance ; il avoit autant de libéralité que de politesse, & ses promesses n'étoient jamais vaines. La Souveraine Puissance ne découvrit en lui aucun défaut, tout le monde l'aimoit ; mais les Prétoriens & les Soldats ne l'aimoient pas, parce qu'il les obligeoit de vivre dans l'ordre, & ne souffroit pas qu'ils continuassent les vols, les insolences, les ivrogneries & les autres crimes que Commode leur permettoit. Animés par Letus, à qui Pertinax n'accordoit pas tout ce qu'il vouloit, ils vinrent au nombre de 200. ou 300. au Palais pour le tuer ; Pertinax leur demanda *ce qu'ils venoient faire*, un Liégeois nommé Tansius l'interrompit, se jetta sur lui, le perça de son épée, & lui dit, *voilà ce que les Soldats*
t'envoient. Ainsi mourut Pertinax après 193.
87. jours de Regne.

An de J, C.

SEVERE.

Les Soldats qui avoient tué Pertinax crierent sur les Ramparts que *l'Empire Romain étoit à vendre au plus offrant.* Sulpicien, beau-pere de Pertinax & Julien marchanderent long-tems; mais Julien ayant monté tout d'un coup de 1250. dragmes, l'emporta.

193. Julien fut massacré deux mois après. *Quel mal ai-je fait*, dit-il à ceux qui, par ordre du Sénat, vinrent pour le tuer, *ai-je fait mourir quelqu'un?* Il fut conduit dans un lieu secret, où un Soldat chargé de l'exécution, lui fit tendre le col, comme à un criminel, & lui trancha la tête. Ce vieillard follement ambitieux, acheta ainsi la mort avec la fortune.

Entre ceux qui commandoient l'armée Romaine, il y en avoit trois principaux, Niger en Syrie, Sévere en Illyrie, & Albin en Angleterre, tous trois grands Capitaines; mais Sévere étoit le plus adroit & le plus habile. C'étoit un esprit vif, actif, laborieux, plein de cœur, de hardiesse, de confiance, qui voyoit tout d'un coup ce qu'il falloit faire, & l'exécutoit à l'instant, prudent à prévoir l'avenir, inéxorable lorſqu'il trouvoit des fautes à punir, ami conſtant, dangereux ennemi, également violent & dans ſon amour, & dans ſa haine; avec cela diſſimulé, menteur, parjure, faiſant tout céder à ſon intérêt. An de J. C.

Il épouſa 1°. Martia, enſuite Julie, il en eut Caracalla ſon Succeſſeur, Gete & deux filles.

Niger fut déclaré Empereur en Orient & Sévere en Illyrie. Un homme s'adreſſant à Niger, demanda de faire ſon Panegyrique; Niger lui répondit, *faites le Panegyrique de Marius, d'Annibal & des anciens Héros, afin que ce qu'ils ont fait, nous apprenne ce que nous devons faire, car c'eſt ſe moquer que de faire l'éloge d'un homme vivant, ſur-tout d'un Empereur; ce n'eſt pas le louer, mais le flater, afin qu'il nous récompenſe: pour moi je veux être aimé durant ma vie, & loué après ma mort.*

Sévere fit Albin Céſar, pour ſe l'attirer, & le déclara ſon fils adoptif.

Sévere ſe prépara à la guerre contre Niger, qui fut défait par deux fois, & tué: il punit tous ceux qui lui étoient attachés. Il tourna enſuite ſes armes contre Albin, il le déclara ennemi. Albin étoit aimé du Sénat, & on eût

An de J. C.

voulu le voir Empereur. Albin fut défait, & tué à Lyon. On vit alors cent cinquante mille Romains combattre les uns contre les autres, sous deux Augustes.

Sévere devint cruel de plus en plus, il envoya au Sénat la tête d'Albin, & *je le fais*, disoit-il, *afin que vous voyiez que je suis en colere, & ce que c'est que de me mettre en colere*; & après son arrivée à Rome il fit l'Apologie de Commode, le divinisa, loua les cruautés de Sylla, de Marius & d'Auguste, & blâma César & Pompée de leur douceur. Il fit ensuite mourir vingt-neuf Sénateurs, & beaucoup d'autres personnes illustres.

Sévere en faisant mourir tant de personnes, comme Partisans de Niger ou d'Albin, disoit à ses Enfans qu'il les délivroit de leurs ennemis: Caracalla en témoigna sa joie, & voulut qu'on fît aussi mourir les enfans des Factieux. Mais Gete qui n'étoit qu'un enfant, demanda combien ils étoient, & s'ils n'avoient point de parens, & comme Sévere lui eut répondu qu'ils en avoient beaucoup, *il y aura donc*, repartit-il, *bien des personnes fâchées de ce que nous avons vaincu*, & se tournant vers Caracalla; *si vous ne pardonnez, dit-il, à personne, vous pourrez bien aussi tuer votre frere.* (Et cela arriva effectivement.)

An de J. C.

Sévere avoit de grandes qualités pour le bien & pour le mal; son Gouvernement auroit été très-avantageux s'il eût eu moins d'avarice & de cruauté.

Il partit pour l'Angleterre, la traversa toute entiere. Caracalla l'y voulut tuer à la tête de ses Troupes, dont le bruit arrêta son dessein, Sévere ne dit rien alors, mais l'ayant appellé avec Papinien & Castor, & ayant fait mettre une épée auprès de lui, il lui dit, *Si vous voulez commettre un Parricide, faites le présentement, & non pas à la vue de toute la terre, des amis & des ennemis; que s'il vous reste encore quelque horreur de tuer un Pere, voilà Papinien à qui vous le pouvez commander, vous êtes son Empereur.* 211.

Il se fit apporter l'Urne où l'on devoit renfermer ses cendres, & dit en la voyant: *Petite Urne, vous renfermerez celui pour qui la terre étoit trop petite.* Il avoua ensuite qu'après avoir passé par toutes sortes d'états, il n'avoit rien trouvé qui le satisfît; la Puissance

An de J. C. 211.

Souveraine ne lui ayant apporté que des chagrins, des ſoins & des embarras. Etouffé d'une quantité de viandes, dont il s'étoit chargé pour finir ſes douleurs, il mourut après 18. ans de Regne à Yorck en Angleterre.

ANTONIN CARACALLA.

Caracalla, fils de Sévere & de Julie, avoit de bonnes diſpoſitions étant jeune; mais le faſte de la dignité Impériale, & les mauvais diſcours des flateurs lui empoiſonnerent le cœur & l'eſprit. Il devint d'une humeur fâcheuſe qui le faiſoit haïr de tout le monde. Violent, emporté, leger, changeant, il aimoit mieux employer les menaces, que la douceur; il n'avoit d'affection pour perſonne, prétendant ſçavoir tout & pouvoir tout; il avoit de la jalouſie & de la haine pour tous ceux qui excelloient en quelque choſe.

L'antipatie étoit ſi grande entre Gete ſon frere & lui, qu'ils ne s'accordoient en rien. Caracalla tenta pluſieurs fois de le tuer. Il fit propoſer à ſa Mere de les faire venir tous deux dans ſa Chambre pour les reconcilier, (car ils avoient partagé le Palais, & ne ſe voyoient que quand les cérémonies de l'Etat l'exigeoient) Gete croyoit y venir en ſûreté ; mais des Centeniers que Caracalla avoit fait cacher ſe jetterent ſur Gete qui ſe ſauvoit entre les bras de ſa mere, le tuerent, & Caracalla même trempa ſes mains dans ſon ſang.

An de J. C.

Il tua enſuite plus de 2000 Domeſtiques & amis de Gete, Papinien fameux Juriſconſulte, ſon Précepteur, tous les Médecins qui avoient refuſé d'empoiſonner ſon pere, une fille de Marc Aurele, le fils de Pertinax, qui avoit oſé dire que puiſqu'on lui donnoit les Surnoms de *Sarmatique* & de *Partique*, il falloit ajouter celui de *Getique*, à cauſe de la victoire remportée ſur Gete ſon frere. Il paſſa en Egypte, ſeulement pour le plaiſir de voyager. Les Habitans d'Alexandrie qui lui avoient donné des noms très-injurieux, furent les victimes de leurs plaiſanteries. L'Empereur les aſſembla un jour pour des Jeux publics, il les fit environner par ſes Troupes, qui eurent ordre de n'épargner perſonne ; le carnage fut effroyable. Enfin Dieu arrêta le cours des crimes de Caracalla. Macrin Préfet du Prétoire, piqué de ſes railleries, forma une Conjuration.

Caracalla alloit d'Edesse à Charres avec
An de J. C. peu de chevaux, pour offrir des Sacrifices à la Lune, il descendit pour quelque nécessité, tous se retirerent par respect, excepté un Valet; Macrin accourut, & lui donna un coup de poi-
217. gnard, dont il tomba mort sur le champ.

MACRIN.

Macrin étoit Maure d'origine, de la ville d'Alger. Il fut fait Préteur par Caracalla. Le Sénat se déclara pour lui; tout sembloit bon, pourvû qu'on n'eût point Caracalla, il cassa plusieurs de ses Ordonnances, son Fils fut fait César, Prince de la jeunesse. On poursuivit les Délateurs, & on purgea tout l'Empire de cette peste: il les punissoit du dernier supplice. Il faisoit bruler vifs les Adulteres l'un avec l'autre.

Les Troupes mécontentes de Macrin, à cause qu'il punissoit sévérement les fautes, se saisirent de l'occasion de nommer Heliogabale Empereur; Macrin fut pris, comme on le conduisoit à Heliogabale en chariot, se jettant en bas, il se rompit l'épaule en tombant,
218. on lui ôta la vie, & on porta sa tête à Héliogabale.

HELIOGABALE

An de J. C.

Julie Mæſa Ayeule de l'Empereur Héliogabale, & ſœur de Julie femme de Sévere, épouſa Julius Avitus, Conſul, & en eut deux filles, Julie Sœmis & Julie Mamée. Celle-ci épouſa un Conſulaire, dont elle eut Alexandre: Sœmis épouſa Varius Marcellus, dont elle eut l'Empereur Héliogabale nommé Avitus Baſſien. Les intrigues de Sœmis avec Caracalla, le faiſoient regarder comme Neveu de l'Empereur. Il prétendoit même en être le fils. Mæſa l'éleva à Emeſe, où elle ſe retira après la mort de Caracalla, elle le conſacra au Soleil, que ceux d'Emeſe appelloient *Elagabal*. Héliogabale étoit ſon Prêtre. De retour à Rome, il n'étoit occupé que de ſon culte. On voit dans ſes Médailles *Sacerdos Dei Solis Elagal.* Ce Dieu n'étoit qu'une groſſe pierre noire, ronde par le bas, & terminée en Cone par le haut. Il fit apporter de l'Afrique l'Idole céleſte, qu'on prétendoit être la Lune, & il diſoit qu'il vouloit la marier avec ſon Dieu le Soleil; il en fit célébrer les Nôces, fit immoler beaucoup d'Enfans choiſis, & ſe fit donner des preſens.

An de J. C. Il s'appliquoit à la Magie; il donnoit beaucoup de tems aux Sacrifices & aux danses; il sacrifioit des enfans & des hommes à son Dieu. En moins de quatre ans il épousa quatre femmes, dont la premiere étoit une Vestale; mais il avoit éteint le Feu perpétuel, & pillé le Temple pour enrichir celui de son Dieu.

On le massacra lui & sa mere lorsqu'ils étoient cachés dans un sale égout: on leur coupa la tête, & on jetta le corps du fils dans le Tibre avec une
222. pierre au col. Ainsi mourut Héliogabale, âgé de 18. ans, après un Regne de trois ans, qui ne fut qu'une suite continuelle de crimes contre la pudeur, l'humanité, & toutes sortes de Loix.

ALEXANDRE SEVERE.

Alexandre, fils de Mamée, & cousin d'Héliogabale, n'avoit que 13. ans & demi lorsqu'il fut élévé à l'Empire. Il étoit reglé dans ses mœurs, doux, humain, tendre, vif, bien instruit par les soins de sa mere Mamée, qu'on croit avoir été Chrétienne.

Mæsa sa grande mere, & Mamée sa mere prirent soin des affaires pendant sa jeunesse ; elles choisirent seize personnes vénérables par leur âge & leur probité pour administrer les affaires. Ulpien y présidoit.

An de J. C.

Il avoit beaucoup de respect pour sa mere. Sa Cour étoit presque Chrétientienne, il voulut élever un Temple à Jesus-Christ. On consulta les Oracles, qui répondirent que tous les autres Temples seroient abandonnés, si jamais un Empereur dressoit un Temple à Jesus-Christ.

Il estimoit beaucoup cette maxime, *qu'il ne faut pas faire à un autre ce que nous ne voulons pas qu'on nous fasse*, & quand une personne puissante avoit fait quelque injustice, il lui disoit : *Voudriez-vous qu'on vous fît la même chose ?*

Agréable dans son entretien, gai, d'un visage égal, il railloit sans piquer; familier à table, il ouvroit sa porte à tous ; sa Mere & sa Femme lui disoient qu'il s'abaissoit trop ; il repondit : *Si je rabaisse mon autorité, je la rends plus durable & plus assurée ;* il ne portoit ni or, ni perles, disant que cela n'étoit que pour les Femmes.

Il haïssoit les méchans, les voleurs, les Sécrétaires intéressés, les gens de mauvaise réputation : Il avoit une prudence infinie.

An de J. C.

Un Senateur nommé Camille voulut s'élever à l'Empire, Alexandre en fut averti, il fit venir Camille, lui témoigna qu'il lui étoit très-obligé de ce qu'il s'offroit de lui-même à se charger du fardeau des affaires, le mena au Sénat, l'associa à l'Empire, partit avec lui pour
228. la guerre contre les Allemans ; ils firent deux lieues ensemble à pied ; Camille étant fatigué on lui donna un cheval, après deux jours le cheval l'incommodant, Alexandre lui fit donner une voiture plus douce, & enfin il demanda de renoncer à l'Empire, protestant qu'il aimoit mieux le quitter, que de vivre de la sorte.

233. Alexandre vainquit Artaxerces qui avoit six vingt mille chevaux, dix mille hommes armés de toutes piéces, 1800. chariots armés de faux, 700. Elephans portant des Tours ; Alexandre le défit, tua dix mille Cavaliers, deux cens Elephans, en prit trois cens, & fit un grand nombre de prisonniers & revint à Rome triomphant.

Il partit de Rome pour chasser des Gaules les Allemans, il voulut rétablir

les Légions Gauloiſes, corrompues à
l'excès ſous Héliogabale ; un Got nom- An de
mé Maximin, le plus indigne de regner J. C.
gagna les Troupes, & leur inſpira du
mépris pour Alexandre. Enfin il le fit
tuer avec Mamée après dix-ſept ans 235.
de Regne.

MAXIMIN I.

Maximin étoit Got d'origine. Il avoit
été Berger. On prétend qu'il avoit huit
pieds de hauteur ; il lutoit ſeul contre
douze hommes, & les terraſſoit ; quarante
livres de bœuf ſuffiſoient à peine
pour un de ſes repas ; il traînoit
ſeul des chariots chargés : d'une chiquenaude
il faiſoit ſauter les dents d'un
cheval. Il avoit ſervi ſous Severe, &
les autres Empereurs, & s'étoit attiré
l'eſtime des Soldats : il quitta la Milice
ſous Macrin & Heliogabale, & revint
ſous Alexandre qui le fit Sénateur. Il
ſe fit haïr de tout le monde par ſes
cruautés & ſon avarice ; il tuoit plus
de Citoyens que d'ennemis. Ce Prince
ne regna que trois ans. Il fut tué par 238.
ſes troupes lorſqu'il alloit combattre
ſes ennemis. Tout le monde ſe réjouit
à ſa mort, on offrit des Hécatombes,

c'eſt-à-dire, des ſacrifices de cent bœufs en action de graces.

An de J. C.

GORDIEN LE JEUNE.

Gordien deſcendant de Trajan par les femmes fut proclamé Auguſte à l'âge de 13. ans : il étoit d'un bon naturel ; les ſoldats l'appelloient leur enfant, les Sénateurs leur fils, & le peuple ſa joie & ſes délices, mais il eut de mauvais Conſeillers.

La guerre des Perſes commença ſous Sapor. Miſithée beau-pere de Gordien fit de grands biens à l'Etat par ſa ſage conduite. Il diſciplina les troupes : Gordien marcha contre Sapor, & remporta divers avantages.

Philippe Préfet du Prétoire ſongea à s'élever à l'Empire, éloigna les vivres de l'armée, fit crier le ſoldat con-
244. tre Gordien, & le fit tuer.

Philippe écrivit à Rome ſon élection.

PHILIPPE.

C'eſt une queſtion célébre de ſçavoir ſi Philippe a été Chrétien; il eſt plus certain qu'il fut vicieux. La maniere dont il s'éleva à l'Empire eſt indigne ; il étoit

étoit Arabe de nation, sa naissance étoit basse, il fit la paix avec Sapor, & à son retour à Rome il éleva tous ses parens aux Charges sans assez examiner leurs talens. An de J. C.

Jotapien se révolta en Orient; Carvilius Macrin en Pannonie: Dece fut envoyé pour les combattre, les soldats le proclamerent Empereur, Philippe l'attaqua, ses troupes furent défaites, & lui tué à Vérone. 249.

DECE.

Dece nâquit dans un Bourg de la Pannonie, on ne le connoît que par les persécutions & les cruautés qu'il a exercées contre les adorateurs du vrai Dieu; Lactance le traite de méchant, de furieux, d'animal exécrable.

Dece périt misérablement dans la 252.
guerre contre les Gots.

Etruscus Dece son fils qu'il avoit fait son collegue à l'Empire fut enveloppé dans la punition de son pere; tous deux furent mis au nombre des Dieux par l'autorité du Sénat qui vouloit bien qu'ils fussent des Dieux, pourvu qu'ils ne fussent plus des hommes.

An de J.C.

GALLUS.

Gallus étoit Africain, il fut déclaré Empereur par les troupes, & persécuta les Chrétiens : son regne n'est connu que par les désastres qui ravagerent le monde ; une terrible contagion commençée en 250. duroit encore en 262. & enleva un monde infini.

253. Gallus fut tué par des soldats révoltés.

EMILIEN.

Emilien vainqueur des Scytes fut proclamé Empereur par les troupes ;
253. ce malheureux Prince fut tué à Spolete après trois mois de regne.

VALERIEN I.

Valerien étoit d'une naissance illustre, il étoit bon particulier, excellent pour le Civil.

Son regne & celui de son fils Gallien furent tout-à-fait funestes aux Romains : Les François qui habitoient la Westphalie, le pays de Hesse ; &

le long du Rhin vinrent se jetter dans les Gaules : Gallien remporta divers avantages sur les François, & sur les Allemans. An de J.C.

Les Perses entrerent dans l'Arménie, s'en rendirent maîtres ; vinrent en Mésopotamie, prirent Nisibe, Carres, Edesse ; de-là ils passerent en Syrie, où ils attaquerent Antioche. Le peuple extraordinairement attaché aux Spectacles, étoit assemblé au Théâtre, & regardoit un farceur avec sa femme, qui les divertissoient par leurs bouffonneries, lorsque la femme jettant les yeux sur la montagne voisine, dit : *Je rêve où voici les Perses.* Ceux-ci saccagerent Antioche, la brûlerent, & retournerent ensuite partager le butin.

Valerien défait par les Perses, ramassa une quantité immense d'or, & députa à Sapor pour lui demander la paix. Sapor devenu plus insolent par sa victoire, & voyant l'armée Romaine diminuer par la peste, voulut conférer avec l'Empereur ; Valerien se rendit à sa volonté, on le prit : Sapor le traita comme un esclave avec toute sorte de barbarie, & d'insolence ;

An de J. C. on le menoit en triomphe, chargé de chaînes, orné de la Pourpre; quand Sapor vouloit monter à cheval, ou sur son Char, il le faisoit coucher à terre sur le ventre, & lui mettoit le pied sur le dos, ou sur la tête, ajoutant, *que c'étoit là triompher*; il fut traité ainsi tant qu'il vêcut; il vivoit encore en 263.

263. Après sa mort, on l'écorcha par ordre de Sapor; on sala son corps, on corroya sa peau, on la teignit de rouge, & on la mit dans un Temple, pour être un monument éternel de la honte des Romains.

Lorsque Gallien apprit la nouvelle de sa mort, il dit froidement en Philosophe: *Je sçavois bien que mon pere étoit morte!*.

GALLIEN.

L'Empereur Gallien fils de Valerien épousa Cornelia Salonina; il eut d'elle deux fils, l'un nommé Gallien; l'autre Valerien.

On trouva en lui un bon Poëte, un bon Orateur, & un très-méchant Empereur; il étoit ingénieux dans les petites choses, il se faisoit gloire d'être Citoyen d'Athènes, il vouloit se faire recevoir au nombre des Areopagites qui étoient les Juges d'Athenes, lorſque l'Empire demandoit tous ſes ſoins ; il étoit cruel ſur-tout envers les ſoldats. Tout ſon tems ſe paſſoit à ne rien faire, ou à des badineries, ou à des crimes ; il couroit les nuits comme Neron, Caligula, Heliogabale. On compte juſqu'à trente tyrans qui ſe revolterent ſous ſon regne. Gallien ſe rioit de ſes malheurs, & diſoit lorſqu'on venoit lui dire que l'Egypte, & les Gaules étoient perdues ; *ne peut-on pas ſe paſſer du lin d'Egypte, & des draps d'Arras ?*

An de J. C.

Gallien avoit été fait Auguſte en 253. Il écrivit au ſujet des révoltés à un de ſes Officiers *déchirez, tuez, hachez en pieces : vous voyez aſſez ma volonté, prenez mon eſprit, & ſatisfaites ma colere.* Les Perſes ſe répandirent par tout l'Orient, y firent de grands ravages ; Sapor faiſoit tout tuer, & prenoit plaiſir de paſſer à cheval, d'une montagne à une autre ſur des monceaux de corps morts. Les captifs n'avoient que le pur néceſſaire ; on les menoit à l'eau comme des troupeaux une ſeule fois le jour. 260.

Heureux encore qu'Odenat Roi de Palmire, & Zénobie ſa femme

An de J. C. inquietoient de tems en tems les Perses, & troubloient les rapides progrès de Sapor.

268. Il se fit une conspiration contre Gallien, qui fut tué. On ne pouvoit plus supporter sa vie infâme, Claude fit précipiter du Capitole tous ses parens.

CLAUDE II.

On donne de grands éloges à Claude, dit le *Gothique*, à cause de la victoire qu'il remporta sur les Gots. Il étoit d'une naissance inconnue; on sçait seulement qu'il avoit deux freres, Quintile & Crispe pere de Claudia, qui ayant été mariée à Eutrope en eut l'Empereur Constance pere du Grand Constantin.

Deux sortes d'ennemis troubloient le repos de l'Empire, les Barbares & les Tyrans. Comme on déliberoit dans le Sénat auquel de ces deux ennemis on iroit d'abord; l'avis de l'Empereur fut *qu'il étoit plus à propos de marcher aux Barbares, parce qu'ils étoient les ennemis de la Patrie, au lieu que les Tyrans n'étoient que les ennemis de César*: avis plein d'un modeste désinteressement, & plûtôt d'un bon Citoyen que d'un Prince ambitieux.

Une femme étant venue lui redemander une terre que Gallien lui avoit donnée, & dont l'Empereur s'étoit emparé, *il faut*, dit-il, *que Claude devenu Empereur, restitue ce qu'il a pris lorsqu'il n'étoit que particulier.* An de J. C.

Il mourut de la peste qui attaqua l'Empire au commencement de la troisiéme année de son regne. Son frere Quintile lui succeda,& après avoir regné pendant dix-sept jours, il fut tué, ou 270. comme d'autres disent, il se donna lui-même la mort.

AURELIEN.

Ce Prince honteux de partager l'Empire du monde avec une femme, vainquit Zénobie Reine d'Orient, qui avoit de très-grandes qualités, mais n'étoit pas exempte de luxe, & de trop de magnificence, défauts ordinaires des femmes. Elle faisoit quelquefois des excès de vin, par une folle vanité de l'emporter sur les hommes. Aurelien allant combattre Zénobie, les habitans de Tyanes en Cappadoce lui fermerent les portes; il protesta, *qu'il n'y laisseroit pas un chien*. Apollone lui apparut en songe, & lui dit, que s'il vouloit vaincre, il falloit agir avec dou-

An de J. C.

ceur. La ville fut priſe, & comme les ſoldats en demandoient le ſaccagement, en le faiſant ſouvenir de ce qu'il avoit dit ; il leur répondit, *qu'ils pouvoient tuer tous les chiens.*

Après la défaite des Orientaux, il paſſa en Occident où Tetricus ſe vint rendre à lui. Il alla enſuite à Rome en grand triomphe, menant Zénobie & Tetricus qu'il laiſſa vivre avec honneur chargé de chaînes d'or. Il donna enſuite à Zénobie une terre magnifique en Italie ; cette Reine vécut à Rome avec ſes filles, qui dans la ſuite s'y marierent.

275. Il fut tué entre Bizance & Heraclée allant attaquer les Perſes lorſqu'il meditoit une perſécution générale contre les Chrétiens. Il ne porta & ne donna jamais aucun habit de ſoye ; ſa femme voulant en avoir un, il lui répondit, *qu'il ne pouvoit ſouffrir une étoffe qui ſe vendoit au poids de l'or.*

TACITE.

L'Empereur Tacite étoit homme de Lettres, & prétendoit deſcendre de l'Hiſtorien Tacite. Il fut choiſi après huit mois d'interregne pendant leſquels les ſoldats & le Sénat ſe renvoyoient l'Election. Tacite ne ſe regloit que ſur les conſeils du Sénat ; ce corps lui ayant refuſé le Conſulat qu'il demandoit pour Flavien ſon frere, il ſe contenta de dire *qu'il falloit croire que les Sénateurs avoient un meilleur choix à faire*. Il entreprit de porter la guerre chez les Perſes, mais une fiévre qui le ſurprit termina ſes jours au bout de ſix mois de regne.

An de J. C.

276.

PROBE.

L'Empereur Probe iſſu d'une famille médiocre, fut un des meilleurs Princes qu'aient eu les Romains. Il chaſſa les Barbares des Gaules, & en tua juſqu'à quatre cens mille. Après la défaite des Iſaures, & d'autres Barbares voiſins de l'Egypte, il revint triomphant à Rome. Saturnin ſe révolta en Orient, excité par le peuple d'Alexandrie; Procule, Bonoſe, & d'autres en firent autant en Occident ; ils furent défaits, & Probe donna la paix à l'Empire.

Il ſe préparoit à aller combattre les Perſes, lorſqu'il fut tué à Sirmich par les ſoldats irrités, de ce qu'il ne vouloit pas les laiſſer oiſifs. 282.

La France, l'Eſpagne, & la Hon-

An. de J. C. grie ſont redevables à cet Empereur de l'abondance & de l'excellence de leurs vignobles. Il permit à ces peuples de planter dans leur pays autant de vignes qu'il leur plairoit, ce qui n'avoit point été permis juſqu'alors, & il occupoit les troupes à cet exercice pendant le loiſir de la paix.

CARUS avec ses deux fils CARIN et NUMERIEN.

Les ſoldats élurent Carus après la mort de Probe. Il fit Céſars ſes deux fils, laiſſa le Gouvernement de l'Italie & des Gaules à Carin qui étoit un très-méchant Prince, & alla avec Numerien combattre les Perſes. Il les vainquit, mais le tonnerre tomba ſur
283. ſa tente, la brûla, & lui ôta la vie, lorſqu'il prenoit le titre de Dieu.

284. Numérien fut tué par Aper Prefet du Prétoire, après huit ou neuf mois.

DIOCLETIEN & MAXIMIEN.

Cet Empereur étoit de Dalmatie de la ville de Dioclée dont il forma ſon nom : il avoit de belles qualités, & auſſi de bien mauvaiſes, beaucoup de diſſimulation & de cruauté. L'armée l'élût après la mort de Numérien ; il tua Aper en lui disant, *qu'il auroit l'honneur de mourir d'une main illustre*, & ajouta, *qu'il avoit enfin tué le sanglier fatal*, parce qu'une Druide, lui avoit dit qu'il n'auroit l'Empire que quand il auroit tué le sanglier. Il défit ensuite Carin qui fut abandonné de son armée. An de J. C.

Il associa Maximien Hercule à l'Empire, homme d'un naturel dur, sauvage, & avare ; celui-ci épousa Eutrapia, de qui il eut Maxence, qui usurpa l'Empire, & Fauste femme de Constantin.

En 292. l'Empire fut partagé en quatre. Constance Chlore, & Maximien Galere, gendre de Dioclétien furent associés aux deux autres. L'union entre ces quatre Princes fut admirable pendant 20. ans par le respect que les trois derniers avoient pour Diocletien, & les égards de Diocletien pour eux.

Dioclétien marcha en Egypte, Maximien en Afrique, Constance demeura dans les Gaules, Galere passa en Orient, où il remporta une grande victoire sur les Perses.

Le faste de Dioclétien & son orgueil lui est reproché par les Historiens du tems : il portoit des perles à ses sou-

liers, il se faisoit servir à genoux, il
An de falloit honorer ses images & ses ta-
J. C. bleaux. Il mourut en 313. s'étant em-
313. poisonné lui-même.

HISTOIRE ECCLESIASTIQUE.

Pendant la durée de cette Epoque l'Eglise souffrit dix persécutions sous les Empereurs *Neron*, *Domitien*, *Trajan*, *Adrien*, *Severe*, *Maximin*, *Dece*, *Valerien*, *Gallien*, *Aurelien*, *Dioclétien*, & *Maximien*.

Plusieurs Hérétiques la persecuterent aussi, entr'autres *Simon* le Magicien qui voulut acheter des Apôtres le don du Saint-Esprit. *Cerinthe* & *Bion* qui nioient la Divinité de Jesus-Christ, & vouloient joindre les cérémonies Judaïques avec le Christianisme. *Carpocrate* qui disoit que le monde avoit été créé par les Démons, & rejettoit l'Ancien Testament. *Cerdon* qui admettoit deux principes, l'un bon, & l'autre mauvais, & nioit la résurrection des Corps. *Marcion*, *Montan*, les *Gnostiques*, *Papias* Chef des *Millenaires*, & *Manès* Chef des *Manichéens*, &c. Mais Dieu suscita plusieurs Saints pour s'opposer à ces Hérétiques, dont les principaux furent Saint *Ignace*, Evêque d'Antioche, S. *Polycarpe* de Smirne, Saint *Irenée*, *Tertullien* qui soutint ensuite l'Hérésie de Montan, *Minutius Felix*, *Clement Alexandrin*, *Apollone*, S. *Hypolite*, S. *Cyprien*, *Origene*, S. *Gregoire Taumaturge*, &c. An de J. C.

Plusieurs illustres Personnages se distinguerent aussi dans la République des Lettres. *Denis d'Halicarnasse*, *Velleius Paterculus*, *Philon Juif*, *Séneque*, *Joseph*, *Quinte-Curce*, *Pline le naturaliste*, *Quintilien*, *Pline le Jeune*, *Suetone*, *Florus*, *Appian d'Alexandrie*, *Juvenal*, *Martial*, *Diogene Laerce*, *Justin*, *Plutarque*, *Philostrate*, *Dion Cassius*, *Hérodien*, &c.

IIe. EPOQUE NOUVELLE,

312. —— 420.

CONSTANTIN LE GRAND,
Ou *la paix de l'Eglise.*

D. En quelle année le Grand Constantin regna-t-il ?

R. En 306. de l'Ere Chrétienne, il étoit fils de Constance Chlore, Prince excellent, estimé des Chrétiens & des Payens.

An de J.C. Constantin étoit d'un naturel admirable, & plein de toutes sortes de bonnes qualités. Il épousa en premieres nôces Minervine qui fut mere de Crispe César, & en secondes nôces Fauste fille de Maximien Hercule. Constance Chlore étant mort en 306. Galere s'associa Maximin & Licinius. Le Tyran Maxence prit le nom d'Empereur dans la Capitale de l'Empire.

L'Empire avoit alors six Empereurs, Maximien Hercule, Galere, Licinius, Maximin, Maxence, & Constantin.

Maximien Hercule tenta de tuer Constantin d'intelligence avec Fauste sa fille épouse de Constantin. Maximien devoit entrer la nuit dans sa chambre, mais Fauste découvrit tout. Constantin substitua un Eunuque, Hercule y vint, le tua, & s'écria qu'il avoit
310. tué Constantin. Constantin parut, & ne laissa à ce miserable que le choix du supplice, il se pendit, & s'étrangla : après 20. ans de Regne.

Galere mourut l'an 310. après une maladie effroyable qui dura plus d'un an, dans les parties les plus sensibles, & les plus secrettes, il en sortoit une puanteur qui infectoit non seulement le Palais, mais toute la Ville, tous les Medecins le fuyoient. An de J. C.

Licinius & Maximin partagerent ſes Etats. 311.

Maxence ruinoit Rome par ſa tyrannie, & la perdoit par ſes débauches : il s'attaquoit aux premieres femmes du Sénat, mais quand ſa brutalité attaquoit des Dames Chrétiennes, il y trouvoit une réſiſtance généreuſe, parce qu'elles aimoient mieux lui abandonner leur vie que leur pudeur.

Maxence & Conſtantin ſe préparerent à la guerre : Maxence avoit 170. mille hommes de pied & 18000. chevaux, Conſtantin n'avoit que 90. mille hommes d'infanterie & huit mille chevaux. Il rechercha l'amitié de Licinius en lui promettant ſa ſœur Conſtancie en mariage : Maximin qui venoit de traiter avec Licinius crut que celui-ci, en s'alliant avec Conſtantin, cherchoit à ſe fortifier contre lui, & rechercha en ſecret l'amitié de Maxence.

Enfin Conſtantin s'adreſſa à Dieu pour être ſecouru dans cette occaſion.
Il vit, ainſi que toute ſon armée, en pleine 312.
campagne près de Treves une Croix au-deſſus du Soleil portant cette inſcription : *Vainquez par ceci*. Jeſus-Chriſt lui apparut enſuite avec le même ſigne, &

An de J. C.

Constantin fit venir des Orfevres, & fit faire une Croix semblable qu'on portoit par tout dans les combats, surtout où l'armée plioit. Constantin embrassa la Religion Chrétienne, se fit instruire de ses mysteres, & alla combattre Maxence qu'il défit en différentes batailles. Maxence périt s'étant précipité dans le Tibre par l'ouverture d'un pont qu'il avoit fait dresser pour noyer Constantin dans son passage; il étoit construit sur le fleuve de telle sorte, qu'en ôtant quelques crampons qui se lioient par le milieu, il s'ouvroit, & se rompoit de lui-même.

Constantin fit ensuite triompher la Croix par-tout. Il fit faire une Statue qui tenoit une longue Croix dans la main, avec une inscription qui marquoit que c'étoit par ce signe salutaire qu'il avoit délivré Rome de la servitude & du tyran qui l'opprimoit. Il employa plusieurs années au bon ordre de l'Eglise & de l'Etat.

Il fit avec Licinius un Edit tout-à-fait favorable aux Chrétiens, fit triompher la Croix dans l'Empire, & obligea Maximin à finir la persécution.

Licinius épousa Constancie sœur de Constantin, & pendant que celui-ci alla combattre les François, il alla faire la guerre à Maximin avec trente mille hommes contre ſoixante, & le défit. An de J. C.

Ce miſérable déſeſperé avala du poiſon, mais le vin & la viande dont il s'étoit rempli avec excès en empêchant l'effet, lui cauſa une effroyable maladie; le poiſon le brûlant au-dedans, il prenoit de la terre à pleines mains, & la dévoroit. Il fut quatre jours en fureur, criant qu'il commençoit à voir Dieu qui le jugeoit, ſe confeſſant coupable, & priant Jeſus-Chriſt en pleurant de lui faire miſéricorde. Il finit ainſi une vie déteſtable au milieu des cris comme ſi on l'eût brûlé vif.

L'Empire ſe trouva ainſi partagé entre Licinius & Conſtantin.

Conſtantin voulant garder quelques meſures avec ſon beau-frere, lui fit repréſenter par des Ambaſſadeurs qu'il étoit tems de donner la paix à l'Egliſe, qu'il le prioit de concourir avec lui à ce pieux deſſein. Licinius homme féroce, ennemi déclaré de tout bien, n'eut aucun égard à ces remontrances: il en fallut venir à la force. Conſtantin marche contre lui, lui ôte la vie & l'Empire.

D. Comment Constantin rétablit-il la paix dans l'Eglise ?

An de J. C.

R. En employant tous ses soins à remettre l'union parmi les Evêques qui étoient partagés sur la Doctrine. Il fit assembler un Concile à Nicée où se trouverent plus de trois cens Evêques ; il y prit aussi séance, & l'Hérésie d'Arius qui nioit la Divinité de J. C. y fut condamnée. Les Peres du Concile dresserent le Symbole où la Consubstantialité du Pere & du Fils est établie d'une maniere forte & précise, & où toutes les subtilités de l'Arianisme sont détruites en des termes clairs & incontestables. L'Empereur prit la derniere place dans cette auguste Assemblée, & jetta dans le feu tous les Libelles qui étoient nés des disputes de ces Prélats en disant ces belles paroles : *Si je voyois un Evêque en faute, je le couvrirois de cette pourpre Imperiale.*

Il changea le Siege de l'Empire, &
330. l'établit à *Byzance* qu'il fit rebâtir, & qu'il nomma de son nom *Constantinople* ; mais la cruauté, vice barbare, & si indigne de la grandeur d'un Prince, ternit extrêmement sa gloire. Il fit mourir *Crispus César* son fils,

que *Fausta* sa belle mere avoit accusé faussement d'avoir voulu attenter à sa pudicité; mais ayant ensuite découvert les débauches de l'Impératrice & sa perfidie, il vengea par sa mort celle de l'innocent Crispus. An de J. C.

Il semble que Dieu a puni les fautes de Constantin par celles qu'il fit dans la suite de son règne, en se laissant tromper par les Ariens, qui le porterent à persécuter les Saints défenseurs de la vérité.

Dans le dessein d'appaiser les troubles de l'Arianisme, il assembla un grand Concile à Tyre, & un autre à Jerusalem. Le premier déposa S. Athanase, & l'autre reçut Arius & ses Sectateurs à la Communion. Athanase vint lui demander justice, Constantin le relegua dans les Gaules; cependant il reconnut l'hypocrisie d'Arius à sa mort, mais non pas la malice de ses fauteurs. 335.

Il fit une autre faute contre la politique: il créa César avec ses trois enfans, Dalmace fils de Dalmace son frere, & donna le titre de Roi à Annibalien frere de Dalmace César: Constantin qui n'élevoit ces deux freres que parce qu'il les aimoit, les perdit, en les égalant à ses enfans, dont il les rendit ennemis.

An de J. C.

Il partagea aussi cette année l'Empire entre ses enfans & ses neveux : Constantin l'aîné eut les Gaules, l'Espagne, l'Angleterre. Constance l'Orient, l'Asie, la Syrie, l'Egypte. Constant l'Illyrie, l'Italie & l'Afrique. Dalmace, la Trace, la Macedoine, l'Achaïe. Le Roi Annibalien, l'Armenie Mineure, le Pont, la Cappadoce & la ville de Césarée pour Capitale.

La mort de Constantin causa une
337. extrême douleur aux soldats, aux peuples, & à tout l'Empire. Constance vint lui rendre ses derniers devoirs : Il fut enterré dans l'Eglise des Apôtres à Constantinople ; l'Eglise a toujours eu beaucoup de respect pour sa mémoire.

Si on lui a reproché d'aimer la gloire, ce n'a point été au moins celle des Inscriptions ; car il traitoit lui-même Trajan de *Parietaire*, parce qu'on voyoit par-tout son nom sur les murailles.

Il avoit des Officiers avares, il en prit un jour un par la main, & lui dit : *Ne mettrons-nous point de bornes à notre cupidité?* Puis ayant décrit avec sa lance sur la terre un espace égal à la grandeur du corps humain, il ajouta : *Quand vous auriez amassé toutes les richesses de l'Univers, vous ne posséderiez après cette vie, qu'un espace, tel que je viens de vous le marquer ; pourvû encore que vous l'ayez.* An de J. C.

Constantin ayant sçû qu'on avoit défiguré une de ses Statues, sa cour l'exhortoit à s'en venger, & lui disoit que son visage avoit été tout meurtri, il passa la main dessus, & leur répondit en souriant, *qu'il n'y sentoit aucune blessure*, ce qui couvrit de confusion ses lâches flateurs.

Le soin qu'il prenoit d'établir une police Chrétienne, lui fit dire un jour agréablement à des Prélats, *qu'ils étoient les Evêques du dedans des Eglises, & lui Evêque du dehors.*

CONSTANTIN II. CONSTANCE, ET CONSTANT.

Après la mort de Constantin on massacra ses freres, ses neveux, & ses Ministres ; Dalmace & Annibalien qui avoient part à l'Empire furent de ce nombre. On n'épargna que deux enfans de Jules Constance, frere de

An de J. C.

Conſtantin, Gallus & Julien. On croit que Conſtance eſt l'auteur de tous ces meurtres.

Les trois enfans de Conſtantin garderent le partage que leur pere avoit fait.

Le premier porta les armes en Italie pour s'agrandir aux dépens du dernier. Il périt dans une embuſcade que lui dreſſerent quelques Chefs de l'armée de ſon frere.

Conſtantin n'eut pas un meilleur ſort. Il mourut de la main d'un aſſaſſin envoyé par le Tyran Magnence.

Conſtance, loin de défendre l'Egliſe comme ſon pere avoit fait, la perſécuta par la protection qu'il donna aux Ariens, dont Conſtantin le Grand avoit fait condamner la Doctrine dans le Concile de Nicée en 325. Mais la faveur qu'il leur avoit accordée fut bientôt ſuivie de la colere du Ciel. Il fut fort maltraité des Perſes, & *Julien* qu'il avoit envoyé dans les Gaules pour reprimer les courſes des Allemands, fut proclamé Empereur par l'armée. Il proteſta qu'il n'y avoit aucune part; mais S. Gregoire de Nazianze, Theodoret & Sozomene, ne l'excuſent point de ſoulevement, & d'inſolence.

Julien ayant perdu sa femme Helene sœur de Constance envoya son corps à Rome. Il se prépara à la guerre contre Constance, faisant encore alors profession extérieure du Christianisme, quoiqu'il l'eût abjuré pour embrasser le Paganisme. Dans les Lettres qu'il écrivit à différentes villes pour justifier sa conduite, il assuroit que ses Dieux l'avoient obligés à se déclarer contre Constance; ce qui étoit plus vrai qu'il ne pensoit, puisque le Dieu de l'ambition, étoit son véritable Dieu.

An de J. C.

Constance marchoit en diligence contre Julien, lorsque la mort le surprit en chemin. Il mourut d'une fiévre 361.
ou du poison la 25e. année de son regne, & la 45e. de son âge.

Saint Grégoire de Nazianze dit, qu'il se repentit de trois choses, d'avoir fait répandre le sang de ses parens, d'avoir fait César, Julien & d'avoir causé tant de troubles à l'Eglise.

JULIEN.

Julien étoit fils de Jules Constance, frere du Grand Constantin.

On lui a donné le surnom d'*Apostat*, parce que dès qu'il fut devenu Maître

An de J. C.

de l'Empire, il renonça publiquement à la Foi de Jesus-Christ, & ne craignant plus Constance dont il étoit neveu & gendre, il ouvrit les Temples des faux Dieux, rétablit leur culte, & prit la qualité de Souverain Pontife. Cependant on a dit de lui qu'il étoit juste, prudent, courageux, libéral & chaste : mais vain, grand parleur, superstitieux, & adonné à la magie. Il attaqua la Religion Chrétienne plus par ruses que par la force ouverte, la voye des caresses lui parut plus propre à séduire les Chrétiens, que celle des tourmens. Pour priver la jeunesse Chrétienne de l'étude & des sciences, il ne trouva pas de meilleur moyen que de lui interdire la lecture des Auteurs Profanes. Il poussa sa haine jusqu'à vouloir rebâtir le Temple de Jerusalem, dans l'espérance qu'en retablissant les Cérémonies, & les Sacrifices de l'ancienne Loi; il anéantiroit les Prophéties de Jesus-Christ; il fit assembler les Juifs qui reçurent sa proposition avec une joye inexprimable, les plus excellens ouvriers accoururent de toutes parts, & se mirent à travailler, l'ouvrage s'avançoit, lorsque des globes de feu sortirent des entrailles de la terre terres, dévorerent les ouvriers, & consumerent leurs travaux. Dieu ne fut pas long-tems à lui faire sentir les effets terribles de sa vengeance; s'étant engagé dans une guerre contre les Perses, il périt d'une maniere misérable à l'âge de 32. ou 33. ans, la seconde année de son Regne.

An de J. C. 363.

On tient, dit Théodoret, que quand il se sentit blessé il remplit ses mains de son sang, & le jetta en l'air, disant: *Tu as vaincu Galiléen.*

Quoique Julien affectât une fausse douceur envers les Chrétiens, cependant, au rapport de S. Grégoire de Nazianze, l'Oronte fut comblé des corps de ceux qu'il avoit fait tuer ou noyer durant la nuit, outre divers endroits écartés du Palais, des fossés, des caves, des puits, des étangs, qui furent remplis des corps de ceux qu'on avoit martyrisés par ses ordres. Après sa mort on trouva dans son Palais des coffres pleins de têtes, & des puits remplis de corps morts, dont il s'étoit servi pour ses détestables mysteres.

JOVIEN.

Jovien fut élû Empereur après Julien par le consentement unanime des troupes.

An de J. C.

Cet Empereur est loué par les Chrétiens & par les Payens ; il étoit d'un naturel doux, excellent, généreux, d'un esprit guai, facile, familier.

Il n'accepta l'Empire qu'après avoir obligé tous les soldats à se déclarer Chrétiens, l'armée accepta cette condition, il fit une paix désavantageuse avec les Perses, mais nécessaire ; il fallut abandonner cinq Provinces sur le Tigre. Jovien ramena ensuite l'armée Romaine, rendit la paix à l'Eglise, abatit les Idoles, rappella & consulta S. Athanase, rejetta les demandes des Hérétiques, & mourut dans la Bythinie âgé de 33 ans, après sept mois & vingt jours de regne, étouffé de la vapeur du charbon qu'on avoit allu-
364. mé dans sa chambre.

VALENTINIEN I. ET VALENS son Frere.

Cet Empereur & Valens son Frere étoient fils de Gratien, qui avoient servi sous les Empereurs précédens, & qui avoient eu de grands emplois.

Valentinien exilé sous Julien à cause de son aversion pour l'Idolâtrie, & rappellé par Jovien, fut unanimement élu Empereur après la mort de ce Prince.

C'étoit un génie mâle. On vouloit lui donner un Collegue; mais il en rejetta la proposition par cette réponse pleine de vigueur. *Il a dépendu de vous de me donner l'Empire ; l'ayant une fois reçu, c'est à moi, & non pas à vous de juger ce qui est utile pour le bien public.* An de J. C.

Il fit paroître du zéle pour le Christianisme par diverses Loix, & ne se mêla point des disputes sur la Foi, laissant une liberté entiere de Religion; aussi faut-il avouer qu'il ne témoigna pas toujours le zéle qu'on devoit attendre d'un Confesseur. Justine sa femme étoit Arrienne. Il soutint Auxence Evêque Arrien de Milan, & chassa de cette Ville Saint Hilaire de Poitiers. Il n'usa point de l'autorité qu'il devoit avoir sur son frere Valens, pour l'engager à ne point persécuter les Catholiques.

Valentinien avoit d'excellentes qualités accompagnées de certains défauts, dont le principal étoit une rigueur excessive, une séverité dont il ne revenoit point, ayant sans cesse à la bouche, *qu'on ne peut bien gouverner un Etat sans séverité.* Mais toutes ces extrémités sont dangereuses : le dernier réfuge des affligés, c'est la bonté du Prince.

Valentinien avoit de très-mauvais Mi-

An de J. C. nistres; c'est une grande marque de la colere de Dieu sur les Peuples & sur les Princes, quand les Souverains n'ont auprès d'eux que des personnes qui les trompent.

Valentinien s'étant associé son frere Valens, ils diviserent l'Empire. Valentinien prit l'Occident, & Valens l'Orient, l'Egypte, l'Asie & la Thrace.

Valentinien pilla le Pays des Allemands, ravagea le Pays des Quades, & après avoir regné 12. ans, il mourut d'apoplexie dans un emportement de
375. colere, dont il fut saisi en parlant aux Ambassadeurs des Barbares.

Valens séduit par sa femme, se fit baptiser par Eudoxe Arrien, se préparant à faire la guerre aux Gots & aux Isaures, il défit Athanaric Roi des Gots, & lui accorda la paix; Athanaric ne voulut jamais passer sur les terres des Romains, prétendant que son pere le lui avoit défendu; on mit des Vaisseaux au milieu du Danube pour les Conférences.

Le Démon répondit à ceux qui le consultoient sur le futur Empereur, que son nom commenceroit par *Theod.* On fit mourir toutes les personnes de qualité de ce nom-là. On fit aussi exécuter tous les Philosophes Payens connus comme Magiciens, entre lesquels fut Maxime. On brula tous les Livres de Magie; mais ces violences de Valens, quelles marques donnent-elles de son esprit? S'il regardoit la Magie comme une vaine imagination, pourquoi s'en allarmer? S'il croyoit les Prédictions véritables, c'étoit une autre folie de s'imaginer pouvoir empêcher ce qui étoit arrêté au Ciel. Theodose a été son Successeur, non parce que le Démon l'avoit prédit, mais parce que Dieu le vouloit, & avoit permis au Démon de le sçavoir, pour exercer sa Justice sur tant de sacrileges, par le Ministére de Valens. An de J. C.

Ce Prince fut défait par les Gots à Andrinople, & blessé d'un coup de fléche : on le porta dans une maison, où 378.
les Gots mirent le feu.

Il avoit quelques bonnes qualités, & témoignoit estimer beaucoup cette parole de Tite, *qu'il avoit perdu le jour auquel il n'avoit fait de bien à personne*; & cette autre, que *c'est aux pestes & aux tremblemens à tuer les hommes & aux Princes à les sauver*. Il regna 15. années.

An de J. C.

GRATIEN.

Cet Empereur ſuccéda à Valentinien I. en Occident. Dans un Regne fort court, il acquit une réputation au-deſſus des grands Princes. Il étoit doux, aimable, ſobre, maître de ſes paſſions, grand dans la paix, illuſtre dans la guerre. Il aſſocia ſon frere Valentinien II. à l'Empire, & défit 40. mille Allemans près de Colmar en Alſace. La mort de Valens l'ayant rendu maître de l'Empire, il partagea les ſoins pénibles du Gouvernement avec Theodoſe, & le déclara Empereur d'Occident.

Maxime s'étant érigé en Tyran de l'Angleterre & de la Gaule, avoit établi ſon Siége à Treves; Gratien ſe mit en marche, pour châtier ſa rébellion, & trahi par un de ſes principaux Officiers, il tomba dans un piége. On le
383. maſſacra inhumainement.

THEODOSE ET VALENTINIEN II.

La piété & la valeur ſignalerent le

Regne de Théodose. Il aimoit l'Eglise, & avoit une singuliere vénération pour ses Ministres. Il avoit coutume de dire, *qu'il faisoit plus d'état de la qualité de Chrétien, que de celle d'Empereur, & que d'être fils de l'Eglise lui paroissoit beaucoup plus grand que d'être le Maître de tout le monde.* Ce grand Capitaine défit le Tyran Maxime, & mit sur le Trône d'Occident Valentinien II. frere de Gratien.

An de J. C. 388.

Le Peuple d'Antioche avoit eu l'audace de traîner dans les ruës la Statue de l'Impératrice Flaccille, Théodose piqué d'un si sanglant outrage, ordonna dans les premiers mouvemens de sa colere de démolir cette ville jusqu'aux fondemens, & de passer tous les Séditieux au fil de l'épée.

Le saint Evêque Ambroise qui connoissoit l'humeur prompte & ardente de Théodose, lui fit donner une Ordonnance qui portoit expressément que les Sentences de mort n'auroient plus lieu qu'au bout de trente jours. Il vouloit par cet Edit lui donner le moyen de révoquer ces Sentences, en lui donnant le tems de calmer les transports de la colere: Cette Loi fit le salut de la ville d'Antioche. Deux ans après les ha-

bitans de Theſſalonique ayant commis
An de J. C. les derniers excès contre quelques Magiſtrats, la nouvelle de cette inſolence jetta l'Emperenr dans de tels transports, qu'il envoya des Troupes avec ordre de faire main baſſe ſur tous les habitans en un jour ſolemnel, dont la joie & les divertiſſemens avoient raſſemblé ce pauvre peuple dans le Cirque. Théodoſe s'étant préſenté enſuite à la porte de l'Egliſe de Milan, Saint Ambroiſe lui en défendit l'entrée, juſqu'à ce qu'il eût expié le carnage de Theſſalonique : Le pieux Empereur ſe ſoumit, & fut encore plus grand par ſa pénitence après ſa chute qu'il ne l'étoit même avant ſon péché.

L'Empereur Valentinien II. après avoir regné ſeize ans & quelques mois
392. périt par la trahiſon du Comte Arbogaſte, qui après l'avoir fait étrangler par des ſcélerats auprès de Vienne, ville des Gaules, le fit pendre à un arbre avec ſon mouchoir, pour faire croire qu'il s'étoit tué lui-même.

Théodoſe marcha en même-tems contre les Tyrans Eugene & Argobaſte, & le Ciel & l'air ſe déclarant pour lui, il vengea dans leur ſang l'attentat qu'ils avoient commis contre

Valentinien. Après cette victoire, il nomma Césars Arcadius & Honorius, ses fils, qui étoient encore en bas âge, & confia le soin de leur éducation à Arsene, qu'il leur donna pour Précepteur. Lorsqu'il le chargea de la conduite de ces jeunes Princes, il lui commanda de ne les point traiter comme Césars, mais comme ses Disciples, & de les châtier même lorsqu'ils tomberoient en quelques fautes. Etant un jour entré dans la chambre où l'on faisoit la leçon aux Princes, & les ayant trouvés assis, & Arsene debout devant eux, il en témoigna beaucoup d'indignation, & ordonna qu'Arsene seroit toujours assis, & que les Princes se tiendroient debout & découverts pendant la leçon, persuadé qu'on ne pouvoit donner à un Maître trop d'autorité sur ses Disciples. Mais Arsene quelque tems après dégouté de la Cour, préfera la solitude à toutes les grandeurs mondaines

An de J. C.

Arbogaste n'osant prendre la place de Valentinien fit déclarer Empereur, par l'armée, Eugene, autrefois Professeur de Rhétorique, alors Secrétaire de la Cour de Valentinien. Celui-ci

envoya hardiment de Ambassadeurs à
An de J. C. Théodose pour lui en donner avis, & sçavoir s'il vouloit le reconnoître pour son Collegue. Théodose dissimula, mais il se prépara à la guerre contre Eugene qu'il eut bien de la peine à vaincre. Eugene fut fait prisonnier, & décapité par les Troupes de Théodose, & Arbogaste se passa deux épées au travers du corps.

395. Enfin Théodose, après avoir partagé l'Empire à ses deux fils, mourut comblé de gloire & de mérite.

ARCADIUS ET HONORIUS.

Arcadius & Honorius étoient encore en fort bas âge, lorsque leur pere partagea l'Empire entr'eux, donnant celui d'Orient à Arcadius, & celui d'Occident à Honorius.

Gildon, Tuteur d'Arcadius entreprit de se rendre maître de l'Afrique, & de la posséder en titre de Royaume; Mais son frere l'ayant attaqué avec peu de Troupes, punit sa perfidie. Rufin devint le chef du Conseil d'Arcade; une humeur enjouée cachoit son ambition, son avarice & sa cruauté. Il porta ses vues jusqu'au Trône, & attira les Huns & les Gots en Asie. Honorius envoya des Troupes au secours de son frere, & par un manege convenu, les Soldats se jetterent sur Rufin & le mirent en piéces, sous les yeux d'Arcade. Quelque tems après Stilicon, Tuteur & beau-pere d'Honorius, croyant devoir faire servir sa Tutele à son ambition, entreprit de mettre l'Empire dans sa Maison. Il venoit de dompter par famine, & sans coup férir, Radagaise, Roi des Gots, qui avoit une Armée de deux cens mille hommes; ayant enfermé ce barbare dans les détroits des montagnes de Fiesole en Toscane, il tailla en pièces plus de cent mille de ces Barbares, & fit tout le reste esclave. Enflé de ses victoires & de sa puissance, il ne songea plus qu'à mettre tout l'Occident en feu, en y excitant des sémences de guerre & de brouilleries. Dans cette pensée, il attira dans les Gaules les Vandales.

An de J. C. 406.

Alaric, Roi des Gots s'étant mis en marche pour prendre possession des Terres qu'Honorius lui avoit accordées dans la Gaule, Stilicon chercha tous les moyens de chagriner ce Prin-

An de J. C. ce, pour brouiller de plus en plus les affaires de l'Empire. Cependant Arcadius ayant chassé du Siége de Constantinople Saint Jean-Chrisostôme, Patriarche de cette Ville, par les sollicitations de l'Impératrice Eudoxie sa femme, mou-
408. rut peu de tems après la treiziéme année de son Regne. Il déclara en mourant son fils Théodose âgé de huit ans pour son Successeur à l'Empire: il le mit sous la tutelle de Isdegerdés Roi de Perse.

HONORIUS ET THEODOSE II.

Théodose le jeune partagea l'Empire avec Honorius son Oncle, étant encore enfant. Isdegerdès Roi de Perse, ne contribua pas tant à l'affermissement des Etats de son Pupille, que la rare conduite & l'habileté étonnante avec laquelle Pulquerie, sœur du jeune Empereur gouverna les affaires. Elle lui fit épouser Athenaïs fille du Philosophe Leontius, qui prit le nom d'Eudoxie au Baptême. Les menées & les artifices de Stilicon ayant été découverts, Honorius le fit massacrer avec son fils Eucher, que ce pere ambitieux

avoit tâché d'élever ſur le Trône par
toutes ſortes de moyens. Alaric irrité An de
du meurtre de Radagaiſe Roi des Gots, J. C.
que ce Général avoit fait tuer, ſe pré-
ſenta bruſquement devant les murs de
Rome, & l'ayant forcée, il l'abandonna au pillage.

Cette priſe de Rome par les Gots
arriva l'an 410. de J. C. Après ſa mort
Ataulphe, beau-pere d'Alaric, ayant
été élu Roi des Gots, marcha une ſeconde fois contre Rome, & acheva 411.
d'enlever tout ce qui avoit échapé à
la fureur du ſoldat dans le premier
pillage de la ville. Placidie, ſœur
d'Honorius fut la proie du Roi barbare qui l'emmena en Eſpagne, & l'é-
pouſa. Mais comme il travailloit à
conclure une ſolide paix avec les Romains, il fut tué à Barcelone par ſes
domeſtiques.

Sigeric ſuccéda, puis Wallia. Ce dernier fit la paix avec Honorius, & lui renvoya ſa ſœur Placidie, qui épouſa enſuite un fameux Capitaine nommé Conſtantius. La paix fut conclue avec les Gots, & on leur aſſigna toute l'Aquitaine, & pluſieurs Cités de la Province Narbonnoiſe.

Sur ces entrefaites la Princeſſe Pla-

An de J. C. cidie, ayant perdu Constantius son mari, fut reléguée par Honorius, & contrainte de se réfugier à Constantinople à la Cour de Théodose, avec son fils Valentinien. Peu de tems après, Hono-
423. rius mourut à Rome sans laisser d'enfans, la 28. année de son Regne.

Il seroit difficile de trouver une époque, qui présentât tant de personnes célébres par leur doctrine & leur sainteté. S. Athanase, S. Basile-le-Grand, S. Gregoire de Nazianze, S. Ambroise, S. Grégoire, S. Cesaire, frere de S. Gregoire de Nazianze. S. Cyrille, S. Jerôme, S. Augustin, S. Jean-Chrysostôme, Orose, Sulpice-Sévere, Cassien, Prudence, Sedulius, S. Paulin, Lactance, S. Paul, premier Hermite, S. Antoine, S. Pacôme, &c.

IIIe. EPOQUE NOUVELLE.

420 - 801.

Les Monarchies nouvelles.

D. Qu'entend-t-on par les Monarchies nouvelles ?

R. On entend celles de *France*, d'*Ecosse*, d'*Espagne*, & le Royaume d'I-

talie. La France eſt la plus ancienne de toutes ; elle a commencé en 420. An de J. C.
& les François ſont ſortis des Provinces que l'on nomme aujourd'hui la *Weſtphalie*, la *Franconie*, & de tous les Pays qui ſont entre l'*Elbe* & le *Rhin*. Je ne ſuivrai dans ces époques que la ſuite des anciens Empereurs & celle de nos Rois.

HISTOIRE DE FRANCE.

PHARAMOND, CLODION, MEROUE'E, CHILDERIC,

Pendant les Révolutions de l'Empire d'Occident, les François eurent
pour premier Roi *Pharamond*. Ce Prin- 418.
ce ne paſſa jamais le Rhin.

Clodion ſon Succeſſeur fut le premier qui tenta cette entrepriſe. Il avoit établi ſon Siége à Amiens, & s'étoit
rendu maître des Villes de Cambray & 447.
de Tournay. Mais le véritable Fondateur de la Monarchie Françoiſe fut *Mérouée*, Succeſſeur de Clodion, & ſon parent. Ce fut pendant ſon Regne qu'Attila fut battu dans les plaines de Châlons en Champagne, où il perdit
plus de 200000. hommes. Mérouée eſt 458.

la Tige de la premiere Branche de nos
An de Rois, dite *Mérovingienne*, qui finit à
J. C. Childeric III. lequel fut deposé par
Pepin-le-Bref en 751.

458. *Childeric*, ayant succédé à Mérouée. Les François le chasserent du Trône à cause de ses débauches, & des impôts qu'il avoit mis sur le peuple. Obligé de se retirer auprès du Roi de *Thuringe*, il fut rétabli par l'adresse de Viomade, son Confident, qui conseilla au Comte *Gilles*, que les François avoient mis en la place de Childeric, d'accabler le peuple d'Impôts, afin de le contenir. Gilles suivit cet avis, & les François commençant à regretter leur premier Roi, le redemanderent au bout de sept ans. Childeric averti par Viomade repassa le Rhin à la tête d'une armée considérable. Le Comte Gilles alla au-devant de lui, mais il fut entiérement défait. Dès que Childeric fut remonté sur le Trône il devint actif, vigilant, occupa ses Sujets à la guerre, battit les Romains & les Saxons, qui étoient entrés dans les Gaules par l'embouchure de la Loire,
481. & mourut à Tournay, l'an 481. On y a découvert sa Sépulture, où entr'autres singularités s'est trouvé un anneau

où son effigie & son nom sont gravés.

An de J. C. 481.

CLOVIS.

Clovis fils de Childeric fut le premier Roi Chrétien. Il épousa Clotilde fille de *Chilperic*, Roi de Bourgogne, qui le sollicita à se faire baptiser. Il ne se rendit que dans la bataille de Tolbiac contre les Allemands, où il se trouva en danger, & promit qu'il adoreroit le Dieu de Clotilde s'il daignoit le secourir. Sa priere ne fut pas infructueuse; Dieu l'écouta, & à l'instant ses Troupes reprirent courage. Il fut 496.
baptisé par *S. Remi* dans la Ville de Reims le jour de Noël de l'année 496. & reçut en même-tems l'Onction du S. Chrême. 3000. François furent baptisés avec lui, & tous porterent la Robe blanche. Après le Baptême il agrandit beaucoup sa Domination par ses Conquêtes. On l'accuse d'avoir été cruel envers les Princes de son sang; qu'il fit mourir. Au reste il étoit grand Capitaine, brave Soldat, Politique habile, & il ne lui a manqué, pour être un vrai Héros, que d'être plus humain. Il mourut à 45. ans, & fut enterré à Paris en l'Eglise de S. Pierre &

An de J. C. S. Paul, où Sainte Genevieve fut enterrée la même année.

CHILDEBERT, CLOTAIRE, CLODOMIR, THIERRI.

511. Clovis en mourant laissa quatre fils qui partagerent entr'eux la Monarnarchie, & en firent quatre Royaumes. *Thierri*, son fils naturel eut le Royaume de *Metz* ou *d'Austrasie*, qui s'étendoit fort au-delà du Rhin; *Clodomir* celui d'*Orleans*; *Childebert* le Royaume de *Paris*, & *Clotaire* celui de *Soissons*. On ne trouve ordinairement dans la Liste de nos Rois que ceux de Paris. Mais les autres étoient également Souverains dans leurs Etats. Leurs regnes ont été remplis d'agitations & de troubles

558. Childebert I. regna 48. ans, & fut enterré à Saint Germain-des-Prés. Clotaire, Roi de Soissons, succéda & réunit en sa personne la part de ses trois freres aînés. Il étoit cruel & disso-
561. lu dans ses mœurs. Il mourut en 561. à Compiegne. Il laissa quatre fils, qui partagerent entr'eux le Royaume de France.

CHEREBERT, GONTRAN, CHILPERIC, SIGEBERT.

An de J. C.

Cherebert fut Roi de Paris, *Gontran* le fut d'Orleans, *Chilperic* de Soissons, & *Sigebert* eut l'Austrasie, en l'état que l'avoit possédé Thierri. Il épousa la fameuse Brunehaud, fille d'Athanagilde, Roi des Visigots.

Le Regne de Cherebert a été sans trouble, mais aussi sans gloire. Rien n'est si désordonné que la licence que se donnoit ce Roi François & tous ses freres. Il ne regna que quatre ans. 570.

Chilperic, fils de Clotaire succéda. Il épousa, 1°. Andouecre, qu'il répudia, & fit mourir ses trois enfans. 2°. Galsonte, sœur de Brunehaud, qu'il fit étrangler. 3° Fredegonde qui d'Esclave devint Reine, & fit commettre au Roi les crimes & les meurtres dont son Histoire est pleine. Il y avoit entr'elle & Brunehaud une émulation de scélératesse & d'infamie.

Fredegonde fit tuer son mari par Landri, lorsqu'il revenoit de la chasse. 596.

CLOTAIRE II.

Clotaire II. son fils succéda. Sa mi-

An de J. C. norité fut troublée par les factions de son cousin, Roi d'Austrasie; mais Gontran son oncle le soutint, & sa mere qui le porta en maillot à la guerre, lui assura la paix dans ses Etats par une victoire signalée. Brunehaud dans
628. la suite fut prise par Clotaire, & traînée à la queue d'un cheval indompté.

DAGOBERT I. CLOVIS II. CLOTAIRE III. CHILDERIC II. THIERRI.

644 Dagobert I. se rendit illustre par la fondation de l'Abbaye de S. Denis, qu'il fit couvrir d'argent. Il fut enterré à S. Denis, qu'il fonda, & qui depuis a été le lieu ordinaire de la Sépulture des Rois. Les Historiens blâment son incontinence, louent sa bonté, son équité & sa politique, qui lui fit établir un Commerce avantageux
660. avec l'Espagne & l'Italie. Clovis II. son fils, pour soulager ses Sujets affligés d'une famine, après avoir épuisé ses coffres, fit distribuer l'argent, dont son pere avoit fait couvrir l'Eglise de S. Denis. Quelques Historiens l'accusent d'oisiveté & de fainéantise; mais c'est un malheur de son bas âge, & de l'ambition des Maires du Palais.

Clotaire III. succéda à son pere, il
mourut sans être marié, âgé de 18. ans. An de
Childeric II. succéda à son frere. J. C.
Un Noble nommé Bodillon, qu'il avoit 674.
fait battre de verges, le tua avec sa
femme qui étoit enceinte, comme il
revenoit de la chasse. 667.

Théodoric ou Thierri succéda à son
frere. Il n'est connu que par sa fainéantise, & l'autorité qu'il laissa pren- 691.
dre aux Maires du Palais.

CLOVIS III. CHILDEBERT.

Clovis III. mourut âgé de 15. ans, 694.
sous la tutelle de Pepin-le-Gros, Maire du Palais, qui domta les Saxons.

Childebert succéda à son frere, il 711.
s'efforça en vain de rétablir l'autorité
Royale, il fut obligé de céder à la politique des Maires Usurpateurs.

DAGOBERT II.

Dagobert II. succéda à son pere, mais Pepin regnoit en sa place, il le montroit au peuple le premier jour de Mai, & ensuite l'enfermoit comme dans un Serrail. Au reste Pepin gouverna sagement. Il mourut en 714. après

avoir regné en qualité de Maire sous
An de J. C. quatre Rois.

Dagobert mourut en 715.
715.

CLOTAIRE IV. THIERRI, CHILDERIC III.

Clotaire IV. fut élu par la faction de Charles Martel, au préjudice de Thierri, fils de Dagobert II. Il mourut en
719. 719.

Clotaire avoit pour Compétiteur au Royaume Chilperic. On le croit fils de Childeric II. Rainfroi qui disputoit la Mairie à Charles, le tira du Cloître, où il avoit pris la Tonsure, le fit revêtir du phantôme de la Royauté, & le mit à la tête de ses Troupes. Charles Martel les défit, & après la mort de
720. Clotaire, demanda Chilperic pour regner sous son nom.

Thierri ou Théodoric, fils de Dagobert II. succéda, Charles Martel l'ayant tiré du Monastere de Chelles, où il étoit nourri mollement parmi
737. les femmes, gouverna glorieusement la Monarchie sous son nom.

Childeric III. n'eut, comme la plûpart des Mérovingiens, que le titre de Roi. Il fut déposé & enfermé dans un

Couvent par *Pepin-le-Bref*, fils de *Charles-Martel*, qui avoit été Maire du Palais, & qui fut appellé *Martel* à cause des grandes victoires qu'il avoit remportées, dont la plus considérable fut celle de Tours, qu'il gagna contre Alderame, Roi des Sarazins en 729. Ainsi finit la race des Mérovingiens, par un Roi indigne de la Couronne. 751

An de J. C.

PRINCES CARLOVINGIENS.

PEPIN-LE-BREF.

Pepin, dit le *Bref*, à cause de sa petite taille, après avoir renfermé Childéric dans un Monastere, ne put obtenir son Couronnement des Etats, que le Pape *Zacharie* n'y eût donné son consentement. Le Pape approuva la déposition de Childeric, & Pepin fut couronné à Soissons par *Boniface*, Archevêque de Mayence. Ce Prince fut reconnoissant de cette bienveillance du Pape, & le soutint depuis avec *Charlemagne*, son fils dans les persécutions, qu'il eut à souffrir de la part des Rois de Lombardie. Il le mit en possession de toutes les Places de l'Exarchat qu'il prit sur Astolphe, c'est-là le commen-

cement de la puissance temporelle des
An de J. C. Papes. Un Chapelain du Roi Pepin reçut pour son Maître le serment de fidélité de toutes les Places de l'Exarchat, & en emmena des Otages.

Pepin ayant reconnu combien la Charge de Maire du Palais avoit été préjudiciable aux Rois de la premiere Race, à cause de l'autorité qui y étoit
768. annexée, la suprima. Il regna 17. ans & demi, & Charles son fils surnommé le Grand ou Charlemagne, à cause de ses victoires, lui succéda. C'est par lui que la seconde Race appellée des Carlovingiens a commencé. Elle dura 360. ans sous treize Rois.

Les causes principales du malheur des Rois de la premiere Race, proviennent des bornes étroites où leur autorité s'étendoit, des partages faits par Clovis, & multipliés très-fréquemment sous ses Successeurs, de la lâcheté, de la fainéantise de la plûpart d'entr'eux, qui laissoient toute l'administration entre les mains des Maires, & ne s'occupoient qu'à se divertir.

EMPIRE

EMPIRE ROMAIN.

An de J. C.

THEODOSE II. VALENTINIEN III.

L'Empereur Honorius étant mort 423.
ſans enfans, il eut pour ſucceſſeur *Valentinien III.* fils de ſa ſœur *Placidie*, & de *Conſtantius*. Valentinien n'avoit que cinq ans lorſqu'il monta ſur le Trône Impérial.

Le Comte *Boniface* ayant été cruellement maltraité par *Caſtin*, Lieutenant de l'Empereur, ſe revolta, s'empara de l'Afrique & y fit paſſer les *Vandales* & les *Alains* qui l'infecterent de l'Arianiſme. C'eſt ainſi que les Vandales établirent leur Domination dans cette partie du monde.

Les Généraux de Valentinien furent battus en Afrique, les Gots renouvellerent la guerre du côté de l'Eſpagne, & enfin les Francs ſous la conduite de *Clodion*, rentrerent dans les Gaules, dont ils avoient été chaſſés. La plûpart des habitans de la grande Bretagne forcés par les Anglo-Saxons d'abandonner leur pays, ſe réfugierent dans cette partie de la Gaule qui s'avance dans l'Océan en forme de Preſqu'Iſle; &

lui donnerent le nom de *Bretagne*. La partie de l'Isle dont les Anglois s'étoient rendus maîtres, reçut le nom d'*Angleterre*, & l'autre dont les Ecossois demeurerent possesseurs, fut appel-

An de J. C.

450. lée *Ecosse*. Théodose II. mourut après avoir regné 16. ans avec Honorius son oncle, & 28. avec son cousin Valentinien.

Quelqu'un lui demandant pourquoi il n'avoit jamais fait punir de mort ceux qui l'avoient offensé, il répondit : *Plût à Dieu que je pusse retirer du tombeau tous ceux qui sont morts pour ce sujet.*

VALENTINIEN III. MARCIEN.

La probité & la rare conduite de Marcien l'éleverent sur le Trône d'Orient. Quoiqu'il ne fût que simple soldat, il ne songea pas moins à faire regner la paix, qu'à soutenir le poids des affaires de l'Empire. On lui entendit souvent dire ; *qu'un Empereur devoit s'abstenir de faire la guerre, tant qu'il pouvoit jouir d'une paix honorable.* Il refusa de payer tribut à Attila, & renvoya les Députés avec cette réponse : *Que les Romains ne prétendoient nulle-*

ment lui payer ce que Theodose lui avoit promis, qu'ils lui envoyeroient des présens, s'il vouloit être leur ami, & lui opposeroient des armes, & des troupes qui vaudroient bien les siennes, s'il se déclaroit leur ennemi.

An de J. C.

Valentinien avoit été obligé de céder à Genseric Roi des Vandales les conquêtes qu'il avoit faites en Afrique. Le motif qui l'y porta fut de s'opposer à Attila qui menaçoit d'envahir ses Etats; il donna encore l'Espagne à *Theodoric*, & avec son secours & celui de *Marcien*, Empereur d'Orient, on attaqua Attila qui fut battu, & contraint de se retirer dans la *Pannonie*, avec ce qui lui restoit de troupes. Il reparut en Italie en 452. avec une nouvelle armée, on députa vers lui S. Leon, dont les remontrances furent persuavives.

Aëtius qui étoit le soutien de l'Empire en Occident fut la victime du ressentiment du Tyran *Maxime*. Ce Senateur qui ne respiroit que la vengeance, fit soupçonner à l'Empereur qu'Aetius vouloit le détrôner, & l'engagea par cette suggestion à le faire mourir. L'année suivante, il se servit de cette mort pour déterminer le peu-

ple à se défaire de Valentinien. En effet
An de il fut assassiné par Trasila. Ce Prince
J. C. ne laissa que deux filles.

Maxime se saisit de l'Empire, épousa Eudoxie, veuve de Valentinien, à qui il avoua l'assassinat qu'il avoit commis pour l'épouser. Eudoxie pour s'en venger, attira Genseric en Italie qui vint à la tête de trois cens mille hommes, & fit mourir le tyran Maxime, qui avoit
55. occupé le Trône Impérial deux mois &
dix-sept jours.

Marcien après avoir regné sept ans dans une grande réputation de probité
457. & de vertu, périt par la trahison de ses
domestiques.

Après la mort de Maxime, l'Empire d'Occident ne fit plus que languir pendant une vingtaine d'années, & le Trône fut moins occupé par des Empereurs, que deshonnoré par des tyrans, si on en excepte Majorien. Avitus fut proclamé Empereur à Toulouse par la protection de Théodoric second Roi des Wisigoths, & par l'armée qu'il commandoit; mais son regne ne dura que dix mois & huit jours; ayant été dépossédé par *Ricimer* maître de la Milice de Rome, qui en usa de même à l'égard de *Majorien*, de *Severe*, &

d'*Antheme* qu'il éleva à l'Empire pour avoir le plaisir de les déposer. *Ricimer* ne survêcut pas plus de quarante jours à Antheme; mais avant que de mourir il plaça sur le Trône d'Occident, ou plûtôt y confirma *Anycius Olibrius* qui n'y demeura que six mois ; *Glicerius* y fut élevé par l'autorité de *Gondibar*, neveu de Ricimer, il en descendit pour être fait Evêque de Salone en Dalmatie. *Julius Népos* qui lui succéda fut défait par *Oreste* Général de ses troupes, & tué dans sa maison de campagne. Oreste ne voulut pas monter lui-même sur le Trône, il crut qu'il gouverneroit également en y mettant son fils *Augustule*; mais les Partisans de Julius Népos appellerent à leur secours *Odoacre* Roi des *Herules*, peuple du Pont-Euxin, qui s'empara de l'Italie, après avoir tué Oreste, & relegué *Augustule* dans un Château. Ainsi finit l'Empire Romain en Occident, après être devenu la proye de toutes les Nations Septentrionales, qui s'en emparerent.

An de J. C.

An de J. C. *Suite de l'Empire d'Orient, autrement l'Empire Grec.*

LEON. I.

Ce Prince originaire de Thrace fut successeur de Marcien dans l'Orient ; son Regne fut des plus malheureux, & traversé par des disgraces cruelles : Constantinople Siége de l'Empire fut inopinément réduite en cendres, & une flotte considérable destinée contre Genseric Tyran d'Afrique périt totalement par la lâcheté de Basilique qui commandoit l'armée navale.

Il fit une Loi célébre qui défend de faire les Dimanches aucun Acte judiciaire, & de représenter aucune espece de spectacle, ou d'y assister, quand ce seroit le jour de la naissance du Prince, n'étant pas raisonnable que des jours consacrés à Dieu soient employés à des jeux & des divertissemens, ni profanés
474. par des véxations odieuses.

ZENON L'ISAURIEN.

Zenon appellé l'*Isaurien*, parce qu'il étoit de cette Province de l'Asie Mineure, eut des mœurs extrêmement

corrompues, & l'esprit aussi mal fait
que le corps. Ses ennemis le détrônerent; mais ensuite ayant été rétabli, & s'étant laissé aller aux inquiétudes & aux soupçons, il persécuta ce qu'il y avoit de plus distingué dans l'Empire, & sur-tout les plus zélés Catholiques. Il donna des ordres pour faire tuer Ariane son épouse dont il soupçonnoit la fidélité; mais l'Impératrice avertie de cet ordre cruel, se retira secretement chez Acace Patriarche de Constantinople. Le Patriarche les réconcilia, après avoir fait connoître au Prince l'innocence d'Ariane. Sa fin fut tragique; car sa femme Ariane l'ayant trouvé comme mort ou d'une épilepsie ou d'ivresse, elle le fit enterrer tout vif pour se défaire promptement de lui. Malgré les cris qu'il poussoit, on le laissa mourir de faim, & l'on trouva qu'il avoit mangé son bras, une partie
de sa robe; il avoit regné 17 ans. 491.

An de J. C.

ANASTASE, dit DICORE.

Dès que Zénon fut mort, *Anastase* Officier du Palais lui succéda; mais comme il étoit soupçonné d'hérésie, on exigea avant son couronnement qu'il

An de J. C. renonçât par écrit à sa doctrine, & qu'il s'engageât à ne rien innover contre les décisions du Concile de Chalcedoine. Mais à peine fut il sur le Trône qu'il favorisa publiquement les Eutychéens, & persécuta les Catholiques. Il craignoit le tonnerre, & s'alloit ordinairement cacher, lorsqu'il tonnoit, dans les caves de son Palais, comme dans un lieu inaccessible à la foudre; mais ce Ministre de la Justice divine sçut bien le trouver dans son asyle, & l'y écrasa
518. l'an 518.

JUSTIN.

Justin homme de basse naissance qui avoit gardé les troupeaux, & qui étoit devenu soldat succéda à Anastase. Il rappella tous ceux que son prédécesseur avoit exilés, & fit tous ses efforts pour réunir l'Eglise d'Orient & celle d'Occident que le Schisme avoit séparées. Il mourut sans enfans, & déclara *Justin en* son neveu pour son successeur. Il fut très-pieux, & rendit à l'Eglise le lustre dont elle avoit été dépouillée
527. par Anastase son Prédecesseur.

JUSTINIEN I.

An de J. C.

Justinien étant monté sur le Trône à l'âge de 40 ans, fit voir par sa prudence & ses talens militaires qu'il étoit digne de l'auguste rang où on l'élevoit. Il ordonna des Edits sanglans contre les Hérétiques, & répara les Eglises ruinées. Sous son regne Belisaire battit les Perses, & détruisit les Vandales établis en Afrique. Gilimer Roi des Gots & des Vandales fut fait prisonnier, l'Empereur le traînoit dans les rues de Constantinople attaché à son char; ce malheureux Prince répétoit souvent ces paroles de Salomon : *Vanité des vanités, & tout n'est que vanité.* L'Empereur Justinien se servit encore de Belisaire pour réprimer la fureur des Rois barbares qui donnoient la loi dans l'Italie. Ce Général s'empara de plusieurs villes, dans l'une desquelles il prit *Vitigès* Roi des Ostrogoths, & l'envoya prisonnier à Constantinoble. La puissance de ces Peuples en Italie ne finit point par la mort de Vitigès. Ils appellerent à leur secours *Totila*, qui jetta la consternation dans toute l'Italie & dans Rome, dont il détruisit les murailles, après l'avoir abandonnée au pillage. Totila ne goûta pas long-temps le plaisir de la Victoire, il trouva sa perte presque au milieu de la joye que lui donnoit son triomphe. L'Eunuque Narsès Général de Justinien le tailla en piéces avec toute son armée, & dissipa les forces de *Tejas* qui avoit été élû par le reste des Ostrogoths.

An de J. C.

Justinien ne pouvant trop récompenser la valeur de cet Eunuque, lui donna le Gouvernement de l'Italie. Ce Prince mourut fort âgé, après un re-
566. gne de 38. ans, trois mois & 14. jours. Il eut de la grandeur, & les talens politiques nécessaires pour commander.

Tous les Historiens condamnent son aveugle soumission aux volontés de Theodora sa femme, ancienne Actrice fort décriée, qu'il prit pour femme, après qu'elle eut été quelque tems sa maîtresse. Justinien fit rédiger les Loix Romaines des Empereurs en un corps d'ouvrage, & fit faire le Digeste, qui est un abrégé des décisions des anciens Jurisconsultes.

JUSTIN II, TIBERE II.

An de J. C.

Justin II. fils d'une sœur de Justinien, fut son héritier. On est partagé sur son caractere. Les uns le regardent comme un Prince doux, humain, zélé pour la Religion, & grand Justicier ; d'autres au contraire le dépeignent comme un homme cruel, dur, ingrat, non chalant, & livré aux plaisirs.

Narsès pour se venger des railleries de l'Imperatrice Sophie, femme de Justin II. qui lui avoit écrit qu'il n'étoit propre qu'à filer, fit venir Alboin Roi des Lombards en Italie, après avoir répondu à Sophie que, *Puisqu'il n'étoit propre qu'à filer, il alloit lui ourdir une trame qu'elle auroit bien de la peine à démêler;* c'est ce qui donna lieu au Royaume des Lombards en Italie. Ils habitoient auparavant la Pannonie en Hongrie, leur domination dura jusqu'à *Didier*, qui fut détrôné par Charlemagne en 773. Il ne resta plus aux Empereurs d'Orient en Italie, qu'une ombre d'autorité dans Rome, & dans Ravenne.

Tibere originaire de Thrace, fut un grand Prince, & d'une charité sans

An de J. C.

bornes envers les pauvres. Dieu le récompensa libéralement dès ce monde; ce Prince s'enrichit par ses aumônes. L'Imperatrice Sophie, femme de Justin, voyant que l'Empereur son mari étoit absolument incapable des affaires, depuis que les mauvais succès de son regne l'avoient jetté dans des accès de folie, qui lui venoient de tems en tems, & le portoient à des extravagances, & d'étranges emportemens, jetta les yeux sur Tibere, homme de valeur & d'expérience, & le fit créer César pour soutenir le poids du Gouvernement durant la démence de Justin, & lui succéder après sa mort.

578. Justin regna 12. ans, il donna à sa mort de très-sages avis à Tibere, & mourut dans les plus beaux sentimens de morale & de Religion. Les hommes en général ne se connoissent & n'apprécient les choses qu'à la mort, ils pensent bien après avoir mal vêcu.

Un bonheur constant suivit Tibere II. dans la paix & dans la guerre.

Il mourut la quatriéme année de son regne, après avoir installé sur le Trône Maurice, Général de ses armées.

MAURICE.

An de J. C.

Maurice épousa la fille de Tibere la veille de sa mort, & lui succéda. Il fit publier une Ordonnance qui défendoit à tout soldat d'embrasser la profession Monastique, s'il n'étoit absolument hors d'état de servir. S. Grégoire s'y opposa avec une extrême vigueur.

Les Huns Avarois, peuple barbare, qui habitoient au-delà du Danube, ayant passé ce fleuve, ravagerent la basse Hongrie, l'Illyrie, la Dalmatie, la Thrace, & s'approcherent si près de Constantinople, que Maurice fut sur le point d'abandonner l'Europe, & de se retirer en Asie. Mais les Sénateurs, & les Grands de sa Cour le presserent d'envoyer des Ambassadeurs au Roi des Avarois, & d'appaiser ce barbare par des présens. Le Changan ou Prince des Avarois ayant promis de relâcher tous les captifs qu'il avoit faits au nombre de douze mille, si on lui donnoit un écu seulement pour chacun; l'Empereur trouva que cette rançon alloit à de grosses sommes à cause du grand nombre qu'il falloit racheter, & refusa inhumainement de donner ce que le bar-

bare lui demandoit. Celui-ci outré de
An de J. C. ce refus, fit massacrer tous ces captifs. Le sang de tant d'innocens cria vengeance contre cet avare Empereur, & obligea la justice Divine d'en faire une punition terrible : *Phocas* le détrôna, fit mourir en sa présence, sa femme, & ses enfans, & le fit tuer ensuite. Il souffrit tous ces revers avec une ame vraiment Chrétienne ; le supplice de sa femme, de ses cinq fils, & le sien même, ne lui arracha que ces paroles : *Vous êtes juste, Seigneur, & vos Jugemens sont équitables.* Son regne qui fut de dix-sept ans, n'eut rien de plus mémora-
602. ble qu'une fin si constante & si pieuse.

PHOCAS.

Phocas pour effacer l'idée du crime qu'il avoit commis, affecta beaucoup de modération dans le commencement de son Regne, mais son naturel l'emporta. Il s'abandonna à toutes sortes de cruautés. C'étoit un monstre & pour la figure, & pour le caractére. Dès que Maurice fut assassiné, Cosroès pour venger sa mort entra sur les terres de l'Empire. Phocas nonobstant cela se livroit à toutes sortes d'incontinences ;

mais tous les Grands ayant conſpiré contre lui, ſe ſaiſirent de lui dans ſon propre Palais, le lierent, & le conduiſirent à *Héraclius*, qui étoit venu devant Conſtantinople avec une flotte. *Malheureux*, lui dit Héraclius, *n'avois-tu donc uſurpé l'Empire, que pour lui faire ſouffrir tant de maux? On verra*, dit Phocas, *ſi tu gouverneras mieux.* On lui coupa la tête, les pieds & les mains après un Regne de 8. ans & 4. mois. 610.

An de J. C.

HERACLIUS I.

Héraclius ayant proteſté qu'il n'étoit point venu pour uſurper l'Empire, mais ſeulement pour venger la mort de Maurice, fut proclamé Empereur malgré lui, & couronné par le Patriarche de Conſtantinople. Il eut enſuite guerre contre Coſroes qui ſe rendit maître de Jeruſalem, dont il emporta la vraie Croix. Héraclius offrit à Coſroes tout ce qu'il lui demanderoit pour la ravoir; mais Coſroes la refuſa. Héraclius l'attaqua, le pourſuivit & le vainquit. Le fils de Coſroes fit tuer ſon pere; & pour conclure la paix avec les Romains, il rendit les priſonniers, & renvoya la vraie Croix à Héraclius.

L'Empereur délivré de ses ennemis s'a-
An de J. C. bandonna à l'oisiveté, & fomenta l'Hérésie des Monothélites. (Ces Héréti-
ques enseignoient qu'il n'y avoit eu
qu'une volonté en Jesus-Christ, celle
du Verbe ayant absorbé celle de l'Hom-
641. me.) Il mourut d'Hydropisie, & fut
peu regretté. Il avoit regné 30. ans.

Ce fut sous son Regne que commença l'Empire des Musulmans, fondé par l'imposteur Mahomet.

HERACLIUS II. DIT CONSTANTIN III.

Constantin son fils aîné, Prince vertueux, lui succéda; mais il fut empoisonné au bout de 3. mois 11. jours de Regne par l'Impératrice *Martine*, qui vouloit placer sur le Trône *Héracléonas* son fils. Les Grands & le Sénat, indignés de ce meurtre couperent la langue à
641. *Martine* & le nés à Heracléonas, & les
exilerent dans l'Asie mineure.

HERACLIUS III, surnommé CONSTANT II.

En même tems le Sénat plaça sur le Trône *Constant* fils de Constantin, &

petit fils d'Héraclius. Jamais Empereur ne réunit plus d'indolence & de mauvaises qualités. Il ne s'occupoit que des querelles de Religion, pendant que les Musulmans lui enleverent l'Afrique, qui leur est restée depuis. Il publia ce fameux Edit, nommé *Type*, c'est-à-dire, *Formulaire*, par lequel il imposoit silence aux deux partis. Ce Type fut condamné par le Pape Martin, qu'il exila à Chersonese.

An de J. C.

Son frere Théodose attiroit l'amour du peuple par ses vertus. Constant le força à recevoir l'Ordre de Diacre, ensuite il le fit lachement assassiner. Il en eut des remords affreux; son frere se présentoit presque toutes les nuits à son imagination, *en habit de Diacre & un coupe pleine de sang à la main*. Ce misérable Prince fut tué par son Valet 668.
de Chambre au sortir de Rome dont il avoit dépouillé les Eglises, les Statues & tout ce que l'avarice des Barbares avoit épargné depuis deux siécles.

CONSTANTIN IV. DIT POGONAT.

Constantin son fils surnommé *Pogonat* ou *Barbu*, hérita de sa Couronne,

An de J. C. Il fut plus religieux que son pere, & concourut à faire assembler le sixiéme Concile général, dans lequel les Monothélites furent condamnés. Il s'engagea témérairement dans une guerre contre les Bulgares, & tenant déja la victoire entre ses mains, il reçut un échec qui le couvrit d'ignominie. Comme les ennemis étoient enfermés de tous côtés, l'Empereur se mit en chemin avec toute sa Cour pour aller aux eaux chercher quelque adoucissement à la goute qui le tourmentoit: Les ennemis & ses propres Troupes, ayant pris ce voyage pour une véritable fuite, son Armée se mit à se débander d'elle-même sans être poursuivie, & les ennemis profitant de ce désordre la chargerent en queue, & en firent un grand carnage. Cette défaite reduisit l'Empereur à la nécessité de se rendre Tributaire des Bulgares. Constantin ayant survêcu encore quelques années à une si cruelle disgrace termina son Regne par le plus noir de tous les crimes; sous le prétexte imaginaire d'une conspiration, il fit crever les yeux à ses deux freres Tibere & Héraclius. Il mourut
685. étant entré dans la dix-huitiéme année de son Empire.

An de J. C.

JUSTINIEN II. dit RHINOTMETE, ou *sans nés.*

Justinien II. se rendit les Bulgares tributaires, & rompit ensuite le Traité qu'il avoit fait avec eux. Justinien pensa être détrôné par Léonce. Il se brouilla pareillement avec les Arabes qui le battirent. Ses cruautés souleverent 694.
les peuples. On lui fit couper le nés, & on l'exila dans la Crimée.

LEONCE, TIBERE III. dit ABSIMARE, PHILIPPIQUE BARDANES.

Léonce fut mis à la place de Justinien, mais Tibere le traita comme il avoit traité son Prédécesseur, & s'empara de l'Empire, où il se maintint sept ans. Justinien remonta sur le Trône aidé de Trébellius Roi des Bulgares. Il envoya à la poursuite de Tibere, & Léonce fut ramené à Constantinople. L'Empereur les fit étendre par terre devant son Siége, leur tint le pied sur la gorge pendant une heure, & en-

An de J. C.

suite leur fit trancher la tête. Après un nouveau regne de sept ans, il perdit la vie dans une sédition l'an 711. Philippique Bardanés que les Révoltés proclamerent Empereur, le fit décapiter au milieu du Camp, & ce Prince employa tous ses efforts pour faire annuler les Actes du sixiéme Concile Œcuménique ou général. Mais cette impiété ne demeura pas impunie; car dès la troisiéme année de son Regne, ses propres Sujets vinrent l'arracher du milieu d'un Festin, lui creverent les yeux, & le con-
713. finerent dans un lieu d'exil après un Regne de dix-huit mois.

ANASTASE II. ET THEODOSE III.

Anastase, Secrétaire de Philippique & Theodose, Receveur des Impôts, furent le jouet des Soldats. Anastase se défit
716. de la pourpre Impériale, & alla se cou-
717. vrir de l'humble habit de Religieux.

L'Empire ayant été déferé à Théodose, il s'en démit volontairement en faveur de Léon III. lui faisant dire, *Qu'il lui cedoit l'Empire, pourvû qu'on lui promît de lui laisser la vie*, & se retira parmi les Cénobites, où il trouva un repos & une paix qu'il n'auroit pû trouver sur le Trône.

An de J. C.

LEON L'ISAURIEN ou *l'Iconoclaste.*

Leon l'Isaurien, dit *Brise-Image*, attaqua la Religion dans une de ses pratiques les plus anciennes. Il voulut proscrire le culte des Images; & comme il vit que toute l'Eglise s'y opposoit, il entra dans des accès de fureur qui lui firent commettre beaucoup de véxations contre les Catholiques. Il mourut peu regretté après un Regne de 25. ans 2. mois & 25. jours, laissant tout 741.
l'Orient en combustion.

CONSTANTIN COPRONYME.

Constantin *Copronyme*, ainsi nommé, parce qu'il avoit souillé les Fonts Baptismaux au moment de son Baptême, fut encore plus hardi que Léon son pere; car il fit jetter au feu les Reliques & les Images. Son beau-frere Artabasde le chassa de Constantinople; mais y étant rentré, il fit mourir *Artabasde* & deux de ses fils. Ce Prin-

An de J. C. ce enchérit ſur tous les vices de ſon pere; ſa vie étoit un ſcandale perpétuel, & ſa perſonne un monſtre. Il négligea les vrais ennemis de l'Etat, pour faire la guerre aux Défenſeurs des Images. Il remplit à ce ſujet tout l'Empire de ſang, de meurtres, de vexations, de
775. brigandages. Il regna 35. ans, & périt allant combattre les Bulgares.

LEON IV. PORPHYROGENETE.

Léon *Porphyrogenete* imita la conduite de ſon pere, & mourut d'un char-
780. bon de peſte qui lui vint à la tête après avoir occcupé le Trône 5. ans.

CONSTANTIN VI. ET IRENE.

Conſtantin VI. appaiſa la fureur des Iconoclaſtes, & fit tenir un Concile général pour mettre fin à la diſpute. Il ternit ſa réputation par la maniere dont il traita ſa mere *Irene*, & ſa cruauté éclata par la mort de Nicéphore & de ſes freres. Il fit encore crever les yeux à Alexis Patrice.

Irene ſa mere ſe joignit aux Mécontens; il fut ſurpris, & on lui creva les yeux avec tant d'inhumanité que ce Prince infortuné en mourut quelques instans après.

An de J. C. 797.

Cette Princesse regna cinq ans après la mort de son fils. Allarmée des conquêtes de Charlemagne elle lui fit proposer en secret de l'épouser. Charlemagne espérant de réunir en sa personne les deux Empires, accepta avec joie ces offres. Nicéphore Grand Chancelier arbora hautement l'étendard de la révolte, sous prétexte que la Princesse ne cherchoit qu'à mettre l'Empire sous le joug d'une Domination étrangere ; on gagna les Gardes, Nicéphore fut conduit à la grande Eglise, & couronné Empereur. L'Impératrice fut réléguée à Mytilene dans l'Isle de Lesbos, où elle mourut de chagrin. 802.

Les Hommes Illustres de cette Epoque sont, S. Paulin, Prudence, Théodoret, Socrate, Sozomène, fameux Historiens Ecclesiastiques, S. Leon le Grand, Boece, S. Fulgence, S. Germain, Evêque de Paris, Gregoire-le-Grand, S. Isidore, Evêque de Seville, S. Pierre Chrisologue, S. Isidore de Peluse, S. Germain d'Auxerre, S. Benoît, S. Gregoire de Tours, le Vénéble Bede.

S. Benoit, illustre Patriarche des

An de J. C. Moines d'Occident, acheva de donner sa Regle au Mont Cassin vers l'an 543.

IVe. EPOQUE NOUVELLE. 801-1098.

CHARLEMAGNE. ou *le Nouvel Empire.*

D. Qu'entendez-vous par le nouvel Empire ?

R. C'est celui que Charlemagne a rétabli l'an 801. Cet Empire fini avec Augustule, & devenu la proie de tous ceux qui avoient pu s'en rendre les maîtres, recommença dans Charlemagne & dure encore aujourd'hui.

CHARLEMAGNE ET CARLOMAN.

Les grandes Conquêtes que fit ce Prince lui mériterent la qualité d'Empereur. Il fut couronné dans l'Eglise de Saint Pierre de Rome par le Pape
768. Leon III. Il avoit succédé au Trône de Pepin son pere, avec *Carloman* son frere.

frere. Celui-ci fut proclamé Roi à Soissons, & Charlemagne à *Noyon*. La mort de Carloman le rendit maître de toute la Monarchie Françoise. An de J. C. 771.

Nicephore qui regnoit alors en Orient consentit qu'il portât le titre *d'Empereur d'Occident*, & qu'il joüît de tous les autres droits de l'Empire. Nicéphore s'étoit emparé de l'Empire d'Orient par l'exil de l'Impératrice Irene, & rechercha l'amitié & la protection de Charlemagne. Ce Prince joignit un grand fond de Religion, qui a manqué souvent aux plus grands Héros, & toute la prudence des plus habiles politiques. Il avoit mis fin au Royaume des Lombards, qui avoit duré 200. ans. La guerre qu'il fit aux Saxons, Peuples Idolâtres, qui se révoltoient souvent contre lui, les soumit à son Empire, & à l'Evangile. Il fonda dans la Saxe onze Evêchés pour eux. Charlemagne passa en Espagne pour faire la guerre aux Sarazins, qu'il défit; son arriere-garde en repassant en France fut défaite par les les Gascons, tentés de la richesse du butin qu'il emportoit. Il y perdit son neveu Roland. C'est ce qu'on appelle la bataille de *Ronce-*

vaux, Son amour pour les Lettres fit
An de J. C. un des principaux ornemens de son Regne. Outre les grandes lumieres qu'il avoit acquises par une grande application, & par un génie supérieur, il voulut aussi les répandre parmi ses Sujets, & il en vint à bout, en rassemblant
780. de toutes parts des gens doctes ; & en établissant par tout des Ecoles. Sa vie est tout-à-fait glorieuse & digne d'être lue. C'est un des grands Monarques que l'Univers ait eu.

Ce Prince pour regler l'Etat Ecclésiastique aussi-bien que le Politique dans toute l'étendue de son Empire, fit des Ordonnances qui sont appellées *les Capitulaires de Charlemagne*. Il avoit souvent à la bouche ces trois mots ; *J. C. regne, J. C. est vainqueur, J. C. est Souverain Monarque du Monde*. Mots précieux qu'on conserve encore sur nos Monnoies

LOUIS I. ou LE DEBONNAIRE.

814. *Louis I.* son fils, en héritant de ses Etats n'hérita point de ses rares qualités. Il eut les vertus qui font les sages particuliers, mais il n'eut pas cel-

les qui forment les grands Héros. Sa tête ne se trouva point assez forte pour soutenir tant de Couronnes, que la grande succession de son pere lui avoit laissées. Cet Empereur & Roi de France étoit bon & clément. On le surnomma le *Pieux* ou le *Débonnaire*. Il légua l'Empire & la Couronne de France à *Lothaire*, l'aîné de ses fils, le Royaume d'Aquitaine à *Pepin*, & celui de Baviere à *Louis*. De secondes Nôces lui attirerent la guerre avec ses enfans, qui le dépouillerent, se saisirent de lui par trahison, & le forcerent d'abdiquer l'Empire, & le renfermerent dans l'Abbaye de S. Medard à Soissons. Il fut rétabli, Pepin & Louis reconnurent leur faute, & lui en demanderent pardon. L'Empereur touché de leur soumission leur rendit de bonne foi ses bonnes graces. Déposé une seconde fois par la lâcheté de son armée qui l'abandonna, & livré à ses enfans, on le vêtit d'un habit de Moine, & on l'enferma dans un Monastere. Pepin & Louis secondés des Allemands le rétablirent de nouveau, & Lothaire vint se prosterner à
ses pieds. Ce Pere malheureux mourut 840.
quelque tems après de chagrin, allant combattre son fils le Roi de Baviere,

An de J.C.

An de J. C.

outré des bontés que l'Empereur avoit pour Lothaire.

CHARLES II OU LE CHAUVE.

840. Charles II. dit le *Chauve*, Roi de France & Empereur, étoit fils de Judith seconde femme de Louis I. Les Normands & les Danois désolerent son Royaume. La nécessité les força de sortir de leur pays pour chercher leur subsistance ailleurs. De cinq ans en cinq ans le Nord surchargé d'Habitans chassoit de son sein une armée de jeunes gens sous la conduite d'un Chef; le desir du butin& de la gloire les jettoit sur les plus riches provinces. Il fut empoi-

877. sonné par son Médecin à Brios près du Mont Cenis, en revenant d'Italie.

LOUIS II. OU LE BEGUE.

Louis II. dit *le Begue*, lui succéda.

879. Son Regne fut court. Pour gagner les Mécontens, il fut obligé de démembrer une grande partie de son Domaine. C'est de cette source que dérivent tant de Seigneuries, de Duchés, de Comtés possédés par des particuliers.

LOUIS III. ET CARLOMAN. An. de J. C.

Louis III. & *Carloman* ses fils regnerent ensemble. Louis mourut en 882. son frere regna seul; il fut tué à la Chasse en 884. Comme leur mere avoit été répudiée, quelques Séditieux voulurent leur disputer la Couronne; mais la volonté du feu Roi, & le choix des Etats la leur assura. 884.

CHARLES LE GROS.

Charles III. dit *le Gros*, fils de Louis de Baviere, ayant été élu Empereur, & étant devenu possesseur des Royaumes de Germanie, de France & d'Italie, eût rendu sa grandeur complette, s'il eût été aussi capable de soutenir le poids de toutes ces Couronnes, qu'il avoit eu de facilité à les acquerir; mais des infirmités l'ayant fait tomber en démence, on lui donna pour Tuteur son Neveu *Arnould*, Roi de Baviere. Ce Prince en usa très-mal avec Charles, & le réduisit à lui demander du pain comme par aumône. Un outrage si sensible plongea Charles dans une mélancolie si profonde, qu'elle avança ses

jours, & finit promptement sa vie &
An de ses maux. On dit même qu'il fut étran-
J C. glé sécrettement. D'autres disent qu'il
888. mourut de misere dans un village de la Souabe.

EUDES.

Eudes, Comte de Paris ne fut élu que pour regner pendant la minorité de Charles le Simple, fils posthume de
898. Louis le Begue; il remit la Couron- au bout de dix ans, après quelques oppositions. Il remporta deux Batailles importantes sur les Normands.

CHARLES IV.

Charles IV. dit *le Simple*, avoit droit à la Couronne Impériale, par la mort de Louis IV. dernier Empereur de la Maison de Charlemagne; mais il ne fut jamais en état de le soutenir à cause des troubles de son Royaume, & de son incapacité. Robert frere de Eudes forma un puissant parti contre Charles, & voulut se faire Roi, Charles lui donna bataille, & le tua.

Charles fut obligé de faire alliance avec les Normands, à condition que

Rollon, leur Chef reſteroit maître de la partie de la France Occidentale, appellée depuis la *Normandie*, & qu'il tiendroit cette Province en titre de Duché héréditaire, ſous la foi & hommage de la Couronne. Il lui accorda *Giſele* ſa fille en mariage. Charles fut fait priſonnier par trahiſon. Ses ennemis le renfermerent dans *Peronne*, où il mou- 929.
rut, après avoir éprouvé mille infidélités de la part des Grands qui le mépriſoient.

An de J. C.

RAOUL.

Une faction mit ſur le Trône Raoul fils de de *Richard*, Duc de Bourgogne & Comte d'Autun. Quoiqu'on dût regarder ce nouveau Roi comme un uſurpateur, du moins au commencement de ſon regne; néanmoins il s'attacha tous les Grands, & les récompenſa par de grands Domaines ou des Gouvernemens. Il n'a pas laiſſé d'être loué pour ſa piété, ſon courage héroïque, & par la ſévérité avec laquelle il vouloit que l'on fît juſtice des criminels. Il mourut à Auxerre au commence- 936.
ment de l'année 936. après un Regne de 12. ans & demi.

An de J. C.

LOUIS D'OUTREMER.

La prison de Charles le Simple avoit obligé la Reine de se refugier en Angleterre avec son fils qui en acquit le surnom *d'Outremer*.

L'ambition demesurée de Hugues, & la perfidie d'Herbert Comte de Vermandois troublerent l'intérieur du Royaume ; Louis, fit une entreprise sur la Normandie qui n'eut point d'heureuses suites, il fut fait prisonnier.

954. Ce Prince finit sa vie par une chûte de cheval dont il eut tout le corps froissé.

LOTHAIRE II.

Ce Prince eut Hugues pour Tuteur, il eut de grands démêlés avec l'Empereur Othon qui avoit pénétré en France, & qui avoit porté la terreur jusqu'aux portes de Paris.

On croit qu'il fut empoisonné par
986. sa femme.

LOUIS V. dit le FAINEANT.

Louis V. dernier Roi de la seconde

Race, succéda à son pere, auquel il étoit
déja associé, il ne regna qu'un an, laissant An de J. C.
à peine d'autre mémoire de sa personne,
sinon qu'il étoit le dernier de la Race de 987.
Charlemagne.

On peut assigner pour cause principale de la ruine de la seconde Race,

1°. La multitude de Princes légitimes & naturels que laissa Charlemagne, qui diviserent l'Etat en plusieurs Royaumes, & Seigneuries, source intarissable de dissentions, & de disputes.

2°. Les fréquens partages où l'équité ne sert pas toujours de guide.

3°. Les ravages des Normands.

4°. La foiblesse & l'oisiveté de la plûpart des Princes qui laisserent usurper leur autorité par les Seigneurs.

PRINCES CAPETIENS.

HUGUES CAPET.

Les Etats du Royaume assemblés à Noyon après la mort de Louis V. élurent Hugues Capet, fils de Hugues le Grand à l'exclusion de Charles Duc de Lorraine, fils de Louis d'Outremer, qui s'étoit attaché aux Allemans. Char-

An de J. C. les se mit à la tête d'une armée, le Roi l'assiegea dans Laon, le prit, & le fit enfermer dans une tour où il mourut.

Hugues Capet est le premier Roi de la troisiéme Race; il n'y a point en Europe de Maison Royale aussi ancienne; on y compte 30. Rois depuis Hugues jusqu'à Louis XV.

Cette troisiéme Race se divise en cinq branches, qui ont toutes la même origine.

La premiere se compte depuis Hugues jusqu'à Philippe de Valois, elle comprend onze Rois sous le nom de *Capetiens.*

Philippe VI. est la tige de la deuxiéme qui finit à Charles VIII. sous le nom de *Valois*, elle a eu sept Rois.

Louis XII. est le Chef de la troisiéme. Cette branche du nom d'*Orléans*, commence & finit avec lui.

La quatriéme a pour Chef François I. sous le nom de la seconde des *Valois* qui compte cinq Rois.

La cinquiéme est celle des Bourbons qui regne aujourd'hui, dont Louis XV. le *Bien-Aimé* est le quatriéme Roi.

988. Hugues pour mieux affermir le Trône dans sa famille s'associa son fils Robert, ce grand Prince vivoit dans des

tems malheureux, où la licence des armes étouffant le droit, & l'équité, An de J.C.
avoit introduit un désordre général, l'ignorance étoit extrême dans les Monasteres & dans le Clergé, les grands Seigneurs tranchoient du Souverain, & n'obéissoient au Roi qu'à leur fantaisie, Hugues ne vêcut pas assez pour
remettre les choses en meilleur état, 996.
son regne ne fut que de dix ans.

ROBERT.

Robert, fils unique de Hugues Capet, succéda à son pere; c'étoit un Prince pieux, sçavant pour ce tems-là, il composa plusieurs hymnes qu'on chante encore dans nos Eglises; il avoit grand soin de bien choisir les sujets qui devoient remplir les Sieges Episcopaux. Il ajouta la Bourgogne à ses Etats, après la mort d'Henri Duc de Bourgogne,
frere de Hugues Capet. Son regne fut 1031.
pacifique.

HENRI I.

Henri monté sur le Trône de son pere, chercha inutilement à enlever le Duché de Normandie au Duc Guillaume, plusieurs Grands cabalerent: Hen-

ri les réduisit peu-à-peu ; sa sagesse ren-
An de dit son regne paisible & glorieux ; on
J. C. établit en 1041. la *Treve du Seigneur*, qui défendoit le Duel depuis le Mercredi jusqu'au Lundi, à cause des grands mysteres que Jesus-Christ a operé ces
1060. jours-là.

L'autorité Royale & Ecclésiastique n'en pouvoient faire davantage alors pour empêcher les Citoyens de se détruire.

PHILIPPE I.

Ce Prince fut couronné à sept ans ; il fut mis sous la tutelle de Baudoin Comte de Flandre, beau-frere du Roi.

Il donna un grand scandale dans l'Eglise, & dans l'Etat ; quoiqu'il eût un fils de Berthe, sœur du Comte de Champagne, il la répudia, & prit Bertrade, femme de Foulques Rechin Comte d'Angers. Le Pape l'excommunia ; le Roi envoya des Députés à Rome pour solliciter son absolution, qu'il reçut à
1108. Paris par Lambert Evêque d'Arras, en promettant de ne plus voir Bertrade.

Ce fut sous son regne que commencerent les Croisades.

LE BAS EMPIRE.

An de J. C.

D. Faites-moi un précis de ce qui arriva de plus important dans l'Empire d'Orient.

R. L'Empire des Grecs qu'on appelle le *Bas Empire*, commence à Nicephore Logothéte.

NICEPHORE LOGOTHETE, STAURACE.

Nicephore est décrié par sa perfidie, ses désordres, & son insatiable avarice. Après avoir eu recours à mille ruses, à mille artifices pour s'emparer des biens de ses sujets, il cherchoit tous les jours de nouveaux moyens pour assouvir l'infâme passion qu'il avoit d'amasser de l'argent. Il dépouilloit tous ceux, qui d'une basse fortune s'étoient élevés à de grandes richesses, les accusant d'avoir trouvé des trésors.

Pendant que Nicephore ruinoit ainsi les Habitans de sa Capitale par d'indignes Artifices, les Sarrazins faisoient le degât dans le reste de l'Asie, & les Bulgares de leur côté ravageoient toute la Thrace. Ce Prince ayant donc acheté

Ad de J. C. la paix des Sarazins, mena ses troupes contre les Bulgares, les battit & pilla leur camp; mais une sécurité aveugle lui fit perdre le fruit de sa victoire, car se laissant trop emporter par ce succès, il ne voulut entendre parler d'aucun accommodement.

Chrumne Général des Bulgares, faisant de nécessité vertu, & prenant de nouvelles forces de son désespoir, vint de nuit charger brusquement le Camp des Grecs, en fit un grand carnage, & massacra l'Empereur lui-même; telle fut la fin de Nicephore après
811. un regne de Neuf ans. Sa tête fut mise au bout d'une pique, & servit longtems de spectacle & de risée aux Barbares.

Par la mort de Nicephore la Couronne passa à son Fils Staurace, qui avoit été Couronné dès le vivant de son Pere; mais qui ne regna seul que
811. quelques mois.

MICHEL CUROPALATE.

Après Staurace regna Michel Curopalate surnommé Rangabe, c'est-à-dire Maire ou Capitaine du Palais qui étoit d'une humeur & d'un caractere

bien différent de Nicephore. Dès qu'il fut sur le Trône, ses premiers soins furent de rétablir dans leurs biens ceux que Nicephore en avoit dépouillés. Ce Prince fut bien plus grand dans la paix, que dans la guerre. Il perdit son armée dans l'expédition qu'il fit contre les Bulgares par la perfidie de Leon l'Armenien, Général de ses troupes, qui s'étant rendu extrêmement puissant se 813.
fit proclamer Empereur par son armée; Michel trop vertueux pour un siécle si corrompu, d'ailleurs fort peu touché du plaisir de regner, envoia lui-même à Leon les marques de la Dignité Impériale, & s'enferma dans un Monastere avec sa femme & ses enfans la deuxiéme année de son élévation à l'Empire.

LEON L'ARMENIEN.

Leon dit l'*Armenien* homme d'une naissance obscure, étant Maître de l'Empire donna bataille aux Bulgares, fit reprendre cœur à ses troupes qui commencoient à plier, & les anima autant 820.
par son exemple, que par ses paroles.

Si ce Prince se signala par des exploits militaires, il ne fut pas moins

An de J. C.

grand par les vertus Civiles & Politiques dans la distribution des Charges. Il n'avoit aucun égard à la faveur où à l'argent, en un mot rien n'auroit manqué à la gloire de ce Prince s'il ne s'étoit malheureusement engagé dans l'erreur des Iconoclastes.

MICHEL LE BEGUE, THEOPHILE.

Michel fut proclamé Empereur ayant encore les fers aux pieds, parce qu'on ne pouvoit trouver la clef du cadenat auquel sa chaîne étoit attachée.

Michel Traule ou le Bégue, étoit d'une naissance honteuse, & n'avoit ni esprit ni Religion; à peine fut-il porté de la prison sur le Trône, qu'il envoya en exil l'Imperatrice Theodora avec ses Fils Sabbatius, Basile, Gregoire, & Theodore, après avoir fait des Eunuques de ces quatre Princes.

Les connoissances dont Michel se piquoit, étoient de distinguer les mulets les plus propres à être montés, ou à porter des fardeaux, juger d'un coup d'œil les chevaux bons à la course, ou au combat, il méprisoit entierement l'étude & le raisonnement; à peine savoit-il lire : il ne vouloit point qu'on instruisît ses enfans ni dans les livres des anciens Grecs, ni dans ceux des Chrétiens. Il avoit reçu de ces Ancêtres les erreurs des Manichéens & des Juifs; imitateur des Sacriléges de Constantin Copronyme, il punit d'exil ou de mort les Evêques qui soutenoient la cause des Images : outre que cet Empereur étoit bégue, il avoit toute la pesanteur & la stupidité d'une bête.

An de J. C.

Le Bégue ayant contracté un mariage incestueux avec une Religieuse nommée Euphrosine, Fille de Constantin Porphirogenete, il tomba dans une violente phrénesie la neuviéme année 829. de son usurpation.

Theophile l'Iconoclaste son Fils fut son Successeur à l'Empire. Ce Prince qui se piquoit de surpasser même son pere en impiétés, fit une rigoureuse defense de peindre aucune Image, & fit mettre à la place des figures de bêtes & d'oiseaux. Cette Ordonnance attira une furieuse persecution aux gens de bien & aux Peintres dans l'Orient.

Les Sarrasins ayant pris, assiegé & brulé Amonium, le lieu de sa naissance, il en fut si affligé qu'il mourut peu de tems après de langueur.

An de J. C.

842. MICHEL, BASILE LE MACEDONIEN.

Michel qu'on peut appeller le Sardanapale & le Neron de son siécle, ayant éloigné du Gouvernement sa mere & ses tuteurs par les conseils pernicieux de Bardas son Oncle qui étoit Capitaine du Palais, Cesar, & Frere de l'Imperatrice Theodora, se livra entierement aux plaisirs & à la debauche. Les dégâts que les Sarrazins commettoient aux environs de sa Capitale, le tirerent enfin de la lethargie où il étoit, & le péril qui le menaçoit de si près, l'obligea de se mettre en campagne pour arrêter les courses de l'Ennemi. Mais ce Prince amolli par la volupté & plus propre à inventer de nouveaux plaisirs qu'à manier les armes, ne fit pas grande resistance, & laissa son camp au pouvoir des Ennemis. Depuis ayant été convaincu de la trahison de Bardas par des preuves certaines, il donna ordre à Basile Capitaine de ses Gardes & Duc de Macedoine, d'assassiner ce traitre. Un

jour dans l'emportement & la vivacité d'un repas où il s'étoit enyvré, il declara ce même Basile son Collegue à l'Empire. Mais Basile outré que Michel dans une autre festin eût associé un Matelot à cette même dignité, massacra cet indigne Empereur au milieu 857.
du repas, & se rendit seul Maître de l'Empire, Michel avoit regné vingt-cinq ans, c'est-à-dire onze ans seul, & quatorze ans avec Theodora sa Mere.

Basile le Macedonien Empereur Grec se signaloit par la Justice & par la Religion. Il ne donnoit les Charges qu'à des personnes d'une probité connue & éloignée de toute ambition : il faisoit administrer la Justice en sa présence quand les autres affaires de l'Empire le lui permettoient, & il envoyoit dans tous les quartiers de la Ville des crieurs publics pour avertir que ceux qui avoient quelques griefs, pouvoient se présenter, & que l'Empereur leur donneroit une favorable audience. Dans une grande cherté de vivres, il fit ouvrir les greniers publics, & soulagea les necessités du Peuple aux dépens du trésor Royal; on trouve peu de Princes qui ayent fait réparer ou bâtir plus d'Eglises. Il con-

An de J. C vertit un grand nombre de Juifs, & n'épargna pas même l'argent pour une œuvre si pieuse. Il attira à la Foi de Jesus-Christ une quantité prodigieuse de Barbares. Et entr'autres les Russes, ausquels il envoya un Evêque d'une Sainteté admirable. Le Ciel benit tant de pieuses entreprises, & récompensa ce prince par plusieurs victoires que ses Généraux remporterent sur les Sarrazins.

886. Il fut tué par un cerf qui lui perça le ventre, & lui fit sortir les entrailles du corps après avoir gouverné l'Empire d'Orient pendant 19. ans.

L'Eunuque Photius Neveu de Bardas & de l'Imperatrice Theodora, joua un grand rolle pendant le regne de ces deux Empereurs ; il étoit Grammairien, Poete, Orateur, Critique, Mathematicien, Philosophe, Medecin, Astronome, il fut grand Ecuyer, Capitaine des Gardes, Ambassadeur en Perse, & premier Secretaire d'Etat, las de toutes ces Charges, il embrassa l'état Ecclesiastique, Michel le fit Patriarche de Constantinople, & en chassa le célébre St. Ignace : Photius excommunié par le Pape fut l'auteur de ce fameux Schisme qui divise encore aujourd'hui l'Eglise Grecque de la Latine. Basile, rétablit le Patriarche Ignace ; mais après la mort de celui-ci Photius ayant presenté à l'Empereur une fausse Genealogie pour le flatter, obtint d'être rétabli sur la Chaire de Constantinople, & gouverna presque absolument l'esprit de l'Empereur.

An de J. C.

LEON VI. ALEXANDRE CONSTANTIN VII.

Leon VI. surnommé le *Philosophe* avoit une forte inclination pour les Sciences. On a de beaux Ouvrages de cet Empereur. Il gagna de grandes batailles sur les Serviens, & regna 25. ans. Comme il s'approchoit d'un Autel pour y faire sa priere, un malheureux assassin lui dechargeant un coup de baton l'auroit tué sur le champ, si une lampe suspendue qui se trouvoit-là par hazard n'eût rompu la violence du coup. Une aventure si fatale avertissant l'Empereur de mettre ordre à ses affaires, il fit déclarer Cesar son Fils Constantin qui étoit à peine sorti de l'enfance. Etant au lit de la mort il
remit entre les mains d'Alexandre son 911
Frere la tutelle du jeune Prince &

An de J. C. l'Empire, à condition de le restituer à son pupille, lorsqu'il seroit en âge de le gouverner par lui-même.

Alexandre se saisit de l'Empire en qualité de Tuteur du jeune Prince son Neveu, & fit releguer l'Imperatrice Zoë, qui prétendoit la Régence de son Fils. Il étoit si debordé qu'il ne fit rien digne d'un Prince, non pas même d'un homme. Ses excès & ses débauches
912. lui causerent une hémorragie si violente par le nez & par les autres issues de son corps, qu'il en mourut en peu d'heures après un regne d'un an & quelques jours. Constantin Porphirogenete, c'est-à-dire, né dans la pourpre, avoit deux Généraux, Leon, & Romain Lecapene qui songeoient moins à sauver l'Etat qu'à se frayer un chemin à l'Empire : Le dernier fit crever les yeux à Leon ; Zoë fut rasée & enfermée dans un couvent. Constantin épousa Helene Fille de Romain, & ce mariage rendit Romain si puissant, qu'il se déclara le premier Empereur. Constantin peu avant sa mort, déclara Cesar son Fils Romain Porphirogenete. Ce jeune Prince, aima mieux se saisir de l'Empire, que d'attendre la mort de son Pere pour en jouir, il le fit em-

poisonner, & monta sur le Trône tout couvert de cet horrible parricide. Constantin vecut soixante ans, en regna plus de cinquante quatre. An de J. C. 959.

ROMAIN II.

Romain II. Fils de l'Empereur Constantin VII. portoit le surnom *d'Enfant*, parce qu'étant livré aux luxe, au jeu, & à la bonne chere, il abandonnoit le soin des affaires à Bringa son Chambellan. Cet indigne Prince qu'on doit plûtôt regarder comme un infame debauché, que comme un Empereur, mourut agé de 24. ans la troisiéme année de son regne, tout épuisé de debauches. Il regna seul deux ans, & quinze mois avec son Pere Constantin. 963.

NICEPHORE PHOCAS

Nicephore Phocas son Successeur eut un regne malheureux, & qui ne fut signalé que par des pertes.

Nicephore devenu odieux à ses sujets par sa lacheté & par son avarice, fut insulté publiquement dans Con-

An de J. C. 969.

ſtantinople par le petit Peuple, qui le pourſuivit à coups de pierres, & en le chargeant d'injures. L'Imperatrice Theophanie le fit tuer dans ſon lit par Jean Zimiſcès qui avoit reçu quelques outrages de cet Empereur. Ce Zimiſcès ayant obtenu pour prix de ſon crime la Couronne Impériale, envoya au jeune Othon Empereur d'Occident, Theophanie, & cette Princeſſe étant arrivée a Rome, y fut Couronnée Imperatrice, mais enſuite chaſſée de Conſtantinople. Elle fut obligée de ſe retirer dans un Monaſtere d'Armenie.

JEAN ZIMISCE'S, BASILE III. CONSTANTIN VIII.

Jean Zimiſcès, Empereur d'Orient qui avoit épouſé Theodora Fille de Romain II. donna un rare exemple d'équité en aſſociant à l'Empire Baſile & Conſtantin ſes beaux Freres Fils de l'Empereur Romain II. Aprés avoir rendu cette Juſtice au ſang des Romains, il tourna ſes armes contre les Ruſſes, Nation de Scythie, & le ſuccès de cette expedition répondit à ſa valeur. On dit que le Martyr St. Théodore

dore parut dans la melée combattant pour les Grecs. Zimiscès fut un très-grand Prince ; mais l'intemperance de sa langue fut la cause de sa perte.

An de J. C.

Ce Prince de retour de ses conquêtes d'Orient, voyant sur sa route des Maisons superbes & de vastes Campagnes, dont la beauté & la grandeur le surprirent, demanda à quelques uns de sa suite, à qui elles appartenoient : & sur la réponse qu'on lui fit, qu'elles étoient à l'Eunuque Basilique, il s'écria : *Faut-il qu'un Eunuque jouisse du fruit des fatigues des Empereurs & de tant d'armées ;*

Basilique averti de cette plainte de l'Empereur, crut devoir aller au devant du coup qui le menaçoit, & mettre ce Prince hors d'état de le dépouiller de ses grandes & riches possessions ; il fit donner à ce Prince par un Echanson qu'il avoit corrompu, un poison lent dont il mourut, n'ayant pas encore 975.
achevé la septiéme année de son Empire.

Les deux Freres Basile & Constantin, vêcurent sur le Trône dans une parfaite union, & chasserent les Sarrazins de l'Isle de Crete : puis ayant pris à leur solde des Troupes de cette

An de J. C.

même Nation, ils équiperent une flotte avec laquelle ils firent voile vers l'Italie, emporterent de force la Ville de Bari, & recouvrerent la Pouille & la Calabre.

Basile avoit toute l'administration des affaires, & Constantin n'étoit occupé que de ses plaisirs. Ainsi l'ambition du premier étant satisfaite par le Gouvernement absolu, & le second trouvant aussi son compte à se décharger du poids des affaires sur son Frere, & à mener une vie oisive & voluptueuse, il n'étoit pas difficile que ces deux Princes tous deux contens de leur sort, vécussent dans une si grande intelligence.

Basile, après avoir défait le Tyran Phocas surnommé Bardas, regna seul par le moyen de cette grande victoire, & ne laissa que le vain nom d'Empereur à son Frere; plusieurs années après ayant dompté les Bulgares, il soumit tout leur pays à son obéissance. Mais ce même Prince après avoir triomphé de ses ennemis, se laissa vaincre par l'avarice, & remplit son épargne par de nouveaux impôts, dont il accabla ses sujets.

Il tourna ses armes contre les Bulgares, & les ayant battus, il fit crever les yeux à quinze mille qui furent faits prisonniers de guerre, & laissa un borgne dans chaque compagnie de cent hommes pour leur servir de guide.

An de J. C.

On dit que Samuel Prince des Bulgares ayant vû revenir ses malheureux sujets dans cet état, fut tellement saisi d'une action si barbare, qu'il en mourut de douleur.

Enfin cet Empereur après avoir regné cinquante deux ans, mourut subitement agé de soixante & dix ans, & laissa l'Empire à Constantin son Frere, qui étant perdu de luxe & de faineantise abandonna le soin des affaires à d'autres, pour n'être plus occupé que du soin de ses plaisirs. Constantin dissipa les trésors immenses que ses prédécesseurs avoient amassés par toute sorte de voies; l'argent qu'il employa pour réprimer les courses des Barbares au lieu d'avoir recours aux armes, ne servit qu'à enflammer en eux le désir du butin; il donnoit des chariots entiers chargés d'argent aux valets qui étoient commis pour balayer ses appartemens, ou pour lui faciliter les moyens de s'endormir. Il étoit prodigue jusqu'à l'excès envers ses Courti-

1025.

An de J. C. ſans. Comme il étoit fort porté à écouter les calomniateurs, & qu'il avoit une extrême penchant à punir, il fit créver les yeux à un grand nombre de Seigneurs.

Enfin ſa mort arriva la 70. année
1028. de ſon âge & la troiſiéme année de ſon Empire, à compter depuis la mort de ſon Frere Baſile, qui ne lui avoit laiſſé pendant toute ſa vie que le nom d'Empereur. Le peu de durée de l'Empire de Conſtantin fut le ſeul avantage qui en revint à ſes ſujets.

ROMAIN, ARGYRE, MICHEL LE PAPHLAGONIEN, MICHEL CALAPHATE.

Le Patrice Argyropile qui avoit été obligé par Conſtantin de répudier ſa premiere femme pour épouſer Zoë Fille de cet Empereur, âgée de 50. ans, fut élevé ſur le Trône Imperial étant âgé de 60. ans.

Romain ſe ſignala par ſes grandes liberalités envers les pauvres, & les priſonniers. Une perte ſanglante qu'il reçut dans les guerres qu'il eut contre les Sarrazins, contraignit ce bon Prince, d'avoir recours à des moyens durs & facheux pour tirer de l'argent. Depuis ayant temoigné quelque dégoût de Zoë sa femme, cette Princesse perfide le fit périr la septiéme année de son regne. An de J. C. 1034.

Michel le Paphlagonien, l'adultere de l'Impératrice Zoë, regna avec elle sept ans & huit mois; le meurtre de Romain & son adultere avec l'Imperatrice le poursuivit pendant tout le tems qu'il fut sur le Trône, il alla expier son parricide & ses autres crimes dans un Monastere, où il finit ses jours. 1041. Michel surnommé * Calaphate, Fils de cet Etienne dont la mauvaise conduite avoit fait perdre la Sicile aux Grecs, succeda à l'Empire; Zoë ne se trouvant pas assez forte pour porter seule le poids du Gouvernement l'adopta, le declara Cesar, & l'associa enfin à l'Empire, après avoir tiré serment de lui qu'il la regarderoit toûjours comme sa Mere, sa bienfaitrice, & sa souveraine. Mais cet ingrat oubliant ces conditions, fit ce qu'il put pour soulever les esprits du Peuple contre l'Imperatrice, & la relegua dans une Isle, où il la fit enfermer dans un Monastere. Le Peuple irrité d'une telle perfidie se souleva, tira Zoë du Couvent, & fit crever les yeux à Calapha-

* Son Pere avoit été Calfateur de Vaisseaux.

te, qui n'avoit regné que quatre mois & quelques jours.

An de J.C.

1042. ZOE, THEODORA, CONSTANTIN IX. MICHEL VI.

L'Imperatrice Zoë associa sa Sœur Theodora à l'Empire. Depuis Zoë voulant se donner un mari fit monter sur le Trône Imperial Constantin *Monomaque* (ou Gladiateur) fameux Capitaine que Michel Calaphate avoit fait releguer à Lesbos.

1050. L'Imperatrice Zoë étant morte, Monomaque honora de la pourpre Imperiale une de ses Concubines, qui étoit originaire du Pays des Alains, & se couvrit d'infamie par une action si
1054. honteuse. Peu de tems après il mourut tout mangé de goute après un regne de 12. ou 13. ans.

Sous l'Empire de Constantin Monomaque les Turcs abandonnerent le parti de Mahomet, Sultan de Perse & de Medie, sous les étendarts duquel ils avoient combattu, & s'étant rangés sous les enseignes du Sultan Seduc, ils défirent les Sarrazins, dont ils embrasserent la secte, en même tems qu'ils se rendirent maîtres de leurs

Etats : tels furent les commencemens de la Monarchie des Turcs, qui fut depuis si fatale au Christianisme, & qui prit naissance quatre cens ans après la fondation de l'Empire des Sarrazins. An de J. C.

L'Impératrice Théodora gouvernoit dans l'Orient avec une si rare conduite, & une moderation si extraordinaire, qu'on ne s'apperçut point pendant son regne, qu'il n'y avoit point d'Empereur. Mais la mort priva l'Orient de cette sage Princesse la deuxiéme année de son Empire. Elle adopta avant de mourir Michel Stratonique, c'est-à-dire le Guerrier, qui étoit d'une extrême vieillesse, & le déclara son successeur à l'Empire. Ce Michel laissa l'administration des affaires à des Eunuques. 1056.

Michel VI. Empereur de Constantinople, prodigue de ses faveurs envers les Magistrats, & plein de dureté pour les gens de guerre, fut bientôt détrôné par l'armée, qui mit en sa place Isaac Comnéne.

Michel s'étant dépouillé de la pourpre Impériale, ne ressentit aucune peine à quitter son Palais, auquel il préféra le séjour d'un Cloître, qui de-

voit lui procurer des jours plus heureux
An de J. C. 1057. & plus tranquilles. Son regne qui ne fut que d'un an, n'eut rien de glorieux.

ISAAC COMNENE, CONSTANTIN DUCAS, ROMAIN DIOGE'NE.

I. Comnene, Prince avare employa tous ſes Soins & toute ſon application à remplir ſon épargne. Dans cette vûe il caſſa tous les actes de ces Prédéceſſeurs, & révoqua toutes leurs donations. Il s'empara même des biens conſacrés à l'entretien des Monaſteres & des Egliſes. Mais une maladie dangereuſe dont il fut attaqué ou ſelon d'autres Auteurs, une legere atteinte du foudre dont il fut frappé & qu'il regarda comme un avis du Ciel, le fit rentrer en lui-même, après avoir regné deux ans & trois mois. S'étant
1059. donc fait raſer, il changea ſa pourpre en un cilice; & ayant placé Conſtantin Ducas ſur le Trône Impérial, il ſe retira dans le Monaſtere de Stude, où il fit une pénitence qui fut auſſi heureuſe pour lui qu'elle étoit ſincere; car ayant recouvré ſa ſanté, il paſſa le reſte de ſes jours dans le Cloître, & fut meil-

leur moine qu'il n'avoit été bon Empereur.

An de J. C.

Constantin Ducas, Prince d'ailleurs fort religieux, mais trop avare, craignant de s'engager dans les dépenses d'une guerre, entreprit d'arrêter à force d'argent les courses des Barbares. Ainsi la discipline militaire étant tombée dans un grand relâchement parmi les Grecs, cette foiblesse enfla tellement le courage des ennemis, que n'étant plus retenus par aucun obstacle, ils porterent le fer & le feu dans toutes les Provinces de l'Empire Grec. Ducas étant mort la huitiéme année de son regne, l'Impératrice Eudoxie sa femme épousa Romain Diogene.

Ce Prince en étant venu aux mains
en Asie avec le Sultan des Turcs, fut
défait par la trahison d'Andronic un
de ses beaux Fils, & tomba entre les 1071.
mains de ce Barbare, qui eut la lâche
cruauté de fouler aux pieds son illustre Captif, si l'on en croit quelques Histoires.

Guillaume Archevêque de Tyr raconte que le Sultan faisoit servir l'Empereur de marche-pied lorsqu'il montoit sur son Trône ou qu'il en descendoit. Telle est l'inconstance & le peu de solidité des grandeurs humaines.

An de J. C.

MICHEL DUCAS, NICEPHORE BOTONIATE.

Romain Diogéne eut pour Successeur Michel Ducas surnommé Parapinace l'ainé des Fils de Constantin Ducas, Prince foible & lâche, & trop appliqué à l'Etude des belles Lettres. Pendant que ce Prince abandonnoit les affaires de l'Empire, pour s'occuper entierement de la Poësie, Alfasal Sultan des Turcs se jetta à main armée dans les terres de la domination des Grecs; & commençant ses conquêtes par l'Hellespont, il emporta comme un torrent le Pont, la Bythinie, la Galathie, la Pamphilie, la Lycie, la Pisidie, la Lycaonie, la Cappadoce, l'Asie, la Syrie, & même la Ville de Jerusalem. Michel incapable de soutenir le poids du Gouvernement & devenu odieux aux Seigneurs de sa Cour, fut chassé du Trône qu'il avoit
1075. tenu six ans & six mois, & confiné dans le Monastere de Stude.

Nicephore Botoniate, assisté de la puissance des Turcs, s'empara de la Ville de Constantinople & de l'Em-

An de J. C.

pire de Grece. Cependant Michel Ducas ayant trouvé moyen de se sauver du Cloître, alla chercher un asyle auprès du Pape Gregoire VII. & de Robert Guiscard, qu'il sollicita fortement contre Nicéphore. Guiscard arma promptement une puissante flotte qu'il mena en Grece, & Gregoire assista ce pauvre Prince des armes spirituelles de l'Eglise, en fulminant une excommunication contre Botoniate, qui fut aussi détrôné à son tour au bout de trois années par Alexis Comnene, qui venoit d'être proclamé Empereur en Thrace par les Légions mécontentes.
Ainsi Nicephore fut renfermé dans le 1081.
même Monastere, où il avoit relegué peu auparavant Michel son prédécesseur.

D. Quelle est la suite des Empereurs d'Allemagne qui succederent à Charlemagne?

R. Les Princes François se maintinrent quelques tems sur le Trône Imperial; mais le peu de mérite des descendans de Charlemagne, les partages faits par Louis le Debonnaire, & entre les enfans de ces Princes, occasionnerent des haines & des guerres qui les rendirent étrangers les uns à l'égard des autres. Les Princes Alle-

An de J. C. mands profiterent de ces circonstances, s'emparerent de l'Empire, & se donnerent des Chefs.

EMPEREURS D'ALLEMAGNE

DEPUIS CHARLEMAGNE.

La Race des Carlovingiens se perpétua en Allemagne jusqu'à l'an 912. c'est-à-dire, jusqu'à Conrad premier Duc de Franconie.

CHARLEMAGNE, & LOUIS LE DEBONNAIRE.

A Charlemagne succéda Louis le
814. Debonnaire, Empereur, & Roi de France.

Ce Prince eut du premier lit Lothaire I. Empereur, & Roi d'Italie; Pepin Roi d'Aquitaine, & Louis, Roi
840. de Baviere.

LOTHAIRE I.

Louis le Debonnaire associa Lothaire à l'Empire dans l'Assemblée d'Aix-
25. Juin la-Chapelle l'an 817. Lothaire perdit
841. contre ses freres Charles-le-Chauve, &

An de J. C.

Louis de Baviere, la bataille de Fontenai en Auxerrois, où périt l'élite de la Nation Françoise; cette action fut suivie d'une paix entre les trois freres. Louis de Baviere, ou le *Germanique*, eut toute la Germanie, Charles conserva l'Aquitaine, & la Neustrie: Lothaire avec le titre d'*Empereur*, eut l'Italie, Rome, la Provence, la Franche-Comté.

Soit dégoût du monde, ou un motif plus relevé, Lothaire se retira dans 855. l'Abbaye de Prum, proche Treves, y prit l'habit de S. Benoît, & laissa l'Empire à Louis son fils aîné.

LOUIS II.

Louis II. chassa de l'Italie les *Sarasins* qui la ravageoient. Il mourut à 875. Milan.

CHARLES II. ou le CHAUVE ROI DE FRANCE, & LOUIS le BEGUE ROI DE FRANCE.

L'Empereur Louis II. étant mort sans enfans mâles, & Louis le Germanique quelque tems après lui, Charles-le-Chauve passa en Italie, & s'y fit

An de J. C. couronner Empereur; il fut empoisonné à son retour.

877. Louis le Begue son fils ainsi nommé à cause de la difficulté de sa langue étoit Regent en France, pendant le voyage de son pere en Italie. Il mou-
879. rut la seconde année de son regne.

CARLOMAN, CHARLES LE GROS.

Carloman, fils de Louis Roi de Ba-
880. viere, succéda à l'Empire, qu'il laissa par sa mort à Charles le Gros, qui
887. fut dépossédé l'an 887. pour trois motifs; 1°. La Cession de la Neustrie ou Normandie aux Conquerans du Nort: 2°. La répudiation sur de faux rapports de la Reine Richarde. 3°. La foiblesse de l'esprit qui le rendoit inhabile au Gouvernement.

ARNOUL. LOUIS IV. ou le JEUNE.

Arnoul, bâtard de l'Empereur Carloman, succéda à l'Empire. Gui Duc de Spolete prit le titre de Roi d'Italie, & déclara la guerre à Berenger fils d'Everard Duc de Frioul, & de Gisle fille de Louis le Debonnaire, qui se décoroit aussi du même titre. Arnoul chassa Gui du Trône d'Italie, & rétablit Berenger dans ses Etats, avec lequel il se brouilla ensuite. Lambert fils de Gui ralluma la guerre en Italie.

An de J. C.

Arnoul mourut la quatriéme année de son Regne. 899.

Son fils Louis IV. encore enfant succéda ; sa mort arrivée l'an 912. vit l'Empire sortir de la Maison de France par la foiblesse de Charles le Simple, qui se trouva hors d'état de faire valoir ses droits à l'Empire.

L'Empire vit alors plusieurs Maîtres, qui s'en disputoient la possession les armes à la main. Les Allemans profiterent de ce désordre, & se saisirent de l'Empire.

CONRAD I.

Conrad Duc de Franconnie fut élû Empereur au refus d'Othon Duc de Saxe. 912.

HENRI I. ou l'OISELEUR.

Henri fut salué Empereur par les Evêques, & les Princes de l'Empire, étant à la chasse de l'Oiseau. 918.

An de J. C. Ce Prince remporta une grande victoire sur les Hongrois, & délivra l'Allemagne du tribut qu'elle payoit; il rendit d'importans services à Charles le Simple Roi de France; on le regarde comme l'Instituteur des Fêtes militaires, d'où sont venus nos Tournois & nos Carousels.

OTHON LE GRAND.

936. La valeur & les grandes actions d'Othon lui acquirent le glorieux nom de *Grand*; il chassa tous les Princes d'Italie qui ne cherchoient qu'à brouiller. Othon fut appellé l'*Amour du monde*; le cours de son Regne est marqué par des actions continuelles de valeur & de gloire.

Louis d'Outremer lui disputa la Lorraine, Othon se défendit bien, & força Louis à se retirer.

OTHON II.

973. Othon II. n'hérita de son pere que l'auguste nom qu'il portoit. Les guerres qu'il eut contre Lothaire Roi de France au sujet de la Lorraine; celle qu'il eut avec les Princes Allemands furent

An de J. C.

conduites avec ſi peu de ſuccès, que
pluſieurs Seigneurs & pluſieurs villes
créérent des Chefs, & ſe rendirent
maîtres du Gouvernement. Othon paſſa
en Italie, & y commit des cruautés
horribles. Rome l'abandonna, il fut
battu par l'armée des Grecs, & mou- 983.
rut de chagrin.

OTHON III.

La premiere éducation de ce Prince fut commiſe à deux illuſtres perſonnages, que leur mérite éleva enſuite aux premieres dignités de l'Egliſe, il fut honoré des ornemens Impériaux par le Pape Grégoire V. *

Othon fut malheureux dans ſon mariage; Marie d'Arragon aimoit éperduement le Comte de Modene, qui, fidele à Dieu, & à ſon Maître, refuſa conſtamment de répondre à la foibleſſe de l'Imperatrice. L'amour rebuté ſe changea en fureur; elle prit le parti

* Ces ornemens ou marques de l'Empire ſont la Couronne, la Croix, le Sceptre, & le Globe. Othon reçut la Couronne d'argent, c'eſt-à-dire, celle de Germanie à Aix-la-Chapelle en 984. Celle de Fer ou du Royaume de Lombardie par l'Archevêque de Milan en 990. Celle d'or, qui eſt Imperiale, du Pape en 996.

An de J. C.

de perdre celui qu'elle n'avoit pû corrompre; de son amante, elle devint son accusatrice. Prosternée en pleurs aux pieds de son mari, elle demanda justice d'un crime dont elle étoit seule coupable; l'Empereur trop crédule condamna le prétendu coupable à perdre la tête; à peine la sentence fut-elle exécutée, que la femme du Comte vint se jetter à ses pieds, & prit dans ses mains une lame ardente, la mania en présence de ce Prince sans en recevoir aucun mal, demanda justice, & que l'Imperatrice fût punie d'une accusation si atroce. Le Prince frappé de l'horreur de ce double crime, la condamna à être brûlée toute
1002. vive. Othon mourut empoisonné d'une paire de gands que lui envoya la veuve de Crescence, Consul de Rome, que quelque Rebelles avoient élevé à l'Empire, & dont la veuve ambitionnoit le titre d'*Imperatrice*.

HENRI II. ou S. HENRI.

Ce Saint Empereur travailla toute sa vie à remplir les devoirs d'un excellent Empereur, il fut proclamé l'an 1003. & couronné à Rome en 1014. Il battit & mit en déroute l'armée des

Grecs, & des Sarrasins qui infectoient l'Italie. Il épousa Cunegonde fille de Sifroi, Comte Palatin. Il mourut de la pierre en odeur de Sainteté l'an 1024. An de J. C. 1024.

CONRAD II. dit le SALIQUE.

Ce nom de *Salique* vint à Conrad de la riviere de *Sala*, qui couloit au milieu de ses Etats. Henri II. le désigna à l'Empire malgré sa révolte ; il passa en Italie à la tête d'une puissante armée, parce qu'on refusoit d'y reconnoître sa puissance ; il investit de la Principauté de Capoue le Prince de Salerne. Conrad mourut subitement à 1039.
Utrecht.

HENRI III. dit le NOIR.

La noirceur de sa barbe & de ses cheveux lui acquit le nom de *Noir*. Une grande piété, une prudence consommée, & une clémence sans foiblesse furent ses principales vertus. Il rétablit le Roi de Hongrie sur le Trône, le Prince Pandolphe dans la Principauté de Capoue. Il chassa de sa Cour les Comédiens, les Farceurs, les Bouffons. Henri rendit son ame à son Créateur entre 1056.
les mains du Pape Victor II.

An de J. C.

Depuis Charlemagne jusqu'à Henri III. les Papes demeurerent dans la dépendance des Empereurs ; quand le Siége vaquoit, le Clergé, & le peuple élisoient les Papes : les Empereurs approuvoient, confirmoient, ou cassoient l'Election.

L'Empereur Henri III. nomma pendant son regne ceux qu'il jugea à propos. Après sa mort les choses changerent de face ; le jeune âge d'Henri IV. donna moyen aux Papes de se soustraire de la dépendance des Empereurs, d'usurper des droits qui ne leur appartenoient pas. Alexandre II. déclara même dans un Concile tenu à Mantoue, que le pouvoir d'élire des Papes, & de confirmer l'élection n'appartenoit point à l'Empereur.

HENRI IV.

Les Historiens Ecclésiastiques font un portrait affreux de ce Prince, il vendoit les dignités des Eglises, les Abbayes, les Evêchés ; il en employoit les richesses à payer ses troupes ; il se brouilla avec la Cour de Rome, en se chargeant de l'Investiture des Evêchés & des Abbayes. Grégoire VII. homme impérieux & entreprenant, l'excommunia. L'Empereur assembla tumultuairement quelques Prélats à Wormes, qui déclarerent Grégoire déchu de sa dignité, & défendirent aux sujets d'Henri de le reconnoître pour chef de l'Eglise. Le Pape lança l'excommunication sur la personne de l'Empereur. Soit nouveauté, ou motif de haine, d'interêt, de dépit, plusieurs Seigneurs, & beaucoup de peuple se détacherent de leur Souverain. Henri appréhendant une désertion générale, se hâta d'arriver en Italie; il joignit le Pape à Canosse, & fut introduit à son Audience en habit de Pénitent, en chemise, nue tête, & pieds nuds. Henri passa trois jours exposé aux mépris d'une soldatesque insolente; enfin Grégoire accorda l'Absolution à ce Prince qui s'engagea à tout ce qu'on exigea de lui. L'humiliation avoit laissé un levain dans le cœur de Henri, il fit la guerre au Pape. Grégoire le foudroya de nouveau avec des armes spirituelles; on déposa Henri, & on donna l'Empire à Rodolphe Duc de Suabe. Henri l'ayant vaincu, tint une assemblée d'Evêques dans le Tirol, où on déposa Grégoire, & on mit en sa place Guibert qui prit le nom de Clé-

An de J. C. ment III. Henri battit les troupes de Grégoire & de ses Alliés, abandonna au pillage les Eglises de Saint Pierre & de Saint Paul. Robert Guiscard défenseur du Pape Grégoire, vint fondre sur Rome, & abandonna à la fureur des flâmes les maisons des rebelles. Henri prit la fuite. Grégoire mourut. Le nouveau Pape nota d'infamie Henri, & ses adhérans; & renouvella l'ancien anathême. Henri fut battu. Conrad & Henri ses fils prirent les armes pour l'opprimer.

1106. Henri mourut réduit à demander du pain, ayant regné 50. ans. Il faut avouer qu'il avoit peu de Religion. Peut être témoigna-t-il trop d'emportement contre les Papes, mais aussi il n'y avoit point d'exemple avant lui d'un Prince si cruellement traité, & tant de fois frappé des foudres Ecclésiastiques.

Ve EPOQUE NOUVELLE.

GODEFROY DE BOUILLON, ou la CROISADE.

1098. —— 1300.

D. Quel fut le sujet de l'entreprise des Croisades?

R. Les instances de Pierre l'*Hermite* Gentil-homme Picard, qui avoit été témoin des cruautés que les Infidéles exerçoient contre les Chrétiens, dans quelques voyages qu'il avoit fait à la Terre Sainte.

An de J. C.

Le Pape *Urbain II.* dans un Concile tenu à *Clermont* en Auvergne, anima les Princes Chrétiens, & les engagea à prendre les armes pour la défense des Empereurs d'Orient, qui étoient prêts à tomber sous la puissance des Sarrazins & des Turcs, & pour faire cesser la persécution de ces barbares contre les Chrétiens établis dans les Lieux saints. Les exhortations de ce Pape furent si efficaces que la plupart de ceux qui se trouverent dans l'Assemblée s'engagerent pour cette Expédition. En peu de tems il se trouva une multitude presqu'innombrable de François disposés à cette entreprise. Le même desir passa dans les autres Royaumes & Pays de l'Europe. Il se croisa plus de 300000. hommes, qui se diviserent en plusieurs bandes, & qui se rendirent par diverses routes en Bythinie, où étoit le rendez-vous. La marque de ceux qui s'enrôlerent pour cette milice, étoit une Croix rouge, cou- 1098.

An de J. C.

ſue ſur l'épaule droite, ce qui fit donner à cette guerre le nom de *Croiſade*. Leur cri de guerre étoit, *Dieu le veut*. Les principaux Chefs de cette Armée furent, du côté des François, *Godefroy*, Duc de Bouillon, de la Maiſon des Comtes de Boulogne, avec ſes deux freres *Euſtache* & *Baudoüin*. *Hugues* le Grand, Comte de Vermandois, frere de Philippe I. Roi de France : *Robert*, Duc de Normandie, *Bohemond*, Prince de Tarente, *Tancrede*, ſon neveu, & un grand nombre d'autres Seigneurs de marque, que l'Hiſtoire fait monter à plus de cent. Godefroy de Bouillon fut choiſi pour Chef de cette Expédition, parce qu'il s'étoit mis le premier en marche à la tête de dix mille Chevaux & de ſoixante & dix mille Hommes de pied. Le premier ennemi que ces Seigneurs eurent à combattre, dès qu'ils furent arrivés à Conſtantinople; fut Alexis *Comnene*, Empereur des Grecs. Ce Prince fourbe & artificieux oppoſa d'abord la force ouverte : mais la valeur & la vigilance des Croiſés, rendirent inutiles ſes efforts. Ils franchirent le Détroit de Conſtantinople, & ſoumirent

soumirent Nice & Antioche, après deux victoires célèbres qu'ils remporterent devant ces deux Villes sur *Alfasal*, Sultan des Turcs, qui fut nommé *Soliman I. Jerusalem* le principal sujet de cette Expédition fut prise d'assaut l'an 1100. Il y eut dans cet assaut un massacre effroyable de Sarrazins. L'on en tua, selon Albufarage, Auteur Arabe, jusqu'à soixante & dix mille autour du Temple. Godefroi de Bouillon résista non-seulement avec cinq mille chevaux & quinze mille hommes de pied, à l'armée d'*Albuguebase Achmet*, Calife de Babylone, qui étoit plus forte sept fois que la sienne; mais il le défit encore la même année, tua cent mille hommes sur la place, & prit la ville d'Ascalon. Il assujettit aussi en moins de quatre ans la *Lycaonie*, la *Cappadoce*, la *Cilicie*, la *Paphlagonie* & la *Comagene*. Godefroy fut élu Roi de Jerusalem du consentement de tous les Seigneurs, comme celui qui avoit eu le plus de part à la Conquête de ce Royaume. Mais ce Prince religieux ne voulut point se revêtir des Ornemens Royaux, ni prendre la qualité de Roi dans une ville, où le fils de Dieu avoit été re-

An de J.C.

An de J. C.

vêtu d'une méchante robe, & y avoit été traité de Roi par dérision.

Il mourut de la peste l'an 1100. laissant Baudouin, son frere pour Successeur au Royaume de Jerusalem. La plupart des Chefs de la Croisade aimerent mieux retourner dans leur Patrie comblés de gloire, que de s'enrichir des Royaumes & des Gouvernemens de Syrie. On ne se contenta pas de cette seule Croisade, il y en eut jusqu'à six, qui n'eurent pas toutes le même succès. Les Successeurs de Godefroi jouïrent du Royaume de Jerusalem environ 200. ans, jusqu'à *Gui de Luzignan*, sous le Regne duquel Jerusalem fut prise par *Saladin* Sultan d'Egypte

La seconde Croisade fut occasionnée par la prise d'Edesse par Noradin, qui menaçoit de reprendre toutes les Conquêtes faites par les Chrétiens. Saint Bernard exhorta puissamment Louis le Jeune à y aller en personne malgré les oppositions de l'Abbé Suger. Le Roi partit avec Eléonore sa femme, & y mena quatre-vingt mille hommes : l'Abbé Suger fut fait Régent du Royaume, avec Raould Comte de Vermandois. Cette Croisade eut des suites facheuses; l'Empereur y périt, & son armée fut taillée en piéces, le Roi fut pris sur mer, & délivré heureusement par Roger, Roi de Sicile.

An de J. C.

La troisiéme Croisade fut résolue après la défaite de Lusignan, Roi de Jerusalem, à la journée de Tybériade, l'an 1187. L'Empereur partit avec cent cinquante mille hommes: Philippe Auguste, Roi de France s'embarqua en 1189. avec Richard Roi d'Angleterre, & Duc de Normandie. Frédéric périt en passant le Cidnus. A peine les François purent-ils s'emparer de la ville d'Acre. La division se mit parmi les Croisés. Une maladie terrible rappella le Roi de France dans ses Etats; Richard essuya une terrible tempête sur mer, qui l'obligea à prendre le chemin de l'Allemagne, où l'Empereur le retint prisonnier quinze mois.

La quatriéme Croisade eut pour premier objet la Conquête de Constantinople, où les Croisés fonderent l'*Empire des Latins*, qui dura 57. ans. Les principaux Croisés furent, Thibaud Comte de Champagne, Baudouin Comte de Flandre, Eudes Duc de

Bourgogne, Louis Comte de Blois, & Boniface Marquis de Montferrat.

An de J. C.

La cinquiéme Croisade eut pour Chef Saint Louis, qui partit pour la Terre Sainte en 1248. laissant la Régence à la Reine Blanche sa mere. Une suite de malheurs accabla les Croisés; le Comte d'Artois, frere du Roi fut tué dans Massora; la famine, la Maladie, réduisirent l'armée Françoise à l'extrémité; le Roi, ses freres Alphonse & Charles furent faits prisonniers, avec toute la Noblesse qui l'avoit suivi. Louis se racheta en rendant Damiette & 400. mille livres. Il passa dans la Palestine quatre ans, & ne revint en France qu'en 1253.

Saint Louis fut le Chef de la sixiéme & derniere Croisade, malgré les oppositions des Prélats, des Barons & de tout son Royaume. Après avoir établi Matthieu Abbé de Saint Denis & le Comte de Nesle Régens du Royaume, ce grand Roi partit pour l'Afrique, assiégea Tunis, & perit de la peste qui se mit dans son Camp trois mois après être parti de France, l'an 1270. le 25. Août.

HISTOIRE DE FRANCE. An de J. C.

LOUIS VI. DIT LE GROS.

La taille épaisse & massive du Roi Louis VI. lui fit donner ce surnom. Il eut plusieurs démêlés qui lui furent suscités par les grands Seigneurs du Royaume, parmi lesquels il étoit, comme le premier. Mais il vint à bout d'en réduire plusieurs à son obéissance. Son Regne fut glorieux. Il avoit toutes les vertus qui font un bon Roi, mais mauvais Politique, & toujours trompé par Henri Roi d'Angleterre. L'Abbé Suger lui rendit d'importans services. Les Commissaires qu'on envoya dans les Provinces pour éclairer la conduite des Ducs & des Comtes, arrêterent les grandes violences de ces Seigneurs, & diminuerent efficacement l'autorité des Justices Seigneuriales.

LOUIS VII. DIT LE JEUNE. 1137.

Ce Prince avoit un grand zéle pour la Conquête de la Palestine : il y conduisit par l'avis de Saint Bernard une

An de J. C. armée floriſſante composée de 80000. hommes, qui périrent preſque tous par la jalouſie & la perfidie des Grecs. Saint Bernard lui conſeilla de faire cette Croiſade en perſonne, parce que dans la guerre qu'il avoit eue avec Thibaud, Comte de Champagne, il mit la Ville de Vitri à feu & à ſang. L'Abbé Suger fut nommé Régent du Royaume avec le Comte de Vermandois.

La mauvaiſe conduite de la Reine Eléonore fit réſoudre le Roi à ſe ſéparer d'elle; mais par une politique très-préjudiciable, & qui fut cauſe de grands maux, il lui remit le Duché d'Aquitaine & le Comté de Poitou, malgré les avis & oppoſitions de l'Abbé Suger.

Cette Reine ſe remaria auſſi-tôt à Henri Roi d'Angleterre, à qui elle porta ce Duché en dot, ce qui cauſa dans la ſuite bien des guerres entre la France & l'Angleterre.

Le Roi alla en Angleterre, pour viſiter le Tombeau de Saint Thomas de Cantorberi, qu'il avoit beaucoup connu & aimé.
1180. Il mourut peu de tems après ſon retour. La fureur des Duels ſous ce Regne, étoit telle, que la défenſe qu'il en fit pour dettes qui n'ex-

céderoient point cinq ſols, fut regardée comme un grand coup.

An de J. C.

PHILIPPE II. OU AUGUSTE.

Philippe II. dit *Auguſte*, commença ſon Regne par bannir les Juifs coupables de beaucoup d'impiétés.

Ce Prince conſentit, pour fournir aux frais de la Croiſade, de lever la Dîme dans ſon Royaume de tous les biens meubles & immeubles des Ecléſiaſtiques. Il partit lui-même pour la Terre Sainte, & s'empara de Ptolemaïde ou Acre.

De retour il réduiſit à ſon obéiſſance la Normandie, la Touraine, l'Anjou, le Maine, le Poitou, l'Auvergne, le Vermandois, l'Artois; & ſe precautionna avec prudence contre les Puiſſances qui ſe liguoient contre lui, remporta la fameuſe bataille de Bouvines entre Lille & Tournay, & fonda l'Abbaye de la Victoire en mémoire de ces ſuccès.

Ce Roi, jouiſſant de la Paix, s'appliqua à faire des Reglemens pour le bon ordre de ſon Royaume.

An de J. C.

LOUIS VIII. DIT LE LION.

1223. Ce Prince avoit 36. ans lorsqu'il monta sur le Trône. Il défit les Albigeois soutenus par le Comte de Toulouse & le Roi d'Arragon : Il attaqua & vainquit les Anglois en Guienne,
1226. & s'empara de la Rochelle. Il mourut âgé de 40. ans,

LOUIS IX. DIT S. LOUIS.

Ce Roi élevé saintement par Blanche de Castille sa mere, monta sur le Trône à l'âge de 12. ans.

Thibaut, Comte de Champagne & Hugues Comte de la Marche, voulant profiter de la minorité du Roi, tacherent d'exciter des troubles ; mais ils furent contraints de plier, & de rentrer dans le devoir. On appaisa l'Anglois avec de l'argent, & entretenant des jalousies parmi les Grands du Royaume, on les empêcha de se réunir pour attaquer la Régente.

Louis devint un Prince accompli, son courage égaloit sa piété, une dangereuse maladie qui le mit à deux doigts du tombeau, l'engagea à se croiser. Il prit la Croix de la main du Légat, & fit les préparatifs nécessaires. Le Saint Roi partit en 1248. laissant sa mere Régente du Royaume: la Reine, les freres du Roi, leurs femmes furent du voyage. L'armée aborda à la Rade de Damiette en Egypte le 4. Juin 1249. où on débarqua en combattant; l'ennemi fut mis en fuite, on eut d'abord quelques succès. An de J. C.

Robert Comte d'Artois fut tué; la disette, les maladies réduisirent l'armée Chrétienne dans un état déplorable. Le Roi tomba dans les mains des Infidéles avec ses deux freres Alphonse & Charles. On conclut une Treve de dix ans, à condition de rendre Damiette; les Sarrazins qui avoient été faits prisonniers, & de payer 400000. liv. d'argent. Ces mauvais succès pénétrerent le cœur de la Régente de la plus profonde douleur. Le Roi revint au bout de six ans, & ce qui est incroyable, il forma un nouveau projet de repasser 1269. dans la Palestine. L'armée des Croisés débarqua à Tunis en Afrique, où les chaleurs excessives du climat mirent la peste dans l'armée des Croisés. Le Roi lui-même en fut attaqué, & mourut ſaintement en faiſant le Siége de Tunis.

An de J. C.

PHILIPPE III. DIT LE HARDI.

1270. Philippe étoit avec ſon pere en Afrique, lorſqu'il mourut de la peſte. Il y fut ſalué en qualité de Roi de France.

La mort d'Alphonſe, Comte de Poitiers & de Toulouſe, au retour d'Afrique, donna occaſion à Philippe de recueillir cette riche Succeſſion.

Il gouverna ſon Royaume, comme un bon Prince, ſage, équitable; il étoit trop credule, & ſuſceptible de toutes les impreſſions qu'on vouloit lui donner.

Pierre de la Broſſe, Barbier de S. Louis accuſa la Reine Marie d'avoir empoiſonné Louis, fils aîné du premier Lit; la calomnie fut découverte & la Broſſe pendu.

1285. PHILIPPE IV. DIT LE BEL.

La bonne mine de ce Prince lui fit donner le ſurnom de *Beau*. Il épouſa l'Héritiere de Navarre avant que d'être

Roi. Ce Prince fut toujours en guerre
avec les Anglois & les Flamands; il An de J.C.
eut auſſi de grands démêlés avec la
Cour de Rome, dont Guillaume de
Nogaret le vengea. Clement V. qui
transfera le Siége à Avignon, ſuccéda à Boniface VIII. Philippe lui accorda la Dixme des biens Eccléſiaſ-
tiques: & en obtint la ſuppreſſion de
l'Ordre des Templiers. Cet Ordre inſti-
tué à Jeruſalem, rendit d'abord de
grands ſervices; mais, ſelon l'ordre
des choſes humaines, il dégénéra 1314.
beaucoup.

EMPIRE D'ORIENT.

ALEXIS COMNENE, JEAN COMNENE.

Alexis Comnene deshonora ſon Regne par pluſieurs actions de lâcheté, d'avarice & de perfidie. Il mourut l'an 1118. ſi généralement haï de ſes Sujets, & tellement abandonné de tout le monde, qu'à peine s'en trouva-t-il qui vouluſſent lui rendre les derniers devoirs. Quand il fut mort l'illuſtre Anne Comnene ſa fille, publia l'Hiſ-

An de J. C.

toire de ſon Regne en 15. Livres, qui font plus d'honneur à la tendreſſe & à la reconnoiſſance de cette Princeſſe qu'à ſa ſincérité.

Le nouvel Empereur Jean Comnene ſon fils, lui ſuccéda. Son Regne eſt célébre par pluſieurs victoires qu'il remporta ſur les Turcs, les Scythes, les Serviens & les Hongrois. Il refuſa conſtamment les honneurs du Triomphe, & les fit rendre à l'Image de la Ste Vierge, à qui il ſe reconnoiſſoit redeva-
1143. ble de ces grands ſuccès. Il finit ſes jours d'une maniere très-malheureuſe; ce Prince étant prêt de porter un coup à un Sanglier qu'il chaſſoit, fut bleſſé d'une fleche empoiſonnée qui lui tomba de ſon Carquois ſur la main. Cette bleſſure fut la cauſe de ſa mort, parce qu'il ne voulut jamais ſouffrir que les Médecins coupaſſent cette main, diſant, *Qu'une ſeule main ne pouvoit manier les Renes d'un ſi grand Empire.*

Il déclara en mourant Manuel, le plus jeune de ſes deux fils, ſon Succeſſeur à l'Empire, au préjudice d'Iſaac qui étoit l'aîné, parce qu'il jugeoit ce dernier incapable de regner.

MANUEL COMNENE, ALEXIS COMNENE II. ANDRONIC.

An de J. C.

Les Historiens louent la piété, la bonté, l'humeur généreuse & libérale de Manuel, Empereur Grec. Faisant voir un jour ses Trésors au Sultan d'Iconie, il le pressa d'en prendre ce qu'il voudroit. Le Sultan lui ayant témoigné qu'il se contenteroit de la part que l'Empereur voudroit bien lui en faire, Manuel lui donna tous ses Trésors.

Mais toutes ces belles qualités furent extrêmement ternies par l'horrible perfidie dont il usa envers les Latins, qui étoient allés à la Conquête de la Terre Sainte, ayant fait périr la belle & nombreuse armée de l'Empereur Conrad, en mêlant de la chaux dans la farine qu'il fit distribuer aux Troupes.

Roger Roi de Sicile se plaignit aussi amérement de Manuel, à cause du droit des gens qu'il avoit violé en la personne de ses Ambassadeurs, Il arma une puissante flotte, & s'empara de Corfou, de Thébes & de Négrepont.

An de J. C. Les dépouilles de cette Conquête furent très-précieuses. On remporta de cette Expédition l'art de travailler la soye, qui passa de la Grece en Italie, comme la plupart des autres arts par le moyen des ouvriers qu'on en emmena.

On condamne encore dans cet Empereur sa passion pour les sciences secrettes, si l'on peut appeller sciences ce qui n'est que l'illusion de quelques esprits trop crédules; il signa cependant,
1180. avant de mourir, la condamnation de cet art imposteur, & se revêtit d'un habit lugubre de Religieux pour donner des marques plus sensibles de pénitence.

Alexis Comnene, jeune Prince d'environ douze ans, étoit fiancé avec Agnès, fille de Louis-le-Jeune, Roi de France. Il regna trois ans, pendant lesquels il
1183. traita favorablement les Latins. Les Grecs outrés de ce procédé rappellerent d'exil Andronic, cousin germain d'Alexis, pour l'élever sur le Trône Celui-ci ne fut pas plutôt saisi de la Couronne: qu'il ensanglanta les Commencemens de son usurpation par le meurtre de son prédécesseur; & pour établir sa tyrannie avec plus de sûreté fit encore étouffer l'Impératrice Berthe.

veuve de Manuel, mere d'Alexis & belle-sœur de l'Empereur Conrad III.

An de J. C.

Cette triste scène finie, toute la rage de ce peuple furieux se tourna contre les Latins, & principalement contre les François qui se trouverent à Constantinople; on massacra impitoyablement le Légat du Pape, les Prêtres & tous les étrangers. La fureur des assassins n'épargna pas même les malades qui étoient dans les Hôpitaux. Ceux qui échaperent au carnage furent vendus au Turc, pour en faire des Esclaves. Pour comble de barbarie on déterra les corps morts, pour les traîner avec infamie dans les ruës : spectacle qui n'étoit capable que d'inspirer de l'horreur. Le Tyran Andronic chargeoit de chaînes, punissoit du dernier supplice, tous ceux qu'il soupçonnoit capables de remuer ou d'entreprendre quelque chose contre lui. Sa tyrannie ne dura que deux ans. Isaac l'Ange, informé des mauvais desseins d'Andronic, profita d'une émeute populaire, & fortifié d'une troupe d'amis, se saisit du Tyran, & après lui avoir fait arracher la barbe, les cheveux, un œil, couper la main gauche, lui avoir fait mettre des chaînes

de fer au col & aux pieds, & un tour
An de J. C. de corde sur la tête comme une Couronne, le fit monter sur un Chameau, pour l'exposer à la fureur du peuple, qui le pendit dans la place publique entre deux colonnes la tête en bas,
1185. & le perça de coups d'épées.

Telle fut la fin d'Andronic, le dernier Prince de la Maison des Comnenes.

Les Anges Comnenes, qui succéderent n'étoient de la Maison Impériale que par les femmes.

ISAAC L'ANGE COMNENE, ALEXIS L'ANGE COMNENE.

Isaac l'Ange élevé sur le Trône Impérial par la faction d'une populace tumultueuse, se porta aux derniers excès de luxe: enleva des Eglises les Vases sacrés, pour les faire servir à la magnificence de son Palais & de sa Table, & apportoit pour toutes raisons de ce brigandage sacrilege, que tout est permis à Dieu & à l'Empereur. Mais Dieu suscita contre lui les Barbares, pour être les exécuteurs de sa Justice. Ils porterent la désolation dans tout son Empire. Enfin Alexis qu'il avoit racheté des mains des Turcs, & qu'il avoit associé au Trône, le priva de la Couronne & des yeux, & le jetta dans une étroite prison.

An de J. C. 1195.

Alexis, pour écarter l'idée de son usurpation, prodigua les richesses à quiconque vouloit lui être favorable, puis il passa tout-à-coup à une sordide avarice; l'amour passionné pour tous les plaisirs, l'ayant rendu méprisable, les Grands & le Peuple indignés d'être gouvernés par un tel Prince, chercherent à s'en défaire. Alexis fils d'Isaac profita de cet esprit de revolte, pour rétablir son pere. Les Croisés assiégerent Constantinople par mer & par terre, l'Empereur se sauva la nuit, & se déroba par la fuite aux mauvais traitemens qu'il devoit attendre. Cette fuite donna naissance à l'Empire, de de Trebizonde, établi l'an 1204. par Alexis Comnene, & qui subsista 257. ans sous plusieurs Princes de la Maison des Comnenes, jusqu'à David Comnene, qui en fut dépossedé par Mahomet II. Empereur Turc, en 1462.

1203.

An de J. C.

Les Latins rétablirent sur le Trône Isaac l'Ange, & Alexis son fils. Les Soldats Croisés ayant mis le feu à Constantinople, sous prétexte de bruler une Mosquée, que les derniers Empereurs avoient permis de bâtir; la populace qui à peine connoissoit ses Empereurs, choisit Alexis Ducas surnommé *Murtzusle*, à cause de la longueur & de l'épaisseur de ses sourcils, qui se fit proclamer Empereur par des gens apostés. Aussi-tôt il se rendit maître d'Alexis, qu'il renferma dans un sombre caveau les fers aux pieds. Isaac mourut dans ces circonstances, & Alexis fut étranglé dans la prison.

Murtzusle ne regna que deux mois seize jours.

BAUDOUIN I. ET THEODORE LASCARIS.

Après la prise de Constantinople
1204. Baudouin, Comte de Flandre fut élu Empereur par les Latins, & Théodore Lascaris par les Grecs. Baudouin perdit la bataille d'Andrinople contre le Roi des Bulgares qui le fit prisonnier.

An de J. C.

HENRI.

Henri frere de Baudouin fut élu 1206.
Empereur. Il alla combattre les Bulgares, & remporta sur eux de grandes
victoires. Ce Prince fut empoisonné 1206.
à Thessalonique, après un Regne de
10. ans.

PIERRE DE COURTENAY. ROBERT.

Pierre de Courtenay, fils de Pierre
de France & d'Isabelle, & petit-fils
de Louis-le-Gros, succéda à Henri
mort sans enfans. Ce Prince invité à
un grand repas par Théodore Comne-
ne, Roi d'Epire, fut fait prisonnier avec 1217.
toute sa suite. On ne sçait ce qu'il devint
après cette trahison.

Robert son fils fut chassé du Trône des Latins par Jean Vatace.

THEODORE LASCARIS. JEAN VATACE.

Théodore Lascaris ayant pris les Ornemens Impériaux, fonda un nouvel Empire à Nicée en Bythinie, ou selon d'autres Historiens à Andrinople

Ville de Thrace après la Conquête de
An de J. C. Constantinople par les Latins ; il soutint les débris de l'Empire Grec en Asie ; osa attaquer les Troupes nombreuses des Turcs avec une poignée de Soldats. L'entreprise étoit périlleuse ; mais il en sortit avec avantage. Le Sultan l'ayant jetté en bas de son cheval, Lascaris se releva courageusement, coupa la tête de ce Barbare, & l'ayant attachée au bout d'une Lance, il la fit porter en triomphe. Ce spectacle répandit une si grande terreur parmi les Infidéles, que se voyant sans Chef, ils lâcherent pied, & abandonnerent le champ de Bataille aux Chré-
1222. tiens. La mort empêcha Lascaris de jouir long-tems du plaisir de cette Victoire. Il eut pour Successeur Jean Vatace, auquel il avoit donné sa fille en mariage, & qui reprit sur les Latins plusieurs bonnes Places pendant les
1255. trente-trois années qu'il regna.

JEAN DE BRIENNE. BAUDOUIN II.

Baudouin n'avoit que neuf ans à la mort de son pere, on créa Empereur Jean de Brienne, beau-pere de Fréderic Empereur d'Allemagne. Vatace & Azen, Roi de Bulgarie, s'unirent ensemble pour combattre les Latins, cette Ligue fut fatale. Jean deBrienne mourut, laissant ses Etats dans la plus triste situation.

An de J. C.

THEODORE VATACE, JEAN II LASCARIS, ET MICHEL PALEOLOGUE.

Jean laissa la Couronne à son fils Théodore Lascaris II. qui ne l'ayant possédée que quatre ans, la fit passer à Jean Lascaris II. son fils, qui n'étoit âgé que de six ans. Michel Paleologue, qui avoit été déclaré Tuteur du jeune Prince, se servit de l'occasion de cette tutelle, pour se mettre lui-même la Couronne sur la tête, & fut assez perfide, pour ôter la vie à son Pupille, après lui avoir ravi l'Empire.

1259.

Paléologue le plus grand Seigneur des Grecs, descendu par sa mere d'Alexis Comnene, gouvernoit alors avec une autorité absolue les restes de l'Empire Grec transféré à Nicée en Bithynie. Il se rendit ensuite maître de

An de J. C.

Constantinople, par l'adresse d'un de ses Lieutenans, nommé Alexis, qui trouva le moyen d'introduire dans la Place huit cens hommes par un aqueduc, que quelques traîtres lui enseignerent. Un coup de cette importance fut d'autant plus facilement exécuté, que l'Empereur Baudouin étoit absent, & avoit emmené ses forces navales pour assiéger une petite ville sur les bords du Pont Euxin.

Cette Révolution qui ota l'Empire d'Orient aux Latins, arriva le 36. Juillet 1261. Baudouin eut beau implorer les puissances de l'Occident, pour remonter sur le Trône de Constantinople. On fut sourd à ses cris. Il mourut en 1274. Paléologue regna glorieusement jusqu'à l'année 1283.

HISTOIRE D'ALLEMAGNE.

HENRI V.

Ce fils rebelle à son pere tint à l'égard du Pape la même conduite qu'avoit tenu son Pere. Il donna comme lui les Investitures des Evêchés, & des Abbayes avec la crosse & l'anneau, étant saisi de la personne du Pape, il le mit sous une sûre garde, & en obtint ce qu'il voulut, c'est-à-dire, une déclaration par laquelle le Pape consentoit que l'Empereur conférât les Bénéfices en la maniere accoutumée. Le Concile de Latran cassa cette déclaration extorquée, & le Pape Gelase qui succéda à Paschal II. confirma par un décret la sentence du Concile. Ce décret fut signifié à Henri qui refusa de s'y soumettre. Ce refus attira l'excommunication, & l'excommunication produisit le Schisme ; l'Empereur opposa un Antipape à Gelase, qui prit le nom de Grégoire VIII. Le calme succéda à tant d'orages. L'Empereur s'appercevant que la querelle avec les Papes servoit de prétexte à la révolte de plusieurs Princes de l'Empire, demanda la paix & l'absolution à Calixte II. & pour l'obtenir, il déclara par un Acte autentique qu'il cédoit à Dieu & à l'Eglise Catholique l'Investiture des Bénéfices. Henri mourut la vingtiéme année de son Empire.

An de J. C. 1125.

An de J. C.

LOTHAIRE II.

Ce Prince tint un rang respectable parmi ceux qui se sont rendus recommandables par la piété, & les autres vertus qui rendent dignes de commander aux hommes. Il rétablit l'ordre par-tout, éteignit le Schisme, chassa l'Antipape Anaclet, désarma le Roi de Sicile son Protecteur, affermit Innocent II. sur le Siége de Saint Pierre, pacifia les troubles d'Italie, & fonda à Rome & à Boulogne des Chaires de Professeurs en Droit.

1137. CONRAD de Souabe III. du nom.

Conrad eut pour concurrens Henri le Superbe Duc de Baviere, & Guelphe son frere. Henri fut battu, & perdit ses Duchés. Guelphe fit long-tems la
1142. guerre, & obtint la paix par l'entremise de Roger Roi de Sicile.

Conrad se croisa pour la Terre-Sainte, & partit avec une armée de deux cens mille hommes, dans laquelle il y avoit soixante-dix mille chevaux; il étoit suivi de la plûpart des Evêques, & d'un nombre infini de Noblesse; mais

mais le succès ne fut pas heureux. Trahi par les Syriens, en faisant le siege de Damas, il en conçut tant d'indignation qu'il abandonna la Syrie, & s'en retourna dans ses Etats. Il mourut d'un poison lent que lui donnerent ses Médecins corrompus par Roger Roi de Sicile.

An de J. C. 1152.

FREDERIC I. ou BARBEROUSSE.

La couleur de sa barbe lui acquit le surnom de Barberousse.

Les Milanois obligerent trois fois cet Empereur à passer les Alpes. En dernier lieu n'écoutant plus que les mouvemens de sa colere contre ces mutins, il assiegea leur ville, la prit, & la donna en proie à ses soldats, en fit raser les maisons & les murailles, y fit passer la charrue, & sémer du sel pour laisser des traces funestes de sa colere & de sa vengeance. Ce Prince brouillé avec le Pape remplit toute l'Italie de factions. Les Partisans de l'Empereur furent nommés *Gibelins*. Ceux qui se déclarerent pour le Pape, furent appellés *Guelfes*. Il fit déposer Alexandre III. & fit reconnoître Victor IV. Le Pape Alexandre tint un Concile à Clermont

An de J. C. où il frappa de foudres Ecclésiastiques l'Empereur, l'Antipape Victor, & tous leurs adhérans; il réitéra l'excommunication à Tours l'an 1163.

L'Empereur profita des désordres, s'empara du Vatican, substitua à Victor Pascal III. & puis un troisiéme, Caliste III.

Cependant on rébâtit Milan & *Alexandrie* du nom du Pape Alexandre, que l'Empereur par dérision appella *Alexandrie de la paille.* Fréderic passa en Italie; les Allemans furent taillés en piéces. La flotte de l'Empereur fut défaite par les Vénitiens. C'est en mémoire de cette victoire que le Doge de Venise épouse tous les ans la Mer Adriatique, en y jettant un anneau d'or. L'Empereur fit sa paix à Venise, l'Antipape fut dégradé.

1177. Alexandre rentra à Rome, & rendit à l'Italie son premier éclat.

Frédéric passa en Syrie avec l'élite de ses Allemans, défit les Grecs qui voulurent s'opposer à son passage, & après avoir battu les Turcs en trois batailles
1190. dans l'Asie Mineure, il périt malheureusement au passage de Cygnus.

Frédéric fut extrêmement ambitieux, irréconciliable dans ses haines, cruel dans ses vengeances, un peu trop emporté contre les Papes.

An de J. C.

HENRI VI. dit le SEVERE.

Henri fut plus violent & plus féroce que son Pere. Tancrede bâtard de Guillaume dernier Roi de Sicile s étoit emparé de la Sicile. Henri qui avoit épousé l'héritiere de Guillaume passa en Italie, punit cruellement l'Usurpateur, fit mourir tous les Prélats & Seigneurs du parti de Tancrede, porta ses mains sacriléges jusques sur les tresors des églises; ces excès lui attirerent les foudres de l'Eglise. Quelques Historiens rapportent que Constance l'empoison- 1197.
na elle-même pour le punir de ses cruautés & perfidies.

PHILIPPE.

Philippe frere d'Henri VI. créé Tuteur de son Neveu Frédéric, succéda à Henri le cruel, mais le Pape Innocent III. refusa de le reconnoître, & Othon Duc de Saxe lui disputa l'Empire; cette division produisit une guerre qui ne fut éteinte que l'an 1207. par un accommodement qui portoit, que Philippe

An de J. C. demeureroit dans la possession de l'Empire, & qu'il n'auroit point d'autre successeur qu'Othon, qui pour assurance de ce Traité, épouseroit Béatrix, fille de son Compétiteur. Philippe ne jouit pas
1208. long-tems de ce Traité, il fut tué l'année suivante par Othon Palatin de Witespach.

OTHON IV.

Le regne d'Othon, quoique court, fut noirci par plusieurs crimes. Il se brouilla avec Innocent III. en demandant la restitution de la Marche d'Ancone, de la Pouille, & de la Calabre, qu'il prétendoit que le Pape avoit usurpé sur l'Empire. Innocent l'excommunia, & secondant les vues de Philippe Auguste Roi de France, il sollicita les Electeurs de restituer l'Empire à Frédéric; la chose s'exécuta à Aix-la-Chapelle l'an 1212.

Dans ces circonstances, Othon se ligua avec Ferrand Comte de Flandres, avec Jean Roi d'Angleterre, & ces Princes ligués convinrent d'attaquer la France par deux côtés différens; Othon par la Flandre, le Roi d'Angleterre par l'Aquitaine; le Roi Philippe Auguste envoya son fils aîné contre l'Anglois,

& marcha lui-même contre l'Empereur, il s'empara de la Flandre, dont le Comte fut fait prisonnier. Othon fut défait à la bataille de Bouvines; cependant Frédéric faisoit des progrès en Allemagne; la foudre Ecclésiastique avoit écarté la plûpart des Sujets d'Othon. Ce Prince déposé de l'Empire & désolé des pertes qu'il avoit essuyées en Allemagne, & en Italie, se retira à Brunswic, où le chagrin & les ennuis terminerent ses jours. 1214.

An de J. C.

FREDERIC II.

Frédéric II. fils de l'Empereur Henri VI. fut couronné à Rome, en promettant au Pape qu'il meneroit une armée dans la Terre-Sainte; il y alla en effet, mais il se contenta d'une ville démantelée. Il encourut la disgrace de trois Papes qui l'excommunierent successivement. Le Pape Innocent obligé de quitter l'Italie, fit assembler un Concile à Lyon, où Frédéric fut cité & ex- 1244.
communié de nouveau. Alors Innocent s'adressa aux Princes de l'Empire qui élurent Henri Landgrave de Turinge. Sa mort arrivée peu de tems après fit tomber le choix sur Guillaume Comte

An de J. C. de Hollande, fantôme d'Empereur. Cependant l'Italie étoit en proie aux Guelphes qui soutenoient le parti du Pape, & aux Gibelins qui étoient dans les intérêts de l'Empereur. Le malheureux Frédéric faisant le siége de Parme tomba entre les mains des Boulonois. On lui donna un breuvage empoisonné qui le retira du monde en 1250.
1520.

CONRAD IV.

Guillaume & Conrad se disputerent l'Empire, Conrad l'emporta. Il passa en Italie, dans le dessein de s'emparer des Royaumes de Naples, & de Sicile. Manfrede son frere naturel ar-
1254. rêta les conquêtes de Conrad en l'empoisonnant. Manfrede prétendoit à l'Empire. Il fit une invasion dans le Domaine de l'Eglise. Un Légat du Pape qui se mit à la tête d'une armée d'Allemans arrêta les projets de cet Usurpateur.

RICHARD D'ANGLETERRE.

Les Principaux Electeurs déférerent l'Empire à Richard frere d'Henri III. Roi d'Angleterre, & quelques-autres à

Alphonſe Roi de Caſtille. Ce dernier ne daigna pas ſe tranſporter en Allemagne. Richard s'y rendit ; mais ayant épuiſé ſes finances par ſes libéralités, il fut au bout de deux ans contraint de retourner en Angleterre. An de J. C. 1272.

RODOLPHE. I. Comte de HAPSBOURG.

Après un interregne qui dura plus de 23. ans, Rodolphe Comte d'Hapſbourg fut élû Empereur. Il eſt le Chef de la Maiſon d'Autriche, & par ſa valeur & ſa prudence le reſtaurateur de l'Empire. Pour mieux affermir ſa domination, il donna ſes filles en mariage à trois des principaux Princes de l'Empire, au Comte Palatin, au Duc de Saxe, au Marquis de Brandebourg. Il défit Ottocare Roi de Boheme, qui s'étoit emparé de l'Autriche, & le força à venir s'humilier en ſa préſence. Ottocare ne crut pas devoir garder la foi à un Prince qui l'avoit ſi peu ménagé. Il ſe rendit maître une ſeconde fois de l'Autriche. Rodolphe le défit ſans reſſource, & donna l'Autriche au Prince Albert ſon fils. Cette Province eſt toujours depuis demeurée à ſa poſtérité.

An de J. C. Tous les Historiens conviennent de ses talens, de sa vertu, de son amour pour le bien public ; quelques-uns lui reprochent d'avoir vendu la Souveraineté à quelques villes d'Italie, & d'avoir ainsi dégradé l'Empire qui lui avoit été confié.

ADOLPHE Comte de NASSAU.

1291. Après la mort de Rodolphe, les Electeurs chargerent des Rênes de l'Empire Adolphe Comte de Nassau, à la sollicitation de Gerard, Electeur de Mayence son parent ; sa mauvaise conduite le rendit odieux aux Princes d'Allemagne qui le déposerent, & mirent en sa place Albert qui poursuivit Adolphe,
1298. & lui fit perdre en même tems l'Empire & la vie.

VIe. EPOQUE NOUVELLE,

1300 - 1492.

OTTOMAN, OU

L'Empire Turc.

D. En quelle année *Ottoman* fut-il déclaré Prince des Turcs ?

R. En 1300. par *Saladin*, Sultan de *Cogni*, de qui il reçut l'Investiture de sa nouvelle dignité, & le titre de *Sultan*, après ses Conquêtes dans l'Asie Mineure. C'est lui qui a donné le nom à la famille Ottomane. Il se rendit si célébre par son courage, que les Sultans ses Successeurs ont fait gloire de porter son nom. Il mourut l'an 1327. après un Regne de 29. ans.

An de J. C

Les Sultans successeurs, qui précédent la prise de Constantinople par Mahomet II. en 1453. sont;

ORCHAN, mort en	1358.
AMURAT I.	1389.
BAJAZET I.	1402.
JOSUÉ	1403.
SOLIMAN I.	1410.
MOYSE	1413.
MAHOMET I.	1421.
AMURAT II.	1451.

Voyez la suite des Empereurs Musulmans dans la Table Chronologique.

Iv

An de J. C.

HISTOIRE DE FRANCE.

LOUIS X. DIT LE HUTIN.

L'humeur altiere de ce Prince lui fit donner le ſurnom de *Hutin* qui ſignifie dans le vieux Langage *mutin*, *entêté*, *opiniâtre*.

Le commencement de ce regne fut ſignalé par la chute d'Enguerrand de Marigni qui fut pendu au gibet de Monfaucon. Cependant Louis employa toutes ſortes de moyens pour avoir de l'argent ; on vendit les Charges de Judicature, on permit aux Juifs de rentrer dans le Royaume, on ſe ſaiſit des deniers ramaſſés pour les nouvelles Croiſades. L'uſage des poiſons & des malefices étoit en ce tems-là ſi frequent, que la perſonne du Roy ne fut point reſpectée. Il mourut d'un
1316. poiſon violent âgé de 29. ans.

PHILIPPE V. DIT LE LONG.

Il ſe forma un parti pour appuier le droit de la Princeſſe Jeanne, Fille de la premiere femme de Louis Hutin ; mais Philippe V. ſe fit ſacrer & on renouvella la Loi Salique qui exclut toutes les Princesses du Sang de France du droit à la Couronne. Ce Prince bannit les Juifs & s'empara de leurs richesses, il y a une Ordonnance de ce Roi qui exclut les Prélats du Parlement parce que le *Roi fait conscience de les empêcher de vacquer au Gouvernement de leur Spiritualité.*

Ad de J. C.

CHARLES IV. 1322.

DIT LE BEL.

Ce Prince Frere des deux Rois précédens voyant les désordres que les financiers avoient causés dans l'Etat par leurs brigandages, & les Gentilshommes par leurs tirannies, s'appliqua à ranger les uns & les autres à leur devoir.

Il se servit du prétexte de la parenté pour repudier sa premiere femme, qui se retira à Maubuisson. Il épousa ensuite la Princesse Marie de Luxembourg, & en troisiémes nôces sa Cousine Germaine Fille du Comte d'Evreux. Ce Prince mourut âgé de 34. ans sans posterité. 1328.

An de J. C.

PHILIPPE VI. DIT DE VALOIS.

La Reine épouse de Charles le Bel étoit enceinte à la mort du Roi son Mari. On créa un tuteur ; au bout de deux mois la Reine mit au monde une Princesse : ainsi le Royaume passa dans une autre branche. Les Etats reconnurent le droit de Philippe de Valois. Edouard III. Fils ainé d'une Sœur des trois derniers Rois causa de grands dommages à la France. Il prétendoit à la Couronne du Chef de sa Mere, les hostilités furent vives, les Flamands se déclarerent pour Edouard ; ce Prince fit au Roi un defi pour l'engager à terminer leur querelle par le duel : on lui repondit que le vassal n'étoit point en droit de défier son Seigneur.

Les complots d'Artevelle qui firent révolter les Flamands donnoient au Roi de nouveaux embaras, enfin il falut en venir à une bataille décisive, l'Armée Angloise étoit composée de 30. mille hommes, le Roi en avoit bien 80. mille; mais mal disciplinés. La pluie qui vint à tomber au commencement du combat relacha les cordes des Arbalestes ; le désordre se mit dans nos troupes, nous perdimes plus de 30000. hommes parmi lesquels étoient le Duc de Lorraine, les Comtes de Flandres & d'Alençon, le Dauphin; le Roi de Boheme: cette journée s'appelle la journée de Creci qui se donna le 26. Août 1346. & fut suivie de la prise de Calais. An de J. C.

Le Dauphiné devint une Province de France par les Traités & la mort d'Humbert II. dernier Prince de la Maison de la Tour du Pin. 1350.

JEAN PREMIER.

Ce Prince assembla tous les ans les Etats jusqu'à la bataille de Poitiers. Il fit décapiter trop legerement Raoul Comte d'Eu & de Guisnes, accusé d'être dans les interêts des Anglois. La guerre recommença avec l'Angleterre; le Prince de Galles ravagea l'Auvergne, le Limousin & le Poitou. Jean rassembla ses Troupes, alla l'attaquer à Maupertuis proche Poitiers. Le Prince de Galles, demanda la paix, 19. Septembre 1356. le Roi la refusa, & avec 80000. mille hommes contre 12000. mille il fut défait à la bataille de Poitiers, & mené pri-

An de J. C.

sonnier en Angleterre. Tout étoit en confusion dans le Royaume; le Roi Jean ne fut mis en liberté qu'après 4. ans de prison par le Traité de Bretigni.

Jean reunit à la Couronne le Duché de Bourgogne vacant par la mort de Philippe de Rouvre, & le donna à Philippe le Hardi, son quatriéme Fils qui avoit vaillamment combattu auprès de son Pere à la journée de Poitiers.

Jean retourna en Angleterre pour y traiter de la rançon du Duc d'Anjou, qui s'en étoit sauvé, y étant en ôtage.
1364. Il y mourut.

C'est ce Roi qui dit ces belles paroles : *Que si la Foi & la verité étoient bannies de tout le monde, elles devroient se retrouver dans la bouche des Rois.*

CHARLES V. dit LE SAGE.

Ce Prince fut Lieutenant & Regent du Royaume pendant la prison de son Pere.

Charles de Blois & Jean de Montfort exciterent de grands troubles pour soutenir leurs droits sur la Bretagne, Charles de Blois fut tué en 1369. & le

Duché resta au Fils de Montfort, qui vint en rendre hommage au Roi. An de J. C.

Les Peuples de Guienne accablés d'impôts demanderent du secours au Roi qui y envoya Bertrand de Guesclin. Tout plia sous ce nouveau Général, les Anglois pour faire diversion désoloient la campagne ; mais la mort du Prince de Galles & d'Edouard Pere, donnerent la superiorité aux François. Toute la Guienne fut enlevée à la réserve de Bordeaux. La Bretagne fut adjugée au Roi par la fuite de Montfort qui s'étoit refugié chés les Anglois, mais cette confiscation n'eut pas lieu.

Jamais Prince ne se plut tant à demander conseil, & ne se laissa moins gouverner que lui.

La Marine commença à se former sous ce Prince, mais elle tomba dans l'oubli dans les regnes suivans.

CHARLES VI. 1380.

Charles VI. n'avoit que 12. ans lorsque son Pere mourut. Ses oncles jaloux de l'autorité disposoient des affaires à leur gré, & regloient tout suivant leurs interêts particuliers. Le Duc de

An de J. C.

Bourgogne avoit la meilleure part au Gouvernement.

Les Flamands s'étant revoltés contre leur Comte, le Roi marcha à son secours, ils perdirent 25. mille hom-
1383. mes à la bataille de Rosebecq, & à son retour il punit les Rebelles de Paris.

Le Roi résolut de faire la guerre au Duc de Bretagne qui avoit fait assassiner le Connetable Clisson : il partit dans ce dessein avec son Armée. Aux environs du Mans, un homme, sortant d'un bois à l'improviste, se saisit de la bride du cheval du Roi, & après quelques paroles entrecoupées il s'enfuit ; cette vision, & la grande chaleur altererent le cerveau du Roi, & lui troublerent l'imagination, de façon qu'il crut que tous ceux qui l'entouroient vouloient l'assassiner. Cette démence augmenta par un bal où le feu prit par hazard à un habit poissé qu'il portoit ; il eut cependant encore de bons intervalles.

L'animosité du Duc de Bourgogne & du Duc d'Orleans Frere du Roi,
1407 commença à éclater, le premier fit assassiner son rival, & fortifia encore son parti par le Mariage du Dauphin avec sa Fille. Les Anglois vinrent désoler la Picardie & gagnerent la bataille d'A-

zincourt. On perdit deux Dauphins en 15. jours. Toute la France se trouva innondée d'ennemis. An de J.C. 1415.

Le Duc de Bourgogne se prêta aux propositions d'accommodement que lui fit faire le nouveau Dauphin, troisiéme Fils du Roi, ils se virent sur le Pont de Monterau où Jean sans Peur 1419
fut poignardé par Tanegui du Chatel en présence du Dauphin.

La Reine fit condamner son Fils à être banni du Royaume : le Dauphin se moqua de cet arrêt, battit les Anglois & prit la qualité de Regent jusqu'à la mort de son Pere. 1422.

CHARLES VII. DIT LE VICTORIEUX.

La Reine Isabelle de Baviere irritée à l'excès contre son Fils Charles héritier présomptif de la Couronne, soutenoit avec chaleur le parti du Roi d'Angleterre son Gendre pour faire regner sa Fille.

Henry VII. Fils du Roy d'Angleterre & d'une Fille de France fut proclamé Roy âgé de 2. ans, & le Duc de Betfort Regent du Royaume.

Charles VII. étoit en Auvergne; tous

Ann. de J. C.

les Seigneurs qui étoient auprés de lui le reconnurent pour leur Souverain ; le Duc de Bourgogne pour venger la mort de son Pere joignit ses troupes à celles du Roi d'Angleterre. Henry devint Maître de Paris & de la meilleure partie du Royaume. La Ville d'Orleans tint ferme, le Comte de Dunois Bâtard du Duc d'Orleans que Jean Duc de Bourgogne avoit fait assassiner faisoit deja grand bruit, il défendit cette Ville avec vigueur. Dans cette extremité, Dieu suscita une simple Bergere, nommée Jeanne d'Arq, fille d'un Paysan du Diocese de Toul, pour la délivrance d'Orleans, & pour assister le Roi dans l'extrémité où il se voyoit reduit. Elle l'alla trouver pleine de confiance, & lui expliqua les motifs qui l'engageoient à agir pour la délivrance de son Royaume & pour faire cesser la Tirannie des Anglois qui l'opprimoient. Aprés en avoir obtenu la permission, elle marche au secours d'Orleans, bat les Anglois en plusieurs occasions, & les force de lever le siége, le douziéme jour de Mai de l'année 1429. Non contente de ce grand succès, elle conduisit le Roi comme en Triomphe, pour le faire Sacrer à Reims avec les Cérémonies accoutumées.

Les affaires changerent de face dans un moment ; le Roi reprit plusieurs places très-importantes sur les Anglois, qui resolurent de reprendre Compiegne. La Pucelle d'Orleans s'étoit jettée dans la Place pour la défendre. Le Siége de Compiegne en effet fut levé au bout de six mois. Cependant les Anglois se consolerent en quelque façon de cette disgrace, par la prise de la Pucelle, qui tomba entre leurs mains dans une sortie. Ils en firent chanter le *Te Deum* dans l'Eglise Cathedrale de Paris, comme s'ils eussent gagné une grande victoire. Les Anglois, irrités contre cette Fille ne la traiterent pas en prisonniere de guerre ; mais violant à son égard le droit des Gens, ils lui firent faire son procès, comme à une Magicienne : il y eut des Juges assés lâches & assés corrompus pour la condamner à être brulée, comme une Héretique & une Sorciere, elle parut intrepide à sa mort, comme pendant sa vie.

An de J. C.

Cependant Charles n'étoit pas encore bien le Maître de ses Etats, & son autorité n'y étoit gueres respectée. Les Princes du Sang, peu accoutumés à la dépendance, refusoient de se sou-

An. de J. C.

mettre à l'autorité Royale; il y en eut même qui comploterent d'oter la Couronne au Roi. Ce qui parut de plus étonnant, c'est que le Dauphin même, encore fort jeune, étoit du nombre des conjurés.

Le Roi par sa mauvaise conduite, ouvroit la porte aux conspirations qui se tramoient contre sa personne; il aimoit les plaisirs, & negligeoit absolument les affaires: par bonheur pour lui, il avoit de bonnes troupes, & de bons Généraux sous le Connetable, qui entreprit la conquête de la Normandie, & qui l'emporta en peu de tems. Les Anglois furent aussi chassés de la Guyenne. Les Comtes de Dunois, de Pentievre, de Foix & d'Armagnac, y entrerent par differens côtés, & s'emparerent de toute la Province, à la reserve de Bayonne & de Bordeaux. Le Dauphin esprit inquiet & turbulent s'ennuyant de ne pas jouir de la Royauté, fit diverses tentatives pour monter sur le Trône; il fut banni de la Cour pour avoir donné un souflet à Agnès Maîtresse de son Pere.

1461. Le Roi Charles mourut de faim craignant d'être empoisonné par son fils. Les Anglois ne possedoient plus que la ville de Calais dans tout le Royaume.

An de J.C.

LOUIS XI.

Louis XI. étant ſur le Trône commença par inquiéter tous les Ordres de l'État, & accabla le peuple d'impôts. Sa dureté envers les Grands, occaſionna la guerre *du bien public.*

L'ame de cette Ligue étoit François Duc de Bretagne ; les Chefs furent le Duc de *Berri*, frere du Roi avec le Duc de *Bourgogne*, le Comte de *Charolois* ſon fils, Jean d'*Anjou*, Duc de Calabre, *Jean* Duc de Bourbon, & pluſieurs autres Princes & grands Seigneurs & Officiers du Royaume, que Louis XI. avoit déſobligés, & même maltraités. Cependant le Roi arma pour ſa défenſe ; toutes les villes ouvrirent leurs portes au Comte de Charolois, & il n'y eut que *Paris* qui tint bon. Le Comte de Charolois ſe rendit à *Monthleri* où il ne penſoit pas trouver le Roi ; ni l'un ni l'autre n'avoient envie de ſe battre, mais l'action s'entama par un hazard. L'aîle droite où étoit le Roi enfonça, & tailla en pieces l'aîle gauche des Bourguignons, & l'aîle droite des Bourguignons commandée par le Comte de Charolois, rompit en-

An de J. C. tierement l'aîle gauche de l'armée du Roi. Ainsi les deux armées furent défaites, & les deux aîles victorieuses s'étant rencontrées firent un très-grand carnage. Le Roi décampa pendant la nuit, & laissa le champ de bataille aux Bourguignons. Il vint à Paris où il fut reçû avec beaucoup d'acclamations, sous la promesse qu'il fit de diminuer les impôts; mais il ne tint pas sa parole, ce Prince n'en étoit point esclave. Le Comte de Charolois vint ensuite bloquer Paris avec une armée d'environ 120 mille hommes, & le Roi qui étoit allé en Normandie rassembler ses troupes, vint fort à propos pour délivrer la ville qui alloit tomber au pouvoir des Bourguignons, avec lesquels les Parisiens commençoient à capituler. La guerre se termina par le Traité de Conflans. Ce fut le Roi qui en porta le premier la parole au Comte de Charolois, il donna satisfaction à tous les Princes, indemnisa les autres, & s'obligea de ne rien faire que de l'avis d'un conseil.

Le premier soin de Louis XI. après ce Traité, fut de chercher les moyens de se rendre maître des Princes ligués, & de semer des divisions parmi eux, afin de les perdre tous en particulier. Il fit marcher des troupes en Normandie, la soumit entierement, & contraignit le Duc de Berry, à qui elle appartenoit, de s'enfuir en Bretagne. Ce Duc fit sa paix, & renonça à son Duché. Quelque tems après, le Roi fut arrêté prisonnier à Peronne par les ordres du Duc de Bourgogne, d'où il ne sortit qu'après avoir fait un traité honteux. Ce Duc le traîna avec lui contre les Liégeois que Louis XI. avoit fait révolter, lui fit endosser la Croix de S. André, qui étoit la marque des Bourguignons, & l'obligea en entrant à Liége de crier comme les autres : *Vive Bourgogne.*

An de J. C.

On lui reproche d'avoir plus donné à sa passion qu'à l'intérêt de l'Etat, pouvant réunir à la Couronne tous les biens de la Maison de Bourgogne par le mariage de l'héritiere avec son fils, ou son neveu le Duc d'Orleans, qui fut depuis Roi sous le nom de Louis XII. Jamais Prince n'a éprouvé des jugemens si differens ; avec beaucoup d'esprit, on prétend qu'il n'avoit pas de jugement ; politique habile, il abbatit les Grands, & les divisa pour les perdre. Il avoit plus d'hypocrisie que

An de J. C.

de Religion; on assure qu'il a poussé la cruauté à l'excès de faire noyer, pendre, ou étouffer sans forme de procès, un très-grand nombre de personnes. Enfin on a dit de lui, qu'il étoit mauvais fils, mauvais pere, perfide ami, & voisin dangereux.

Il regardoit son Médecin comme son Dieu tutelaire, & le craignoit com-
1483. me un enfant craint son précepteur. Il mourut ayant près de lui la sainte Ampoule, & toutes les Reliques qu'il avoit amassées.

CHARLES VIII.

Charles VIII. dit le Courtois, donnoit un si libre accès auprès de sa Personne Royale qu'il en acquit le nom de *Courtois* & d'*Affable*.

Ce Prince dans sa jeunesse fut aidé des conseils de la Princesse Anne sa sœur, épouse de Pierre de Bourbon. Cette préférence chagrina le Duc d'Orleans qui fit une ligue avec le Duc de Bretagne; mais il fut battu, & fait prisonnier; le Roi lui rendit la liberté au bout de trois ans.

Charles brûlant du desir d'acquérir de la gloire, médita la conquête de Naples; Rome & Naples lui ouvrirent leurs

leurs portes sans coup ferir, mais l'Empereur Ferdinand, Roi d'Arragon, les Vénitiens & le Pape firent une ligue, & leurs troupes se mirent en état d'empêcher le retour des François. Il falloit vaincre ou périr; la France n'avoit pas dix mille hommes, & les ligués en avoient plus de trente mille. Le courage des François força les ennemis en moins d'une heure avec perte de quatre à cinq mille hommes, sans en avoir perdu cent; c'est la journée de Fornoue. De-là, il fallut délivrer Navarre assiégé par l'armée de Sforce; l'armée du Roi grossit de douze mille Suisses. Cependant on fut chassé de Naples, & on abandonna le dessein de faire de nouvelles tentatives pour cette conquête. Charles mourut à Amboise le 7. Avril: *il étoit si bon*, dit Comines, *qu'il n'est point possible de voir meilleure créature.*

An de J. C.

1408.

D. Rapportez-moi la suite des Empereurs Grecs jusqu'à l'entiere désolation de Constantinople?

R. Les Voici.

ANDRONIC PALEOLOGUE.

Andronic fut reconnu pour seul &

An de J. C. légitime Souverain après la mort de son pere. Son regne fut troublé par les guerres civiles & étrangeres. Il associa
1320. à l'Empire Michel, qui mourut avant son pere.

LES DEUX ANDRONICS.

Andronic fils de Michel regna de concert avec Andronic son Ayeul ; le vieil Andronic ayant pris le parti du Cloître, laissa son petit-fils maître du l'Empire. L'Histoire dit beaucoup de bien de ce Prince qui mourut le 15. Juin 1341.

JEAN PALEOLOGUE, ET CANTACUZENE.

1341. Ce Prince fils d'Andronic n'avoit que neuf ans à la mort de son pere ; sa Tutelle fut confiée à Cantacuzene Général fameux, qui refusa de monter sur le Trône, mais comme il se formoit une conspiration pour lui ôter la Régence, il prit les ornemens Imperiaux, & régna conjointement avec Jean Paleologue.

1349. Les deux Empereurs se brouillerent, & prirent les armes dans le dessein

réciproque de rester seul sur le Trône;
cette guerre civile dura trois ans. Enfin An de
Cantacuzene se fit apporter un habit J. C.
de Moine dans le Palais même, & alla
s'enfermer dans un Cloître.

Dès la premiere année de sa retrai- 1356.
te, les Turcs se rendirent maîtres de
la Chersonese, & de la Thrace. Paleologue obtint une Treve, pendant laquelle il alla à Rome implorer le secours
des Princes d'Occident. De retour à
Constantinople, il trouva un fils rebelle qui l'empoisonna. Enfin ce Prince après une suite de malheurs mourut 1390.
de chagrin.

MANUEL PALEOLOGUE.

Manuel fils de Jean étoit en ôtage à la Cour Ottomane, lorsque son pere mourut, il s'échappa, & arrivé à Constantinople, il y fut proclamé Empereur. Bajazet la terreur des Grecs lui déclara la guerre, & l'attaqua avec toutes les forces Ottomanes. Il prit la Thessalie, la Macedoine, la Phocide, l'Attique, la Misie; il défit les Occidentaux qui venoient au secours de Manuel à la journée de Nicopolis; mais Tarmerlan grand Cham des Tar-

An de J.C.

tares Mogols délivra Paleologue d'un ennemi qui l'auroit dépouillé de la Couronne. Il défit l'armée de Bajazet, le fit prisonnier, & le fit enfermer dans une cage de fer. Telle fut l'extrême inhumanité qu'un Barbare vainqueur exerça contre un ennemi vaincu aussi barbare que lui. Bajazet outré de désespoir des mauvais traitemens que lui faisoit souffrir Tamerlan, se cassa la tête contre les barres du haut de sa loge. L'Empereur eut encore beaucoup à souffrir des fils de Bajazet, mais leurs divisions le sauva, Manuel laissa plusieurs enfans, & mourut le 21. Juillet 1426.

1426. JEAN II. PALEOLOGUE.

Jean n'ignoroit pas que le principal moyen d'obtenir du secours des Latins pour assurer les progrès des forces Ottomanes étoit de réunir les deux Eglises, il négocia cette affaire avec les Papes, & se rendit lui-même aux Conciles qui se tinrent à Bâle, à Ferrare, & à Florence. Il soutint la cause des Grecs avec fierté, mais il se rendit à la vérité quand il crut la reconnoître dans le parti de ses adverfaires. De retour à Constantinople, il exhorta les Grecs à suivre son exemple; les esprits se révolterent, il fut obligé d'abandonner le projet de réunion. Cependant les Princes Chrétiens pour affranchir l'Empire de la domination des Turcs lui donnerent des troupes qui furent défaites par Amurat à la journée de Varne. Il ne resta à l'Empereur d'autre parti à prendre que celui de fléchir le vainqueur dont il obtint la paix. Ce Prince mourut accablé des plus vifs chagrins en 1449.

An de J. C.

CONSTANTIN DRACOSE'S.

Tous les vœux se réunirent pour Constantin aîné des freres de l'Empereur Jean. Amurat même, à qui on envoya un Ambassadeur à Andrinople, en ratifia le choix, mais cet Empereur Turc étant mort en 1451. laissa pour successeur Mahomet II. Prince d'un orgueil sauvage & brutal, d'une cruauté inouie, d'une ambition effrenée, & qui ne respiroit que conquêtes.

Les Historiens rapportent qu'il fit un jour éventrer quatorze de ses Pages pour sçavoir lequel avoit mangé un melon qui avoit été dérobé dans

An de J. C. un jardin qu'il cultivoit. Il coupa lui-même la tête à Irene sa maîtresse à la tête de son armée, pour faire voir qu'il n'étoit point esclave de son amour.

Quand le peuple de Constantinople apprit la mort d'Amurat, il frémit à la vûe des malheurs qui le menaçoit. Constantin avoit à sa Cour le Prince Orcan, fils de Mahomet I. auquel le successeur d'Amurat assura une pension; Constantin la fit demander; Mahomet se servit de ce prétexte pour lui déclarer la guerre; mille ouvriers vin-
1452. rent construire un Fort au-dessus de Constantinople; Mahomet avec une armée de quatre cens mille hommes vint l'assiéger en personne.

Le 2. Avril 1453. Constantin y fit des prodiges de valeur; accablé par le nombre, il s'écria, *Ne se trouvera-t-il pas un Chrétien qui m'ôte le peu de vie qui me reste?* A l'instant un Turc lui déchargea un coup de sabre sur la tête. La ville fut exposée trois jours à la cruauté des vainqueurs, & au pillage. Mahomet permit tout, hormis d'y mettre le feu. Il y eut plus de 40000. personnes de tuées, & 60000. vendues
1453. comme esclaves. Telle fut la fin de l'Empire de Constantinople. Cette ville

est depuis restée sous la domination des Infideles qui s'y maintiennent toujours, & qui s'y sont en divers tems rendus redoutables aux Princes de l'Europe, & de l'Asie. An de J. C.

Il ne restoit plus dans l'Orient que l'Empire de Trebisonde, Mahomet II. s'en rendit maître en 1461.

Au commencement du seiziéme siécle, le Sultan Selim entra en Afrique, & se rendit maître de l'Empire des Mammelus ou des Sarrasins par la conquête 1517.
de toute l'Egypte.

Ainsi l'Empire Turc est établi sur les ruines de trois Empires, celui de Constantinople, celui de Trebisonde, & celui des Sarrasins.

HISTOIRE D'ALLEMAGNE.

ALBERT I. DUC D'AUTRICHE.

La bataille de Spire, où Adolphe perdit la vie, confirma l'Election d'Albert. L'Empereur tenoit à sa Cour un neveu nommé Jean qui se plaignoit de ce que son Oncle retenoit les Provinces de son appanage; ce neveu poussé par le conseil de quelques scélérats, résolut d'ôter la vie à son Oncle. Al-

bert digne d'une plus longue vie, fut
An de J. C. assassiné la dixiéme année de son Regne.

1308. HENRI VII. COMTE de LUXEMBOURG & de LIMBOURG.

Deux fameux Rivaux se mirent sur les rangs pour disputer l'Empire, Philippe le Bel Roi de France, & Henri Comte de Luxembourg; Henri fut élû. Il commença son Regne par faire écarteler les assassins de son Prédécesseur. Il porta la guerre en Italie pour abbattre la faction des Guelphes. Il y périt, ayant été empoisonné avec une Hostie par un Dominicain. Ce scélérat ayant été arrêté & convaincu de son
1313. crime fut écorché vif.

LOUIS V. DUC de BAVIERE, & FREDERIC d'AUTRICHE.

Ces deux concurrens se disputerent le titre d'*Empereur*, qui leur avoit été donné à chacun par une partie des Electeurs. Frédéric fut vaincu & fait prisonnier par son Rival, qui, après trois ans de prison, lui laissa mener une
1330. vie tranquile dans ses Etats d'Autriche.

Jean XXII. qui tenoit son Siége à Avignon cita Louis devant lui pour se justifier d'avoir accepté l'Empire sans en avoir demandé la permission au Pape, d'avoir mis son fils dans le College des Electeurs, d'avoir assisté les ennemis de l'Eglise de ses conseils, de ses armes, de son argent. Louis publia un Manifeste, dans lequel il fit voir que tous ces chefs d'accusation n'avoient pas la moindre apparence de crime, qu'il en appelloit au Pape mieux informé, & enfin au Concile général.

An de J. C.

Jean n'ayant aucun égard à cet appel, excommunia Louis, qui ne laissa pas d'aller à Rome prendre les ornemens Imperiaux; & quelque tems après il plaça sur la Chaire Pontificale Michel de Corbiere, qui prit le nom de Nicolas V.

L'Empereur, pour mieux se venger du Pape Jean, ratifia par sa Puissance Imperiale les usurpations que quelques particuliers avoient faites des villes de l'Etat Ecclésiastique. Les Successeurs de Jean XXII. hériterent de sa haine contre Louis. Clément VI. l'excommunia, & enjoignit aux Electeurs de procéder à une nouvelle Election. Louis, après avoir long-tems lutté contre ses disgraces, mourut empoisonné.

An de J. C. 1347.

CHARLES IV. Comte de Luxembourg & Roi de Boheme.

Charles étoit Roi des Romains à la mort de Louis VI. il employa des brigues pour écarter ses Compétiteurs. Autant les précédens Empereurs s'étoient montrés rebelles aux Papes, autant celui-ci se montra-t-il soumis. Il rétablit en Allemagne son autorité qui y étoit extrêmement affoiblie. C'est ce Prince qui a fait la Constitution appellée la *Bulle d'Or*, qui prescrit ce qui se doit observer à l'Election des Empereurs, ce qui concerne les Electeurs, leurs prérogatives, leur rang, leurs fonctions, plusieurs reglemens pour les Princes de l'Empire, & qui traite des causes majeures reservées à l'Empereur.

Il honora les Sçavans de sa familiarité, & les enrichit de ses bienfaits, il fonda l'Université de Prague. Ce Prince au reste se montra plus grand par ses vertus civiles & politiques, que par les qualités militaires.

On a des preuves de son avarice

par les grandes ſommes qu'il amaſſa, en vendant & aliénant les Fiefs de l'Empire. An de J. C. 1378.

WENCESLAS ROI DE BOHEME.

Charles avoit acheté par des ſommes prodigieuſes les ſuffrages des Electeurs qui déclarerent Roi des Romains Wenceſlas ſon fils.

Wenceſlas fut un Prince brutal, ſujet aux excès de vin, & aux plus honteuſes débauches, auſſi eſtropié de corps que d'eſprit. Pour fournir à ſes dereglemens, il aliénoit & vendoit à tout prix tout ce qu'il pouvoit demembrer de l'Empire. Il avoit toujours à ſes côtés un bourreau qui au premier ſignal exécutoit ſes ordres ſanguinaires. Il demanda un jour à Jean Nepomucene Confeſſeur de l'Impératrice, quels étoient les péchés dont ſe confeſſoit cette Princeſſe; le Confeſſeur, effrayé d'une pareille demande, repréſenta que la Confeſſion exigeoit du Miniſtre de ce Sacrement un ſecret inviolable. Cette généreuſe réſiſtance irrita le brutal Wenceſlas, il fit ſigne à ſon bourreau qui précipita ce Saint dans la riviere de Moldau.

An de J. C.

Les Electeurs s'assemblerent à Francfort, élurent Frédéric, Duc de Brunswic. Ce Prince ayant été assassiné au retour de la Diette par le Comte de Valdeck, ils lui substituerent Robert de Baviere.

Wenceslas se livra tout entier à ses débauches, se félicitant d'avoir recou-
1419. vré sa liberté.

ROBERT DE BAVIERE.

Ce Prince recommandable par les belles qualités de son esprit, aima la Religion, entretint la paix avec les Puissances voisines de l'Empire, & la maintint parmi ses Vassaux, & Feudataires ; il fonda l'Université d'Heildelberg.

Robert attiré par les promesses des Florentins déclara la guerre à Galeas Duc de Milan, & passa en Italie ; l'Empereur fut défait, & contraint de repasser en Allemagne.

Ce Prince avoit l'esprit admirable, l'ame grande, & élevée ; il gouverna l'Empire avec beaucoup de prudence.

SIGISMOND.

An de J. C. 1410.

Sigismond dans le College des Electeurs se donna lui-même sa voix, & dit sans s'étonner : *Je n'ai point cru trouver personne dans l'Empire qui fût plus en état de lui procurer de grands avantages, & de faire le bonheur de ses peuples.* Les Electeurs joignirent leurs suffrages au sien.

Sigismond avoit toutes les inclinations belles, grandes, Royales, & dignes d'un Empire, un fond de piété, de Religion, de sagesse, un esprit plein de ressources ; en un mot un merite distingué sur tous les Princes de son tems.

Un long Schisme déchiroit l'Eglise, trois Papes l'entretenoient comme de concert. Sigismond entreprit d'y remedier. L'Eglise doit au zele de ce Prince la paix qui lui fut rendue. Il parcourut la France, l'Espagne, l'Angleterre, l'Italie avec une diligence incroyable, il ne quitta point prise que Jean XXIII. ne lui eût promis d'assembler un Concile à Constance. L'ouverture du Concile se fit le 5e. Novembre. 1414. L'Empereur y fit son en-

An de J. C. trée la veille de Noel, & revêtu de la Dalmatique, il chanta l'Evangile à la Messe de minuit.

L'Election de Martin V. à la Papauté mit fin au Schisme, l'Hérésie des Hussites fut condamnée, & Jean Hus son Auteur brûlé avec Jerôme de Pragues.

En 1416. Sigismond érigea la Savoye en Duché en faveur d'Amedée VIII. Cet Empereur favorisa les Gens de Lettres. On dit de lui ce beau mot: *Un Empereur peut faire des Nobles & des Chevaliers, mais il ne sçauroit faire des Docteurs ni des Sçavans.* Il regna 51. ans en Hongrie, 17. en Bohême,
1437. & sur le Trône Imperial 27. ans.

ALBERT II. Duc d'Autriche, Roi de Hongrie & de Boheme.

Albert succéda à l'Empereur Sigismond son beau-pere dans ses Royaumes de Bohême & de Hongrie, & peu après à l'Empire par le suffrage des Electeurs; il ne tint l'Empire qu'un an & neuf mois, qu'il employa à dompter les Hussites, & à chasser le Turc de la Hongrie. On lui entendoit souvent dire ces paroles effrayantes de l'Evangile. *Que sert à l'homme d'acquérir un monde entier, s'il vient à perdre son ame?*

An de J. C. 1439.

VIIe. EPOQUE.

1492 - 1517.

La Découverte de l'Amérique.

D. Par qui l'Amérique ou les Indes Occidentales ont-elles été découvertes?

R. On a découvert l'Amérique, autrement *le Nouveau Monde*, ou *les Indes Occidentales*, l'an 1492. par les soins & l'industrie de Christophe Colomb, excellent Pilote, originaire de Genes, qui découvrit la plûpart des *Antilles*, & d'Améric Vespuce Florentin, qui cherchant un passage au-delà de la Ligne pour passer aux Moluques, toucha le premier ce vaste Continent, & lui donna son nom.

D. Qui sont ceux qui ont continué ces découvertes?

R. Améric Vespuce pénetra dans le Continent en 1497. Le Brésil fut découvert en 1501. par Alvare Cabral

An de J. C.

Portugais. Fernand Cortez parcourut le Méxique, & en fit la conquête en 1518. François Pizarre découvrit le Perou, & prit Cusco la Capitale en 1533. Gonzales Pizarre parcourut la Riviere des Amazones en 1541.

Le nouveau Méxique ne fut connu qu'en 1540. la nouvelle Angleterre en 1558.

D. Le zele de la Religion eut-il beaucoup de part à ces découvertes ?

R. Quoique ces grands hommes soient assurément dignes d'une grande gloire, ils seroient encore plus recommandables, si le zele de la Religion avoit été le motif de ces voyages de long cours ; mais les Espagnols à qui les plus belles conquêtes de l'Amérique appartiennent, y ont commis tant d'injustices criantes, ont égorgé tant de millions d'habitans, que l'avarice, & la cruauté ont été les seuls mobiles qui ayent animé les Héros de ces nouvelles conquêtes.

Tous les Habitans ont été traités comme les bêtes les plus viles, on en massacra un nombre si prodigieux qu'en plusieurs endroits on les extermina entierement. Depuis cette ruine totale, on est obligé d'acheter à grands frais des Negres en Afrique pour en faire des Esclaves, & les faire travailler aux Mines ; car être un homme de *chair blanche* dans toutes les possessions Espagnoles & Portugaises, est une dignité qui dispense du travail.

D. Quelle révolution cette fameuse découverte opera-t-elle ?

R. 1°. Cette importante découverte a changé la face de la Géographie ; elle nous a donné une connoissance qui se perfectionne de jour en jour du Globe Terrestre que nous habitons; elle nous a attesté sa grandeur, ses dimensions ; & nous a procuré une connoissance raisonnée des peuples qui en habitent les différentes Contrées.

2° Ce nouveau pays a dépeuplé une grande partie de l'Espagne par les Colonies qu'on y a envoyées, & par le grand nombre de ceux qui ont quitté volontairement leur patrie pour aller s'enrichir dans ce pays-là.

3°. Cette découverte ruina en grande partie le Commerce des Vénitiens, des Génois, d'Anvers, de toutes les Villes Anséatiques, & l'important Commerce qui se faisoit au Caire en Afri-

An de J. C.

que. Les Portugais piqués de voir dans les mains des Espagnols les Découvertes de Colomb & d'Americ Vespuce, parvinrent à cotoyer sûrement toutes les Côtes orientales & occidentales de l'Afrique, firent trembler l'Orient par la nouveauté de leur artillerie, & furent chercher de la premiere main les Ouvrages vernissés, les Porcelaines, les Soyes, le Thé de la Chine, du Tunquin & de la Cochinchine, le Girofle & la Muscade, les Drogues des Moluques, le Poivre de Sumatra & de la Côte de Malabar, les Pierreries de Pegu, d'Ava, de Golconde, de Visapour, les Toiles, les Soyes, les Tapis du Mogol, la Canelle de Ceylan, les Perles du Cap Comorin, l'Or de la Chine & de l'Inde; mais ces peuples ayant été conquis par Philippe II. en 1580. les Hollandois qui s'affranchissoient dans les Païs-Bas du joug des Espagnols, leur enleverent le fruit de leurs travaux, & transporterent à Amsterdam tout le Commerce des Indes Orientales.

Cette Ville devint le Magasin universel des Marchandises des quatre Parties du Monde. Rien n'est comparable au Commerce de ce petit Etat, connu sous le nom des Provinces-Unies. Les sept Provinces ne valent pas pour l'étendue une Province de France; le terroir n'y produit presque rien, & ses habitans fournissent aux autres peuples tout ce dont ils peuvent avoir besoin. Ils sont sans Forêts, & presque sans bois, & l'on ne voit nulle part autant de Charpentiers, qui travaillent aux constructions navales, soit pour la guerre, soit pour la marchandise. Ses terres ne sont pas propres à la culture des vignes, & le Hollandois a des Villes qui sont l'étape des vins qui se recueillent dans les quatre Parties du Monde; il n'y a point de Mines ni de Métaux, & l'on y trouve presqu'autant d'or & d'argent que dans la nouvelle Espagne, ou au Pérou, autant de fer, qu'en France, d'étain, qu'en Angleterre, de cuivre, qu'en Suede; le bled & les grains qu'on y seme, suffisent à peine pour la nourriture de quelques habitans : c'est cependant de la Hollande que la plupart de ses voisins le reçoivent; & nous n'avons pas encore oublié que la France y a eu recours depuis peu d'années.

An de J. C. 1740.

Enfin il semble que les épiceries

An de J. C. croissent en cet état, que les huiles s'y recueillent, que l'on y nourrit l'Insecte précieux qui donne la soye, & que toutes sortes de drogues pour la Médecine & la Teinture soient du nombre de ses productions & de son crû.

4°. Les richesses immenses qu'on a tirées de ce vaste pays, ignoré du reste de la terre pendant 5500. ans ont donné à l'Europe une face toute nouvelle, il y a deux siécles & demi que le travail de ses Mines d'or & d'argent enrichit le reste de la terre, sans l'appauvrir. Toutes les nations travaillent à l'envi les unes des autres, pour convertir l'excédent de leurs étoffes & de leurs denrées avec l'or, l'argent, les perles, la cochenille, l'indigo, les bois de teinture, le sucre, le cacao, le coton, les tabacs, les fourrures, les baumes, les drogues qu'on tire tant du Continent, que des Isles.

D. Nommez-moi les Rois de France qui ont regné pendant cette Epoque?

R. Louis XII. & François premier;

LOUIS XII.

An de J. C.

Louis XII. surnommé le Juste, ou le
Pere du Peuple, titre plus glorieux que
celui de Conquerant, succéda à Charles
VIII. mort sans enfans. Ce Prince étoit
issu du Duc d'Orleans, frere de Charles VI. Il renouvella les prétentions
des Rois sur l'Italie, & passa les Monts
d'abord avec succès, mais dans la suite
il céda tous ses droits à Ferdinand d'Arragon, en mariant sa niéce,

Les Vénitiens l'avoient chagriné en
plusieurs rencontres, il marcha con- 1503.
tr'eux, & les défit. Il fit rentrer aussi
dans le devoir les Génois qui s'étoient
révoltés contre lui. Le Roi d'Angleterre déclara aussi la guerre à la France,
& Ferdinand s'empara de la Navarre. 1512.
On forma divers corps d'armée pour
s'opposer à ces ennemis. Les Vénitiens ayant conclu un Traité de Neu-
tralité, on rentra en Italie. Les Suisses
nous y défirent de nouveau, & pendant qu'une autre armée pénétra en
Bourgogne, les Anglois & les Allemands
assiégeoient Térouanne, ou on s'efforça de jetter des vivres, mais on fut attaqué au retour, & défait : C'est
la journée *des Eperons*, où le Cheva-

An de J. C. 1515. lier Bayard & Bussi d'Amboise furent faits prisonniers. Le mariage du Roi avec la Princesse d'Angleterre réconcilia les deux Rois, & fut le lien de la paix; mais Louis XII. mourut trois mois après ce mariage.

Ce Prince n'étant que Duc d'Orleans avoit été pris à la bataille de Saint Aubin en Bretagne par Louis de la Trémouille, & on l'exhortoit à se venger de cette insulte. Il répondit, *Qu'un Roi de France ne vengeoit pas les querelles d'un Duc d'Orleans.*

FRANÇOIS I.

François premier, le Pere des Lettres, comme Premier Prince du Sang, succéda à Louis XII. âgé de 21. ans. Il étoit fils de Charles d'Orleans-Angoulême. Il épousa l'an 1514. Claude de France, fille aînée de Louis XII. de laquelle entr'autres il eut François, Dauphin, mort à 19. ou 20. ans, Henri Duc d'Orleans, puis Dauphin, ensuite Roi, Charles Duc d'Orleans, mort sans enfans, Magdeleine femme de Jacques V. Roi d'Ecosse, & Marguerite Duchesse de Berri, mariée au Duc de Savoye.

Il prit le titre de Duc de Milan, sa

femme lui ayant apporté ses droits, en qualité d'héritiere de Valentin Visconti, son ayeul, & en soutint la qualité contre le Pape, l'Empereur, le Roi d'Espagne & les Suisses. Il battit ces derniers le 13. & le 14. Septembre à Marignan près de Milan, & pendant ces deux jours le Roi fut toujours sous les armes sans manger, & passa la nuit sur l'affut d'un canon.

An de J. C.

L'Empereur Maximilien étant mort, Charles-Quint fut préféré à François, qui aspiroit à l'Empire. Ils se déclarerent la guerre. L'Empereur fit plusieurs pertes dans la Navarre.

Le Connétable de Bourbon piqué des mauvais traitemens qu'il recevoit de la mere du Roi, se révolta, & se ligua avec l'Empereur. Notre armée fut défaite à la Bicoque, & on perdit plusieurs places considérables: le Chevalier Bayard dans une Retraite fut blessé à mort; le Connétable l'étant venu voir, & le plaignant: Bayard lui répondit, *Je suis moins à plaindre que vous, Monsieur, je meurs en homme d'honneur, & vous manquez au vôtre, portant les armes contre votre Roi & votre Patrie.* Le Roi chassa l'Empereur de la Provence, & alloit

An de J.C.

reprendre le Duché de Milan; mais ayant affoibli mal-à-propos ses Troupes, en envoyant 10000. hommes d'Infanterie à Naples & 1500. chevaux, il perdit la bataille de Pavie, & fut fait prisonnier en 1525. ayant eu deux chevaux tués sous lui. Il fut conduit à Madrid, d'où il revint à des conditions très-déraisonnables, laissant ses fils pour ôtages.

L'Empereur brouillé avec le Pape, qui avoit pris le parti de François I. fit attaquer Rome par son armée, le Connétable de Bourbon fut tué à l'escalade des murailles l'an 1528. la ville fut prise & pillée; le Pape & 13. Cardinaux furent reserrés dans le Château-Saint-Ange; Odet de Foix, Vicomte de Lautrec s'avança & mit le Pape en liberté.

L'Empereur qui ne pouvoit demeurer long-tems en repos, nous attaqua en Picardie & en Provence. On se défendit bien; on conclut une Treve par l'entremise de Paul III. mais l'Empereur refusant au Roi l'Investiture du Duché de Milan, malgré la parole qu'il avoit donnée, en passant par la France, la guerre se ralluma; le jeune Comte d'Enghien, oncle paternel

nel d'Henri IV. se signala à Cérisoles. Le Roi se racommoda de nouveau avec l'Empereur, épousa Eléonore, sœur de ce Prince. François premier mourut, laissant son Royaume en paix. An de J. C. 1547.

Il eût été sans défaut, s'il eût été moins téméraire, & moins adonné à l'amour des femmes. Il a bâti les Maisons Royales de Saint Germain-en-Laye, Fontainebleau, le Château de Madrid, & commencé le Louvre.

HISTOIRE D'ALLEMAGNE.

FREDERIC III.

Le suffrage unanime des Electeurs se réunit pour Fréderic Duc d'Autriche, cousin d'Albert, chargé de la Tutelle du jeune Ladislas, fils d'Albert.

Quelques Grands voulant s'emparer de cet enfant, assiégerent Fréderic dans Nieustad.

Une Populace mutinée vint encore l'assiéger dans son Palais à Vienne.

Ce Prince érigea Modéne & Regio en Duché, & cet Etat a encore aujourd'hui ses Princes, qui tiennent rang parmi les Souverains d'Italie.

An de J. C.

Frédéric se disposoit à faire la guerre aux Turcs ; mais la division qui regnoit entre les Princes Chrétiens, arrêta un projet si louable. Ce Prince regna 53. ans.

1493. MAXIMILIEN I.

Maximilien possedoit toutes les Langues qui peuvent convenir à un Souverain. L'an 1507. il prit la route d'Italie, pour se faire couronner à Rome. Les Vénitiens s'opposerent à son passage. Le Pape, l'Empereur & les François se liguerent contr'eux, & firent un Traité nommé *la Ligue de Cambrai*. Ce Prince est l'auteur de la célébre Division de l'Empire en dix Cercles. Ce partage en Cercles ou Provinces fut arrêté à Treves en 1511.

Deux Mariages faits à propos valurent plus à Maximilien que dix victoires. Le sien avec Marie de Bourgogne, fille & héritiére de Charles-le-Hardi, le mit en possession des dix-sept Provinvinces des Païs-Bas; celui de son fils Philippe avec Jeanne d'Arragon, fille aînée de Ferdinand & d'Isabelle, & leur héritiere, mit dans sa Maison l'Espagne, l'Italie en partie, les Indes;

ce qui a donné lieu à ce mot, *Que les autres Princes fassent la guerre, pour toi, heureuse Autriche, fais des Nôces.*

An de J. C.

L'Empereur Maximilien décéda à Lintz le 22. Janvier 1519. 1519.

VIIIe. EPOQUE.

1517 - 1700.

LUTHER ET CALVIN.

D. Quel étoit Luther ?

R. C'étoit un Moine Augustin, natif *d'Islebe* dans le Comté de *Mansfeld* au Pays de Saxe, Docteur & Professeur en Théologie de l'Université de *Wirtemberg*. Il apostasia vers l'an 1517. ayant pris occasion des Indulgences qu'on prêchoit alors par toute la Chrétienté, pour exciter la dévotion, & la libéralité des Fidéles en faveur de la Croisade, qui avoit été résolue contre *Selim* Empereur des Turcs.

Cet Hérésiarque favorisé de Frederic Duc & Electeur de Saxe, après avoir prêché que ces Graces spirituelles de l'Eglise n'étoient qu'un abus, ne fit point

An de J. C.

de difficulté d'attaquer le Pape qui en étoit le dispensateur. Ce Moine étoit un Esprit vif, impétueux, hardi & éloquent, fort adonné à la débauche & à l'incontinence. Il n'avoit que 34. ans lorsqu'il prêcha contre les Indulgences, de dépit de ce que la Promulgation des Bulles avoit été donnée aux Dominicains, quoique les Augustins eussent coutume d'être chargés de cet emploi. Après avoir levé si hautement le masque, il s'engagea de plus en plus dans de nouvelles erreurs, se déclara contre l'autorité du Pape, des Conciles & des Peres, s'en prit aux Sacremens, déclama contre le Célibat des Prêtres & contre les Vœux des Religieux; nia le libre arbitre, le mérite des bonnes œuvres, le Sacrifice de la Messe, & les prieres pour les morts. Ce malheureux Apostat fut frappé de mort subite à *Islebe*, lieu de sa naissance, l'an 1546. étant âgé de 63. ans.

Cette séparation causa de grands troubles dans l'Europe. Elle produisit un grand nombre de Sectes opposées en plusieurs points, & unies en un seul, qui est d'être contraire à l'Eglise Romaine. *Calvin* Disciple de Luther avoit encheri ſur les impiétés de ſon Maître, il fonda une nouvelle Secte, dont la contagion gagna la plûpart des villes de France, les Suiſſes, la Bohéme, & la Hongrie.

Les Dogmes de Luther & de Calvin cauſerent des diviſions infinies parmi les Princes Chrétiens; c'eſt-à-dire, de la part de ceux qui reçurent le Proteſtantiſme, & qui l'établirent dans leurs Etats. Cependant l'Empereur fit tous ſes efforts pour les appaiſer par les différentes Diétes qu'il fit tenir; mais tous les Decrets furent inutiles, à cauſe de l'extraordinaire accroiſſement du Parti. La querelle de *Charles-Quint* & de *François I.* pour le *Milanez*, & les Conquêtes du Turc en Hongrie, empêcherent l'Empereur d'employer d'abord toutes ſes forces pour éteindre le Luthéraniſme dans ſa naiſſance; enſuite l'ambition des Princes d'Allemagne; mais plus que tout cela l'ignorance & les mauvaiſes mœurs du Clergé furent la cauſe principale de l'établiſſement de toutes les Sectes; qui toutes ne parloient que de Réformation. Ce fut dans ce tems-là que les Princes Allemands formerent la fameuſe Ligue de *Smalcade*, & qu'ils firent plusieurs Assemblées, où ils obligerent l'Empereur de ne plus se mêler de la Religion, & de leur laisser la liberté de professer dans leurs Etats la Doctrine qu'ils avoient embrassée.

An de J. C.

Henri VIII. introduisit aussi en Angleterre la Religion Protestante après s'être signalé par des Ecrits contre la Secte de Luther, par lesquels il avoit mérité le titre glorieux de *Défenseur de la Foi.* Il fit profession de la plus grande partie des mêmes Erreurs qu'il avoit si vivement attaquées, devint persécuteur outré des Catholiques, & les tourmenta cruellement en leurs biens & leurs personnes. Il se fit déclarer *Chef de l'Eglise Anglicane*, par un Edit solemnel, & l'Angleterre, à son exemple, rompit toute communion avec le S. Siége. La Reine *Marie* étant morte, *Elisabeth* fille d'Henri VIII. & d'Anne de *Boulen* monta sur le Trône, & acheva de plonger ce Royaume dans les erreurs que le Roi son pere y avoit introduites.

HISTOIRE D'ALLEMAGNE.

An de J. C.

CHARLES-QUINT ROI D'ESPAGNE.

Ce Héros Autrichien nâquit à Gand de l'Archiduc Philippe, & de Jeanne fille de Ferdinand, Roi d'Arragon. Charles à 15. ans hérita des 17. Provinces, à 20. ans de la Monarchie d'Espagne, à 22. ans il fut fait Empereur. Il porta ses armes dans toutes les quatre parties du monde, & elles y furent presque toujours victorieuses ; il mit en fuite Soliman qui assiégeoit Vienne, prit Tunis en Afrique, conquit l'Amérique, calma l'Espagne, gagna en Italie la bataille de Pavie sur les François, prit Rome, & la fit saccager par une armée de Luthériens, se rendit maître de Milan, réduisit François Sforce à une condition privée, & enleva au Pape la ville de Regge qu'il donna au Duc de Ferrare.

La dureté que ce Prince exerça sur François I. son prisonnier, & la maniere dont on marchanda sa rançon, prouve bien que toutes les actions des Héros ne sont pas héroïques.

An de J. C.

Charles vit naître l'hérésie en Allemagne, laquelle infecta tout le Nord. Il fit condamner sa doctrine à Wormes en 1521. Les Sectaires firent leurs protestations contre l'Edit Imperial, d'où ils prirent le nom de *Protestans*, & dresserent la Confession d'*Ausbourg*. L'Electeur de Saxe, & le Landgrave de Hesse prirent les armes; leur armée fut défaite dans la plaine de Mulberg. Ainsi finit la guerre de *Smalcade*, où s'étoit formée la Ligue contre l'Empereur & les Catholiques. Cependant Charles fut contraint d'accorder aux Protestans l'*Interim*, c'est-à-dire, une *formule de Foi* qui paroissoit convenir aux deux partis, & qui déplut à tous deux.

Charles ayant pacifié les troubles qui s'étoient excités dans la Flandre, entreprit l'expédition d'Alger. Sa flotte fut battue & dissipée. François I. se ligua avec le Turc pour tirer vengeance du meurtre de deux Ambassadeurs assassinés dans leur route par des Soldats Espagnols apostés par le Marquis du Guast, Général des troupes de l'Empereur, & remporta à Cérisoles la fameuse victoire de ce nom. Charles se lia avec le Roi d'Angleterre; la France couroit de grands dangers, l'Anglois se raccommoda avec François I. & ces deux Rois moururent à un mois l'un de l'autre.

An de J. C. 1544.

Sur ces entrefaites, Charles-Quint accablé par le poids des affaires, usé par les fatigues d'un regne toujours agité, rebuté par les disgraces de la fortune qui l'avoit abandonné sur la fin de ses jours, & qui sembloit être passée du côté des François ses ennemis, tourmenté par les douleurs de la goutte & par d'autres infirmités, troublé par les remords de sa conscience, & par l'apparition d'une Comete qu'il regardoit comme le présage de sa mort, crut qu'il étoit tems de s'occuper sérieusement des pensées de son salut. Toutes ces raisons ayant confirmé ce Prince dans la génereuse résolution de renoncer à ses Couronnes, il convoqua exprès à Bruxelles l'assemblée des Etats Généraux des Pays-Bas, & en 1555. leur presence, il résigna à Philippe II. son fils le Royaume d'Espagne, le Milanez, les Indes & toute la succession de la Maison de Bourgogne dans la Franche-Comté, & dans les Pays Bas. Il lui avoit déja cédé les Etats de Naples & de Sicile en faveur de son ma-

An de J. C. riage avec Marie d'Angleterre. Après cette démiſſion ; il employa toutes les brigues & ſon crédit pour faire auſſi tomber la Couronne Impériale ſur la tête de ce fils : mais n'ayant pû réuſſir auprès des Electeurs qui avoient tout à craindre de la trop grande puiſſance de la Maiſon d'Autriche, il chargea des Ambaſſadeurs de porter ſa rénonciation au College Electoral. Les Electeurs ne s'aſſemblerent pourtant que deux ans après, parce que la guerre vint à ſe rallumer entre les deux Couronnes, & qu'il y avoit trois Electeurs morts. Ferdinand frere de Charles V. fut choiſi Empereur. Charles-Quint ne ſe reſerva de tout ſon train, & de toutes ſes grandes poſſeſſions que douze domeſtiques, un petit cheval, & cent mille écus de penſion viagere. Enſuite il ſe retira en Eſpagne dans le Monaſtere de Saint Juſt de l'Ordre des Hyeronimites. Dès qu'il fut dans cette retraite, il y fut oublié de tout le monde, & même de Philippe ſon fils, qui ne tint aucun compte, ni de ſes conſeils, ni de ſes recommandations, & qui dès le ſecond quartier eut même bien de la peine à lui payer ſa pen-
1558. ſion. Enfin il mourut dans cette ſoli-

rude âgé de 59. ans après avoir gouverné l'Empire 37. ans, & en avoir regné 42. en Espagne.

An de J. C.

FERDINAND I.

Ferdinand ayant été créé Roi des Romains l'an 1521. prit la qualité d'Empereur, après la démission de Charles-Quint en 1555.

La sœur & unique héritiere de Louis Roi d'Hongrie & de Bohême lui apporta en dot ces deux Royaumes.

Ferdinand gouverna l'Empire avec beaucoup de sagesse & de modération. Il aimoit les Sciences & honoroit les Sçavans, il disoit souvent que tout ce que la terre & la mer produisent de plus précieux, comme l'or, l'argent, le diamant n'étoient que de viles productions de la matiere; mais que les Arts & les Sciences étoient des productions de l'esprit & de l'intelligence.

Il répondit à un Seigneur qui, après avoir exalté la chasse & le mérite d'un chasseur, termina son discours par une satyre contre les Gens de Lettres: *Qu'il se passeroit aisément d'un équipage de chasse, mais qu'il ne pourroit se passer de l'entretien d'un homme docte.*

Le Pape Paul IV. refusa toute sa vie de reconnoître Ferdinand pour Empereur, mais Pie IV. son successeur confirma son élection.

An de J. C.

Ce Prince recommandable par sa prudence, sa justice, sa libéralité, sa douceur, mourut la septiéme année de son Empire âgé de 61. ans, il laissa 15. enfans, 4. garçons, & 11. filles.

1564.

MAXIMILIEN II.

Maximilien II. élû Roi des Romains deux ans avant la mort de son pere fut proclamé Empereur à son decès.

Ce Prince foible, inquiet, trop irrésolu entre les divers partis de Religion qui s'éleverent de son tems a été fort blâmé par les Catholiques, & fort loué par les Protestans. On lui attribue les progrès que les nouvelles opinions firent en Allemagne, dans le Nord, & dans la plûpart des autres pays de l'Europe.

Maximilien eut seize enfans de Marie d'Autriche sa Cousine Germaine, fille de l'Empereur Charles-Quint. Six moururent avant lui, deux lui survêcurent.

An de J. C.

RODOLPHE II.

Rodolphe Roi des Romains du vivant de Maximilien, proclamé Empereur après sa mort, fit la guerre contre les Polonois. Son frere l'Archiduc Maximilien mit le siége devant Cracovie, il fut contraint de le lever après avoir été défait; l'année suivante, il fut fait prisonnier par Zamoski, Général Polonois. 1576.

Rodolphe arrêta avec beaucoup de prudence les animosités des Protestans contre les Catholiques; il ne voulut point se marier.

MATTHIAS. 1612.

Matthias prit possession de l'Empire d'Allemagne, & des Royaumes de Bohême & de Hongrie, après la mort de Rodolphe. Comme il n'avoit point d'enfans, il investit l'Archiduc Ferdinand son frere des deux derniers Royaumes.

Les Catholiques de Pragues entreprirent d'interdire aux Hussites leurs Compatriotes l'exercice de leur Secte; ceux-ci exciterent une sédition qui eut de très-fâcheuses suites, dont l'Empereur ne vit pas le dénouement; Fer-

An de J. C. dinand essuya les insultes des révoltés, mais appellé à l'Empire par la mort de Matthias, il songea efficacement à ré-

1619. duire les Sectaires & leurs adhérans.

FERDINAND II.

Fréderic, Electeur Palatin, fut mis par les révoltés sur le Trône de Bohême, mais l'armée de l'Empereur commandée par Maximilien de Baviere l'en fit descendre. Les rebelles furent défaits, & leur Roi obligé de chercher une retraite hors du Royaume; le Palatin trouva une ressource chez le Danois qui fut battu. Alors Gustave Adolphe Roi de Suede entra en Allemagne avec une armée accoutumée à vaincre sous ce Héros du Nord; les Princes Protestans se joignirent à lui pour se défendre de restituer les biens Ecclésiastiques qu'ils avoient usurpés, & pour empêcher les contributions, & le passage des armées Imperiales sur leurs terres. Gustave prit des villes, battit les Imperiaux en différentes rencontres, fit des butins considérables, mais au plus fort de ses conquêtes, il

1637. perdit la vie au combat de Lutzen, ses Généraux furent défaits à Nortlingue, mais les Proteſtans continuerent de déſoler l'Allemagne. An de J. C.

Tout le Regne de Ferdinand ſe paſſa ainſi dans le trouble & dans l'agitation.

FERDINAND III.

Ce Prince trouva l'Empire affoibli par quantité de pertes, le Duc Bernard de Saxe prit pluſieurs places conſidérables, & gagna trois batailles contre les Généraux de l'Empereur; enfin après dix années de guerre meurtriere, on arrêta les articles de la Paix, 1°. à Oſnabruck, enſuite à Munſter.

On convint que les Luthériens & 1648.
les Calviniſtes auroient la liberté de conſcience dans toute l'Allemagne; que le Duc de Baviere auroit le haut Palatinat, avec la dignité d'Electeur, qu'il ſeroit érigé un Electorat en faveur du fils de Fréderic Palatin, que l'Alſace & les trois Evêchés reſteroient à la France, que la Suéde auroit une partie de la Pomeranie, & les Evêchés de Bremen & de Verden; qu'on ſeculariſeroit les Evêchés de Magdebourg, & les Evêchés de Minden & d'Alberſtad pour le Marquis de Brandebourg.

Les Généraux qui ſe diſtinguerent

An de J. C. le plus pendant ces guerres sont du côté de l'Empereur, Maximilien de Baviere, Tilli, Papenheim, Walstein, Egon de Furstemberg, Jean de Werth, Galas, Buquoi.

Du côté de la France, le grand Turenne, la Force, Goebriant, Rantzau, Gassion.

La Suéde fournit Gustave son Roi, Weimar, Vrangel, Baniere.

Ferdinand survêcut dix ans à la Paix de Munster, il fit élire Roi des Romains Ferdinand son aîné, qui mourut avant
1658. lui; l'Archiduc Leopold Ignace son second fils hérita de l'Empire.

LEOPOLD.

Leopold malgré son humeur pacifique fut obligé de faire la guerre pendant tout son regne.

Les Turcs tenterent de lui enlever la Transilvanie, Leopold gagna contre
1664. eux le combat de Saint Gotard par le secours des François; on accorda au fier Ottoman une Treve de 20. ans.

La révolte de la Hongrie excitée par le Comte de Tekeli, & fomentée par les Turcs, obligea Leopold à se mettre en campagne, les Turcs au nombre de deux cens mille mirent le siege devant Vienne, & jetterent la terreur dans tout le monde Chrétien; le brave Sobieski, Roi de Pologne, l'Electeur de Baviere, & Charles Duc de Lorraine tomberent sur ces Infideles, & en firent un horrible carnage. Leopold prit Bude en 1687. & Belgrade l'année suivante; les Etats de Hongrie forcés de déclarer leur Couronne héréditaire dans la Maison d'Autriche, couronnerent l'Archiduc Joseph le 9. Décembre. — An de J. C. 1682. — 1687.

Leopold devint l'appui des Alliés dans la guerre que la France déclara aux Hollandois en 1672. & qu'elle déclara au Roi d'Angleterre & au Prince d'Orange en 1689. Dans la premiere, la France avoit de grands avantages; le Roi d'Angleterre étoit neutre, & le Roi de Suéde faisoit une forte diversion en notre faveur. L'Anglois entra alors dans la Ligue générale; mais la paix de Risvic donna la paix à toute l'Europe, les Traités de Munster & de Nimegue servirent de base à ce Traité. 1697.

1699. Leopold conclut avec la Porte le Traité de Carlowits, qui outre une Treve de vingt-cinq ans contenoit la Cession à l'Empereur de la Transilvanie; mais les Turcs refuserent constamment de livrer Tekeli.

An de J. C.

1700. La guerre pour la succession d'Espagne après la mort de Charles II. commença sous cet Empereur, qui eut recours à ses Alliés ordinaires; l'Empereur fit proclamer dans Vienne Roi d'Espagne son second fils; l'Archiduc Charles passa en Espagne sous une bonne escorte, où il éprouva tour à tour l'une & l'autre fortune.

1704. La déroute des François à Hocstet est pour Leopold un monument qui suffit seul pour rendre son Regne glorieux.

1705. Sa mort arrivée le 6. Mai, ne changea rien au systême de la Cour de Vienne, les six années du Regne de l'Empereur Joseph furent employées à faire de nouveaux efforts pour conquérir la Monarchie d'Espagne; ce Prince mourut à la fleur de son âge le 17. Avril 1711.

HISTOIRE DE FRANCE.

HENRI II.

Henri II. étoit fils de François I. & de la Reine Claude; il épousa à Marseille Catherine de Médicis, fille de Laurent

Duc d'Urbin, dont il eut François II. Charles IX. Henri III. & François, Duc d'Alençon & d'Anjou. An de J. C.

Les Novateurs inquiéterent beaucoup son Regne, mais le Connetable de Montmorenci, & le Comte d'Aumale appaiserent un peu les troubles, & ensuite soutinrent avec Gaspard de 1552.
Coligni les Princes Allemands contre l'Empereur, & se saisirent de Toul, Metz & Verdun.

D'un autre côté, Henri fut défait à 1557.
la journée de S. Laurent proche Saint Quentin ; cette perte répandit la terreur dans la France. On rétablit un peu la confiance par la prise importante de la ville de Calais, & les progrès qu'on fit en Lorraine ; mais le mariage d'Elisabeth, fille du Roi avec Philippe II. & de Marguerite sa sœur avec le Duc de Savoye fut le lien de la Concorde ; le Traité de Cateau-Cambresis mit fin aux malheurs. Ce fut dans les divertissemens de cette funeste paix, que le Roi fut blessé d'un éclat de lance par le Comte de Montgommeri dans un Tournois. Il mourut deux
jours après au Palais des Tournelles, 1559.
où est aujourd'hui la place Royale.

On ne lui reproche que l'élevation

An de J. C.

de la Maison de Guise si funeste à la France sous les regnes suivans, & la trop grande puissance qu'eut sur son cœur Diane de Poitiers.

FRANÇOIS II.

François II. ne regna que 17. mois, & ce court regne vit éclore des maux infinis, qui désolerent long-tems la France.

Les Guises abusoient de l'autorité du Roi, & se maintenoient contre les Princes du Sang par l'attachement du peuple.

Les Princes du Sang prétendoient au gouvernement, à cause de la jeunesse du Roi, & les Grands du Royaume entretenoient les divisions pour profiter des troubles.

Au commencement de l'année 1560.
1560. se forma la fameuse conspiration d'Amboise contre les Guises. Le Prince de Condé passoit pour être à la tête des Conjurés, dont la plus grande partie fut arrêtée & exécutée.

Le Prince de Condé se justifia avec beaucoup d'éloquence & de fermeté en présence de toute la Cour, le Duc de Guise après avoir entendu ses preuves, s'écria par une dissimulation merveilleuse, qu'il étoit évident que le Prince de Condé étoit innocent; cependant il jugea à propos de se retirer en Guienne, dont le Roi de Navare étoit Gouverneur. An de J. C.

Les Coligni suivirent son exemple; ils étoient trois freres, Gaspar Amiral de France, Odet de Châtillon, Evêque de Beauvais, & François Seigneur de Dandelot, Colonel de l'Infanterie Françoise; ils s'étoient souvent opposés à l'ambition des Guises, & ils sentoient l'étendue de leur autorité.

On convoqua les Etats d'Orleans, où le Roi de Navarre & le Prince de Condé son frere furent mandés.

Le Prince de Condé fut arrêté en arrivant, sous prétexte d'une nouvelle conspiration, & fut condamné à perdre la tête, ce qui ne s'exécuta point. Le Roi étant venu à mourir sur ces entrefaites, sa mort dans de pareils conjonctures causa beaucoup de troubles 1560.
dans l'Etat.

CHARLES IX.

Dès les premiers jours du Regne de Charles IX. le Prince de Condé fut mis

An de J. C. en liberté, & le Parlement rendit un Arrêt solemnel, qui l'absout de la conjuration d'Amboise.

Les démêlés continuels touchant la Religion, engagerent le Conseil du Roi à indiquer un colloque à Poissy entre les Evêques & les Docteurs Protestans. L'ouverture s'en fit le 9. Septembre 1561. Au bout de deux mois on se sépara sans avoir rien conclu. Le Roi d'Espagne témoigna une grande indignation sur la facilité dont on usoit à l'égard des Hérétiques, il manda à la Reine, que puisqu'elle abandonnoit la cause de la Religion jusqu'à accorder des Conférences aux Sectaires, il se disposoit à leur faire la guerre au nom du Roi qu'il prenoit sous sa protection.

1561. Marie Stuart, veuve de François II. retourna en Ecosse, la Reine Elisabeth lui refusa des passeports, parce qu'elle refusa de renoncer autentiquement à ses droits sur la Couronne d'Angleterre.*

* En 1568. elle demanda à Elisabeth un asyle contre les Rebelles de son Royaume, elle n'y trouva qu'une prison qui dura 19. ans, & d'où elle ne sortit que pour être conduite sur un échaffaut en 1687.

Les Huguenots obtinrent l'exercice public de leur Religion, cet Edit occasionna la premiere guerre civile; le Prince de Condé fut déclaré Chef des Protestans, & surprit Orléans qui devint le boulevard de l'héresie, les Huguenots gagnerent la bataille de Dreux, & obtinrent un Edit de pacification très-avantageux.

An de J. C. 1562.

La seconde guerre civile s'éleva en 1565. par les levées de troupes que fit Catherine mere du Roi, les Huguenots en prirent ombrage, la ville d'Orleans fut de nouveau surprise par les Huguenots.

La troisiéme guerre civile commença en 1568. elle fut plus animée que les autres, les Princes Protestans d'Allemagne prirent parti, ceux de France refuserent de rendre la Rochelle, & Montauban, qui étoient entre leurs mains; le Roi alors publia un Edit qui défendoit sur peine de la vie de professer d'autre Religion que la Catholique. Cet Edit fit prendre les armes aux Protestans; les Huguenots furent défaits aux journées de Jarnac, & de Montcontour, & obtinrent à S. Germain une paix nommée *la Paix boiteuse, & mal assise*, à laquelle s'opposa

An de J. C. fortement l'Amiral Coligni. Le Roi traita du mariage de Marguerite sa sœur avec le Prince de Navarre ce qui le fit venir en Cour, le Prince de Condé y vint aussi, & pour y attirer l'Amiral de Coligni, le Roi témoigna vouloir conquérir les Pays-Bas, & dit ouvertement qu'il destinoit à Coligni le Commandement général de son armée. Alors on convint d'exterminer tous les Protestans; la nuit du 23. au 24. Août 1572. fut choisie pour cette sanglante tragédie. On fit main basse sur tout ce qui se trouva de Protestans; ce massacre dura trois jours à Paris, & s'étendit dans tout le Royaume; le Roi de Navarre, & le Prince de Condé firent abjuration pour sauver leur vie; cependant l'année suivante une quatriéme guerre civile s'alluma, elle fut suivie d'un accommodement avec les Huguenots, ce qui fit voir la foiblesse du Gouvernement.

Charles mourut au Château de Vin-
1574. cennes le jour de la Pentecôte.

HENRI III.

Henri étoit Roi de Pologne dont il s'échapa, lorsqu'il apprit la mort de Charles

Charles IX. Il s'étoit rendu illustre par deux batailles sous le feu Roi, & par une Couronne étrangere accordée à son mérite ; mais il ne soutint pas sa premiere réputation. Il institua l'Ordre du S. Esprit, espérant que les cent Chevaliers de cet Ordre fortifieroient puissamment son parti contre les Huguenots.

An de J. C. 1579.

François d'Alençon son frere lui donna beaucoup d'embarras par son inconstance. Ce Prince fut élu Duc de Brabant, & Souverain des Pays-Bas par la faction du Prince d'Orange, mais il mourut au retour de cette expéditionqui ne réussit pas, à Château Thierri en 1584.

La Couronne après lui regardoit de plus près le Roi de Navarre qui étoit Huguenot. Le Duc de Guise ne perdit point cette occasion de rendre ce Prince odieux.

Le Roi d'Espagne & le Pape s'engagerent sous prétexte de Religion à soutenir les Ligueurs. Le Royaume étoit divisé en trois partis considérables, celui de la Ligue sous la Maison de Guise, celui des Huguenots sous le Roi de Navarre, celui du Roi qu'on appella les Politiques qui fut le plus foible, ayant les deux autres en butte.

Anne de Joyeuſe attaqua le Roi de
An de Navarre à la bataille de Coutras, mais
J. C. il fut défait & tué à la journée des
1587. Barricades. Le Roi fut obligé de ſe retirer de Paris, laiſſant le Duc de Guiſe maître de la Bourgeoiſie, de la Baſtille, & des avenues; mais celui-ci ne trouvant pas les eſprits diſpoſés à le ſoutenir long-tems, ſe raccommoda avec
1588. le Roi. Il vint ſans crainte à Blois avec ſon frere le Cardinal où le Roi les avoit attirés ſous prétexte d'une aſſemblée générale des Etats. Henri les y fit tuer tous deux au grand regret de la Reine ſa mere, qui mourut quelques jours après.

Le Duc de Mayenne troiſiéme frere du Duc ſe mit à la tête des Ligueurs; Henri s'adreſſa au Roi de Navarre & aux Proteſtans.

Cette union du Roi avec les Hérétiques augmenta le zèle des Ligueurs, les Prédicateurs ſe déchaînoient par tout contre le Roi, le Pape l'excommunia, & déclara le Roi de Navarre & le Prince de Condé incapables de parvenir à la Couronne. Le Roi prit la réſolution de s'emparer de Paris, il vint à Saint Cloud avec 40000 hommes, & là un Moine ſacrilege le bleſſa d'un coup de couteau tandis qu'il lisoit des Lettres qu'il venoit de lui rendre. Le Roi mourut le lendemain ; il avoit un grand attachement pour ses flatteurs & ses favoris, une grande affectation d'une piété apparente unie à une vie très-voluptueuse ; personne ne parut plus digne de regner ; mais dès qu'il fut Roi, toutes ses bonnes qualités s'éclipserent ; il devint indolent, voluptueux, timide, irrésolu. En lui finit la Race des Valois.

An de J. C. 1589.

HENRI IV.

Ce bon Prince nâquit à Pau en Bearn l'an 1553. il étoit fils d'Antoine de Bourbon, Duc de Vendôme, & Roi de Navarre, par sa femme Jeanne d'Albret ; il descendoit par mâles en ligne directe de S. Louis.

Il épousa étant Roi de Navarre Marguerite de France, sœur des trois derniers Rois. Le mariage fut ensuite déclaré nul, & il se remaria avec Marie de 1600.
Toscane, fille de François de Medicis, & de Jeanne d'Autriche, dont il eut une nombreuse postérité.

Quoique son droit à la Couronne fût incontestable, les Ligueurs sous le faux prétexte de l'huguenotisme, mirent sur

le Trône le Cardinal de Bourbon frere
An de J. C. puîné du pere de Henri qu'ils nommerent Charles X. Il fut reconnu de très-peu de monde ; cependant Henri rallia ce qu'il put de meilleures troupes, & s'alla fortifier en Normandie, le Duc de Mayenne vint l'attaquer avec 30000. Ligueurs ; le Roi le défit n'ayant que 4000. hommes à la journée d'Ar-
1589. ques le 22. Septembre. Il vint alors droit à Paris, jetta par-tout la consternation, défit à Ivri une armée trois
1590. fois plus forte que la sienne. Sa clémence éclata au plus fort de la mêlée, faisant donner quartier au François. Le Cardinal de Bourbon étant mort, on proposa la Couronne à celui qui épouseroit l'Infante d'Espagne, le Parlement anéantit ce dessein.

Cependant les armes d'Henri IV. faisoient des progrès. Malgré le zele indiscret des Ligueurs & du Pape, il abjura son hérésie entre les mains de l'Archevêque de Bourges à S. Denis,
1594. & fut sacré à Chartres le 27. Février.

Paris alors lui ouvrit ses portes le 2. Mars. Le Duc de Mayenne s'efforça de soutenir les restes de la Ligue, mais ayant été battu, le Roi lui rendit ses bonnes graces, aussi-bien qu'au Duc de Mercœur. Le Pape envoya l'absolution solemnelle à Henri, & la paix fut faite entre la France & l'Espagne à Vervins. An de J. C.

Dès-lors le Roi ne travailla qu'au bonheur de ses Sujets, & la punition du Marechal de Biron est le seul exemple de sévérité qui parut pendant son Regne. Ce Prince eût été sans défauts s'il eût été aussi peu sensible à l'amour qu'à la vengeance ; il mourut en 1610. par la main de l'exécrable Ravaillac. 1598.

La France jusques-là n'avoit point eu de meilleur, ni de plus grand Roi, il étoit son Général, son Ministre, son Pere, après avoir commencé par être son Vainqueur.

LOUIS XIII.

Louis XIII. succéda à son Pere à l'âge de neuf ans. Il épousa en 1614. Anne Infante d'Espagne, fille de Philippe III. de laquelle il a laissé deux fils Louis XIV. & Philippe Duc d'Orleans. 1610.

La Reine Mere fut déclarée Régente. Elle prit pour Ministre le Maréchal d'Ancre, qui abusa de sa faveur au mécontentement des Grands. Le

An de J. C. Roi lui-même s'apperçut de son arrogance. Vitri Capitaine des Gardes l'arrêtant par ordre du Roi, d'Ancre fit difficulté de remettre son épée, & fut tué sur le champ. La Reine mere fut reléguée à Blois.

Les Huguenots remuerent de toutes parts, voyant que le Roi tournoit ses armes contr'eux. Le Cardinal de Richelieu qui, après la mort du Connétable de Luynes, étoit en faveur, réduisit Montpellier, & entre-
1628. prit le glorieux siége de la Rochelle, qui se rendit après un an de résistance. Cette Conquête abbatit le parti Huguenot.

Deux mois après le Roi marcha en Italie, pour secourir le Duc de Nevers, à qui l'Empereur refusoit l'Investiture du Duché de Mantoue. On mit son Allié en possession. Après la retraite des François, les Allemands reprirent, & saccagerent Mantoue.
1630. Ce fut alors que le Cardinal Mazarin moyenna cette paix inespérée, qui lui ouvrit le chemin à la grande fortune à laquelle il parvint dans la suite. Le Roi à son retour d'Italie fut arrêté à Lyon par une facheuse maladie.

Le crédit du Cardinal de Richelieu

alla toujours en augmentant ; il ſoutint avec dignité les revers de la fortune, travailla efficacement à affermir l'autorité du Roi, & à établir une exacte diſcipline dans tous les Ordres. Ce grand Miniſtre s'expoſa toute ſa vie à la haine & à la vengeance de ce qu'il y avoit de plus grand dans le Royaume, pour rendre ſon Maître plus abſolu.

Le Cardinal avoit mis auprès du Roi 1642.
le jeune Cinq-Mars, fils du Marêchal Deffiat; quoique ce Favori fût de ſa main, il ne tarda point à lui devenir ſuſpect. En effet Monſieur, le Duc de Bouillon, & lui, conclurent un Traité avec l'Eſpagne, qui tendoit à bouleverſer l'Etat, & à perdre le Cardinal, occupé alors à de grands préparatifs pour le Rouſſillon. Auſſi-tôt que le Cardinal eut la copie du Traité, on arrêta les coupables; Monſieur demanda grace; il en coûta Sedan au Duc de Bouillon; Cinq-Mars eut la tête tranchée à Lyon; de Thou ſon ami ſubit la même peine, pour avoir ſçu la Conſpiration, & ne l'avoir point découverte. Le Cardinal mourut en 1642. le 4. Décembre : le Roi le ſuivit de près. Fils & Pere de deux de 1643.

An de J. C.

nos plus grands Rois, il affermit le Trône encore ébranlé, & prépara les merveilles du Regne de Louis XIV.

LOUIS XIV. DIT LE GRAND.

Le Regne de Louis XIV. ou le Grand, commença en 1643. ce Prince n'étant encore âgé que de cinq ans. Il monta ſur le Trône ſous la tutelle d'Anne d'Autriche ſa mere. Dès qu'elle fut déclarée Régente, elle prit un Conſeil composé du Duc d'Orleans, du Prince de Condé, du Cardinal Mazarin & d'autres Seigneurs recommandables par leur expérience; mais le Cardinal eut la principale direction des affaires. Le Regne de ce grand Roi commença par une victoire ſignalée, que le Duc d'Enguien remporta près de *Rocroi* ſur les Eſpagnols. Cette victoire fut ſuivie de la priſe de pluſieurs places, & des victoires de *Fribourg* en 1644.; de *Lens* en 1648. ce qui fit faire la paix de *Munſter* en 1648. entre l'Empire, la France & la Suede.

La Minorité du Roi fut troublée par la méſintelligence, qui ſe mit entre la Cour & le Parlement, au ſujet du Cardinal Mazarin. Ces démêlés donnerent occasion aux Espagnols de reprendre plusieurs places. On se racommoda avec l'Espagne à la Paix des Pyrenées, dont un des Articles fut le Mariage du Roi avec Marie-Thérese Infante d'Espagne. 1659.

Après la mort du Cardinal Mazarin, le Roi prit lui-même la conduite des affaires. 1664. Il sauva l'Empire par le secours qu'il envoya en Hongrie sous la conduite de *Coligni* & de *la Feuillade*, qui arrêterent les Turcs au passage de *Raab*.

Il donna du secours aux Vénitiens, 1669. pour défendre Candie. Il fit conclure la paix entre les Hollandois, les Anglois & les Danois, & obligea les Espagnols à lui abandonner ses Conquêtes par la paix de Nimégue. 1678.

Le zele de Louis-le-Grand pour la Religion Catholique, lui fit révoquer l'Edit de *Nantes*, que son Ayeul Henri IV. avoit été contraint d'accorder aux Huguenots l'an 1598. & celui de Nismes, par lesquels les Rois de France accordoient la liberté de conscience à leurs Sujets, des Temples à ceux de la Religion Réformée, avec tout ce qui étoit nécessaire à l'exercice de leur

An. de J. C. Religion, des Magiſtrats particuliers, des places de retraite fortifiées, & l'entrée aux charges publiques. Après la Caſſation de ces Edits, les Temples furent démolis, les Miniſtres chaſſés du Royaume, & la Religion Réformée entiérement proſcrite en France.

Le Roi ayant appris les meſures de ſes ennemis, & la Ligue d'Auſbourg, recommença la guerre, qui dura juſ-
1695. qu'à la Paix de Riſwick, qui fut ſignée le 20. Septembre, entre la France, l'Empereur, l'Empire, l'Eſpagne, l'Angleterre, & la Hollande.

IXe EPOQUE.

1700.

PHILIPPE V. ROI D'ESPAGNE.

D. En quel année placez-vous la Révolution d'Eſpagne?

R. En 1700. Charles II. apprenant de toutes parts que l'on faiſoit le partage de ſa ſucceſſion, jugea qu'il devoit lui-même s'aſſurer d'un Succeſſeur légitime. Comme il étoit plein de Religion & de juſtice, & qu'il n'ignoroit pas que la Couronne d'Eſpagne étoit due à l'Infante *Marie-Therese* Reine de France, dont la Renonciatton ne pouvoit être que personnelle, & ne devoit faire aucun tort à sa postérité; il appella à la Couronne un des petits-fils de cette Princesse, Philippe de France, Duc d'Anjou, second fils du Dauphin; à condition que les deux Couronnes de France & d'Espagne ne pourroient être sur une même tête. Il lui substitua le Duc de *Berri*, son frere, & au défaut de l'un & de l'autre, *Charles* Archiduc d'Autriche, second fils de l'Empereur. Et cette Disposition, dit le Testament, » *sera* exécutée, nonobstant » toute sorte de Renonciations & Actes » faits au contraire, parce qu'ils manquent de juste raison & de fondement. Charles mourut le premier d'Octobre, & le Duc d'Anjou fut reconnu publiquement pour Roi d'Espagne après son arrivée à Madrid au mois de Février. Mais l'Empereur qui prétendoit avoir droit à cette Couronne pour l'Archiduc son frere, fit marcher des Troupes en Italie sous le Commandement du Prince *Eugene* de Savoye, & engagea l'Angleterre & les Etats Généraux dans ses intérêts; il fit même soulever les Napolitains. Le Prince

An de J. C.

1701.

An de J. C. Eugene se comporta avec beaucoup de vigueur, causa quelque dommage aux Troupes de France en Italie, & se porta dans le Mantouan. La Rebellion de Naples fut étouffée dans son principe, & la tranquillité rétablie en peu de tems.

Philippe V. crut que sa présence étoit nécessaire en Italie. Pour cet effet il se rendit à Naples, où il fut reçu avec toutes les marques de joie qu'inspire la présence d'un Souverain qui est aimé de ses Peuples. Ce fut dans ce tems-là, que le Prince Eugene surprit *Crémone*: mais il éprouva le courage du Soldat François, qui le chassa de la Ville. La Bataille la plus considérable qui se don-
1701. na en Italie fut celle du *Luzara*, où les deux Armées s'attribuerent également la victoire, le Roi d'Espagne prit cette Ville, avec *Guastalla* & *Borgoforte*.

Sur ces entrefaites l'Angleterre & la Hollande reconnurent l'Archiduc pour Roi d'Espagne, sous le nom de Charles III & voulurent faire une entreprise sur Cadix, mais elle ne réussit pas.

Ces tentatives obligerent le Roi de retourner à Madrid, où il apprit la trahiſon du *Duc de Savoye*, dont il avoit épouſé la fille.

L'année ſuivante il fut contraint de déclarer la guerre au Roi de Portugal qui avoit reçu chez lui l'Archiduc. Il marcha contre ce Prince, lui enleva pluſieurs places importantes; mais il eut en même tems le malheur de perdre *Gibraltar*, que les Flottes Angloiſes & Hollandoiſes lui enleverent ſans qu'il pût le reprendre. Ses ennemis prirent encore Valence, où Charles s'établit, & ce Royaume, comme celui d'Arragon, le reconnurent pour leur Souverain.

Les affaires de Philippe étoient en aſſez bon état en Italie, & le Prince Eugene fut battu à *Caſſano*. On réſolut au commencement de l'année ſuivante de former le Siége de Barcelone avec les Troupes qui étoient venues de France; mais le Roi fut obligé de lever le Siége, & cet évenement redonna la ſupériorité aux Alliés. Philippe de retour à Madrid, n'eut que le tems de pourvoir à la ſureté de la Reine. Cette Princeſſe eſcortée de deux mille Gardes ſe rendit à Burgos, & dit au Nonce Aquaviva : *Mon principal chagrin, eſt de ſçavoir que M. le Duc* 1705.

An de J. C.

de Savoye, mon pere, est la cause unique de tous ses malheurs & des nôtres.

Au commencement de 1707. Philippe perdit toute l'Italie; par la levée du Siége de Turin; mais il repara cette perte par le recouvrement de ce qu'il avoit perdu en Espagne. Toutes les Provinces s'ébranlerent, & se mirent en état de le soutenir efficacement. Le Comte de *Reventlau* battu en 1706. & la Bataille d'*Almanza* gagnée l'année suivante, lui rendirent la supériorité. Il soumit les Royaumes de Valence & d'Arragon, ausquels il ôta tous les Privileges, & les incorpora au Royaume de Castille à titre de Provinces. Il rasa aussi de fond-en-comble la Ville de *Xativa*, pour la punir d'avoir soutenu un Siége contre son Souverain, & fit ériger une Colonne avec une Inscription, qui marquoit la cause de ce châtiment exemplaire.

Cependant les affaires de l'Archiduc se rétablirent par de legers succès en differens endroits, & la Bataille de Saragosse qu'il gagna en 1710. obligea le Roi & toute sa Cour de se retirer à Valladolid, & rouvrit Madrid à son Compétiteur. Le Duc de Vendôme se mit à la tête des Troupes Espagnoles, empêcha la jonction de l'Armée Impériale à celle de Portugal, & remporta sur eux une victoire éclatante à la journée de Villa-Viciosa, où les Alliés perdirent plus de 13000. hommes. Ce coup contraignit les ennemis de se retirer. Dans ce même tems la mort de l'Empereur obligea l'Archiduc à quitter l'Espagne, pour aller recevoir la Couronne Impériale, qui lui avoit été déférée par les Electeurs.

An de J. C.

La mort de l'Empereur Joseph ouvrit les yeux aux Anglois; ils craignirent qu'en joignant l'Empire à l'Espagne, ils ne rendissent l'Empereur trop puissant. On avoit favorisé l'Archiduc: on abandonna l'Empereur. Leurs Alliés suivirent le même exemple. On travailla efficacement à la paix, le Traité en fut ébauché à Rastadt par le Prince Eugene & le Maréchal de Villars en 1713. & conclu le 6. Mars 1714.

Toutes les autres Puissances avoient déja reglé leurs intérêts dans le Congrès d'Utreck. Le Roi reconnoissoit la Reine de la Grande-Bretagne en cette qualité, aussi-bien que la Succession établie pour cette Couronne. On prit des mesures justes & raisonnables pour empêcher l'union sur une même tête

des Couronnes de France & d'Espagne.
An de J. C. Les Hollandois obtinrent des Places fortes, pour leur servir de barriere. La France accorda la Démolition de Dunkerque : Gibraltar & Port-Mahon furent cedés à l'Angleterre, avec de grands avantages pour le Commerce des Indes.

Louis le Grand mourut le premier
1715. Septembre âgé de 77. ans moins quatre jours, dans la 73e. année de son Regne, qui avoit commencé le 14. Mai 1643. & qui fut le plus long & le plus remarquable qui soit dans l'Histoire. Quelques jours avant sa mort, il fit venir le Duc d'Orleans, le déclara Régent du Royaume, & lui recommanda particuliérement le Dauphin.

LOUIS XV. DIT LE BIEN AIMÉ.

Après la mort de Louis XIV. M. le Duc d'Orleans, les Princes du Sang, les Pairs & les autres Seigneurs du Royaume, se rendirent au Parlement, où le Testament du feu Roi fut ouvert, & lû en présence de l'Assemblée. Le Duc d'Orleans n'y étoit pas nommé Régent, mais Chef du Conseil. Cependant comme le Roi dans sa maladie l'avoit déclaré hautement Régent, & lui avoit An de donné toutes les marques possibles d'a- J. C. mitié & de confiance, on suivit ses dernieres volontés, en laissant à S. A. R. l'autorité absolue. Ce Prince parla au Parlement avec beaucoup de dignité, de force & de sagesse. Quelques jours après le jeune Roi Louis XV. alla au Parlement tenir son Lit de Justice, & de là au Château de *Vincennes*, pour y faire sa résidence.

L'année 1717. le Czar arriva en France, & fut reçu au Louvre, où on lui rendit tous les honneurs dûs à son auguste qualité.

Le 25. Octobre le Roi fut sacré à 1722.
Rheims, & déclaré Majeur le 22. Février 1723. On perdit cette année Mon- 1723.
seigneur le Duc d'Orleans qui étoit chargé des affaires & de l'Administration du Royaume. Le Duc de Bourbon lui succéda jusqu'en 1726. que S. M. déclara qu'elle vouloit gouverner son Etat par Elle-même.

Le Roi épousa à Fontainebleau le 15. Août 1725. Marie-Charlote-Sophie-Félicité Leczinski, fille unique de Stanislas Roi de Pologne.

Après la mort du Roi Auguste, 1733.

An de J. C.

le Roi Stanislas fut rappellé au Trône par le consentement unanime de la Nation; mais l'Empereur & la Czarine s'étant opposés à ce choix, & s'étant ligués pour soutenir l'Election de l'Electeur de Saxe, le Roi se vit obligé de déclarer la guerre à l'Empereur.

On fit la Conquête du Milanès presque sans coup férir; le Maréchal de Cogni battit les Impériaux sous les murs de Parme le 29. Juin. Le Comte
1734. de Konigseg engagea une nouvelle affaire le 19. Septembre dans le voisinage de Guastalla. Après un combat de sept heures, il fut obligé de repasser le Pô, nous abandonnant la plus grande partie de son Canon & ses blessés.

Sur le Rhin, on assiégea, & l'on prit Philisbourg, où l'on perdit le Maréchal de Berwick, qui fut tué d'un coup de fauconneau en visitant la Tranchée.

Cependant on arrêta les Articles de la Paix à Vienne le 3. Octobre.

Les Royaume de Naples & de Sicile furent cédés à l'Infant Dom Carlos.

Le Duché de Toscane au Grand Duc de Lorraine.

Les Duchés de Bar & de Lorraine, avec les titres & honneurs de Roi de Pologne, au Roi Stanislas, & lesdits

Duchés réversibles à la France après son décès.

On céda Novarre & Tortonne au Roi de Sardaigne; & l'on rendit à l'Empereur ce qu'on avoit conquis en Italie.

L'Empereur Charles VI. étant mort le 20. Octobre 1740. l'Electeur de Baviere, le Roi de Prusse, le Roi d'Espagne & de Pologne prétendirent avoir des droits sur la Succession de la Maison d'Autriche, & s'unirent ensemble pour les soutenir. Le Roi se déclara pour l'Electeur de Baviere; on lui envoya des Troupes, qui marcherent à Prague, l'on prit cette Ville par escalade. 1741.

Le 29. Janvier l'Electeur de Baviere fut élu Roi des Romains à Francfort, où il fit son entrée le 31. Cependant les Autrichiens s'emparerent de toute la Baviere, où ils commirent des desordres horribles. 1742.

Le Roi de Prusse ayant fait sa Paix avec la Reine d'Hongrie à Breslaw le 11. Juin, & le Roi de Pologne ayant accédé, tout le poids de la guerre tomba sur les François. Cependant le Maréchal de Belle-Isle reçut des ordres de ramener l'Armée Françoise de Prague,

An de J. C.

Ce projet étonnant que mille difficultés rendoient impossible, fut exécuté par ce Maréchal sans échec, & sans avoir pû être entamé, n'ayant perdu que ceux que la fatigue & le froid excessif empêcherent de suivre.

Les Forces Autrichiennes n'étant plus divisées depuis le recouvrement de la Bohême, le fort de la guerre fut de nouveau porté en Baviere. Le Roi
1743. donna des ordres de l'évacuer avec le haut Palatinat, & de retourner vers le Rhin. Les Alliés prirent alors une résolution formée de faire une guerre personnelle au Roi. On tenta le passage du Rhin, & M. le Maréchal de Noailles observa les mouvemens des Troupes Angloises, Hanoveriennes & Hessoises, ce qui engagea l'Affaire d'Ettingen. Cette action fut très-vive & très-opiniâtre.

Au commencement de l'année 1744. le Roi donna à l'Infant Dom Philippe un corps de Troupes commandé par le Prince de Conti, déclara la guerre au Roi d'Angleterre & à la Reine d'Hongrie, & se mit à la tête de son armée qu'il avoit rassemblée en Flandre. Il s'empara de Menin, Ypres & Furnes. Cependant le Prince Charles menaçoit l'Alſace ; la Roi quitta la Flandre, & vola au ſecours de cette Province. Sa Majeſté tomba malade à Mets le 8. Août ; le danger de mort étoit évident juſqu'au 18. Cette maladie ſauva l'armée ennemie, & ſera à jamais pour les François un monument éternel de leur amour pour leur Roi, qui en acquit le glorieux titre de *Bien-Aimé :* On s'avança vers Fribourg, & la ville capitula le 5. Novembre. An de J. C.

La mort de l'Empereur le 20. Janvier 1745. & l'accommodement du nouvel Electeur de Baviere avec la Cour de Vienne, ſembloient annoncer la paix, cependant la guerre s'eſt prolongée. On ouvrit la Tranchée de Tournai le 30. Avril, & le 11. Mai S. M. accompagnée 1745. de Monſeigneur le Dauphin remporta ſur les Alliés la célébre victoire de Fontenoi, qui fut ſuivie de la priſe de Tournai, de Gand, de Bruges, d'Oudenarde, de Dendermonde, d'Oſtende, de Nieuport & d'Ath.

Le 13. Septembre les Electeurs déférerent la dignité Impériale au Grand Duc de Toſcane François-Etienne de Lorraine.

Les heureux ſuccès de nos armes en Flandre furent ſuivis de la priſe de Bru- 1746.

xelles, de Malines, d'Anvers, de Mons,
An de J. C. de Saint Ghislain, de Charleroi, de Namur, & de la glorieuse journée de Raucoux le 11. Octobre.

1747. Nos armes furent aussi heureuses l'année suivante, le Roi remporta sur les Alliés la fameuse victoire de Lawffelt, dont la suite a été la prise de Bergopzoom, le Boulevard des Hollandois.

L'année 1748. nous annonçoit de glorieuses conquêtes, lorsque les Ministres Plénipotentiaires assemblés pour la paix à Aix-la-Chapelle, convinrent des Articles préliminaires, qui ont servi de base au Traité définitif qui donne la paix à toute l'Europe, & assure à tous les Peuples le repos & la tranquillité.

TABLE CHRONOLOGIQUE

Des Principaux Evénemens,

Arrivés pendant les neuf Epoques nouvelles.

Depuis la Naissance de J. C. jusqu'à Constantin, ou la Paix de l'Eglise 312. *ans.*

1 —— 312.

An de J. C.	Morts	Evénemens remarquables.
14.	D'Auguste.	I. Persécution.
37.	Tibere.	sous Néron.
41.	Caligula.	l'an 64.
54.	Claude I.	La ruine de
68.	Neron.	Jerusalem. 70.
69.	Galba, O-	II. Persécution,
	thon, Vitel-	sous Domitien. 93.
	lius.	III. sous Tra-
79.	Vespasien	jan. 107.

285. Carin

304. Dioclétien, Maximien-Hercule, Conſtance Chlore, Maxence, Licinius & Conſtantin I. ou le Grand, reſte ſeul en 324. & transfere le Siége de l'Empire à Conſtantinople en 330.

Depuis Conſtantin juſqu'aux Monarchies nouvelles 108. ans.

312 —— 420.

312. La Paix de l'Egliſe.

337. Mort de Conſtantin le Grand.

361. Conſtance: Collegues Conſtantin II. Conſtant.

363. Julien.

364. Jovien.

378. Valens.

395. Théodoſe I. ou le Grand.

408. Arcade.

Depuis les Monarchies nouvelles juſqu'à Charlemagne 381. ans.

420 —— 801.

450. Théodoſe II. ou le Jeune.

457. Marcien.

474. Léon I. ou l'Ancien. Léon II. ou le Jeune.
491. Zenon l'Isaurien.
518. Anastase I. surnommé Dicore.
527. Justin I.
566. Justinien I.
578. Justin II. ou le Jeune.
582. Tibere Constantin.
602. Maurice.
610. Phocas.
641. Heraclius I. Heraclius II. surnommé Constantin ou le Jeune, Heracleonas exilé.
668. Heraclius III. surnommé Constant.
685. Constantin IV. surnommé Pogonat. Justinien II. surnommé Rinotmete, dépouillé en 694.
696. Leonce chassé.
705. Tibere Absimare décapité.
712. Justinien II. rétabli est décapité.
713. Philippe Bardane chassé.
716. Anastase II. abdique forcément.
717. Théodose III.
741. Léon III. surnommé l'Isaurique, ou l'Iconomaque.
775. Constantin V. surnommé Copronyme.
780. Léon IV.
797. Constantin VI.

HISTOIRE DE FRANCE.

PRINCES MEROVINGIENS.

428. Pharamond Fondateur de la Monarchie
448. Clodion.
458. Mérouée.
481. Childeric I.
511. Clovis I.
558. Childebert I.
561. Clotaire I.
570. Charibert.
584. Chilpéric I.
628. Clotaire II.
638. Dagobert. I.
656. Clovis II.
671. Clotaire III.
674. Childeric II.
691. Thierri I.
695. Clovis III.
711. Childebert II.
716. Dagobert II.
720. Chilperic II.
737. Thierri II.
751 Childeric III. déposé.

Evénemens remarquables.

S. Benoît au Mont Cassin 543.

Le Moine Augustin convertit l'Angleterre au Christianisme, 597.

Béguines fondées par Saint Begghe 690.

Boniface Anglois, Moine de S. Benoît prêche l'Evangile aux Barbares de la Germanie. 723.

PRINCES CARLOVINGIENS.

768. Pepin-le-Bref élu en 751.

Depuis Charlemagne jusqu'aux Croisades 297. ans.

801 —— 1098.

814. Charlemagne
840. Louis I. ou le Débonnaire.
877. Charles II. ou le Chauve.
879. Louis II. ou le Begue.
882. Louis III.
884. Carloman.
929. Charles III.
954. Louis IV. dit d'Outremer.
986. Lothaire II.
987. Louis IV. ou le Fainéant.

Evénemens remarquuables.

L'Ordre de Cluni Diocèse de Mâcon en Bourgogne institué en 910.

S. Romuald fonde les Camaldules. 1012.

S. Jean Gualbert fonde le Monastere de Val Ombreuse dans la Toscane 1031.

PRINCES CAPETIENS.

996. Hugues Capet élu en 987.
1031. Robert.
1060. Henri I.
1108. Philippe I.

Suite de l'Empire d'Orient.

802. Irene Veuve de Léon IV. détrônée.
811. Nicéphore, ſurnommé le Logothete, Staurace dépouillé.
813. Michel I. ſurnommé Rhangabé abdique.
820. Léon V. ſurnommé l'Arménien tué.
829. Michel II. ſurnommé le Begue.
842. Théophile.
867. Michel III. ſurnommé Porphyrogenete.
886. Baſile I. ſurnommé le Macédonien.
911. Léon VI. ſurnommé le Philoſophe.
912. Alexandre.
959. Conſtantin VI. ſurnommé Porphyrogenete.
963. Romain II. ou le Jeune, ſurnommé Porphyrogenete.
969. Nicéphore Phocas.
975. Jean Zémiſcès.
1025. Baſile II. ſurnommé Bulgaroctone.
1028. Conſtantin VII. Frere & d'abord Collegue de Baſile.
1034. Romain Argyre.
1041. Michel IV. ſurnommé le Paphlagonien.

1042. Michel V. surnommé Calaphate, dépouillé.
1050. Zoé héritiere du Trône, & Veuve des Empereurs Argyre & Michel IV.
1054. Constantin VIII. troisiéme Mari de Zoé & d'abord son Collegue.
1056. Théodora Sœur de Zoé.
1057. Michel VI. surnommé le Stratiotique, abdique forcément.
1059. Isaac Comnene I. abdique.
1067. Constantin Ducas I.
1071. Romain Diogene.
1075. Michel Ducas, surnommé Parapinace, dépouillé.
1081. Nicéphore Botaniate, chassé.
1082. Constantin Ducas II. Frere & d'abord Collegue de Michel.

Histoire d'Allemagne.

814. Charlemagne.
840. Louis le Débonnaire.
855. Lothaire I.
875. Louis II.
877. Charles II. ou le Chauve.
879. Louis III. ou le Begue.
880. Carloman.
887. Charles le Gros.
889. Arnoul.
912. Louis IV.

918. Conrad. I.
936. Henri I. ou l'Oiseleur.
973. Othon I. ou le Grand,
983. Othon II.
1002. Othon III.
1024. Henri II. ou S. Henri.
1039. Conrad II.
1056. Henri III.
1106. Henri IV.

Depuis les Croisades, jusqu'à Ottoman, ou l'Empire Turc, 202. ans.

1098 —— 1300.

1118. Alexis Comnene I.
1143. Jean Comnene surnommé Calo-Jean.
1180. Manuel Comnene.
1183. Alexis Comnene II. ou le Jeune.
1185. Andronic Comnene, d'abord Collegue d'Alexis II.
1195. Isaac l'Ange-Comnene, dépouillé.
1205. Alexis l'Ange-Comnene.
1222. Théodore Lascaris I. Gendre de l'Empereur Alexis l'Ange. Baudouin I. Pierre de Courtenay. Robert de Courtenay.
1255. Jean Vatace I. Gendre de Théodore Lascaris.

1259. Théodore Vatace-Lascaris, ou Theodore II. fils de Jean; Jean de Brienne, Baudouin II.

1260. Jean Vatace-Lascaris, ou Jean II. fils de Théodore, dépouillé.

1282. Michel Paleologue, Usurpateur.

Suite de l'Histoire de France.

1137. Louis VI. ou le Gros.

1180. Louis VII. dit le Jeune.

1223. Philippe II. ou Auguste.

1226. Louis VIII. dit le Lion.

1270. Louis IX. ou S. Louis.

1285. Philippe III. ou le Hardi.

1314. Philippe IV. ou le Bel.

Evénemens remarquables.

Ordre des Chartreux par S. Bruno, 1084.

Ordre de Citeaux, par Robert Abbé de Molesme. 1098.

Ordre de Fontevrauld, par Robert d'Arbrissel. 1100.

Ordre de S. Jean de Jerusalem, ou de Malthe. 1113.

Ordre des Templiers. 1118. Aboli en 1311.

Ordre des Prémontrés par Saint Norbert. 1120.

Ordre de S. François par Saint

François d'Assise. 1209.

Religieuses de Ste Claire. 1202.

Ordre des Freres Prêcheurs, par S. Dominique. 1216.

Vêpres Siciliennes. 1282.

Histoire d'Allemagne.

1125. Henri V.
1137. Lothaire II.
1152. Conrad III.
1190. Fréderic I. ou Barberousse.
1197. Henri VI.
1208. Philippe.
1212. Othon IV.
1250. Frederic II.
1254. Conrad IV.
1272. Richard d'Angleterre.
1291. Rodolphe I. Comte d'Hapsbourg.
1298. Adolphe Comte de Nassau.

Depuis l'Empire Turc jusqu'à la Découverte de l'Amérique. 192. ans.

1300 1492.

1332. Andronic Paleologue I. Fils de Michel.
1341. Andronic Paleologue II. ou le Jeune, d'abord Collegue.
1391. Jean Paleologue I.
1425. Emmanuel Paleologue.
1448. Jean Paleologue II.

1453. Constantin Paleologue, surnommé Dracosès.

Sultans avant la Prise de Constantinople.

1303. Ottoman, ou Osman Sultan, meurt en 1327.
1358. Orchan.
1389. Amurat I.
1402. Bajazet I.
1403. Josué
1410. Soliman. I.
1413. Moïse.
1421. Mahomet I.
1451. Amurat II.

Empereurs Musulmans depuis Constantin Paleologue, jusqu'à nos jours.

1481. Mahomet II. Maître de Constantinople en 1453.
1512 Bajazet II.
1520. Selim I.
1566. Soliman II. ou le Magnifique.
1574. Selim II.
1595. Amurat III.
1603. Mahomet III.
1617. Achmet I.
1618. Mustapha I. déposé.
1622. Osman II. étranglé.
1623. Mustapha rétabli & étranglé.

1640. Amurat IV.
1648. Ibrahim.
1687. Mahomet IV. déposé.
1691. Soliman III.
1695. Achmet II.
1703. Mustapha II. déposé.
1730. Achmet III. déposé.
Mahomet V. aujourd'hui Empepereur, né en Septembre 1696.

Histoire de France.

1316. Louis X. ou Hutin.
1322. Philippe V. le Long.
1328. Charles IV. ou le Bel.
1350. Philippe VI. Comte de Valois.
1364. Jean I. à Londres.
1380. Charles V. dit le Sage.
1422. Charles VI.
1461. Charles VII. dit le Victorieux.
1483. Louis. XI.
1498. Charles VIII.

Evénemens remarquables.

Bulle d'Or. 1356.
Invention de la Poudre à Canon & des Armes à feu. 1380.
Ordre des Minimes, par S. François de Paule 1435.
Art de l'Imprimerie. 1440.
Carmelites fondées par Franc. d'Amboise, Duchesse de Bretagne. 1467.

Histoire d'Allemagne.

1308. Albert I. Duc d'Autriche.

1313. Henri VII. Comte de Luxembourg & de Limbourg.

1347. Louis V. Duc de Baviere, & Fréderic d'Autriche mort en 1330.

1378. Charles IV Comte de Luxembourg & Roi de Bohême.

1419. Wenceslas Roi de Bohême.

1410. Robert de Baviere.

1437. Sigismond.

1439. Albert II. Duc d'Autriche, Roi de Bohême & de Hongrie.

De puis la Découverte de l'Amérique jusqu'à Luther & Calvin. 25. ans.

1492 —— 1517.

1517. Luther soutient des Theses contre les Indulgences.

Histoire de France.

1515. Louis XII. auparavant Duc d'Orleans.	*Evénemens remarquables.*
1547. François I.	Annonciades fondées à Bourges par Jeanne Reine de France. 1501.

Histoire d'Allemagne.

1493. Fréderic.
1519. Maximilien I.

Depuis Luther & Calvin jusqu'à la Révolution d'Espagne 183. ans.

1517 - 1700 - 1750.

Histoire de France.

1559. Henri II.
1560. François II.
1574. Charles IX.
1589. Henri III. Roi de Pologne.
1610. Henri IV. ou le Grand.
1643. Louis XIII.
1715. Louis XIV. ou le Grand.

Evenemens remarquables.

Ordre des Jésuites. 1540.
Ouverture du Concile de Trente 1545.
Calendrier Grégorien. 1582.
Prêtres de l'Oratoire par S. Philippe de Néri 1595.
Doctrine Chrétienne par César du Bus. 1598.
Paix de Vervins. 1598.
Paix de Munster, où les Hollandois reconnus pour Etat Souverain & libre. 1648.

Paix de Nimegue. 1678.

Peres de la Mission par S. Vincent de Paul. 1625.

Paix de Riswick. 1697.

La Prusse érigée en Royaume. 1701.

Paix d'Utrecht. 1713.

Le Duc de Savoye y est reconnu pour Roi de Sicile.

Paix d'Aix-la-Chapelle. 1748.

Histoire d'Allemagne.

1555. Charles-le-Quint.
1564. Ferdinand I.
1576. Maximilien II.
1612. Rodolphe II.
1619. Mathias.
1637. Ferdinand II.
1657. Ferdinand III.
1705. Léopold.
1711. Joseph.
1740. Charles VI.
1745. Charles VII. Electeur de Baviere.
1745, François-Etienne Grand Duc de Toscane ; ci-devant Duc de Lorraine, élu le 14. Septembre.

DE LA

FABLE.

D. QU'EST-CE que la Fable ?

R. C'est 1°. l'Histoire des fausses Divinités du Paganisme. Les Métamorphoses d'Ovide forment le corps le plus complet que les Anciens nous ayent laissé sur cette matiere. Ce genre de Fables porte le nom de *Fables Héroïques* ; au reste ce n'est qu'un tissu d'imaginations bizarres, & un amas de faits sans ordre Chronologique, & sans vraisemblance, un composé monstrueux de faussetés, d'impietés, d'iniquités, sur un fond de vérités qui devient méconnoissable.

2°. On appelle Fables, ces fictions ingénieuses inventées pour instruire les hommes : telles sont les Fables d'Esope, mises en vers Latins par Phedre, Affranchi d'Auguste, & en vers François par le célébre la Fontaine : ces

Fables portent le nom de *Fables Morales*.

D. Quelle est l'origine de la Fable Héroïque ?

R. C'est 1°. l'ignorance des hommes, qui n'ayant plus qu'une lueur de la connoissance du vrai Dieu, tournerent leurs vœux vers les objets sensibles.

2°. La vanité qui mit au rang des Dieux, des hommes que leurs exploits avoient rendus glorieux & formidables, ou qui par l'invention des Arts s'étoient rendus utiles à la société : dès-là chaque nation voulut avoir ses Dieux & ses Héros.

Les grands Princes & les personnages redoutés se préterent aux opinions populaires, parce qu'elles leur assujettissoient les esprits, & facilitoient le succès de leurs grandes entreprises ; Romulus trouva avantageux d'être cru Fils du Dieu Mars, & Numa pour donner crédit à ses Loix, supposa des entretiens secrets avec la Nimphe Egerie.

Alexandre laissa croire à ceux qui le voulurent que Jupiter étoit son pere.

Les Romains adopterent la Fable qu'Enée leur premier fondateur étoit fils de la Déesse Vénus & d'Anchise,

& les Législateurs trouverent aussi leur compte à faire valoir leurs entretiens avec les Dieux. Minos donna des Loix au peuple de Crete après neuf ans de conversation avec Jupiter ; Licurgue reçut celles qu'il établit à Sparte d'Apollon, & Solon celles qu'il composa pour les Athéniens de la Déesse Minerve.

Parmi les hommes Dieux, les plus anciens furent copiés sur les Patriarches & les Hommes Illustres de nos Saintes-Ecritures, comme on le verra par les solides paralleles que nous ferons des Dieux du Paganisme avec les plus célébres Personnages dont l'Ecriture nous a peint les actions. En faisant voir ainsi les Fables & les Religions des Gentils tirées de l'Ecriture-Sainte, on établit le droit d'aînesse & l'autorité de la vérité sur le mensonge, & des Saintes Ecritures sur les inventions des hommes; de la vraie Religion, & de la vraie Divinité par-dessus les fausses, qui n'en sont qu'une imitation corrompue.

3°. La corruption du cœur qui chercha à se former un fantôme de Religion, pour pouvoir impunément flatter ses passions, & se mettre à l'abri des remords & de la punition par l'exemple des Dieux criminels. Les Démons amuserent les hommes par un masque de culte nécessaire, & qui ne génât point leurs passions.

4°. Enfin la crainte. Les hommes étonnés par le cours admirable, & constant des Astres crurent qu'ils devoient en redouter les influences, & qu'ils devoient les appaiser lorsqu'ils paroissoient irrités; c'est de-là que plusieurs Nations ont adoré le Soleil, & les Astres.

Bien-tôt les Poëtes accréditerent ces rêveries; ils firent des Satyres & des Nymphes de ceux qui n'étoient que de misérables & simples Bergers; ils imaginerent en suite des Centaures sous la figure d'hommes à cheval, des pommes d'or sous la forme des oranges, & sous l'idée de l'or, une pluie de ce métal. Cependant ces bigarures firent le corps de la Théologie Payenne, & sur les idées d'Homere & d'Hésiode, les peuples érigerent des Temples, & offrirent des victimes à des Dieux qui n'avoient de réalité que dans la tête des Poëtes.

D. Quels sont les Auteurs principaux des Fables Héroïques?

R. Orphée, Homere, Hésiode, & Ovide.

D. Quel pays a été le berceau des premiers récits fabuleux?

R. On prétend qu'ils commencerent chez les Assyriens, qui communiquerent l'idolâtrie aux Phéniciens; & que ceux-ci la porterent avec la Fable dans tous les lieux de leur commerce; ensuite les Egyptiens & les Grecs la multiplierent à l'infini, & la transmirent aux Romains, qui l'établirent avec leur puissance aux extrémités de la terre.

D. Quels avantages peut-on retirer de la Fable?

R. Plusieurs très-considérables: 1°. La Fable nous apprend jusqu'à quel point d'extravagance peut aller l'esprit de l'homme obscurci par l'esprit de mensonge. 2°. Elle nous donne la clef de toutes les connoissances profanes, l'intelligence des meilleurs Ecrivains de l'antiquité & des Poëtes modernes les plus estimés, elles nous met au fait des ouvrages de peinture, de sculpture, des sujets de tapisseries &c. 3°. Enfin elle nous fournit en plusieurs occasions des instructions fort utiles. Les avantures de Phaeton & d'Icare nous représentent le sort des orgueilleux; celle du beau Narcisse qui meurt de l'excès de la paſſion qu'il prend pour lui-même, en ſe contemplant dans une fontaine, nous inſtruit de la folle vanité de ceux qui n'aiment qu'eux.

Cependant la connoiſſance de la Fable a auſſi ſes dangers pour la jeuneſſe dont l'eſprit eſt naturellement ſuſceptible d'idées fauſſes; c'eſt pourquoi Plutarque veut qu'on la liſe avec des yeux de Philoſophe & de Cenſeur; il faut ſur-tout prendre garde de ne ſe rendre pas l'eſprit Payen.

Il faut remarquer de plus, que la plûpart de ces fictions ne ſont qu'un déguiſement de l'hiſtoire accommodé à la corruption du Paganiſme pour tromper le peuple crédule, & flater les grands, plus portés que les autres à ſuivre leurs paſſions; on voit de toute part que les Fables ont confondu & défiguré les traits originaux de l'Hiſtoire.

Les rapports de la Fable à mille endroits de l'Ancien Teſtament ſont frappans; il eſt évident que le Cahos, la ſéparation des 4. élemens, la formation de l'homme par Promethée, par où Ovide commence ſes Métamorphoſes, ſont tirés de la Géneſe.

Le Cahos, c'est le néant; la séparation des Elemens exprime la puissance de Dieu qui les plaça chacun dans le lieu qui leur convient.

Promethée, c'est Dieu qui forme l'homme sur la terre; Minerve qui donne la vie à l'homme, c'est la sagesse, & la raison qui distingue l'homme des autres créatures.

Les différens âges marquent les différens états par où nos premiers parens ont passé.

FABLES HEROIQUES

Des Dieux du premier Ordre.

D. Saturne est-il le plus ancien des Dieux?

R. 1°. Hesiode met le Cahos avant tous les Etres; *le Cahos*, dit-il, *étoit avant toutes choses*; ainsi par le Cahos, il faut entendre cet état de confusion, où l'on suppose qu'étoit la matiere avant la Création du monde, une masse confuse sans ordre qui contenoit les principes des Etres, & qui se débrouillant produisit l'Univers. On trouve dans la description que les Poëtes font du Cahos, & de la Création, de res- Le Cahos.

pectables restes d'une tradition confuse de l'histoire de la formation de l'Univers décrite par Moyse.

Titan & Saturne.

2°. Le Ciel est le plus ancien des Dieux, comme la terre est la plus ancienne des Déesses. Ils eurent pour fils Titan & Saturne. Titan devoit succéder au Royaume; mais par la cabale de sa mere il ceda son droit à Saturne, à condition toutes fois que celui-ci n'éleveroit aucun enfant mâle, & qu'il les devoreroit aussi-tôt qu'ils seroient nés. Cependant Cybele étant accouchée de Jupiter, trompa Saturne en lui montrant une pierre dont elle disoit avoir été délivrée; il la dévora sur le champ. Mais Titan ayant appris que son frere avoit violé son serment, il le fit prisonnier avec Cybele. Jupiter devenu grand délivra Saturne, & le rétablit sur le Trône. Il craignit ensuite que Saturne n'abusât de sa liberté; il le chassa du Ciel. Saturne se réfugia en Italie, où Janus Roi de cette contrée le reçut humainement. Ce fut-là qu'il enseigna l'agriculture aux hommes. Il leur apprit à fumer les terres; & le tems de son regne fut appellé *Age d'or*. * Voici la description qu'en a donné Despreaux :

* Age d'Or, & les suivans.

Tous les plaiſirs couroient au-devant de leurs
vœux,
La faim aux animaux ne faiſoit point la guerre,
Le bled pour ſe donner ſans peine ouvrant la
terre,
N'attendoit pas qu'un bœuf preſſé par l'ai-
guillon
Traçât d'un pas tardif un pénible Sillon.
La vigne offroit par tout des grappes toujours
pleines,
Et des ruiſſeaux de lait ſerpentoient dans les
plaines.

Cette Fable de Saturne peut être rapportée à Noé ; elle a même des reſſemblances avec l'Hiſtoire d'Adam, car l'âge d'or & l'Empire de Saturne finiſſent en même tems. Saturne enſeigna l'Agriculture aux hommes, comme Adam cultiva la terre après ſon péché ; mais la Fable qui confond les tems, & les évenemens ne diſtingue point la Création du Monde d'avec ſon renouvellement après le déluge.

Saturne étoit communément repréſenté comme un vieillard courbé ſous le poids des années, tenant une faux à la main.

Rapport de Saturne avec Noé.

1. Saturne avoit trois enfans, Jupiter, Neptune, & Pluton.	1. Noé fut pere de Sem, Cham, & Japhet.
2. Plusieurs Poëtes font sortir Saturne & sa femme de l'Océan, & de Thetis.	2. Noé & sa femme sortirent des eaux du Déluge.
3. Saturne devora tous ses enfans, à l'exception de trois.	3. Noé ne sauva du Déluge que ses trois fils.
4. Saturne divisa le Monde à ses trois fils.	4. Sem, Cham, & Japhet partagerent la terre, après la confusion des langues.
5. On attribue à Saturne l'honneur d'avoir le premier planté la vigne.	5. L'Ecriture le dit en termes formels de Noé.
6. Jupiter persecuta Saturne, & le chassa du Ciel.	6. Cham insulta son pere Noé, & entreprit d'usurper la portion de Sem.
7. Le Navire étoit le symbole de Saturne, il s'en servit pour venir en Italie se sauver de la colere de Jupiter.	7. Cela se rapporte à l'Arche merveilleuse de Noé, où il se refugia.

Trois autres âges succéderent à l'âge d'or, celui d'argent, celui d'airain, & celui de fer. On leur a donné ces noms, selon les degrés différens, où la malice des

des hommes a monté successivement.

L'âge d'argent étoit celui où les hommes commencerent à devenir méchants : on le rapporte à celui où Adam & Eve perdirent leur innocence.

L'âge d'airain fut le tems de leur corruption totale ; le Déluge de Deucalion où Jupiter submergea tous les hommes, est copié d'après le Déluge universel.

Enfin l'âge de fer est celui où les hommes commencerent à se faire des guerres ouvertes ; on en fixe l'Epoque à la construction de la Tour de Babel, & à la confusion des langues.

Mais tout ce systême se soutient mal dans les idées poëtiques ; dès le siécle de Saturne qui est leur âge d'or, on voit les guerres les plus sanglantes, & les crimes les plus affreux.

D. Qu'est-ce que la Fable nous apprend de Janus Roi d'Italie ? Janus.

R. Elle le confond souvent avec Saturne, & il est également reconnoissable dans Noé ; Ovide fait sortir l'Univers de ses mains après le Déluge : Janus ferme le premier monde, & en voit renaître un nouveau, comme fit Noé quand il ouvrit l'Arche.

On le peignoit avec deux visages

pour signifier les deux mondes qu'il avoit vus, comme Noé avoit fait la clôture du premier, & l'ouverture du second.

Janus présidoit aux portes, aux entrées & sorties, aux chemins publics, & c'est lui qui a donné le nom au premier mois de l'année; ces traits appartiennent à Adam & à Noé, premier & second chefs du genre-humain, qui, les premiers fixerent l'ordre des Tems, des années, du jour, de la nuit, des saisons. Gen. Chap. 8.

D. Dites-nous quelque chose de Cybele?

Cybele. R. Cybele femme de Saturne passoit pour la Mere des Dieux, c'est pourquoi on l'appelloit la *Grande Mere*. Comme Saturne présidoit au Ciel, elle donnoit aux hommes tous les secours dont ils avoient besoin sur Terre. On la représentoit assise, parce que la Terre est stable; de plus on lui donnoit un tambour qui est le symbole des vents que la terre renferme, & on lui mettoit sur la tête une Couronne en forme de tour. Elle présidoit à la Virginité sous le nom de *Vesta*, & il n'appartenoit qu'à ces Vierges de célébrer ses Mysteres: leur unique soin étoit de ne jamais laisser éteindre le feu des lampes

Vestales.

qui bruloit dans ses Temples : quand il s'éteignoit par leur faute, ou quand elles manquoient à leur vœu de virginité, on les enterroit toutes vives. On les appelloit Vestales.

Cette Déesse eut une fille qui enseigna l'Agriculture aux hommes ; elle s'appelloit Cerès. Dès-lors les hommes s'appliquerent à labourer leurs terres, & de féroces qu'ils étoient auparavant, ils commencerent à se policer. Pluton lui enleva sa fille Proserpine, & l'emmena dans son Royaume. Cerès ayant parcouru inutilement toute la terre pour la chercher, apprit son enlevement par la Fontaine d'Arethuse, qui coulant sous terre avoit vû passer Pluton avec elle. Enfin elle obtint de Jupiter qu'elle la retireroit des Enfers, à condition qu'elle n'y auroit encore ni bu ni mangé : mais par malheur elle avoit sucé quelques grains de grenade, & Jupiter ne put la lui rendre ; toutefois il permit à Proserpine de ne passer que la moitié de l'année dans les Enfers, & l'autre moitié avec les autres Dieux dans le Ciel.

Cerès.

Proserpine.

On représente Cerès sur un brancard porté par quatre Vierges ; elle tient d'une main une faucille, & de l'autre des épis dont elle est aussi couronnée. Elle présente des mammelles pleines de lait, comme pour marquer qu'elle est la Nourrice des hommes. On lui sacrifie un pourceau, parce que cet animal en fouillant la terre empêche le grain de germer. Cette Déesse étoit si soigneuse des biens de la terre, qu'elle condamna Eresicthon à une faim insatiable, pour avoir eu l'audace de couper plusieurs pieds d'arbres dans une forêt qui lui étoit consacrée.

D. Quel est le premier des Dieux ?

Jupiter. R. Jupiter tient le premier rang parmi les Dieux de la Fable héroïque : il partagea l'Empire du Monde avec ses deux freres, Neptune & Pluton, & donna à l'un l'Empire des Mers, & à l'autre celui des Enfers ; mais il garda le Ciel pour lui. On le peint avec des sourcils noirs, le front couvert de nuages, la foudre à la main, & l'aigle à ses pieds. Il a à ses côtés le Respect & l'Equité, & devant lui deux vases qui contiennent le bien & le mal, & qu'il répand sur les hommes à sa fantaisie. Il fut nourri d'une chevre qu'il plaça au Ciel par reconoissance, & fit présent d'une de ses cornes aux Nymphes qui avoient eu ſoin de ſon enfance. Cette Corne s'appelle, *la Corne d'abondance*, parce qu'en la donnant aux Nymphes, il lui donna la vertu de produire en abondance tout ce qu'elles déſireroient.

Titan, Oncle de Jupiter eut un dépit extrême de voir le Gouvernement du Monde paſſer aux enfans de ſon frere. Pour s'en venger, il ſuſcita les Geans contre l'Uſurpateur; mais Jupiter terraſſa ces enfans de la terre à coups de foudre, & les accabla ſous les montagnes qu'ils avoient amaſſées pour le détrôner. Le plus effroyable de ces ennemis fut Typhœus qui étoit moitié homme, moitié ſerpent, & dont la tête atteignoit le Ciel. Les Dieux furent tellement épouvantés à la vûe de ce monſtre, qu'ils déſerterent tous le Ciel, & ſe refugierent en Egypte, où ils reſterent cachés ſous la forme de pluſieurs arbres & animaux, &c. On conjecture que c'eſt de-là que l'idolâtrie des Egyptiens a pris naiſſance, parce qu'ils adorerent les Plantes & les Bêtes.

La conſtruction de la Tour de Babel, dont la Tradition s'eſt conſervée dans tous les Pays du monde, a donné lieu aux Poëtes d'embellir l'entrepriſe des Géans ; c'étoit en effet attaquer le Ciel, & Nembrot, (le Belus des Poëtes) qui étoit à la tête de ce ridicule projet, est appellé *Géant* par les Septante.

D. Les Dieux ne témoignerent-ils pas quelque jalousie contre Jupiter ?

R. Ils ne purent supporter qu'il s'attribuât à leur exclusion la gloire de créer les hommes ; c'est pourquoi ils concoururent ensemble pour former une femme parfaite : Pallas lui donna la sagesse, Venus la beauté, Apollon la connoissance de la musique, Mercure l'éloquence ; & on l'appella Pandore, qui signifie, *tout don.* Mais Jupiter l'ayant fait venir sous prétexte de lui faire aussi son présent, il lui donna une boëte qu'Epiméthée son frere ouvrit, & dont sortirent tous les maux de la nature qui y étoient renfermés, & qui se répandirent aussi-tôt sur la Terre ; il n'y eut que l'Espérance qui resta au fond.

Pandore.

On peut rapporter la boëte de Pandore, & ses mauvais effets à l'arbre de la science du bien & du mal, dont le fruit fut présenté à Eve qui en mangea, & en donna à manger à Adam, ce qui répandit sur la Terre toutes sortes de maux.

Les Dieux ne furent pas les ſeuls qui entreprirent de former des hommes. Promethée avoit fait quelques Statues qu'il ne s'agiſſoit plus que d'animer. Pour cet effet il déroba le feu du Ciel, dont Jupiter fut ſi indigné, qu'il ordonna à Vulcain de l'attacher ſur le Mont Caucaſe, où un Vautour venoit lui ronger le foie, qui renaiſſoit tous les jours pour éterniſer ſon ſupplice; mais enfin Hercule le délivra de ſes tourmens. Ce Vautour peut être le ſimbole de la douleur & des remors qui rongerent Adam pendant toute ſa vie. Promethée.

De Promethée & de Pandore nâquit Deucalion qui épouſa Pirrha; Jupiter épargna ces derniers à cauſe de leur piété du tems du Déluge, ils reçurent ordre de bâtir une Arche, & de faire des proviſions de vivres, l'Arche s'arrêta ſur le Mont-Parnaſſe; Deucalion pour découvrir ſi les eaux commençoient à baiſſer, fit ſortir une Colombe qui vint le retrouver, il réitéra la même choſe, juſqu'à ce qu'elle ne revînt plus; ces traits ont des conformités bien remarquables avec l'Hiſtoire du Déluge par Moyſe.

L'Oracle leur preſcrivit, pour reparer le genre humain, de ſe voiler la tête

& de jetter derriere eux les os de leur mere, ils comprirent que les pierres étoient les os de la terre qui étoit la mere : les pierres de Deucalion se convertirent en hommes, celles de Pyrrha en femmes.

Cependant Jupiter faisoit des actes de justice : il falloit bien, comme le premier Dieu, qu'il montrât l'exemple aux autres. Nous en avons un dans la

Lycaon

punition de Lycaon, Prince d'Arcadie, qui fait voir qu'un des plus grands crimes que l'on puisse commettre, c'est de violer l'hospitalité, & qu'il ne faut point aller contre le droit divin & humain. Lycaon étoit si cruel qu'il faisoit mourir tous ceux qui passoient dans ses états ; il ne se contraignit pas même devant Jupiter qui étoit venu se loger chez lui, il lui fit servir les membres d'un de ses hôtes qu'il avoit mis à mort. Ce Dieu rempli d'horreur, foudroya aussi-tôt la maison de ce Prince, & le changea lui-même en loup.

Jupiter avoit une sœur qui étoit en

Junon.

même tems sa femme, c'étoit Junon : elle étoit d'une jalousie & d'un orgueil insupportables. Elle avoit pris parti contre lui dans la guerre qu'il eut avec les Géants. Jupiter pour la punir chargea Vulcain ſon fils de la ſuſpendre en l'air par le moyen de deux pierres d'aimant, & de lui lier les mains derriere le dos avec une chaîne d'or: aucun Dieu ne put la retirer de ces entraves, il fallut avoir recours à Vulcain qui les avoit forgées, ce qu'il ne fit qu'après qu'on lui eût promis de lui donner Venus en mariage.

D. Donnez-nous un exemple de la jalouſie de Junon?

R. Cette Déeſſe ſçachant que ſon mari avoit changé la Nymphe Io en vache pour lui dérober la connoiſſance de ſon amour, pria Jupiter de lui faire préſent de cette vache, & l'ayant obtenue, elle la donna à garder au nommé Argus, qui avoit cent yeux dont une partie veilloit, pendant que l'autre ſommeilloit; mais Jupiter ayant fait tuer cet eſpion par Mercure, Junon envoya un Taon, qui par ſes piqueures continuelles obligea Io d'errer çà & là, & de ſe jetter enfin dans la Méditerranée. Elle arriva en Egypte où Jupiter lui rendit ſa premiere forme: les Egyptiens honorerent cette Princeſſe ſous le nom d'Iſis.

Io. Argus. Io. Iſis.

Europe. Jupiter se métamorphosa en Taureau pour enlever Europe. Junon persécuta cette Princesse jusques dans les descendans de son frere Cadmus, & rendit malheureux les quatre enfans que Jupiter eut d'elle.

L'Oiseau favori de Junon, étoit le Paon, elle voulut conserver sur son plumage les yeux d'Argus, que Mercure avoit tué.

Latone. Jupiter rebuté des mauvaises façons de Junon, l'abandonna pour s'attacher à Latone, dont il eut Apollon & Diane; mais la jalousie de Junon lui fit susciter contre Latone un Serpent que la Terre engendra de son limon après le Déluge. Latone pour l'éviter fut contrainte de se jetter dans la Mer, où Neptune fit paroître l'Isle de Délos, qui servit de retraite à cette Fugitive. La Terre s'étoit engagée avec Junon de ne donner aucun asyle à Latone; & sans le secours qu'elle reçut de Neptune, elle auroit été dévorée par le Serpent Python, qu'Apollon tua à coups de fléches.

Serpent Python.

Latone n'eut pas moins à souffrir des hommes, car étant fort altérée, & passant par un marais, où des Paysans travailloient à la terre, elle leur demanda un peu d'eau pour se rafraîchir ; ils eurent la cruauté de lui refuser de l'eau, & la troublerent même avec leurs pieds. Jupiter à la priere de cette affligée, les changea tous en Grenouilles.

D. Quelles sont les aventures d'Apollon ? Apollon.

R. Apollon le fruit des amours de Jupiter & de Latone, ayant fait mourir les Cyclopes, qui avoient forgé la foudre dont Jupiter avoit frapé Esculape, fut chassé du Ciel, & contraint de se mettre au service d'Admete Roi de Thessalie. Comme il gardoit les Troupeaux de ce Prince, on l'honora depuis en qualité de Dieu des Bergers. Mercure l'ayant reconnu dans ces exercices, lui déroba adroitement une vache, & pour lui ôter les moyens de s'en venger, il s'empara aussi subtilement de son Carquois. Ce Dieu dans son exil porta toujours une couronne de laurier qu'il avoit faite de l'Arbre, sous la forme duquel Daphné avoit été métamorphosée, en fuyant ses poursuites; & pour lui donner plus de réputation, il voulut qu'on en couronnât ceux qui excelleroient dans la Poësie.

Une affaire qui arriva à Apollon Hyacinthe.

l'obligea de changer de condition, & de se faire Manœuvre. Il eut le malheur, en jouant au Palet, de tuer Hyacinthe, jeune homme, qu'il aimoit tendrement. Les parens de cet enfant poursuivirent le Dieu homicide; il fut obligé, pour se mettre à couvert de leurs persécutions de se réfugier à Troye, où Laomedon l'employa à bâtir cette Ville. Il y rencontra Neptune, qui travailloit de même à la Maçonnerie, ce qui le consola dans sa misere. Pour comble de malheur Laomedon ne les paya point, mais ils s'en vengerent, Neptune en inondant les travaux, & Apollon en infectant tout le pays par la peste.

Laomedon.

Enfin Apollon rétabli dans les droits de la Divinité, fut chargé de répandre la lumiere dans l'Univers. On lui donna le nom de Phœbus dans le Ciel, parce qu'il conduisoit le Char du Soleil, traîné par quatre chevaux, & il conserva celui d'Apollon sur la Terre. Il est le Dieu de la Poësie, de la Musique & des Arts, & habite avec les neuf Muses sur les Monts Parnasse, Hélicon, Pierus, Hippocrène, où sont les pâturages du Cheval Pégase, qui est ordinairement leur monture. On le

Phœbus.

Pegase.

connoît ſous pluſieurs noms, qui tirent leur étymologie des lieux, où il eſt principalement honoré, & où l'on rend ſes Oracles, comme Delphes, Delos, Claros, Tenedos, Cyrrha, &c.

D. Que peut-on penſer des Oracles ?

R. Que malgré les ſupercheries, dont ils étoient remplis, il eſt certain qu'il y avoit du ſurnaturel, ſans quoi ils n'auroient point tardé à tomber dans le diſcrédit; & que la fourbe des Prêtres des fauſſes Divinités n'étoit pas ſeule capable d'entretenir les hommes dans un aveuglement ſi général, ſi le malin eſprit ne s'en fût mêlé.

La venue de Jeſus-Chriſt ferma la bouche aux faux Dieux. Plutarque dans le ſecond ſiécle de l'Egliſe a fait un Traité *De la Ceſſation des Oracles.* Cet effet miraculeux eſt prédit par le Prophète Zacharie : *Dans ce tems-là j'éteindrai dans le monde la réputation des Idoles, & il n'en ſera plus fait mention; je chaſſerai de la terre les faux Prophêtes, & l'eſprit immonde qui les inſpire.* Chap. 13.

On repréſente Apollon, jeune, ſans barbe, tantôt avec un arc & des fléches, tantôt avec une Lyre à la main; ſur la tête une couronne de laurier, &

sur un char traîné par quatre chevaux portant le Zodiaque.

Apollon, ou le Soleil eut plusieurs enfans, dont un entr'autres appellé Phaëton pensa ruiner l'Univers. Ce jeune homme, pour prouver qu'il étoit fils du Soleil, demanda à son Pere la permission de conduire son char pendant un jour; n'ayant obtenu cette grace qu'après beaucoup de difficultés, il conduisit si mal-adroitement les chevaux, qu'ils embraserent le Ciel & la Terre. Jupiter pour le punir de sa témérité, le foudroya, & le précipita dans le Pô. Les Héliades ses sœurs en eurent tant de douleur, qu'elles en devinrent stupides, & furent changées en Peupliers, & leurs larmes en Ambre.

Phaëton.

Heliades.

Le cours du Soleil arrêté par Josué, ou plutôt, selon Saint Chrysostôme, le Chariot de feu du Prophète Elie, peuvent avoir donné lieu à cette Fable.

Les Muses.

Les neuf Muses étoient des Vierges, qui se piquoient d'une chasteté scrupuleuse : Voici comment Perrault a décrit leurs differens departemens.

La noble Calliope (1) en ses Vers sérieux,
Célèbre les hauts faits des vaillants Demi-Dieux.
L'équitable Clio (2), qui prend soin de l'Histoire,
Des illustres mortels éternise la gloire.
L'amoureuse Erato (3) d'un plus simple discours
Conte des jeunes gens les diverses amours.
La gaillarde Thalie (4) incessamment folâtre,
Et de propos bouffons réjouit le Théâtre.
La grave Melpoméne (5) en la Scene fait voir,
Des Rois, qui de la mort éprouvent le pouvoir.
L'agile Terpsichore (6) aime sur-tout la Danse,
Et se plaît d'en regler les pas & la cadence.
Euterpe (7) la rustique à l'ombre des Ormeaux,
Fait retentir les bois de ses doux chalumeaux.
La docte Polymnie (8) en l'ardeur qui l'inspire,
De cent Sujets divers fait raisonner sa lyre.
Et la sage Uranie (9) éleve dans les Cieux
De ses pensers divers le vol audacieux.

D. Quel étoit l'Oiseau qui servoit de regle aux Augures?

(1) Poëme Héroïque.
(2) L'Histoire.
(3) Poësies amoureuses.
(4) La Comédie.
(5) La Tragédie.
(6) La Danse.
(7) Les instrumens.
(8) L'Ode.
(9) L'Astrologie.

R. Le Corbeau qui étoit consacré à Apollon, & que ce Dieu rendit noir, de blanc qu'il étoit auparavant, pour le punir de l'indiscrétion qu'il avoit commise en lui découvrant l'infidélité de Coronis, qu'il aimoit, & qu'il tua dans le premier transport de sa jalousie.

Diane. D. Qu'est-ce qu'étoit Diane?

R. Si on la considère comme une Divinité Celeste, on lui donne le nom de *Lune* ou *Phébé*. Si on la regarde comme une Déesse de la Terre, on l'appelle *Diane*; & enfin on la nomme *Hécate*, lorsqu'on la prend pour une Divinité des Enfers.

Phébé.

Hécate.

La plus grande occupation de cette Déesse étoit la Chasse. Elle étoit toujours dans les Bois accompagnée de soixante Nymphes; & de vingt autres filles qui avoient soin de son équipage de chasse. On la regardoit comme la Déesse de la chasteté. Elle avoit tant de pudeur qu'elle métamorphosa Actéon en cerf, pour l'avoir surprise dans le bain; & ce Chasseur devint la proie de ses propres chiens, qui ne le reconnoissant plus, le déchirerent cruellement. Les Nymphes qu'elle avoit à sa suite étoient toutes plus belles les

Actéon.

unes que les autres ; elle n'en souffroit point qui ne fussent aussi chastes qu'elle. En effet elle chassa Calisto qui s'étoit laissée gagner par Jupiter. Junon toujours jalouse, pour se venger aussi changea Calisto en Ourse.

On représentoit cette Déesse sur un char traîné par des biches, armée d'un arc & d'un carquois rempli de fléches, avec un Croissant sur la tête. Elle étoit sœur d'Apollon. La peine qu'elle ressentit des douleurs que sa mere souffroit en mettant au monde Apollon, lui fit demander le don de virginité. Elle présidoit aux accouchemens.

D. Dites-nous qui étoit Bacchus ?

Bacchus.

R. Il étoit fils de Jupiter & de Sémelé. Junon toujours outrée contre les Concubines de son mari, pour se venger conseilla à Sémelé pendant sa grossesse, d'exiger de Jupiter, qu'il se fît voir dans toute sa gloire, & dans le même appareil qu'il avoit coutume de se montrer aux Dieux, c'est-à-dire, la foudre en main. Sémelé suivit ce conseil, & n'obtint ce qu'elle demandoit que difficilement. Jupiter l'ayant visitée dans tout l'éclat qu'elle avoit souhaité, elle fut consumée misérablement ; & de crainte que Bacchus, dont

Silene. Pentée. Les Filles de Minée.

elle étoit enceinte, ne fût brulé avec elle, Jupiter le mit dans ſa cuiſſe, où il le garda le reſte des neuf mois. On l'en tira dans l'Iſle de Naxe. Quand il fut grand le vieux Silene, qui avoit eu ſoin de ſon éducation ſur la Montagne de Niſa, l'accompagna dans toutes ſes conquêtes, monté ſur un âne; il fit celle des Indes, puis alla en Egypte, où il enſeigna l'agriculture aux hommes, planta le premier la vigne, & fut adoré comme le Dieu du vin. Il punit ſévérement Pentée qui vouloit s'oppoſer à ſes ſolemnités, & les filles de Minée qui travailloient à la Tapiſſerie le jour deſtiné à ſes fêtes. Il les changea en Chauveſouris, & leur ouvrage en Lierre.

D. Comment Bacchus fit-il la conquête des Indes?

D. Il leva une puiſſante armée compoſée d'hommes & de femmes, qu'il arma de Tambours & de Thyrſes, au lieu de Bouclicrs & de Lances. La frayeur que ſes Soldats cauſerent à tous les Indiens, le fit recevoir par tout comme un Dieu, ſurtout lorſqu'il leur eut fait connoître, qu'il n'avoit d'autre deſſein que de leur apprendre toutes les choſes qui étoient néceſſaires à la vie.

D. Les principales actions de la vie de Bacchus, peuvent-elles être rapportées à celles de Moïse?

R. Oui: en voici le rapport:

1. Bacchus naquit en Egypte dans l'Isle de Naxe, où on le trouva exposé. Il fut retiré des eaux, & surnommé *Mises*, c'est-à-dire, *Sauvé des eaux*.

1. Moïse étoit Egyptien, il fut abandonné sur le Nil. On l'appella Moïse, parce qu'il avoit été sauvé des eaux.

2. Bacchus eut deux meres, Jupiter & Sémelé.

2. Moïse en eut aussi deux, Jocabed & la fille de Pharaon, qui, selon Philon, feignit d'être grosse, & d'en être accouchée.

3. Bacchus naquit au milieu des éclairs & des foudres de Jupiter, d'où il fut nommé *Enfant du Feu*.

3. Moïse passa quarante jours sur la Montagne de Sinaï, envelopé dans les flammes & dans les éclairs, du milieu desquels il sortit comme un homme nouveau.

4. Bacchus fut élevé sur une Montagne, nommée Nisa.

4. Moïse demeura quarante jours sur le Mont de Sina, dont Nisa est l'anagramme.

5. Bacchus reçoit de Jupiter l'ordre de défaire les Rois d'Ara-

5. *Je vous ordonne*, dit Dieu à Moïse, *de tirer mon Peuple de*

bie, & des Indes, d'exterminer leurs peuples, & de faire avec son Thyrse des exploits dignes du Ciel.

l'Egypte, pour aller se saisir des pays des Cananéens, des Héthéens; & ne craignez pas tous ces Rois, je les ai livrés entre vos mains avec tout leur peuple. Exode 305.

6. Bacchus passa la mer Rouge avec une armée composée d'hommes & de femmes, pour aller à la conquête des Indes.

6. Moïse traversa aussi cette mer, avec une pareille armée composée d'hommes & de femmes, pour aller à la Terre promise.

7. Bacchus mit en piéces des Géans, défit de puissantes armées.

7. Moïse défit des armées nombreuses, prit des villes fortes, abatit les Géans de la race d'Enoc.

8. Bacchus fut grand Législateur, & donna, selon Orphée, ses Loix en deux Tables.

8. Moïse est le Législateur des Juifs; il leur donna la Loi écrite sur deux Tables.

9. On représente Bacchus avec des cornes & un Tyrse à la main, orné de Serpens entortillés. Ce Thyrse jetté par terre s'étoit changé en Serpent.

9. Moïse portoit deux rayons de lumiere sur son front, & tenoit une verge miraculeuse convertie de même en Serpent, en présence de Pharaon.

10. Bacchus faisoit sortir de l'eau des rochers, en les frapant de son Thyrse, & des

10. C'est les eaux du Rocher frapé par la verge de Moïse, & les flammes sorties de

flammes de la terre en la frapant de même.

la terre pour consumer Coré, Dathan & Abiron.

11. Bacchus & son armée jouissoient d'une claire lumiere, & ses ennemis étoient dans les ténèbres.

11. Ce sont les ténèbres dont l'Egypte fut couverte pendant qu'il faisoit un jour fort clair pour tout le peuple d'Israël.

12. Pour dépeindre le pays où Bacchus conduisoit toute sa suite, la Fable dit qu'il découloit de vin, de lait, de miel.

12. Ce sont les expressions de l'Ecriture pour peindre la terre où Moyse conduisoit les Israëlites. *Exod.* 13. 9.

13. Bacchus arrêta le Soleil, & l'obligea de retarder sa course pour prolonger le jour.

13. Ce trait est tiré de l'Histoire de Josué, successeur de Moyse, & confondu avec lui.

14. Eurypile fut puni par Bacchus pour avoir par curiosité ouvert une caisse où l'image de ce Dieu étoit enfermée.

14. C'est l'Histoire des Bethsamites punis pour avoir voulu trop curieusement voir l'arche sainte.

15. Bacchus frapa la terre de son Thyrse, & en fit sortir une fontaine de vin.

15. Moyse fit sortir l'eau du rocher d'Oreb en le frapant de sa verge.

Malgré les altérations inévitables dans les traditions par le tems & le passage d'une nation à une autre, on ne peut méconnoître ici que l'histoire de Bacchus ne soit une copie de celle de Moyse, ni désirer une ressemblance plus sensible.

On représentoit Bacchus avec des cornes à la tête ; parce que dans ses voyages il s'étoit couvert de la peau d'un bouc, animal qu'on lui sacrifioit, tantôt assis sur un tonneau, tantôt sur un Char traîné par des Tigres, des Linx ou des Pantheres ; souvent aussi tenant une coupe d'une main ;, & de l'autre un thyrse.

D. Quel étoit le messager des Dieux ?

Mercure. R. Mercure, il étoit de plus leur confident & leur Procureur, menoit leurs intrigues, traitoit les affaires de guerre & de paix, présidoit aux jeux, & aux assemblées, répondoit aux harangues publiques, & pour se distinguer il portoit des ailes à son bonnet & à sa tête. Comme il avoit fait présent à Apollon de sa lyre, il en reçut une verge, avec laquelle il sépara un jour deux serpens qui se battoient. Ces deux reptiles s'entortillerent à l'entour, de telle façon que leur corps formoit un arc. Mercure voulut depuis la porter de même comme un simbole de paix, y ajouta des ailerons, parce qu'il est le Dieu de l'éloquence dont la rapidité est marquée par les ailes.

Il avoit encore l'emploi de conduire les ames aux Enfers avec le pouvoir de les en tirer. La baguette qu'il portoit quelquefois outre son caducée étoit la marque de l'autorité qu'il en avoit.

Il étoit le Dieu du Commerce, c'est pourquoi on lui donna le nom de *Mercure*, du mot Latin qui signifie *Négoce*. Il étoit encore le Dieu des voleurs; & voici son coup d'essai. Etant fort jeune, il déroba un jour quelques bœufs à Apollon, qui faisoit paître les troupeaux d'Admete, & ne fut apperçu que d'un seul Berger. Mercure pour l'engager au secret, lui donna la plus belle vache de sa prise, & pour mieux éprouver sa discrétion, il reparut à ses yeux sous une autre forme, & fit si bien qu'il tira son secret sous promesse de récompense. Alors Mercure reprenant sa premiere figure, le changea en pierre de touche. Mercure délivra Mars de la prison où Vulcain l'avoit enfermé; & attacha Promethée sur le Mont Caucase.

Rapport de Canaan avec Mercure.

1. Le mot Canaan en hebreu signifie *Marchand*.	1. Mercure est le Dieu du Commerce.
2. Canaan a été condamné à être le serviteur de ses freres.	2. Mercure étoit le serviteur & le ministre des autres Dieux.

3. Les Cananéens entreprirent les premiers de grands voyages, & de longues navigations.

3. Mercure étoit le Dieu des chemins & des voyages.

4. C'est des Cananéens & des Phéniciens, que les Grecs apprirent les Lettres.

4. Mercure a été reconnu pour le Dieu de l'Eloquence, & des beaux Arts.

5. Canaan habitoit une terre où couloit des ruisseaux de lait.

5. On offroit du lait à Mercure.

D. Comment Mercure inventa-t-il la Lyre?

R. Ayant trouvé une tortue morte, il la vuida, y fit plusieurs trous, l'entoura de cuir, y mit deux cornes, la monta de neuf cordes de fil de lin en l'honneur des neuf Muses, & en fit présent à Apollon, qui par reconnoissance lui donna le Caducée, qu'il a toujours porté depuis.

Venus. D. Que remarque-t-on sur la naissance de Venus?

R. Que Saturne en fut l'auteur, & qu'elle naquit de l'écume de la Mer. Elle étoit la Déesse de la beauté, & Ceinture de Venus. avoit une ceinture qu'on appelloit *Ceste*, qui renfermoit tous les attraits, tous les agrémens, & tout ce que les graces ont de plus séduisant. Elle eut soin de de s'en parer lors du jugement de Paris. Après sa naissance, les heures l'emporterent dans le Ciel, & les Dieux la trouverent si belle, qu'ils la nommerent *Déesse de l'Amour*. Vulcain l'épousa, parce qu'il avoit forgé des foudres à Jupiter contre les Géants; mais il n'en fut point aimé à cause de sa laideur. Elle eut une foule de Courtisans, entr'autres le Dieu Mars, avec qui Vulcain l'ayant surprise, il entoura l'endroit d'une petite grille imperceptible, & appella ensuite tous les Dieux qui se moquerent de lui. Elle épousa aussi Anchise, Prince Troyen, dont elle eut Enée, pour qui elle fit faire des armes par Vulcain, lorsque ce Prince alla fonder un nouvel Empire en Italie. Elle aima Adonis. Mars jaloux de la préférence que la Déesse avoit donnée à Adonis, pour s'en venger suscita contre son rival un terrible sanglier qu'Adonis perça d'un dard; l'animal furieux se jetta sur celui qui l'avoit blessé, & le tua; Venus accourut trop tard à son secours, elle le trouva sans vie, & ne put lui rendre aucun service, sinon de le changer en Anémone. Adonis.

Elle eut une infinité d'enfans, dont

Cupidon. les plus connus ſont Cupidon ou l'Amour, Priape & les trois Graces. On peint ces dernieres, jeunes, riantes, & ſe tenant par la main. On eſt fort partagé ſur la vérité de la naiſſance de Cupidon ; mais la plus commune opinion eſt qu'il eſt fils de Mars & de cette Déeſſe. Dès qu'il fut né, Jupiter connut qu'il cauſeroit de grands troubles, & voulut contraindre ſa mere à s'en défaire ; mais elle le cacha dans les bois où il ſuça le lait des bêtes ſauvages. Ce fut-là qu'il ſe fit un arc & des fléches de bois de frêne qu'il changea enſuite en d'autres d'or. On le repréſente avec des aîles couleur d'azure, pourpre & or.

La Roſe étoit conſacrée à Venus, parce que cette fleur qui étoit blanche auparavant avoit changé de couleur, après avoir été teinte du ſang d'Adonis qu'une de ſes épines avoit bleſſé. Les lieux où Venus étoit particulierement honorée, étoient *Amathonte*, *Leſbos*, *Paphos*, *Gnide*, *Cythere* en l'Iſle de *Chypre*. Les femmes lui conſacroient leurs cheveux. Bérénice avoit fait attacher les ſiens dans un Temple de cette Déeſſe, afin d'obtenir un ſuccès favorable pour les armes de ſon mari.

On repréſente Venus, aſſiſe avec Cupidon ſur un Char traîné par des Pigeons, par des Cignes, ou par des moineaux.

D. Quel Dieu adoroit-on ſous la forme d'un Serpent ?

R. C'étoit Eſculape, Dieu de la Médecine, qu'Apollon tira des flancs de Coronis après que Diane l'eut tuée. Il paſſa toute ſa vie à connoître les ſimples, & après avoir reçu de Chiron le Centaure les plus excellentes leçons ſur cette ſcience, il devint le plus célébre Médecin de ſon tems, & fit des cures extraordinaires. Ce fut lui qui reſſuſcita *Hyppolite*, fils de *Theſée* : mais Pluton irrité contre lui, s'en plaignit à Jupiter qui le foudroya. La figure du Serpent ſous laquelle ce Dieu eſt honoré, eſt le ſymbole de la prudence qui eſt ſi néceſſaire à un Médecin ; mais voici ce qui donna lieu à Eſculape de prendre cette forme. La peſte ravageoit Rome, & l'Oracle d'Apollon conſulté à Delphes, renvoya les Ambaſſadeurs à Eſculape, dont la Statue étoit à Epidaure. Ils prierent les Epidauriens de leur laiſſer emporter cette Statue dans leur ville, & le conſeil aſſemblé ne décida rien. Eſculape apparut

Eſculape.

la nuit au Chef de l'Ambassade, & lui promit qu'il iroit à Rome avec eux. Le lendemain on apperçut dans le Temple un Serpent effroyable qui poussa des sifflemens si épouvantables, que tout l'Edifice en fut ébranlé jusqu'aux fondemens. Le Prêtre rassura les Romains, & le Dieu suivi des Ambassadeurs entra dans leur vaisseau, & vint aborder dans une belle isle du Tibre, où il montra qu'il souhaitoit qu'on lui élevât un Temple; dans le moment il reprit sa forme divine, & la peste cessa.

D. A qui tomba l'Empire des Eaux dans le partage de l'Univers?

Neptune. R. A Neptune, dont le Sceptre étoit un Trident, le Char une conque maririne, les chevaux des veaux marins, & le cortege plusieurs Tritons qui jouoient de la trompette, il épousa Amphitrite. Amphitrite qui ayant eu long-tems de la repugnance pour le mariage, céda enfin à la médiation de deux Dauphins qui la trouverent au pied du Mont Atlas, & l'amenerent à leur Roi sur un char en forme de coquille. Il en eut l'Océan, L'Océan. le pere des Fleuves qui fut marié à Thetis, & c'est de cette union que naquirent les Nymphes.

Les Tritons descendoient de Neptune : ils ressembloient à l'homme par la partie superieure de leur corps, & & par l'inferieure ils avoient une grande queue double semblable à celle d'un Dauphin ; ils étoient protecteurs de la navigation. Tritons.

Les Syrenes étoient des filles dont la beauté & le chant ravissoient. Elles étoient trois ; si l'on avoit le malheur de rencontrer les Syrenes en mer, on devoit s'attendre à faire naufrage, parce qu'il étoit impossible de résister à leur mélodie. Cependant Ulysse se garantit de leurs piéges, en bouchant les oreilles de ses Compagnons, & en se faisant attacher au mât de son vaisseau. Elles accompagnerent Proserpine lorsque Pluton l'enleva ; cet accident les affligea tellement, qu'elles priérent les Dieux de les changer en Poissons pour aller la chercher, leur priére ne fut exaucée qu'à moitié, & les Dieux leur laisserent leur visage & leur voix, ne leur donnant que la queue de Poisson ; Orphée qui accompagnoit les Argonautes pour empêcher ses Compagnons d'être séduits par leur chant, prit son luth & chanta si divinement les louanges des Dieux, que de Syrenes.

rage elles devinrent muettes, & jetterent leurs instrumens dans la mer.

Protée. Neptune avoit un fils nommé Protée qui gardoit ses troupeaux. Il avoit reçu la connoissance de l'avenir, sur lequel il ne s'expliquoit que quand on l'y forçoit. Il avoit le talent de prendre toutes sortes de formes.

D. Quelle est l'aventure de Glaucus?

Glaucus. R. Glaucus étoit un Pêcheur, qui s'étant apperçu que les poissons qu'il prenoit, aussitôt qu'ils avoient goûté d'une certaine herbe devenoient extraordinairement forts & ressautoient sur le champ dans l'eau, s'avisa de manger de cette herbe, & sauta de même dans la mer: aussitôt il y fut métamorphosé en Triton, & fut regardé comme un Dieu Marin. Tircé l'aima inutilement; car il s'attacha à Sylla, que la Magicienne par jalousie changea en Monstre marin. Neptune aimoit Sylla; mais la jalousie d'Amphitrite la fit périr, en empoisonnant la fontaine où elle alloit se baigner. Cette Nymphe y fut changée en un Monstre effroyable, dont la partie superieure ressembloit à un chien. Elle eut tant d'horreur d'elle-même, à la vûe de cette métamorphose, qu'elle se précipita dans un

Sylla & Caribde.

gouffre de la mer de Sicile, où l'on entend ses aboyemens & ses hurlemens, près de Caribde, autre abîme située à son opposite.

Caribde étoit une femme qui tuoit les passans & les pilloit; Hercule la tua elle-même, parce qu'elle lui avoit dérobé quelques bœufs, & elle fut changée en un Monstre marin, ou plutôt en un gouffre très-dangereux.

D. Qu'entend-on par les Alcyons.

R. Alcyone inconsolable de la mort de son époux, qu'elle apperçut flottant sur les eaux, s'élança dans la mer pour l'embrasser; mais les Dieux, touchés de compassion, récompenserent sa fidélité, en les métamorphosant l'un & l'autre en Alcyons: on dit que ces oiseaux marins ont la propriété de faire leur nid sur les flots de la mer. Alcyons.

D. Lorsque Jupiter eut détrôné Saturne, à qui donna-t-il les Enfers?

R. A Pluton son frere, qui étoit si noir & si difforme, qu'il ne pouvoit trouver de femme: il se plaignit à Jupiter de l'indifférence des Déesses, & résolut d'enlever Proserpine pendant qu'elle cueilleroit des fleurs avec ses compagnes. Comme il exécutoit ce projet, une Nymphe du voisinage lui Pluton.

en fit des reproches ; mais il la changea en Fontaine, & d'un coup de trident ouvrit la terre, & rentra avec sa proie dans son Royaume sombre. On le représente comme désirant la mort de tout le monde pour peupler son Empire.

D. Faites-nous un détail du gouverment des Enfers ?

R. Trois Juges tenoient la jurisdiction de cet Empire, & Mercure conduisoit les ames devant leur Tribunal pour y être examinées ; ces Officiers étoient Minos, Rhadamante & Eacus. Ils étoient tous trois Princes & fils de Jupiter, & les Poëtes les ont établis Juges dans les Enfers, parce qu'ils avoient été fort severes pendant leur vie. On représente le premier tenant une urne où sont les destinées des hommes, & les deux autres avec une verge à la main.

Minos.

Pour exécuter leurs ordres ils avoient des Ministres qui étoient filles de la Nuit & de l'Acheron ; c'étoient les Furies ou Eumenides, connues sous le nom de Thisiphone, de Megere & d'Alecto ; elles châtioient avec des serpens & des flambeaux ardens ceux qui avoient mal vêcu ; on les représente

Furies.

coëffées de couleuvres.

Trois sœurs appellées Parques, sçavoir Clotho, Lachesis & Atropos, filoient la vie des hommes. La premiere tenoit la quenouille, la seconde tournoit le fuseau, & la troisiéme coupoit le fil avec des ciseaux; on dit qu'elles employoient de la laine blanche mêlée d'or & de soie, pour exprimer les jours heureux, & de la laine noire pour exprimer les jours malheureux. Parques.

Cinq fleuves coulent dans les Enfers, l'Acheron, le Styx, le Cocythe, le Phlegeton, & le Lethé. Les Dieux jurent ordinairement par le Styx, & s'il leur arrive de se parjurer, ils sont privés du nectar pendant cent ans. Le Cocythe ne grossit que des larmes des méchans. Des flammes liquides composent les eaux du Phlegeton, & celles du Lethé font perdre aux morts le souvenir du passé. L'Acheron.

Le vieux Caron est le Nautonnier de ces fleuves; c'est lui qui passe les ames dans une barque pour une piéce de monnoie, qu'elles sont obligées de lui donner, sur le bord de celui de ces fleuves où il va les prendre. C'étoit un usage chez les Grecs & les Romains de mettre une obole dans la bouche des Caron.

morts pour payer leur passage ; c'est pour cette raison que ceux qui n'avoient pas reçu la sépulture restoient cent ans sur le rivage avant d'entrer dans les Enfers.

Cerbère. Un Chien à trois têtes & à trois queues, nommé Cerbere, gardoit l'entrée du Palais de Pluton, & n'en laissoit jamais sortir personne. Orphée allant chercher Eurydice, l'endormit au son de sa lyre, & lorsqu'Hercule descendit aux Enfers pour en retirer Alceste, il l'enchaîna & s'en fit suivre.

D. Qui sont les fameux Criminels que la Fable nous représente dans les Enfers ?

Les criminels célébres. R. 1°. Les Titans qui sont accablés sous le mont Ethna, & dont les mouvemens & les soupirs causent des tremblemens de terre. 2°. Le Brigand Sisyphe qui traîne une grosse pierre jusqu'au haut d'une montagne, d'où elle retombe incontinent. 3°. Phlegias, incendiaire du Temple d'Apollon, qui est dans de continuelles appréhensions de la chute d'un rocher qui lui pend sur la tête. 4°. Le Géant Titye, condamné à avoir le foie rongé par des Vautours, & toujours renaissant, pour avoir attenté à l'honneur de Latone. 5°. Ixion, attaché à une roue qui est dans un mouvement perpetuel, à cause de ses entreprises téméraires sur Junon. 6°. Tantale mourant de faim & de soif au milieu de tout ce qu'il faut pour satisfaire l'une & l'autre, plongé dans un lac jusqu'au menton, où les eaux se retirent lorsqu'il se baisse pour en boire, & où un arbre lui présente des fruits qui s'éloignent quand il veut y atteindre ; ce miserable avoit révélé le secret des Dieux qui avoient mangé chez lui, & dérobé du nectar & de l'ambrosie, qu'il fit goûter à ses amis. 7°. Enfin les Danaïdes, condamnées par Jupiter à remplir éternellement d'eau un tonneau percé, pour avoir par ordre de Danaus leur pere égorgé leurs maris : Hypermnestre sauva le sien.

D. Comment s'appelle le lieu où l'on envoyoit ceux qui avoient bien vêcu ?

R. Les champs Elysiens. C'est un séjour délicieux où régne un Printems perpetuel, & dans lequel les bons jouissent d'un bonheur parfait & durable. Cependant après un certain nombre d'années on les en retiroit, & on les faisoit passer dans d'autres corps ; mais auparavant on avoit soin de leur faire avaler des eaux du fleuve Lethé

Les champs Elysées.

qui avoit la vertu de faire oublier le passé.

D. Quels animaux sacrifioit-on à Pluton ?

R. On lui immoloit des brebis noires, il est lui-même appellé *Jupiter le Noir* : il est l'auteur & le Dieu de toutes les cérémonies religieuses qui regardent les morts ; on lui donne une verge, avec laquelle il introduit les morts dans les Enfers.

D. Quel étoit le Ministre de Pluton ?

Plutus. R. C'étoit Plutus, le Dieu des richesses. On dit qu'il étoit aveugle, parce que les richesses tombent souvent entre les mains de personnes qui ne le méritent pas.

D. De qui Mars étoit-il fils ?

Mars. R. Il étoit fils de Junon : c'étoit le Dieu de la guerre. On le représente toujours armé de pied en cap, & un coq auprès de lui, pour montrer la vigilance que demande le métier de la guerre.

On appelloit ses Prêtres Saliens, parce qu'ils célébroient leurs fêtes en dansant & sautant dans les rues. Numa en institua douze, ausquels il donna de petits boucliers.

D. La naissance de Minerve n'eut-elle rien d'extraordinaire ?

R. Jupiter ſentant de grands maux de tête, s'y fit donner un coup de hache par Vulcain, & cette Déeſſe ſortit auſſitôt de ſon cerveau un caſque ſur la tête, une pique dans une main, & l'Egide dans l'autre. Cette Egide étoit autrefois une des Gorgones, monſtre qui déſoloit la terre & qui vomiſſoit feu & flammes, il embraſoit les forêts & les campagnes, & contraignoit les habitans d'abandonner leur pays. Minerve ou Pallas l'ayant tué, couvrit ſon bouclier de ſa peau, & depuis on l'appella *Egide*. Minerve.

Minerve étoit Déeſſe de la ſageſſe, de la guerre & des arts. Elle eut un différend avec Neptune pour donner le nom à la ville d'Athenes, cet honneur étoit deſtiné à celui qui produiroit la plus belle choſe. Minerve fit ſortir un olivier tout fleuri, & Neptune un cheval. Les douze grands Dieux arbitres du différend, jugerent en faveur de Minerve, parce que l'olivier eſt le ſimbole de la paix.

On apperçoit dans l'hiſtoire de Minerve quelques traits copiés d'après les Ecritures.

La naiſſance de Minerve de la tête

de Jupiter, paroît priſe de cet endroit où la Sageſſe Divine dit elle-même qu'elle eſt ſortie de la tête du Très-Haut avant tout ce qui a été créé, *Eccl.* 24. 6. 5.

Dans les Hymnes d'Orphée elle eſt appellée, *la fille unique du Dieu Souverain, ſortie de ſa tête.* Pauſanias dit qu'elle eſt *la maitreſſe qui conduit tout l'univers, la conſervatrice de la ſanté & de la vie des hommes, la Déeſſe des armes, & la conductrice des armées.* Elle avoit un temple à Tegée, dans lequel il n'étoit permis aux Prêtres d'entrer qu'une fois l'année; cet uſage n'eſt-il pas pris de ce qu'il n'étoit permis au Grand Prêtre d'entrer dans le Saint des Saints qu'une fois l'année.

A Mégalopolis, elle avoit un temple avec ce titre, *elle protege & inſpire les Sçavans, & les Ouvriers habiles.*

Au frontiſpice de ſes temples en Egypte, on avoit gravé en caracteres d'or, *Je ſuis ce qui eſt, ce qui ſera & a été, perſonne n'a pu lever le voile qui me cache, & ſi l'on veut ſçavoir mes ouvrages, c'eſt moi qui ai fait le Soleil.* Qui ne voit dans toutes ces copies fabuleuſes des traits pris çà & là dans nos divines Ecritures, & appliqués ſans liaiſon & ſans ſuite aux heros ou heroïnes imaginaires de l'antiquité.

Arachné, habile ouvriere en tapisserie, se crut en état d'égaler la Déesse, & osa la défier ; effectivement son ouvrage ne cédoit en rien à celui de Minerve, dont la Déesse eut tant de dépit, qu'elle lui déchira sa tapisserie, & lui donna plusieurs coups de navette au visage. Arachné s'alla pendre de desespoir, & Minerve la changea en Araignée ; le Hibou étoit l'oiseau consacré à Minerve. Arachné.

D. Qui étoit le Dieu du feu ?

R. Vulcain. Ce fut lui qui fit le palais du Soleil, les armes d'Achille, celles d'Enée, le fameux chien d'airain, qu'il anima ensuite, &c. Il étoit fils de Jupiter & de Junon, mais il étoit si laid, que Jupiter en ayant honte, lui donna un coup de pied & le jetta du haut en bas du ciel. Vulcain se cassa la jambe, & resta boiteux le reste de ses jours. L'original de cette Fable & le nom de Vulcain paroît pris de l'histoire de Tubalcain, à qui l'Ecriture donne l'art de fondre & de travailler les métaux. Vulcain.

Vulcain édifia ses forges dans les îles de Lemnos, de Lipari, & dans le mont

Ethna. Il avoit des Compagnons qui travailloient continuellement avec lui; on les appelloit Cyclopes, parce qu'ils n'avoient qu'un œil au milieu du front.

Erichthonius étoit fils de Vulcain; Minerve l'enferma dans un panier après sa naissance, qu'elle donna en garde aux trois filles de Cecrops, avec défenses de l'ouvrir. Mais les deux premieres ne furent point maitresses de leur curiosité. La Déesse pour les punir leur inspira une telle fureur, qu'elles se précipiterent. Erichthonius devint grand, se trouva les jambes si mal faites, qu'il n'osa paroître en public; & pour en cacher la difformité, il inventa un char, dans lequel la moitié de son corps étoit caché.

On donnoit le nom de *Porte flambeaux* aux fêtes de Vulcain; c'étoit une course où les Acteurs tenoient une torche allumée, qu'ils étoient obligés de porter jusqu'au bout de la carriere sans l'éteindre. Celui à qui cet accident arrivoit, sortoit honteusement de l'arêne, & celui qui étoit arrivé au but le premier, recevoit des autres leurs flambeaux, qu'ils étoient obligés de lui céder.

Fin des Divinités du premier Ordre.

LES DIVINITE'S DU II. ORDRE.

Pan, Faune, Palès.

D. N'y avoit-il que le Ciel & les Enfers qui eussent des Dieux ?

R. La Terre en avoit aussi, & celui qui tenoit le premier rang parmi eux, étoit Pan, le Dieu des Bergers. Il vint au monde avec des cornes sur la tête, des pieds & une barbe de chévre, les Satyres qui étoient des Monstres semblables à lui, & dont on dit qu'il étoit le pere, l'accompagnoient ordinairement; il étoit aussi suivi du Dieu Faune, qui étoit regardé comme une Divinité Champêtre, parce qu'il avoit donné quelques connoissances d'agriculture aux hommes; & d'un autre Dieu des Forêts, appellé Sylvain, qui portoit toujours une branche de cyprès, parce que la Nymphe Cyparis, sa maitresse, avoit été changée en cet arbre par Apollon. Toutes ces Divinités rustiques avoient la figure de Boucs.

Pan. Faune. Sylvain.

Pan avoit un domaine souverain sur l'univers, dans lequel les hommes sont confondus avec les animaux, & c'est à ce sujet qu'on lui donne la figure que nous venons de décrire, où il est homme par le haut & animal par le bas. L'espece de flûte dont il jouoit, & qui étoit composée de plusieurs morceaux de roseaux joints ensemble avec de la cire, représentoit l'ordre, l'arrangement & la liaison des parties du monde. On nommoit cette flûte Syrinx, d'une Nymphe de ce nom, que Pan aimoit, & qui fut métamorphosée en roseau en fuyant ses poursuites. On l'honoroit d'une façon particuliere en Arcadie, & les Romains célébroient ses fêtes au mois de Février; on les appelloit Lupercales.

Syrinx.

Echo.

Pan aima aussi la Nymphe Echo, qui avoit l'esprit fort agréable; Junon se plaisoit dans sa conversation: mais aussitôt qu'elle eut apperçu qu'elle étoit dans les intérêts de Jupiter, elle lui ôta l'usage de langue, & la condamna à ne répéter que les dernieres syllabes des mots.

Echo devint amoureuse de Narcisse, qu'elle suivit en vain dans les forêts, elle en sécha de douleur, & ses os furent changés en pierres.

Narcissee.

Narcisse étoit aimé de toutes les Nymphes, il devoit parvenir à une extrême vieillesse s'il eût pu s'abstenir de ſe voir : un jour revenant de la chaſſe, il courut à une fontaine, où contemplant ſon image, il devint ſi amoureux de ſa figure, qu'il mourut de cette paſſion. Il fut changé en la fleur qu'on nomme *Narciſſe*.

D. Expliquez-nous l'origine du mot *Terreur Panique* ?

R. Pauſanias le Grammairien, qui vivoit dans le onziéme ſiécle ſous l'Empereur Antonin le Débonnaire, rapporte que les Gaulois, ſous la conduite du Général Brennus, étant entrés dans la Phocide pour piller le fameux temple de Delphes, le Dieu Pan jetta l'épouvante parmi eux, & mit toute leur armée en déroute ; depuis ce tems-là, on a appellé *Terreur Panique*, une frayeur dont on étoit ſaiſi ſans raiſon : peut-être cette façon de parler vient-elle de ce que ce Dieu habite les forêts, où ſouvent le mouvement ſubit des feuilles inſpire de vaines terreurs.

D. Quelle étoit la Déeſſe Fauna ?

R. Elle étoit femme du Dieu Faune, elle fut miſe au nombre des immortelles, parce qu'auſſi-tôt que ſon mari fut mort, elle lui garda une fidélité ſi exacte, qu'elle ne ſortit point de ſa chambre le reſte de ſa vie, & qu'elle ne par- Fauna.

la depuis à aucun homme. Les Dames Romaines instiruérent une Fête Nocturne en son honneur, & l'imitoient en faisant une retraite austere pendant ses solemnités.

D. Quelles autres Déesses présidoient encore aux Campagnes ?

Palés. R. Palés, Pomone, & Flore. La premiere avoit le département des pâturages & des troupeaux, elle étoit honorée des Bergers. Il y a des Auteurs qui veulent que ce soit Cerès : ses fêtes se célébroient en pleine campagne. Les Bergers allumoient des feux de paille, & sautoient pardessus l'un après l'autre.

Pomone. Pomone avoit l'intendance des fruits & des jardins : elle étoit la Déesse de l'Automne; Vertume le Dieu du Printems s'attacha fort à elle.

Flore. Flore étoit la Déesse des fleurs, & femme de Zéphyre; ses jeux s'appelloient *Floraux*, c'étoit les femmes qui les célébroient en courant nuit & jour, & en dansant au son des trompettes. Le prix de leurs courses étoit des couronnes de fleurs.

Outre ces Déesses il y avoit encore la Déesse Feronie, qui présidoit aux bois, aux vergers & aux fruits, elle avoit un temple dans un bois, où le

Feronie.

feu ayant pris, on s'apperçut en voulant enlever sa statue, que le bois dont elle étoit faite, reprenoit sa verdure, on la laissa sans oser la transporter plus loin. Ses Prêtres marchoient sur des charbons ardens sans se bruler.

D. Qu'entend-t-on par les Dieux Penates, les Lares &c.

R. On entend des Dieux domestiques, ou de petites statues qu'on plaçoit dans les foyers, dans les villes, dans les chemins, &c. C'étoit à eux à qui les familles attribuoient la prospérité de leurs affaires domestiques. On en avoit un soin particulier.

Dieux Penates

Comme on croyoit que les Lares veilloient sur les affaires de la maison, on leur consacroit les lampes, & on immoloit des chiens, symboles de la vigilance, & de la fidélité. C'étoit un usage à Rome de suspendre dans les chemins quelques petites figures d'hommes faites de cire ou de laine, & de prier les Lares de lâcher toute leur colere sur ces images.

Lorsque les enfans quittoient l'ornement qu'on leur pendoit au cou jusqu'à quatorze ans, & qui étoit fait en forme de cœur, ils étoient obligés de le déposer aux pieds de ces Dieux doſtiques. Il eſt probable que les Dieux que Jacob emporta de la maiſon de Laban n'étoient autre choſe que des Penates.

Chaque homme avoit ſa divinité particuliere qui vivoit & mouroit avec lui ; on l'appelloit *Genie*. Ce Genie ſe diviſoit en blanc & en noir. Le blanc préſidoit aux jours heureux, & l'autre aux malheureux. Si le noir étoit plus fort que le blanc, il accabloit celui chez lequel il habitoit de toutes ſortes de diſgraces & de malheurs.

Genie.

On repréſentoit les Génies ſous la figure de jeunes hommes, à qui on mettoit un vaſe à boire dans une main, & une corne d'abondance dans une autre, c'eſt en conſéquence de cette opinion qu'on a inventé les *Gnomes*, les *Sylphes*, & les *Salamandres*.

D. Quel Dieu marquoit les limites des Champs ?

Terme.

R. C'étoit le Dieu Terme, qui ſous la figure d'une tuile, d'une pierre, & d'un pieu fiché dans terre, ou ſous celle d'un homme ſans bras & ſans pieds, afin qu'il ne pût point paſſer d'un lieu dans un autre, étoit placé aux extrémités d'un terrein. On prétend qu'il fut le ſeul qui ne ſortit point de sa place, lorsque les Dieux par respect abandonnerent le Capitole à Jupiter. Les huit Vers suivans donneront une idée de ses fonctions, c'est le maître d'un champ qui lui parle :

Terme, qui que tu sois, ou de bois ou de pierre,
Tu n'es pas moins un Dieu que le Dieu du tonnerre :
Garde que mon voisin ne me dérobe rien ;
Mais dans ton poste inébranlabe,
Si son avide soc empietoit sur mon bien,
Crie aussi-tôt comme un beau Diable ;
Alte-là mon voisin : voisin insatiable,
C'est-là ton champ, & c'est ici le mien.

D. Quel est le Dieu des Jardins ?

R. Priape que les uns disent fils de Venus & d'Adonis, & les autres de Venus & de Bacchus. On plantoit ordinairement sa statue dans les Jardins pour épouvanter les voleurs, & assurement sa barbe & sa chevelure négligées le rendoient fort propre à cet emploi. On lui mettoit aussi une faucille en main. Les victimes qu'on lui immoloit étoient des ânes. Ce Dieu présidoit à toutes les débauches. On célébroit ses Fêtes particulierement à Lampsaque ville de sa naissance. Priape.

D. Quelles étoient les fonctions des Nymphes ?

Neréides. R. Les unes appellées Néréides demeuroient dans la Mer, & les autres nommées Naiades habitoient les fleuves, les fontaines, & les rivieres : celles qui demeuroient dans les campagnes se nommoient Driades ; & Hamadriades celles qui habitoient les forêts : les Napées regnoient dans les bocages & les prairies, & les Orcades dans les montagnes. Elles n'étoient point immortelles, mais elles vivoient fort long-tems. La vie des Adriades dépendoit de celle de l'arbre, auquel elles étoient unies par le sort.

D. Qu'y a-t-il à remarquer sur Momus ?

Momus. R. Il étoit fils du Sommeil, & de la Nuit, il ne s'occupoit qu'à railler les Dieux & les hommes qu'il reprenoit si librement, qu'on l'appelloit par cette raison *le Dieu de la raillerie*; on le représentoit levant un masque de dessus un visage, & tenant une marotte. Il eut la hardiesse de critiquer le Taureau que Neptune avoit fait, ajoutant qu'il auroit dû lui placer les cornes plus près des yeux afin d'en fraper plus violemment, il critiqua l'homme que Vulcain avoit forgé, & soutint qu'il auroit fallu lui ménager une petite fenêtre

nêtre au cœur pour voir ſes penſées les plus ſécrettes. Enfin il blâma la maiſon de Minerve, & dit qu'elle étoit trop péſante pour être enlevée, lorſqu'elle auroit un mauvais voiſin.

D. Quel étoit le Dieu des Vents ?

R. Eole, dont la demeure étoit au Nord de la Sicile; c'étoit un Dieu copié ſur un Prince de ce nom qui avoit une grande connoiſſance de la navigation, & qui prédiſoit aux Voyageurs les vents qu'ils auroient. Eole avoit donné aux compagnons d'Ulyſſe pluſieurs peaux où les vents étoient enfermés; mais ceux-là les ayant ouvertes indiſcrettement, les laiſſerent échaper, & cauſerent une tempête ſi violente, qu'Ulyſſe perdit tous ſes vaiſſeaux, & fut le ſeul qui ſe ſauva. Eole.

D. Combien y a-t-il de Vents principaux ?

R. Quatre : ſçavoir, Borée, Eurus, Notus & Zéphyre; le premier ſouffle du Septentrion, le ſecond de l'Orient, le troiſiéme du Midi, & le quatriéme de l'Occident.

Borée enleva la Nymphe Orithie, il l'emporta dans la Thrace, & en eut deux enfans, ce ſont ceux qui délivre- Borée.

rent Phinée de la persecution des Harpyes.

D. Donnez-nous la description des Harpyes ?

Harpyes.

R. C'étoient des monstres hideux, ils avoient un visage de femme, un corps de vautour, des aîles aux côtés, des griffes aux pieds, aux mains, & des oreilles d'ours. Junon les avoit envoyés pour infecter de leurs ordures, & piller les viandes de dessus la table de Phinée, qui traitoit Enée ; on les appelle *Chiennes* de Jupiter, & voici ce qu'en dit la Fable.

Jupiter avoit donné ordre au Soleil d'aveugler Phinée Roi de Thrace pour avoir revelé aux hommes les secrets des Dieux, il l'avoit encore condamné à une faim perpétuelle, & le faisoit desservir par les Harpyes qui enlevoient tous les mets qu'on lui présentoit. Mais enfin il permit que son supplice cessât à l'arrivée des enfans de Borée qui chasserent ces monstres, & les poursuivirent jusqu'aux Isles Strophades, où Junon leur fit défendre par Iris de les poursuivre davantage. On dit qu'Hercule les chassa depuis de la ville de Stymphale, & qu'elles se cacherent en Crete dans une caverne où elles ſont encore. Cette Fable a beaucoup de rapport avec les ſauterelles qui ravagerent le pays de Phinée, & qu'un vent du Nord diſſipa.

DES DEMI-DIEUX, OU HEROS.

D. Qu'entend-t-on par demi-Dieux ?

R. On entend des Héros nés d'un Dieu & d'un Mortel ; ou des Mortels, qui par leurs belles actions ont mérité après leur mort d'être admis au nombre des Dieux.

D. Combien en compte-t-on ?

R. Onze principaux ; ſçavoir, Perſée, Hercule, Théſée, Caſtor & Pollux, Jaſon & Médée, Cadmus, Œdipe, Eteocles, & Polynice.

D. Quelle eſt la naiſſance de Perſée ? Perſée.

R. Acriſe Roi des Argiens ayant appris de l'Oracle qu'il devoit périr par la main d'un enfant que Danaë ſa fille mettroit au jour, la fit enfermer dans une tour d'airain après avoir mis des gardes pour empêcher les hommes d'y aborder. Cependant Jupiter changé en pluye d'or y pénétra, & par ce moyen Danaë conçut Perſée ; Acriſe inſtruit de la groſſeſſe de ſa fille ne voulut point croire que Jupiter lui eût fait cet honneur; c'est pourquoi il fit enfermer la mere & l'enfant dans un coffre, & les fit jetter dans la mer; mais des Pecheurs les conserverent, & Polydecte les reçut l'un & l'autre, & leur fit toutes sortes de bons traitemens. Persée devenu grand, obtint l'Egide de Minerve par le secours duquel, il fit de belles actions, & entr'autres coupa la tête de Meduse, du sang de laquelle on prétend que nâquit Pegase. Ce cheval aussi-tôt qu'il fut né, fit sortir d'un coup de pied la fontaine d'Hyppocrène; cependant l'Oracle s'accomplit, & Persée tua Acrise dans un tournois.

D. Quelle expédition Persée fit-il encore?

R. Etant sorti de la Maison de Polydecte qui l'avoit éloigné de chez lui pour entretenir Danaë plus librement, il alla essayer sa valeur contre les trois sœurs Gorgones qui regnoient dans les Isles Gorgades; on les appelloit, Meduse, Euriale, & Sthenyo. C'étoient des filles qui n'avoient qu'un œil, qu'une dent, & qu'une corne, qu'elles se prêtoient tour à tour; elles étoient coëffées de couleuvres, avoient de grandes aîles, & des griffes de lion aux pieds & aux mains. Elles ravageoient les campagnes, & tourmentoient les Voyageurs. Persée commença par leur enlever leur œil & leur dent, les tua ensuite, & couvert de l'Egide, trancha la tête à Meduse. Cette tête avoit la vertu de changer en pierres tous ceux qui la regardoient. Persée s'en servit pour pétrifier Polydecte dans le tems qu'il attentoit à l'honneur de Danaë, il fit subir le même sort à Atlas qui lui refusa la porte de son Palais, & à qui il déroba des pommes qu'il gardoit fort soigneusement.

D. De quel secours fut le cheval Pégase à Persée ? Pegase.

R. Un jour qu'il traversoit les airs monté sur cet animal, il apperçut Andromede que l'on avoit attachée à un rocher, prête à être dévorée par un monstre marin, parce qu'elle avoit eu la témérité de se croire plus belle que Junon; pour délivrer cette Princesse, il pétrifia une partie du monstre, & combattit l'autre l'épée à la main. Cephée pere d'Andromede la lui donna en mariage par reconnoissance; mais il eut encore un combat à soutenir avec Phinée qui en étoit amoureux ; après avoir long tems combattu il se servit de la tête de Meduse, & le changea lui & ses compagnons en rocher.

D. Quel Héros se servit encore de Pegase ?

Bellerophon. R. Bellerophon, qui ayant tué son frere s'étoit réfugié chez Prœtus Roi d'Argos, où Sthenobée femme de ce Prince lui fit des propositions qui tendoient au deshonneur de son mari. Il en eut horreur, & cette Princesse changeant son amour en haine, l'accusa auprès de Prœtus d'avoir voulu la corrompre. Celui-ci ne voulut point punir Bellerophon, mais il l'envoya en Lycie avec des lettres adressées à Jobates pere de Sthenobée pour le faire mourir ; Jobates l'exposa à combattre la Chimere, monstre horrible qui ravageoit ses Etats. Mais par le secours de Minerve qui lui amena Pegase, il sortit victorieux du combat, & tua le monstre à coups de fléches. Jobates mit encore son courage à l'épreuve, & comme son adresse lui donnoit toujours la victoire, il le crut innocent, lui donna sa fille en mariage, & le déclara son successeur. A cette nouvelle Sthenobée s'empoisonna, ne pouvant plus résister à sa rage ni à ses remords.

La Chimere étoit un monstre composé de la tête d'un lion, du corps d'une chevre, & de la queue d'un dragon. Il vomissoit feu & flame. La Chimere.

D. Quel a été le plus célébre des Héros de l'Antiquité ?

R. Hercule, fils de Jupiter & d'Alcmene, que ce Dieu avoit trompée en prenant la ressemblance d'Amphitrion son mari pendant qu'il étoit à la guerre. Junon pour tirer vengeance de l'infidélité de Jupiter, & en même tems pour empêcher que cet enfant ne fût mis sur le Trône, lui suscita Eurysthée pour rival; Jupiter avoit fait serment, que celui qui naîtroit le premier, commanderoit à l'autre; Junon recula le terme de la grossesse d'Alcmene, & fit naître Eurysthée le premier. En effet il exerça un empire tyrannique sur Hercule. Le tems nécessaire à l'un & à l'autre pour parvenir à l'âge d'adolescence paroissant fort long à Junon, elle n'attendit point qu'Hercule fût plus grand pour le tourmenter, il étoit encore au berceau qu'elle essaya de le perdre en lui envoyant deux serpens qu'il écrasa aussi-tôt. Dans la suite Pal- Hercule.

las radoucit Junon en ſa faveur, & l'engagea à lui donner de ſon lait; on dit qu'elle laiſſa tomber quelques goutes de lait, qui formerent dans le Ciel cette tache blanche qu'on nomme *voye lactée*; mais cette bienveillance de Junon ne dura pas long-tems: elle engagea Euryſthée à expoſer Hercule à différens travaux pour le faire périr.

D. Combien compte-t-on de travaux d'Hercule?

Travaux d'Hercule.

R. Douze. 1°. Il tua dans la forêt de Lerne un hydre épouvantable qui avoit pluſieurs têtes, leſquelles renaiſſoient à meſure qu'on les coupoit.

2°. Il prit & tua à la courſe la Biche du Mont-Mœnale, qui avoit les pieds d'airain, & les cornes d'or. Il fut un an à la pourſuivre.

3°. Il étrangla dans la forêt de Nemée, un lion extraordinaire dont il porta depuis la peau en ſigne de victoire.

4°. Il punit Buſiris & Diomede, qui nourriſſoient les chevaux de chair humaine, & ſacrifioient à Neptune tous les étrangers qui arrivoient dans leurs Etats.

5°. Il amena à Euryſthée le ſanglier d'Erymante tout vif. Cet animal déſoloit toute l'Arcadie.

6°. Il tua à coup de fléches les oiseaux ou harpyes du lac Stymphale qui obscurcissoient le jour.

7°. Il dompta un taureau furieux, que Neptune dans sa colere avoit créé pour la ruine entiere de la Grece.

8°. Il déroba les pommes du Jardin des Hesperides, en faisant dormir le Dragon qui les gardoit.

9°. Il délivra Thesée des Enfers, & enchaîna Cerbere qu'il contraignit de le suivre.

10°. Il vainquit Geryon qui avoit trois corps.

11. Il nettoya les étables d'Augias après y avoir fait entrer la riviere d'Alphée.

12. Il vainquit les Amazones, & maria Hyppolyte leur Reine à Thesée son ami.

D. Que fit ensuite Hercule?

R. Après être heureusement sorti de tous ces travaux, il parcourut la terre pour délivrer les hommes des calamités qui les opprimoient, il débarrassa l'Italie d'un fameux Brigand, nommé Cacus, qui avoit trois têtes, & qui vomissoit du feu par ses trois bouches. Ce Cacus lui avoit volé des bœufs en les faisant entrer à reculons dans sa Cacus.

caverne, pour dérober à Hercule la connoissance de son vol.

Il rendit un service considérable à Atlas en le soulageant pendant quelque tems du fardeau du Ciel qu'il portoit sur ses épaules. Il étouffa dans ses bras Anthée, ne pouvant le tuer autrement, parce qu'il s'apperçut que la terre lui donnoit de nouvelles forces toutes les fois qu'il la touchoit. Il descendit aux Enfers, en tira Alceste, & la rendit à Admete son mari. Il délivra Promethée qui étoit attaché sur le mont Caucase. Il fit couler les eaux de l'Ocean par le milieu de la terre, en séparant deux montagnes, c'est ce qu'on nomme *le Détroit de Gibraltar*. Il planta en cet endroit deux colomnes, qu'on appella depuis *Colomnes d'Hercule*, & sur lesquelles il mit cette inscription, *Nec plus ultra*. Junon ne pouvant supporter la gloire extraordinaire qu'il s'étoit acquise, le jetta dans des transports de colere si violens, qu'il tua dans ses accès Megare sa femme, & ses enfans. Il auroit trempé ses mains dans son propre sang, s'il n'en eût été empêché par ses amis.

Atlas.

D. Ce Héros ne se laissa-t'il pas aller à des foiblesses?

R. L'amour le vainquit à son tour, & le força de servir Omphale Reine de Lydie, & de changer sa massue en quenouille, & la peau du lion qui le couvroit en ajustement de femme ; en effet Omphale le fit filer avec ses femmes. Il épousa ensuite Dejanire après avoir combattu pour sa possession avec Achelaüs, qui étant le plus foible, se changea d'abord en serpent, en taureau, & en homme avec une tête de bœuf. Mais Hercule lui arracha une de ses cornes, & le vainquit. Comme il emmenoit Dejanire, le prix de sa victoire, & qu'il falloit passer une riviere, le Centaure Nessus s'offrit de la prendre en croupe. Hercule accepta l'offre, & passa le premier, le perfide Centaure tardoit à suivre : Hercule pour le punir de sa temérité, le tua à coups de fléches. Nessus en mourant fit présent à Dejanire de sa robbe teinte de son sang, qui étoit un poison très-subtil. En la lui donnant il l'assura que si Hercule s'en couvroit, il n'en aimeroit jamais d'autre qu'elle ; elle lui envoya donc cette robbe dans le tems qu'il faisoit un sacrifice sur le mont Œta ; à peine l'eut-il mise, que se sentant enflammé tout-à-coup d'un feu interieur, il se

Le Centaure Nessus.

précipita dans le bucher en présence de Philotecte, auquel il ordonna d'y mettre le feu, & y fut consumé; il alla prendre place parmi les Dieux, & épousa dans le ciel Hebé Déesse de la Jeunesse.

Philotecte étoit le compagnon d'Hercule, qu'il fit heritier de ses fléches, teintes du sang de l'hidre, à condition qu'il ne révéleroit jamais le lieu de sa sépulture. Mais comme l'Oracle avoit appris aux Grecs qu'ils ne prendroient jamais la ville de Troye sans avoir les cendres & les armes d'Hercule, on obligea Philotecte de déclarer le lieu où elles étoient. Il crut ne pas manquer de parole à son compagnon en montrant son tombeau du bout du pied; mais il reçut bientôt la punition de son parjure par la blessure qu'il reçut à ce même pied, par une des fléches empoisonnées, dont il ne fut guéri que par Machaon fils d'Esculape.

Le peuplier étoit consacré à Hercule, il se servit de ses branches pour se faire une couronne en descendant aux Enfers. Les feuilles de cet arbre qui étoient blanches resterent telles du côté qu'elles touchoient à sa tête; mais la fumée de l'Empire ténébreux noircit celui qui étoit exposé à l'air.

Plus on examine l'histoire d'Hercule, ce phantôme de l'imagination de tant de Poetes, plus on y apperçoit des traits sensibles de l'histoire de Josué & de Samson.

1. Manné épouse une femme, à qui un Ange promet un fils d'une force extraordinaire.	1. Jupiter épouse Alcmene, & lui promet un fils distingué par sa force.
2. Samson fait dès sa premiere jeunesse des prodiges de force, déchire un lion, fait de grands carnages des Philistins.	2. Hercule se saisit encore enfant de deux serpens monstrueux, qui se jettoient sur lui, défit le lion de Nemée, vainquit les Myniens, & mit sa patrie en liberté.
3. Samson prend 300 renards, les lie l'un à l'autre par leurs queues, y attache des flambeaux allumés, & les chasse au milieu des bleds, des vignes, des oliviers, qui furent entierement consumés.	3. C'est l'origine de la cérémonie qu'on pratiquoit à Rome tous les ans ; on faisoit courir dans le Cirque des renards liés ensemble avec des torches attachées à leurs queues. *Cela venoit*, dit Ovide, *d'un païs où des renards attachés dans de la paille & du foin qu'on avoit allumés, avoient porté le feu dans les moissons.* Fast. 14.

4. Joſué combattant pour les Gabaonites contre les cinq Rois Amorrheens, le ciel fit tomber ſur ceux-ci de groſſes pierres, qui les firent périr.

4. Hercule combattant contre les Liguriens, Jupiter lui envoya le ſecours d'une pluye de cailloux.

5. Samſon défit mille Philiſtins avec une machoire d'âne.

5. Hercule abattoit les Géants, & défaiſoit ſes ennemis avec une maſſue.

6. Après la défaite des Philiſtins, Samſon alloit périr de ſoif, lorſque Dieu fit ſortir d'une dent de cette machoire une fontaine.

6. Quand Hercule eut défait le Dragon qui gardoit le jardin des Heſperides, & qu'il ſe vit en danger de périr de ſoif, les Dieux firent ſortir une fontaine d'un rocher qu'il frappa du pied.

7. La force prodigieuſe de Samſon étoit accompagnée d'une foibleſſe ſurprenante pour les femmes.

7. La Fable n'a pas oublié ce caractere de foibleſſe pour les femmes dans ſon Hercule.

8. Samſon, dont la force étoit attachée à ſes cheveux; confie ſon ſecret à Dalila ſa maîtreſſe, qui le trahit, lui coupe les cheveux pendant qu'il dormoit, & le mit dépouillé de toute ſa force entre les mains des Philiſtins.

8. La Fable qui défigure tout ce qu'elle touche, transporte cette aventure à Niſus Roi de Megare & à Sylla ſa fille; Sylla ayant pris de la paſſion pour Minos, qui aſſiégeoit Niſus dans ſa capitale, trahit ſon pere, lui coupa le

cheveu fatal, & le livra entre les mains de son ennemi.

9. Samson finit sa vie étant le jouet de ses ennemis, & renversant un édifice qui contenoit une multitude assemblée, qui y périt.

9. Herodote rapporte qu'Hercule étant destiné pour être sacrifié à Jupiter, il fut orné comme une victime, & amené avec pompe au pied de l'autel, & qu'il massacra tous les spectateurs de la pompe & du sacrifice.

D. Quel Heros marcha sur les traces d'Hercule ?

R. Thesée son ami & son parent fils d'Egée & d'Ethra; Pitthée son ayeul se chargea de son éducation, & le fit passer pour fils de Neptune; lorsqu'il fut grand, sa mere lui apprit sa naissance, il partit pour se rendre auprès d'Egée, & il tua en chemin Periphetes Géant d'Epidaure qui assassinoit les passans, & se nourrissoit de chair humaine; il lui ôta la massue de cuivre qu'il portoit, & la conserva toujours comme un monument de sa premiere victoire. Arrivé à Athenes il fit naître de la jalousie à Medée, qui s'imagina qu'il alloit être un obstacle au dessein qu'elle avoit d'épouser le Roi; c'est pourquoi Thésée.

elle conſeilla à ce Prince, ſous de faux ſoupçons, qu'elle lui inſinua, de l'empoiſonner dans un repas : mais Theſée étant entré dans la ſalle, tira une épée qui le faiſoit reconnoître pour ſon fils, Egée le déclara pour ſon ſucceſſeur, & ſe défit de tous les prétendans au trône après ſa mort.

Theſée défit 1°. un horrible taureau qui faiſoit de grands dégats dans les campagnes de Marathon; 2°. le ſanglier de Calydon, que Diane avoit envoyé pour ravager l'Etholie; 3°. le Minotaure : ce dernier étoit un monſtre moitié homme, moitié taureau : Minos l'enferma dans un labyrinthe; là on le nourriſſoit de chair humaine, & les Atheniens étoient obligés d'envoyer tous les ans ſept jeunes garçons & autant de jeunes filles qu'ils choiſiſſoient par le ſort. Minos les avoit condamnés à cette peine pour avoir fait mourir Androgée ſon fils. Le déſir de tuer le Minotaure s'empara du cœur de Theſée, il ſe fit mettre au nombre des victimes qu'on y envoyoit, réſolu d'abolir cette condition, ou d'y périr. Mais Ariadne fille de Minos, qui l'aimoit, lui donna un peloton de fil pour l'aider à ſortir du labyrinthe, il tua le monstre, ramena ses compagnons à Athenes ; mais il laissa Ariadne dans l'Isle de Naxe où Bacchus l'ayant trouvée, l'épousa ; d'autres disent qu'elle se pendit de desespoir.

Le vaisseau sur lequel Thesée partit étoit appareillé de voiles noires ; il avoit reçu ordre de son pere d'en substituer de blanches, en cas qu'il réussît dans son entreprise : mais la joye dont il étoit transporté lui fit oublier ce commandement; de sorte qu'Egée ayant un jour apperçu le vaisseau encore orné de deuil, crut que son fils étoit mort ; il se précipita dans la mer à laquelle il donna le nom d'*Egée*.

Pyrithous.

Pirithoüs Roi des Lapithes en Thessalie entendant dire des merveilles de Thesée, voulut le connoître & s'essayer avec lui ; il fit par envie des incursions sur ses terres, dans l'intention de l'attirer à un combat singulier. Thesée parut comme Pirithoüs l'avoit prémédité, & ils conçurent dans le combat tant d'estime l'un pour l'autre, qu'ils unirent leurs cœurs & leurs armes par une alliance indissoluble. L'occasion de se secourir ne tarda pas à s'offrir. Pirithoüs épousa Hippodamie, & il invita à ses nôces Thesée avec les Centaures. Ces derniers étant ivres, firent une querelle aux Lapithes qui vouloient les empêcher d'enlever Hippodamie, & ils en massacrerent beaucoup, mais Thesée fit tomber toute sa colere sur les Centaures & les extermina.

Les Centaures. Les Centaures étoient des Peuples qui se battoient ordinairement à cheval, & qui passoient dans la Thessalie pour des monstres moitié hommes & moitié cheval, parce qu'ils paroissoient tels montés sur cet animal.

D. Thesée n'enleva-t'il pas plusieurs femmes ?

R. Outre Ariadne, il enleva Helene, secondé de Pirithoüs, mais il la rendit peu de tems après à Tyndare & à Leda ses pere & mere. Ils entreprirent aussi d'enlever Proserpine, & descendirent aux Enfers à cet effet : mais Pluton les ayant fait arrêter, fit dévorer Pirithoüs par le Cerbere, & condamna Thesée à être attaché à une pierre, où il resta jusqu'à ce qu'Hercule l'en délivrât. Après la défaite des Amazones, il épousa Hippolite leur Reine, puis Phedre, fille de Minos & sœur d'Ariadne.

Il eut d'Hippolite un garçon aussi nommé Hippolite, que Phedre sa belle mere accusa auprès de Thesée d'avoir voulu la deshonorer, parce qu'il n'avoit point répondu aux avances qu'elle lui avoit faites. Thesée irrité contre son fils, pria Neptune de vanger ce crime, & lorsqu'Hippolite monté sur son char approchoit de la mer, un monstre marin sortit des eaux, qui effraya tellement les chevaux, qu'ils prirent la fuite à travers les rochers, où le char se fracassa, le Prince fut brisé & périt malheureusement. Esculape à la priere de Diane lui rendit la vie, & Phedre rongée par ses remords, se tua après avoir découvert son crime à Thesée.

D. Dites-nous qui étoit Dédale? Dédale.

R. C'étoit un excellent Artiste, dont l'intelligence & l'adresse alloient jusqu'à faire des statues mouvantes, il inventa la cognée, le niveau & les voiles de navires. Après s'être défait d'un de ses neveux, parce qu'il avoit inventé la scie, la roue à Potier, &c. il fut contraint de venir en Crete, où il bâtit le Labyrinthe, qu'on apella *Dedale* de son nom; Minos l'y fit enfermer avec Icare son fils, parce qu'ils avoient favorisé les intrigues de Pasiphaé. Pour en sortir ils se firent des aîles avec de la cire & des plumes, & Dédale recommanda à son fils de ne voler ni trop bas ni trop haut, de peur que la chaleur du soleil ne fondît la cire ; ou que la vapeur des eaux ne rendît ses aîles trop humides ; mais ce jeune homme oublia les leçons de son pere, & vola si haut que ses aîles étant fondues, il tomba dans la mer, qu'on appella depuis *Icarienne.* Dédale se sauva en Sicile, où il fut étouffé, parce que Minos menaçoit de déclarer la guerre si on ne le lui rendoit mort ou vif.

Castor & Pollux.

D. Qu'étoit-ce que Castor & Pollux ?

R. C'étoient deux freres jumeaux qui s'aimoient passionnément. Castor perdit la vie dans un duel, Pollux qui étoit immortel, fut si touché de sa mort, qu'il tua son ennemi, & pria Jupiter de permettre qu'il partageât son immortalité avec lui. Jupiter y consentit, & depuis ce tems-là ils vêcurent & moururent alternativement. Enfin leur tendresse sans exemple leur mérita l'honneur d'être placés dans les Cieux sous le titre de Gemeaux, qui sont deux étoiles qui ne paroissent que l'une après l'autre ; ils avoient purgé la mer de Pirates, on leur sacrifioit des agneaux blancs, pour obtenir un bon vent & une heureuse navigation.

D. Racontez-nous l'histoire du Poëte Simonide ? Le Poëte Simonide

R. Simonide soupoit chez Scopa, homme considerable & opulent, pour qui il avoit composé un Panegirique en vers, dans lequel il avoit mêlé les louanges de Castor & de Pollux, pour relever celles de son héros.

Cet homme avare en prit occasion de lui retrancher la moitié du salaire qu'il lui avoit promis en lui disant d'une maniere sordide, qu'il s'en fît payer par *Castor & Pollux* qui y avoient autant de part que lui. Ils n'avoient pas achevé de souper qu'on avertit Simonide que deux jeunes hommes l'attendoient à la porte pour une affaire pressante ; il y court, les deux jeunes hommes disparoissent, le logis où l'on soupoit est abîmé, l'hôte avec toute sa compagnie écrasés sous sa ruine, & Simonide seul fut sauvé.

Qui ne voit la piété de Loth récompensée, l'impiété, l'injustice & les insultes de ses concitoyens punies ? L'envoi des deux Anges sous la forme de jeunes hommes pour sauver Loth qu'ils font sortir de la ville, laquelle d'abord après est abîmée.

Le célébre la Fontaine a traité ce sujet dans une Fable qui a pour titre, *Simonide préservé par les Dieux*. C'est la 14e du 1er Livre.

D. Quel nom donne-t'on à ceux qui firent la conquête de la Toison d'or?

R. On les appelle *Argonautes* du vaisseau *Argos* que Jason équipa. Athamas Roi de Thebes épousa Ino en secondes noces. Cette marâtre persécutoit continuellement Phrixus & Hellé sa sœur, issus d'une premiere femme; accablés par les mauvais traitemens de leur belle-mere, ils quitterent la maison paternelle. Pour passer un bras de mer, ils monterent sur un Bélier dont la toison étoit d'or, mais Hellé effrayée du bruit des flots, tomba & se noya dans l'endroit qu'on appella depuis l'Hellespont. Phrixus étant arrivé à Colchos, y sacrifia ce Bellier à Jupiter, en prit la toison qui étoit d'or, la pendit à un arbre dans une forêt consacrée au Dieu Mars, & la fit garder par un Dragon qui dévoroit tous ceux qui se présentoient pour l'enlever.

Jason laissé sous la tutelle de Pelias, devoit occuper le thrône de Thessalie lorsqu'il seroit en âge. Il n'avoit plus que quelques années à attendre, lorsque ſon tuteur chercha tous les moyens de le priver de ſon heritage. Pour cet effet il lui conſeilla d'entreprendre la conquête de la Toiſon d'or, eſpérant qu'il n'en reviendroit plus. Jaſon partit avec une troupe de jeunes gens diſtingués qui voulurent y avoir part. Arrivés en Colchide, notre jeune héros ſe fit aimer de Medée, fille du Roi de Colchos. C'étoit une célébre Magicienne, qui lui donna le ſecret d'endormir le Dragon qui gardoit ce précieux tréſor, & de vaincre les autres obſtacles. Lorſqu'il eut enlevé la Toiſon, il emmena Medée pour la ſouſtraire à la vengeance de ſon pere, qui ſuivit ſes traces. Cette Magicienne pour retarder ſes pourſuites coupa ſon frere par morceaux, & en diſperſa les membres le long du chemin.

Arrivés dans l'Iſle de Corfou, elle rajeunit le pere de Jaſon par le ſecours de quelques ſimples qui avoient la vertu de fortifier la chaleur naturelle, qui s'éteint peu-à-peu dans les vieillards; pour ſe venger de Pelias qui avoit fait aſſaſſiner la mere & les freres de Jaſon, elle conſeilla à ſes filles de le couper en piéces & de faire boüillir ſes membres dans une chaudiere, leur aſſurant qu'il rajeuniroit. Ces cruelles filles suivirent les avis de Medée, elles virent avec douleur que le succès ne répondit point à leur attente, & qu'elles avoient été trompées. Jason oubliant toutes les obligations qu'il avoit à Medée, l'abandonna pour épouser Creüse, fille de Creon Roi de Corinthe. Elle dissimula sa fureur, & envoya à sa rivale par les enfans qu'elle avoit eus de Jason, une robe magnifique qu'elle avoit impregnée des poisons les plus violens. Cette Princesse ne l'eut pas plutôt mise, qu'elle sentit des feux qui la consumerent, & mourut aux yeux de son époux. Jason voulant punir Medée, accourut pour la percer, mais elle se sauva dans les airs sur un char traîné par des dragons aîlés, après avoir poignardé ses deux enfans en présence de son infidéle, & lui avoir reproché sa perfidie.

Traits marqués de l'histoire des Israëlites en Egypte & dans le désert, dans celle de l'expédition des Argonautes pour la conquête de la Toison d'or.

1. Athamas eut un fils nommé Phrixus, qui veut dire *ris*.	1. Le nom d'Isaac fils d'Abraham signifie la même chose.

2. Il

2. Il y eut une violente jalousie entre les deux premieres femmes d'Athamas, Ino, & Nephelé.	2. Comme entre Sara & Agar à l'occasion de leurs enfans.
3. Nephelé fut renvoyée par Athamas.	3. Comme Agar fut renvoyée par Abraham.
4. Athamas fit mourir ou chassa Melicerte, qu'il avoit d'Ino, & ayant quitté le païs qu'il habitoit, il alla s'établir ailleurs par ordre du Ciel, & y épousa une troisiéme femme.	4. Abraham chassa Agar & son fils, changea souvent de domicile par ordre du Ciel, & épousa Cethura en dernier.
5. La mort de Phrixus est ordonnée par les Oracles, Athamas le conduit à l'autel, & tout prêt à l'immoler, un bellier envoyé par Jupiter se présenta & leur parla.	5. C'est une copie infidéle du sacrifice d'Isaac.
6. Pelias donne des ordres précis de faire mourir tous les descendans d'Athamas & d'Eole dans ses Etats. Les parens de Jason, encore enfant, firent semblant de l'enterrer comme mort, cependant par une nuit obscure ils l'emporterent enfermé dans une boë-	6. Pharaon donne des ordres pour faire mourir tous les enfans mâles des Hebreux, les parens de Moïse l'exposerent dans un panier sur les eaux, d'où il fut nommé *Moïse*. Quand il fut grand, il se retira dans la terre de Madian, & garda les troupeaux de

te dans l'antre de Chiron, où il fut élevé travaillant à la terre & gardant les troupeaux.

Jethro Roi d'Arabie.

7. Jason paroît devant Pelias, demande la restitution du Royaume, Pelias le lui promit avec serment, & pour l'exposer à des dangers inévitables, il l'engage dans une navigation & une expédition sans apparence, qui étoit le voyage à Colchos, & la conquête de la Toison d'or.

7. Dieu apparoît à Moïse, lui ordonne de se mettre à la tête de son peuple, de le conduire hors de l'Egypte dans la terre de Chanaan, Pharaon permit à Moïse d'aller avec le Peuple dans le désert, où on espéroit qu'il périroit selon Joseph.

8. D'illustres heros de toute espece se joignent à Jason, Lincée à la vûe perçante, Orphée dont le chant faisoit suivre les forêts & les rochers, & arrêtoit le cours des fleuves, Hercule, Thesée, &c.

8. Ce sont les Chefs dont Moïse composa le Sénat qui gouvernoit le Peuple.

9. Hercule disparut dans le voyage, refusa d'être le Chef, & déclara que la gloire de cette expédition appartenoit à Jason.

9. Moïse mourut dans le voyage, & laissa à Josué l'honneur d'introduire les Hebreux dans la terre promise.

10. Les Chefs font construire sous la con-

10. Moïse fit faire suivant les ordres &

duite de Minerve le grand & célébre navire *Argo*, avec lequel ils parcourent les mers, les fleuves, les terres, & comme il portoit les héros sur les eaux, ils le portoient sur leurs épaules au travers des terres.	le modéle qu'il en reçut de Dieu, l'Arche d'alliance. Le peuple parcourut les déserts avec l'Arche, & au passage du Jourdain, les Lévites la porterent sur leurs épaules.
11. Le navire Argo renfermoit un mât de chêne de la forêt de Dordone qui apprenoit à cette troupe les volontés du Ciel sur sa conduite.	11. Dieu parloit & répondoit de l'Arche à Moïse sur les doutes qu'il avoit pour la conduite du Peuple.
12. Quand on vit les enfans des Dieux prêts à mettre à la voile, le Roi & les Sages de sa Cour eurent beaucoup de peine de laisser partir tant de Heros.	12. Quand les Israëlites sortirent de l'Egypte, le Roi & les grands firent réfléxion qu'ils avoient eu tort de laisser aller ainsi ce Peuple.
13. Pelias fut consterné & enragé quand il apprit qu'Acaste son fils étoit parti sécretement.	12. C'est la copie défigurée du fils aîné de Pharaon mort la nuit du départ des Israëlites avec les autres aînés des Egyptiens.
14. Jason ordonne un sacrifice, le Dieu invoqué par Jason lui promit son secours parmi le tonnerre & les éclairs.	14. Ce sont autant de traits de l'Histoire des Israëlites.

15. Ils étoient déja en mer lorſque Chiron court au rivage avec ſa femme portant le petit Achille, il leur donne des avis, & fait des vœux pour eux.

15. Jethro vint trouver Moyſe dans le déſert avec ſa femme & deux enfans, lui donne d'excellens avis.

16. Le navire arrive à l'Iſle de Lemnos, où il n'y avoit qu'un ſeul homme, les femmes le ſéduiſirent; delà ils aborderent à une Iſle habitée par des Géans effroyables, la terreur de leurs voiſins, ils vinrent attaquer les Argonautes, Hercule les défit.

16. Ceci repréſente la funeſte ſtation des Iſraëlites, avec les femmes Moabites & Madianites. Les eſpions rapporterent avoir vû des Géans d'une hauteur & d'une figure monſtrueuſe, auprès deſquels ils ne paroiſſoient que des ſauterelles, Moyſe tue Og Roi de Bazan.

17. La Mere des Dieux fait ſortir en leur faveur une fontaine dans un endroit ſec où il n'y avoit point d'eau.

17. C'eſt la ſource abondante que Dieu accorda à Moyſe, & qu'il fit ſortir d'un coup de verge du rocher d'Oreb.

18. Hercule romp ſa lame par ſes grands efforts, va en couper une dans la forêt, les Argonautes ſe rembarquent, & apperçoivent à l'aurore qu'Hercule leur manque, on veut rebrouſſer chemin, les vents s'y oppoſent, un Dieu ma-

18. Moyſe frappa deux coups ſur le rocher par quelque défiance de la promeſſe de Deu, Moïſe eſt puni & diſparoît ſans arriver dans la terre promiſe.

rin apprend qu'Hercule ne devoit pas mettre le pied dans la Colchide.

19. Les Argonautes parcourent différens climats, ils arrivent chez le malheureux Phinée, aveugle persécuté par des Harpyes qui enlevoient tout ce qu'il vouloit manger, & répandoient des ordures, & une odeur insupportable sur ce qu'elles laissoient, de sorte qu'il mouroit de faim & de langueur.

19. C'est un reste de la tradition des Tenebres & des autres playes dont Dieu frappa Pharaon, & singulierement des insectes, des sauterelles qui remplissoient sa maison, son lit, les fours, & toutes les viandes de ce Prince, & des Egyptiens.

20. Phinée fut délivré des Harpyes par Zerès & Calays fils de Borée qui le chasserent dans la Mer Ionienne.

20. Par les prieres de Moïse & sur les promesses de Pharaon, les sauterelles furent emportées par les vents de la Mer. *Exod. c.* 10.

21. Ils quittent Phinée, élevent sur la Mer un Autel à douze Divinités, arrivent au détroit des Isles Symplegades, & lâchent une Colombe qui devoit servir de guide au vaisseau.

21. C'est l'Autel élevé par Moïse au pied du Mont Sinaï composé de douze pierres selon le nombre des Tribus.

La Colombe est prise de celle que Noé avoit fait sortir de l'Arche lors du déluge.

22. Les Argonautes coururent différentes contrées inconnues, ils perdirent deux des

22. Les Israëlites errerent long-tems, ils parcoururent divers pays & divers peu-

leurs, entr'autres Typlus le Pilote, ils rendirent solemnellement les derniers devoirs aux morts.

23. Ils rencontrerent les enfans de Phrixus, ils se raconterent leurs avantures, Jason instruisit les enfans de Phrixus de son dessein. Enfin avec l'assistance des Dieux ils arriverent dans la Colchide.

24. Le Roi Oete propose à Jason pour avoir la Toison d'Or des conditions insurmontables, les Compagnons de Jason furent consternés des conditions proposées.

25. Argus les encouragea, & promit les secours de Medée très-habile enchanteresse, qui sçavoit arrêter l'activité des flammes, le cours des fleuves & des Astres.

26. Les ennemis de Jason tournent leurs armes contre euxmêmes, s'entretuent,

ples. Ils perdirent Aaron & Marie, frere & sœur de Moïse, on leur rendit les derniers devoirs.

23. Ils trouverent des obstacles prodigieux, ils rencontrerent les Moabites, & les Ammonites descendans de Loth, Neveu d'Abraham; enfin ils parvinrent au Fleuve du Jourdain.

24. Ce sont les obstacles que Dieu fit vaincre aux Israëlites, & les prodiges qu'il opéra en leur faveur pour les mettre en possession d'une terre qui dévoroit ses habitans.

25. Moïse, Caleb, & Josué les rassurerent, & Dieu mit Raab dans leurs intérêts.

26. Un Soldat Madianite conta à ses camarades, qu'il avoit vû en songe un pain

& il n'en couta à Jason que de faire rouler une pierre au milieu d'eux, comme Medée l'avoit promis, & d'être le spectateur du carnage.

d'orge cuit sous la cendre, rouler du camp de Gédéon dans le leur, renverser une tente, & mettre tout leur camp en déroute. Ce Général se présenta contre leur armée nombreuse avec 300. hommes seulement, sans autres armes que des trompettes & des lampes, suivant l'ordre qu'il avoit reçû de Dieu; & il vit sans combattre, les ennemis se troubler, & tourner leurs armes les uns contre les autres.

27. Médée endort le Dragon veillant avec ses Drogues, donne la Toison d'or à Jason, & prend la résolution de se sauver avec les Argonautes.

27. Au bruit des trompettes les murs de Jéricho tombent avec leurs fortifications. Les Israëlites se rendent maîtres sans combat, & sans résistance. Tout est sacagé, Rahab se sauve avec ses freres & ses parens.

28. Junon protege leur retour, une flamme céleste marqua la route qu'ils devoient suivre; & cette flamme accompagnée d'un vent favorable ne les quitta point.

28. C'est l'imitation de la colonne de flamme durant la nuit, & de nuages durant le jour, qui conduisoit les Israëlites, & leur servoit de guide dans les vastes solitudes du Désert.

29. Les Argonautes virent plusieurs Isles,

29. Copie des longueurs de la route ex-

essuierent diverses tempêtes, entendirent une voix distincte qui sortoit de la poutre de Dodone ; enfin, après des écarts & des détours, qui ne sont ni croiables, ni possibles, dont la Fable orne leur retour, ils trouverent des peuples qui se nourrissoient d'une rosée délicieuse que le Ciel faisoit distiler dans ce pays.

traordinaire du voyage des Israëlites & des dangers dont ils furent si souvent délivrés. La voix de la poutre représente le Propitiatoire d'où Dieu parloit aux Israëlites, & leur donnoit ses ordres. La rosée n'est autre chose, que la Manne dont Dieu nourrissoit son Peuple.

30. Enfin, après avoir couru la Mauritanie, où ils virent le verger des Hespérides gardé par un Dragon, où Orphée leur montra la source d'eau sortie d'un prodigieux coup de pied d'Hercule, par le secours d'Apollon, ils côtoyerent la Grece, & arriverent en leur Pays.

30. L'idée du Dragon des Hespérides, & de celui qui gardoit la Toison d'Or, peut bien avoir été prise des Serpens brulans, que Dieu irrité envoya contre les Israëlites. La source d'eau est une imitation de la seconde source que Dieu fit sortir du rocher par des coups redoublés de verge dans le Désert de Pharan : elle peut être prise aussi de celle que Dieu fit sortir pour Samson de la Machoire avec laquelle il défit mille Philistins.

C'est ainsi que la Fable a défiguré

l'Histoire des Israelites. Les hommes de ces tems-là, & leurs enfans occupés de la recherche des choses nécessaires & des commodités de la vie, n'avoient ni le soin, ni le loisir de conserver par des Histoires, ou par d'autres monumens la mémoire exacte de ce qui s'étoit passé de considérable. Ils sauverent de l'oubli, par des Traditions confuses quelques faits éclatans, & des lambeaux des aventures les plus remarquables, avec quelque peu de noms des personnages illustres; du reste tout fut altéré, & défiguré, & ne compose qu'un tissu informe, où il faut chercher les traits de ressemblance.

D. Que rapporte-t-on d'Orphée.

R. Qu'il jouoit si bien de la Lyre, qu'il faisoit changer de place aux arbres & aux rochers, que les fleuves suspendoient leurs cours, & que les animaux les plus sauvages s'attroupoient autour de lui pour l'entendre. Son habileté pénétra jusqu'aux Enfers, où l'on prétend qu'il causa tant d'admiration à Pluton, qu'il lui permit d'emmener sa femme Euridice, à condition qu'il ne se détourneroit point pour la regarder, jusqu'à ce qu'il fût sorti de son Royaume. Mais

Orphée.

il ne put se contenir, il tourna la tête, pour voir si effectivement elle le suivoit, & elle disparut aussi-tôt. Ces fictions sans fondement, ont été forgées sur un fond de vérité, dont on voit l'original dans l'Histoire de Loth & de sa femme. Depuis ce tems-là Orphée renonça à la société des femmes, & fut mis en piéces par les Bacchantes, qui ne purent lui pardonner son indifférence & ses mépris.

Arion. On raconte d'un autre excellent Musicien, nommé Arion, qu'étant près d'être précipité dans la mer par des Matelots, qui vouloient le voler, il obtint d'eux, qu'il joueroit encore une fois de son Luth avant que de mourir, & que des Dauphins s'étant assemblés autour du vaisseau pour l'entendre, il fut reçu sur le dos d'un d'entr'eux, qui le porta à bord.

D. Que faut-il sçavoir sur Cadmus?

R. Qu'il étoit frere d'Europe que Jupiter enleva sous la forme d'un Taureau blanc, & qu'il fut chargé par son pere Agénor d'aller la chercher, avec défense de revenir sans elle. Il consulta l'Oracle de Delphes, qui, sans répondre à sa demande, lui ordonna de bâtir une ville à l'endroit où un bœuf le conduiroit. Etant arrivé en Béotie il fit un Sacrifice aux Dieux, & comme il avoit envoyé ses Compagnons à la fontaine de Dircé, pour y puiser de l'eau, ils furent dévorés par un Dragon. Minerve lui ordonna de le combattre, il obéit, & le tua. Ensuite il arracha les dents de ce Monstre, & les ayant semées, il en nâquit aussi-tôt des hommes tout armés, qui s'entre-tuerent sur le champ, à l'exception de cinq, qui l'aiderent à bâtir la ville de *Thebes* dans l'endroit où le bœuf dont l'Oracle lui avoit parlé, le conduisit.

D. A qui attribue-t-on encore la construction de la ville de Thébes ?

R. A Amphion, qui est dit l'avoir bâtie au son d'une Lyre. Car on rapporte que les pierres & autres matériaux sensibles à cette mélodie, se rangeoient d'eux-mêmes à leur place. On ajoute qu'on fut obligé d'avoir recours à quelqu'instrument de Musique, & qu'on fit venir Isménias pour jouer des airs lugubres, lorsqu'on voulut la démolir.

D. Qu'est-ce que la Fable raconte d'Œdipe ?

R. Que l'Oracle ayant prédit qu'il tueroit Laïus son pere, & qu'il épou- Œdipe.

feroit sa mere, le Roi Laïus le livra à un de ses Officiers aussitôt qu'il fut né, pour le faire mourir; que cet Officier n'ayant pas la force d'exécuter ce commandement, se contenta de l'attacher à un arbre par les talons; un Berger l'ayant apperçû dans cette posture le détacha, & le porta au Roi de Corinthe, qui l'éleva comme son fils.

Œdipe ayant quitté Corinthe, rencontra Laïus dans un passage étroit de la Phocide, se battit avec lui, & le tua, parce que le Roi fier de son rang, lui ordonna avec hauteur de lui céder le pas. Etant venu à Thébes, il apprit que Créon son ayeul offroit les Etats de Laïus & la main de Jocaste sa veuve à celui qui expliqueroit l'Enigme du Sphinx, qui ravageoit tout le pays. Œdipe devina l'Enigme, & épousa Jocaste qui étoit sa mere, dont il eut Ethéocle & Polinice.

Cependant il survint une peste qui apporta beaucoup de désolation aux Thébains; l'Oracle avoit dit que la peste ne finiroit point qu'on n'eût auparavant banni le meurtrier de Laïus. Œdipe ayant fait faire des perquisitions très-exactes pour le trouver, le Berger qui l'avoit détaché de l'arbre vint l'inſtruire de ſa naiſſance. Œdipe ſe reconnut coupable. Il ſe créva les yeux & ſe retira à Athénes. Il céda ſes Etats à ſes deux fils, à condition qu'ils regneroient alternativement chacun leur année : mais Ethéocle étant ſur le Trône, n'en voulut point deſcendre, & Polinice arma les Grecs contre lui. La victoire cependant ſe déclara pour les Thébains. Les Chefs les plus illuſtres de l'armée de Polinice ſuccomberent : Sçavoir, Adraſte, Polinice, Tydée, Capanée, Hippomédon, Amphiaraüs & Parthénopus. On appella cette guerre l'entrepriſe des ſept Preux, ou des ſes ſept Braves devant Thébes. Tous y périrent à l'exception d'Adraſte, & les deux freres s'étant joints ſe tuerent l'un l'autre en même-tems dans un combat ſingulier. Créon défendit enſuite de donner la ſépulture à Polinice, parce qu'il avoit amené des Soldats étrangers contre ſa Patrie. Antigone ſa ſœur le fit inhumer, & Créon l'ayant ſçu la condamna à être enterrée toute vive ; mais elle ſe donna la mort auparavant, & Hémon fils de Créon, qui devoit l'épouſer, ſe tua de déſeſpoir.

Le Sphinx. Le Sphinx étoit un monstre, que Junon ennemie des Thebains suscita contr'eux, il s'élançoit sur les passans, leur proposoit des Enigmes, dévoroit ceux qui ne pouvoient les expliquer.

Il proposa aux Thébains celle d'un Animal qui marche le matin à quatre pieds, à deux sur le milieu du jour, & le soir à trois. Œdipe dévelopa le sens de l'Enigme, & y reconnut l'homme, qui dans l'Enfance se traîne sur ses pieds & ses mains, dans le midi de son âge marche sur ses deux pieds, & sur le déclin soutient sa vieillesse d'un bâton.

Le Sphinx, après cette explication, se précipita dans la mer.

Pelops. D. Qu'y a-t-il à remarquer sur Pélops ?

R. Qu'il avoit une épaule d'ivoire, que Jupiter substitua à la place de celle que Cérès avoit mangée, lorsque Tantale son pere servit ses membres aux Dieux qu'il traitoit chez lui ; & qu'ayant été ranimé il épousa Hippodamie, après avoir vaincu Œnomaüs pere de cette Princesse. Œnomaüs avoit tant d'affection pour Hippodamie qu'il refusoit de l'établir, & ne la promettoit qu'à condition que celui qui la demanderoit en mariage le vaincroit à la Course des chariots. Pelops résolut de tenter l'aventure ; pour cet effet il gagna Myrtile Cocher d'Œnomaüs, & convint avec lui qu'il ôteroit de l'essieu le fer qui retenoit la roue, Œnomaüs fut vaincu & fracassé. Mais lorsque Myrtile vint pour demander sa récompense, Pelops le fit précipiter dans la mer, sous prétexte qu'il étoit un traître. Alors il épousa Hippodamie, & se rendit maître de ses Etats, ausquels il donna son nom. C'est ce que nous appellons le *Peloponese*, aujourd'hui la *Morée*.

D. Dites-nous quels ont été les enfans de Pelops ?

R. Les deux plus célébres furent Atrée & Thyeste. Ce dernier ayant eu deux enfans d'Œrope femme d'Atrée, fut invité à un festin, où son frere lui servit ses enfans à manger, Thyeste prit le parti de se retirer à Sicyone, où il séduisit Pelopée sa fille, qu'il laissa enceinte. Quelque tems après Atrée alla à Mycenes, pour proposer à son frere la moitié de son Royaume. Il y prit Pelopée sa niece, & l'épousa ; étant accouchée peu de tems après d'un fils, Atrée & Thyeste.

elle le fit exposer. Des Bergers en eurent soin, & le firent allaiter par des Chevres. On lui donna le nom d'Egisthe. Lorsqu'il fut grand, Pelopée lui fit présent d'une épée, qui appartenoit à Thieste, & ce jeune Prince, s'étant avancé à la Cour d'Atrée, il en fut choisi pour aller assassiner Thieste; mais cette épée le lui fit reconnoître pour son fils. Egisthe indigné d'avoir obéi à Atrée pour venir massacrer son propre pere, retourna aussi-tôt à Mycenes, où il tua Atrée. Il mit ensuite Thieste sur le Trône, & Pelopée se donna la mort.

D. Faites-nous l'Histoire de la célébre ville de Troye?

Troye. R. Troye étoit une ville fameuse de la Phrygie, la plus riche de tout l'univers. Elle eut plusieurs Rois, dont le premier, Dardanus, bâtit la ville, épousa la fille de Teucer, Prince du Pays. Erichthonius fils de Dardanus hérita du Trône de son pere. Tros qui donna son nom à la ville de Troye, lui succéda; il donna le jour à Ganiméde, que Jupiter enleva, & à Ilus qui donna le nom d'Ilion à une Citadelle, qu'il bâtit à Troye. Laomédon qui regna quelque tems après, entoura la ville de murailles.

Hercule allant à la conquête de la

Toison d'or, délivra Hésione fille de Laomédon d'un Monstre auquel elle avoit été exposée par l'ordre de l'Oracle. Le Roi Laomédon la lui avoit promise en mariage; mais lui ayant manqué de parole, Hercule le tua, donna Hesione en mariage à Télamon Roi de Salamine, & fit prisonnier Priam, qu'on racheta. Priam, ayant succédé à Laomédon son pere, il fortifia de Tours la ville de Troye. Paris son fils équipa une flotte, alla chez Ménelas, où il enleva Helene sa femme, & jura de ne point la rendre, qu'on ne lui eût rendu auparavant Hesione sa tante; mais les Princes Grecs voulurent ravoir l'une sans relâcher l'autre, & s'engagerent tous à ne point quitter les armes qu'ils n'eussent mis les Troyens à la raison. Paris.

Hécube étant grosse de Paris, s'imagina en songe qu'elle venoit d'accoucher d'un flambeau ardent, qui embrasoit toute l'Asie. Priam le fit élever par un Berger du Mont Ida. Il se fit connoître par plusieurs belles qualités, qui marquoient sa naissance.

Toute son Histoire, son éducation, & plusieurs singularités du Siége de Troye, sont des Copies défigurées de l'Histoire de David & de Salomon.

Les Principaux Chefs de l'armée Grecque étoient Agamennon & Menelas qu'on nommoit *Atrides*, c'est-à-dire, fils d'Atrée, Achilles, Patrocle son ami, Ajax fils de Telamon, Roi de Salamine, Ajax l'impie, fils d'Oilée Roi des Locres, Idomenée, Stenele fils de Tidée, Diomede, Néstor qui a vêcu 300 ans, Calchas fameux Devin, Machaon & Podalire, fils d'Esculape, &c.

Les Chefs des Troyens étoient Priam & ses fils, Hector, Paris, Helenus, Déiphobe, Troile & Polydore, Enée fils d'Anchise, Memnon, fils de Tithon, Penthésitée, Reine des Amazones, Sarpedon fils de Jupiter, &c.

Les Troyens eurent une ennemie rédoutable durant cette guerre. Junon étoit piquée du jugement de Paris, qui avoit adjugé à Venus la Pomme d'or que la Discorde, aux Noces de Thétis & de Pelée, avoit jettée dans l'Assemblée des Déesses. Jupiter avoit enlevé d'ailleurs Ganimede, Troyen, qu'il avoit placé dans le Ciel, pour lui verser le Nectar, à l'exclusion d'Hébé fille de Junon. Ces griefs firent que Junon traversa les Troyens autant qu'elle le put, pendant les 10. années que dura le Siége.

D. Quel fut l'accident qui donna lieu au Sacrifice d'Iphigenie.

R. Agamemnon ayant tué par hazard la Biche favorite de Diane, cette Déesse pour se venger retarda le départ de la Flotte des Grecs, qui alloit assiéger Troye, & envoya la peste dans leur Camp, où elle fit des ravages incroyables. Non contente de cette punition; elle répondit à ceux qui la prioient de faire cesser ces fleaux, qu'il ne lui falloit pas moins qu'un Sacrifice du Sang d'Agamemnon pour l'appaiser, & qu'il falloit qu'Iphigénie en fût la Victime. Agamemnon consentit qu'on immolât sa fille; mais au moment que le Prêtre alloit la percer, Diane substitua une Biche en sa place, & la transporta dans son Temple de la Tauride en Scythie, pour y faire l'office de Prêtresse.

Rapport d'Agamemnon à Jephté.

1. Jephté fils de Galaad étoit très-vaillant & grand Capitaine. Les Israëlites

1. Agamemnon étoit un vaillant Guerrier, choisi par les Grecs pour leur Gé-

le choisirent pour faire la guerre aux Ammonites.	néral & leur Prince contre les Troyens.
2. Jephté envoye des Ambassadeurs au Roi des Ammonites, pour demander raison de ses injustices, & du ravage qu'il étoit venu faire sur les terres d'Israël.	2. Agamemnon envoye des Ambassadeurs au Roi Priam, pour lui demander satisfaction sur l'enlevement dont on se plaignoit.
3. Jephté marche contre les Ammonites & fait vœu d'offrir en Holocauste, le premier qu'il rencontreroit après son retour; sa fille se présente à lui, il déchire ses vêtemens, & s'écrie, *Ma Fille, faut-il que ce soit vous pour mon malheur & pour le vôtre.*	4. Agamemnon apprend de Calchas, l'Interpréte des Dieux, qu'ils ne peuvent être appaisés que par le Sacrifice d'Iphigenie sa Fille. Agamemnon est frappé, & troublé de cette obligation.
4. Jephté fait part de son vœu à sa Fille, qui, pleine de fermeté & de Religion, l'exhorte de l'accomplir. Elle fut pleurer pendant deux mois sur les Montagnes le deshonneur, dont la stérilité étoit accompagnée chez le Peuple d'Iraël. Elle	4. Iphigenie exhorte son pere à l'exécution de son vœu, échape aux larmes de sa mere, & court à l'Autel, pour être immolée. Quelques Auteurs disent que les Dieux substituerent une Biche, pour être immolée au lieu d'el-

retourne vers son Pere, qui remplit l'obligation de son vœu.

le. Ils ont pris ce trait du Sacrifice d'Isaac.

L'Histoire d'Idomenée Roi de Crete est une copie aussi très-infidéle de l'Histoire de Jephté.

Ce Roi étoit un des Princes Grecs qui firent le Siége de Troye. Comme il s'en retournoit, il fut surpris d'une tempête qui désespéroit les Pilotes; Idomenée promit aux Dieux, que s'ils lui procuroient le retour dans son Isle, il leur sacrifieroit la premiere personne qui se présenteroit devant lui. Son fils fut le plus empressé; à cette vue Idomenée voulut se percer de son épée. On tacha de le convaincre qu'on pouvoit appaiser les Dieux par d'autres Sacrifices. Idomenée prit un moment où on le laissoit libre, plongea son épée dans le cœur de son fils, le peuple frappé d'horreur ne voulut plus le reconnoître pour son Roi. Il quitta la Crete, & aborda en Italie, où il fonda un nouveau Royaume.

D. Sous quelles conditions la ville de Troye devoit-elle être prise?

R. Il étoit nécessaire, premiérement qu'Achille assistât à ce Siége. Ulisse le découvrit à la Cour de Licomede, où il étoit déguisé en fille. Il se fit introduire dans l'appartement de la Princesse sous l'habit d'un Bijoutier, & entr'autres marchandises qu'il étala devant les Dames de sa Cour, il y mêla des épées, un casque & d'autres armes. L'inclination d'Achille le trahit, il choisit les armes préférablement aux bijoux; & Thétis sa mere fut obligée de le laisser partir.

2°. Il falloit avoir les fléches d'Hercule, qui étoient en la possession de Philoctete.

4°. On devoit empêcher les chevaux de Rhesus Roi de Thrace de manger de l'herbe des champs de Troye, & de boire de l'eau du Xanthe. Ce Prince étant venu au secours de Troye la dixiéme année du Siége, fut tué par les Grecs à son arrivée.

4°. Troye ne pouvoit être prise tant qu'Hector fils de Priam vivroit, & que le Tombeau de Laomédon subsisteroit. Achille tua ce Prince, & les Troyens abbatirent le Tombeau en faisant une bréche aux murailles, pour faire entrer le Cheval de bois.

5°. Enfin il falloit que les Grecs enlevassent le Palladion, que les Troyens gardoient avec soin dans le Temple de Minerve. C'étoit une ſtatue de cette Déeſſe, qui deſcendit du Ciel lorſqu'on bâtiſſoit ſon Temple. Elle ſe plaça elle-même ſur l'Autel, tenant une pique à la main, qu'elle remuoit de tems en tems en roulant les yeux. Diomede & Uliſſe ayant paſſé par des ſouterrains, l'emporterent.

6°. Il étoit néceſſaire que Télephe fils d'Hercule vînt aider les Grecs. Il s'étoit opposé à leur paſſage, parce qu'ils avoient endommagé ſon pays, Achille même l'avoit bleſſé. Uliſſe lui compoſa un remede qui le guerit; Télephe ſe livra aux Grecs par reconnoiſſance.

D. Comment cette Ville fut-elle priſe, & par quel artifice.

R. Par le moyen d'un grand Cheval de bois, que Pallas avoit conſeillé aux Grecs de fabriquer, & dans lequel on enferma des troupes. Les Aſſiégeans ayant fait ſemblant de ſe retirer les Troyens mirent des rouleaux ſous les Pieds de cette machine, firent une grande bréche à la muraille, & le traînerent dans la Ville. Pendant la nuit un Grec nommé Sinon qui s'étoit laiſſé prendre priſonnier, pour faire réuſſir le ſtratagême, en fit ſortir les ſoldats qui y étoient enfermés. Ils mirent le feu dans tous les quartiers. Un ſignal avertit le reſte de l'armée d'avancer: la Ville fut brulée, & ſaccagée. Voici la Déſcription du ſac de cette Ville par le Poëte Brebeuf:

Tout Ilium n'eſt plus qu'un vaſte embraſement,
L'ouvrage de cent Rois périt en un moment.
Les Temples, les Palais ſont d'amples cimetieres,
Et les ruiſſeaux de ſang débordent les rivieres.
La Parque confond tout, ſon aveugle rigueur,
Souvent ſous le vaincu fait tomber le vainqueur.
Par tout l'horreur de Mars, pleurs, plaintes & carnage,
Et par tout de la mort paroît l'affreuſe image.

La ville de Troye fut véritablement détruite 300. ans après ſa fondation. La circonſtance du Cheval eſt fabuleuſe; peut-être que la machine dont on ſe ſervit pour en abattre les murs, ſe terminoit par une tête de cheval de fer, ou qu'on ouvrit aux Grecs par trahiſon une porte ſur laquelle étoit une Statue de cheval en l'honneur de Neptune qui avoit bâti les murs de cette Ville.

Achille ayant été tué, Ulyſſe & Ajax ſe

ſe diſputerent ſes armes. Ils plaiderent devant Agamemnon, & Menelas. Ulyſſe les charma ſi fort par ſon éloquence, qu'ils furent contraints de décider en ſa faveur, & lui adjugerent les armes d'Achille. Ajax en reſſentit une douleur incroïable, qui le porta aux dernieres extrémités. Il ſe jetta ſur ſon épée, dont il mourut. Les Poëtes feignent qu'il naquit de ſon ſang une fleur qu'on nomme Hiacinthe.

D. Dites-nous qui étoit Ulyſſe? Ulyſſe.

R. Il étoit Roi d'Itaque. Il contrefit l'inſenſé pour ne point aller au Siége de Troye, retenu par l'amour qu'il avoit pour Pénelope ſa femme. Il ſema du ſel au lieu de bled, il traça des ſillons ſur le bord de la mer; mais Palamede pour l'éprouver mit ſon fils Télemaque, encore enfant, devant le Soc d'une charrue qu'il faiſoit tirer par des bœufs. Ulyſſe de crainte de bleſſer ſon fils, leva la charrue, & découvrit ſa feinte par cette attention. Il fut contraint de partir.

En retournant à Itaque, il courut pluſieurs dangers ſur la Mer, & lutta pendant dix années contre ſa mauvaiſe fortune. Il fit naufrage dans l'Iſle de Circé, où cette enchantereſſe le retint ; elle en eut un fils appellé Telegone. Pour le retenir, elle changea ses Compagnons en bêtes sauvages par un breuvage qu'elle leur donna. Ulysse se préserva de ses enchantemens ; & la contraignit l'épée à la main de lui rendre ses Compagnons sous leur premiere forme. Il fit naufrage, & se sauva dans l'Isle de Calypso, où la Nymphe de ce nom le retint. Enfin son vaisseau se brisa auprès de l'Isle des Cyclopes, où Polypheme fils de Neptune dévora quatre de ses Compagnons dans son antre, d'où ce Prince sortit heureusement, après avoir crevé l'œil de Polypheme. Il évita par son adresse l'enchantement des Syrenes. Eole mit les vents dans sa disposition, après les avoir enfermés dans des outres qu'il lui donna. Il ne laissa souffler que le Zephir dont il avoit besoin ; mais ses Compagnons ayant percé ces outres pour voir ce qu'elles contenoient, les vents échapés mirent le désordre partout, & causerent une tempête qui les jetta chez les Lestrigons ; où ils furent presque tous devorés. Il arriva à Itaque dans un état déplorable, sans être reconnu de personne. Il se mit au nombre des amans de Penelope pour tendre l'arc qu'on avoit proposé, & dont Penelope devoit être le prix. Il en vint à bout, se fit reconnoître, rentra dans sa famille, & tua tous ses rivaux. Il se démit ensuite de ses Etats en faveur de son fils Telemaque; il fut tué selon la prédiction de Tiresias, par son fils Telegone qu'il avoit eu de Circé, & fut mis au nombre des demi-Dieux.

D. Que fit Penelope en l'absence d'Ulysse?

R. Quoiqu'on lui eût assuré que son mari étoit mort, cependant on dit qu'elle lui garda la fidélité, & qu'elle amusa ses Amans, en leur promettant d'en épouser un d'eux, lorsqu'elle auroit achevé un ouvrage qu'elle faisoit; mais pour traîner la chose en longueur, elle défaisoit la nuit ce qu'elle avoit fait le jour. Pausanias dit qu'Ulysse la chassa à son retour pour la punir d'avoir attiré tous ces Princes, & qu'elle se retira à Mantimé où elle mourut. Les aventures d'Ulysse sont le sujet de l'Odyssée d'Homere.

D. Quels sont les événemens principaux de la vie d'Achille? Achille

R. Achille se brouilla avec Agamemnon, se retira dans son camp, & rien ne put l'engager à reprendre les armes. Hector ayant attaqué & tué Patrocle ami d'Achille, celui-ci furieux chercha Hector, fondit sur lui en désespéré, & vengea par sa mort celle de son ami; pour assouvir sa rage, il lui perça les talons, le lia à son char, & le traîna le visage dans la poussiere trois fois autour des murs de la ville assiégée.

Achille devint amoureux de Polyxene, fille de Priam, qu'il avoit vue sur le haut des murailles, il la demanda en mariage, & offrit son bras aux Troyens; mais Paris pour venger la mort d'Hector son frere le tua d'un coup de fléche, en lui perçant le talon, seul endroit où il étoit vulnérable.

Agamemnon:

D. Quelle fut la fin d'Agamemnon?

R. Etant à la guerre de Troye, Egysthe en son absence se fit aimer de Clytemnestre sa femme, & complota avec elle de le tuer à son retour. En effet Clytemnestre au milieu d'un festin le pria d'avoir la complaisance de passer un habit qu'elle lui avoit tissu pendant son absence. Ce Prince satisfit le désir de sa femme; mais s'étant embarrassé dans les manches, dont elle avoit fermé les issues, les conjurés se leverent, & le massacrerent. Clytemnestre épousa Egysthe, & lui mit la Couronne sur la tête.

Electre, fille d'Agamemnon fit porter Oreste son frere secretement chez Strophius, Roi de la Phocide, qui avoit épousé la sœur d'Agamemnon. Lorsqu'Oreste fut grand, il forma le dessein de venger la mort de son pere. Il vint à Argos où il apprit qu'Electre avoit été donnée en mariage à un homme de la lie du peuple pour ôter à ses enfans le droit d'aspirer à la Couronne; mais comme Electre avoit fait courir le bruit que son frere étoit mort, & que charmés de cette nouvelle, Egysthe & Clytemnestre étoient accourus au Temple pour en remercier les Dieux; Oreste les suivit, & les tua l'un & l'autre aux pieds des Autels. Etant allé en Epire, il y poignarda Pyrrhus Amant d'Hermione, & voulut enlever cette Princesse; mais toujours agité de furies depuis son parricide, l'Oracle lui ordonna d'aller sacrifier dans la Tauride pour se purifier de ses crimes. Il partit accompagné de Pylade son cousin & son ami, qui voulut être sacrifié en sa place, disant qu'il étoit Oreste, & qu'Oreste n'étoit qu'un imposteur. Mais dans le moment qu'Oreste alloit recevoir le coup de couteau, Iphigenie sa sœur Prêtresse de Diane le reconnut. Elle, Oreste, & Pylade sacrifierent le Pontife Thoas à cause de ses cruautés, & emporterent la statue de Diane, qu'ils cacherent dans un faisceau. Enfin Oreste maria sa sœur à Pylade, épousa Hermione, & prit le gouvernement de ses Etats : on dit qu'il mourut de la morsure d'une vipere.

D. Quel fut la fin de Priam, d'Helene, de Cassandre ?

R. Priam mourut par la main de Pyrrhus, il vit avant de mourir sa ville embrasée, & ses remparts détruits.

Helene après la mort de Paris, épousa Deiphobe fils de Priam, elle le livra à Menelas son premier mari pour rentrer en grace avec lui; Menelas la reprit, elle en eut de nouveaux enfans, qui après la mort du pere la chasserent, elle fut pendue à un arbre par trois femmes déguisées en furies.

Cassandre étoit fille de Priam & d'Hecube : Apollon l'avoit favorisée de la connoissance de l'avenir; mais on n'ajoutoit jamais foi à ses prédictions, elle annonça les malheurs causés par l'enlevement d'Helene; après la prise de Troye, elle avertit Agamemnon des malheurs qui le menaçoient : ces avis causerent sa mort.

D. Quelle est l'origine d'Enée?

R. Du côté de son pere il étoit du Sang Royal de Troye, & du Sang des Dieux du côté de sa mere. Anchise son pere descendoit en ligne directe de trois Rois des Troyens, & Venus ayant eu de l'inclination pour lui donna naissance à Enée. Ce Héros après l'incendie de sa Patrie, chargé de ses Dieux, de son pere, & accompagné d'Ascagne son fils, se retira à Antandros avec le plus de Troyens qu'il put ramasser, il perdit dans ce moment Creuse sa femme, sans avoir jamais pu sçavoir ce qu'elle étoit devenue. Après avoir passé en Epire, il se remit en mer, arriva à Drepane en Sicile, où son pere Anchise mourut. Il étoit prêt d'aborder en Italie, quand Eole à la priere de Junon éleva une tempête horrible qui jetta sa flotte de côté & d'autre; il aborda à Carthage où Didon Reine du pays le reçut fort bien. Quoique cette Princesse eût toujours eu pour Sichée son mari un attachement inviolable qui ne s'étoit point démenti même après sa mort; toutesfois le mérite qu'elle trouva dans Enée, sa figure, le talent qu'il avoit de bien raconter, & peut être ses malheurs allumerent dans son cœur de nouveaux feux. Mais ni les avantages d'un Royaume, ni l'amour, ni les larmes de Didon ne purent le retenir, il étoit appellé en Italie. En effet il partit, & cette Reine désespérée fit dresser un bucher où elle se perça le cœur.

Enée arriva en Italie, après avoir été long-tems le jouet des vents; la premiere chose qu'il fit, ce fut d'aller interroger la Sybille qui lui enseigna le chemin des Enfers, où il descendit après avoir trouvé le rameau d'or, qu'elle lui avoit indiqué pour en faire présent à Proserpine. Il vit dans les champs Elisées tous les Héros Troyens, & son pere de qui il apprit tout ce qui devoit lui arriver avant sa mort. Il s'embarqua ensuite sur le Tybre, où Cybelle changea ses vaisseaux en Nymphes. Il déclara la guerre à Turnus qui recherchoit Lavinie : il épousa cette Princesse après plusieurs combats qu'il livra à ce Prince, & dans l'un desquels il le tua. Il fonda dans le pays du Latium un nouvel Empire avec son fils Ascagne, & c'étoit de lui que les Romains prétendoient descendre. On dit que Venus l'enleva, & le porta au Ciel malgré Junon qui avoit été cause de tous ses malheurs, & qui s'étoit déclarée contre lui, parce qu'il étoit Troyen. Il fut honoré des Romains sous le nom de Jupiter *Indigétes*.

Quelques traits remarquables de la Fable.

D. Dites-moi en peu de mots l'Histoire de Pyrame & de Thisbé? Pyrame & Thisbé.

R. Pyrame étoit un jeune homme accompli, & Thisbé une fille parfaite, ils demeuroient à Babylonne dans deux maisons voisines, ou une fente dans une muraille facilitoit leurs entretiens, car leurs parens avoient des intérêts particuliers qui les divisoient; ils se donnerent un rendez-vous hors de la ville proche le tombeau de Ninus sous un murier blanc; Thisbé couverte d'un voile s'y rendit la premiere, lorsqu'une Lionne qui avoit la gueulle ensanglantée l'obligea de fuir avec tant de précipitation qu'elle laissa tomber son voile, la Lionne le déchira, & y laissa des traces de ſang, Pyrame arrivé au rendez-vous trouva le voile enſanglanté, il ne douta point que Thiſbé n'eût été dévorée par quelque bête, ſans autre examen il ſe perça de ſon épée, il reſpiroit encore, lorſque Thiſbé ſortit du lieu qui la cachoit, elle trouva un corps palpitant & baigné de ſang, & ne douta point que le voile déchiré n'eut été la cauſe de l'erreur dont Pyrame étoit la victime; elle ſe perça de la même épée, & tomba ſur le corps de ſon Amant. Le murier fut teint de leur ſang, & changea ſes mures en une couleur de noir pourpre.

D. Rapportez-moi l'Hiſtoire de Philemon, & de Baucis?

R. L'Hiſtoire de Philemon, & de Baucis dont Ovide fait une narration très-exacte au huitiéme Livre des Métamorphoſes, eſt une copie infidéle de ce qui arriva à Abraham avec quelques circonſtances de l'Hiſtoire de Loth; Abraham étant un jour aſſis à la porte de ſa tente, vit venir trois Anges ſous la figure d'hommes, il leur offrit l'hoſpice, fit cuire des pains ſous la cendre, leur lava les pieds, tua le veau tendre & gras, ſervit ſes hôtes, & apprit d'eux les malheurs qui menaçoient Sodome & Gomore ; après le repas deux de ces Anges travestis en hommes, prirent le chemin de Sodome ; Loth les reçut avec empressement, & les regala, ils lui découvrirent leur commission, & le firent sauver sur la montagne d'où ils virent tout le pays innondé par une pluye de soufre, de feu, & changé en un Lac affreux.

Voici la Fable. On voit au pied d'une colline de la Phrygie deux arbres qu'on a enfermés de murailles, il y a auprès un lac qui étoit autrefois une terre habitée. Jupiter & Mercure sous la figure d'hommes vinrent visiter ce pays, ils furent à la porte de mille maisons voir si on voudroit les recevoir, ils furent rebutés par-tout ; un vieillard appellé Philemon, & une bonne vieille sa femme appellée Baucis, les reçurent avec joie, ils étoient sans enfans : dès que ces Dieux furent entrés dans la cabane, on alluma du feu, on prépara ce qu'il y avoit de meilleur, on tua quelque volaille, on leur lava les pieds ; après le repas, ces Dieux se firent connoître, ils déclarerent au mari qu'ils alloient châtier & faire périr tout le pays de leur voisinage, qu'il falloit ſortir de leur maiſon, & les ſuivre. A peine étoient-ils arrivés ſur une montagne voiſine qu'ils virent tout le pays ſubmergé, & devenu un lac.

L'arbre ſous lequel Abraham reçut les Anges ſe voyoit encore du tems de Saint Jerôme, il étoit reveré des peuples qui venoient y faire des libations, & bruler de l'encens; cela a ſuffi pour faire dire à la Fable que les deux époux avoient été changés en arbres.

D. Qu'eſt-ce que la Fable conte d'Atalante ?

Atalante.

R. Atalante étoit fille du Roi de Scyros que l'exercice de la chaſſe rendit très-habile à la courſe, elle luta contre Pélée, & remporta le prix, ſa beauté la faiſoit rechercher de toutes parts; pour ſe débarraſſer de ſes amans, elle leur propoſa de courir ſans armes, qu'elle courroit avec un javelot, qu'elle pourroit percer de cette arme ceux qu'elle vaincqueroit; mais qu'elle ſeroit l'épouſe du vainqueur. Pluſieurs avoient déja perdu la vie, lorſque Hypomene ſe mit ſur les rangs. Venus lui fit préſent de trois pommes d'or du Jardin des Heſperides qu'il jetta dans la courſe à différentes diſtances; Atalante s'amusa à les ramasser, elle fut vaincue, & devint le prix de la victoire. Quelque tems après ayant profané avec son mari un Temple de Cybele, elle fut changée en lionne, & lui en lion.

D. Que faut-il sçavoir sur Méléagre ? Méléagre.

R. Qu'il fut de l'expédition des Argonautes, un des Héros de la Grece, & Chef de la fameuse chasse de Calydon Sanglier affreux, que Diane méprisée par le pere de Méléagre avoit envoyé dans ses terres pour les ravager; Méléagre rassembla grand nombre de Chasseurs, & tua cet animal, sa dépouille excita une nouvelle guerre où il tua ses oncles; Althée sa mere piquée de ce qu'il avoit fait présent de la hure à Atalante, fille du Roi d'Arcadie, & plus encore de la perte de ses freres, prit un tison fatal que les Parques avoient mis au feu à sa naissance, en prononçant ces paroles: *Cet enfant vivra tant que ce tison durera*, le jetta au feu, & à mesure qu'il bruloit, Méléagre sentit ses entrailles dévorées par un feu ardent qui les consuma.

D. Que nous apprend la Fable sur Terée Roi de Thrace?

Térée, Progné, & Philomele.

R. Terée épousa Progné, fille de Pandion Roi d'Athenes; Progné fâchée de se voir séparée de sa sœur Philomele, engagea son mari de l'aller chercher pour la conduire en Thrace. Terée revenant avec Philomele, ne songeoit qu'à satisfaire sa passion, il la conduisit dans un vieux Château, où désesperé des reproches qu'elle lui faisoit, il lui coupa la langue; de retour chez lui, il se présenta à son épouse avec un air triste, & l'assura que Philomele étoit morte dans le voyage; Philomele traça dans sa prison avec une aiguille de tapisserie l'attentat de Terée; Progné reçut la toille en ne s'occupant que de sa vengeance, elle tira sa sœur du Château, tua le fils qu'elle avoit eu de Terée, fit cuire ses membres, & les servit dans un festin à son mari; Philomele parut dans ce repas, & jetta sur la table la tête de l'enfant, Terée demanda des armes pour tuer les deux sœurs; mais les Dieux changerent Progné en hirondelle, Philomele en rossignol, Terée en hupe, & Itys le fils en phaisan.

Cephale & Procris.

D. Racontez-nous l'histoire de Cephale & de Procris?

R. Cephale épousa Procris; unis par

l'amour le plus tendre, ils vivoient heureux & contens, lorſque l'Aurore épriſe de la beauté de Cephale l'enleva, mais Cephale conſerva ſon cœur à ſa chere épouſe, & l'Aurore le renvoya à Procris en jettant dans ſon eſprit quelque ſemence de défiance ſur la conduite de Procris. Il reparut chez lui ſans ſe faire reconnoître, employa mille ſtratagêmes, & parvint à ſe faire écouter. Procris honteuſe de ſa foibleſſe court dans les bois, ſe met à la ſuite de Diane; Cephale l'accuſe d'imprudence, va la conſoler, & l'engage à revenir. Procris à ſon tour prit de la jalouſie, Cephale aimoit la chaſſe, lorſqu'il étoit fatigué de tuer du gibier, il alloit ſe repoſer à l'ombre; là il appelloit le Zéphir, *Viens*, diſoit-il, *ſoulager mon ardeur, viens, Zéphir, à mon ſecours*; ce nom de Zéphir fut pris pour une Nymphe, Procris alla ſe cacher dans un buiſſon voiſin, elle entendit Cephale répéter les douceurs au Zéphir, l'infidélité ne parut plus douteuſe, elle pouſſa des ſoupirs, Cephale voyant remuer les brouſſailles, crut appercevoir un animal, lança ſon dard & courut; il trouva Procris qui expira entre ſes bras.

D. Rapportez-nous les principales circonſtances de l'hiſtoire de Midas?

Midas. R. Midas étoit un Roi de Phrygie; Bacchus vint lui rendre viſite, accompagné du bon-homme Silène & des Satyres; ces derniers s'arrêterent en route vers une fontaine où Midas avoit fait venir du vin. Silène s'ennivra, on le porta à Midas paré de guirlandes & de fleurs, Bacchus ravi de voir ſon pere nourricier, ordonna au Roi de lui demander tout ce qu'il ſouhaiteroit, Midas demanda que tout ce qu'il toucheroit devînt or, ſa demande fut accordée, Midas toucha quelques branches d'arbre, elles devinrent or, il ſe lava les mains, l'eau prit une couleur de liqueur d'or. Il prit du pain, il le trouva converti en or, il porta à la bouche un morceau de viande, il trouva de l'or ſous la dent; pauvre & riche tout à la fois, il déteſte ce funeſte préſent, il demanda à Bacchus qu'il le délivrât d'un état qui n'a que l'apparence du bien, Bacchus l'envoye ſe laver dans le Pactole, Midas obéit, & communiqua ſa vertu au Pactole, qui depuis ce tems roule un ſable d'or.

Midas fut arbitre entre Apollon & Pan.

Pan prétendoit que sa flute devoit l'emporter sur la lyre d'Apollon ; Midas jugea en riche ignorant & sans goût, il donna la préférence à Pan, Apollon lui fit présent en conséquence d'une paire d'oreilles d'ânes, son Barbier les apperçut, le Roi demanda le secret avec menaces, le Barbier fit un trou en terre, & y enterra ce secret, mais il crut des roseaux dans cet endroit, & les roseaux agités par le vent, firent entendre, *le Roi Midas a des oreilles d'ânes.*

D. Quel fut le triste sort de Leandre & d'Hero ?

Leandre & Hero.

R. Leandre jeune homme de la ville d'Abydos aimoit Hero, qui étoit de Sesle, ville située de l'autre côté de la Mer. Leandre passoit toutes les nuits l'Helespont à la nage pour l'aller voir, un fanal éclairoit sa course, Leandre fut submergé par une tempête, & jetté par les flots aux pieds de la Tour où Hero l'attendoit, elle le reconnut, & se précipita sur lui dans la mer.

Des Vertus & des Vices.

D. Quelles Divinités les Anciens réveroient-ils encore ?

R. Les Vertus & les Vices. On les comprend sous le titre de Divinités de la quatriéme Classe.

D. Quelle est la plus souveraine de toutes ces Divinités ?

La Fortune. R. La Fortune. C'étoit une des Nymphes qui cueilloient des fleurs avec Proserpine, lorsqu'elle fut enlevée. Chaque Poëte s'est plû à la représenter à sa façon ; mais la figure qu'on lui donne le plus communément, c'est de la placer sur une roue qui tourne sans cesse, ou sur un char tiré par des chevaux aveugles ; on la représente chauve, avec des ailes aux pieds, ou portant le Ciel sur sa tête, & tenant dans une main la corne d'Amalthée.

La Nécessité. La Nécessité étoit la mere de la fortune ; on la désigne par des longues chevilles & des coins qu'elle tient dans des mains de bronze. Toute la terre l'adoroit, & sa puissance étoit telle, que Jupiter ne pouvoit point se dispenser de lui obéir. Elle avoit un Temple à Corinthe où personne n'entroit que ses Prêtresses.

La Renommée. D. Comment represente-t'on la Renommée ?

R. Virgile en fait un Monstre, qui a autant d'yeux, d'oreilles, de bouches

& de langues que de plumes. Les Poëtes feignent qu'elle se place nuit & jour, sur les lieux les plus élevés pour y publier les bonnes & les mauvaises nouvelles qu'elle ne peut taire.

D. Quelle vertu honoroit-on sous le nom de Themis ? Themis.

R. La Justice connue également sous celui d'Astrée. C'est la Vierge du Zodiaque ; on la representoit avec un bandeau sur les yeux, pour signifier que la Justice ne doit point se laisser séduire. On lui donnoit une épée dans une main, & une balance dans l'autre, Astrée habita sur la terre tant que dura l'âge d'or.

D. Quelle est la Déesse de la vengeance ?

R. Némésis. C'étoit elle qui châtioit les méchans, & ceux qui abusoient des faveurs de la Fortune. On lui donne des aîles pour signifier que la peine suit ordinairement le crime. On lui met sur la tête une couronne faite en forme de bois de cerf. Némesis.

D. Quel étoit le Dieu de la Table ?

R. Comus. Il présidoit aux festins & aux toilettes. Comus.

D. Les Anciens n'ont-ils point aussi fait une Divinité du Silence ?

R. Les Egyptiens la nommoient *Harpocrates*. On representoit cette Divinité ayant un doigt sur la bouche. On lui donnoit le nom de *Muette*.

La Paresse & l'Industrie. D. La Paresse n'étoit-elle point aussi une Divinité chez les Anciens ?

R. Oüi, le Limaçon & la Tortue lui étoient consacrés. La Déesse de l'Industrie étoit son ennemie.

La Victoire. D. Quels sont les attributs de la Victoire ?

R. On donnoit à cette Déesse une branche de palmier dans la main ; une couronne d'olivier & des ailes, & on la plaçoit sur un globe. Elle étoit fille du Styx & de la Terre.

Bellonne. La Déesse Bellone sœur de Mars étoit Déesse de la guerre. C'étoit elle qui préparoit le char & les chevaux de son frere, lorsqu'il alloit à la guerre. On la représentoit tenant une verge teinte de sang, les cheveux épars, & le feu dans les yeux.

D. L'Antiquité n'avoit-elle pas encore d'autres Divinités ?

R. Oui, mais il seroit trop long de les décrire ici en détail.

Sous le nom de *Manes* les Anciens comprenoient tantôt les Dieux infernaux, & tantôt l'ombre d'un mort.

Les fleuves étoient aussi des Divinités.

La crainte, la paleur, la fiévre, les tempêtes, la pauvreté, la calomnie avoient des Temples chez les Romains.

DES JEUX.

D. Dites-nous en peu de mots quels étoient les Jeux les plus fameux de la Grece ?

R. On en compte quatre principaux, sçavoir,

1°. Les *Olympiens* ; on y célébroit la mémoire des grands événemens, & la jeunesse s'y formoit aux exercices du corps, à la musique, à la course des chariots ou au *saut* ; à lancer fort loin une pierre pésante que l'on appelloit *Disque* ; à la lutte où les combattans s'efforçoient de se renverser, ils s'oignoient d'huile, & répandoient sur eux une poussiere très-fine pour empêcher la sueur ; au Ceste où l'on combattoit à coup de poings. On célébroit ces Jeux tous les quatre ans au pied du Mont Olympe. On appelloit Olympiade cet intervale de quatre ans, & il servoit d'Epoque aux Grecs pour compter les années. Ces Jeux se célébroient avec toute la magnificence possible, & celui qui remportoit le prix étoit entretenu le reste de sa vie aux dépens du peuple.

2°. Les *Pythiens* qui furent institués en l'honneur d'Apollon, parce qu'il avoit tué le Serpent Python. On y admettoit les mêmes exercices qu'aux Jeux Olympiens. Ils se célébroient tous les cinq ans, & les vainqueurs y étoient couronnés de laurier, arbre consacré à Apollon.

3°. Les *Néméens* établis en l'honneur d'Ophelte, fils de Lycurgue. Cet enfant qui étoit encore à la mammelle fut étouffé par un Serpent dans le tems que sa nourrice, l'ayant posé sur une plante d'ache, alloit chercher à boire aux Capitaines qui alloient assiéger Thebes. Ces Princes au désespoir de cette aventure tuerent le Serpent, & instituerent des Jeux funébres pour la consolation de Lycurgue. On y combattoit de même que dans les autres Jeux, & les vainqueurs se mettoient en deuil, & se couronnoient d'ache. Ces Jeux se célébroient tous les trois ans.

4°. Les *Isthmiens* institués par Thésée en l'honneur de Neptune. On les célébroit tous les cinq ans, & les victorieux recevoient une Couronne de Pin.

On les faisoit ensuite passer par dessus les murailles de leur ville, sur lesquelles on élevoit un pont à cet effet, & l'on gravoit leurs noms sur des colonnes dans la place publique.

Les Romains avoient aussi des Jeux Agonaux en l'honneur de Janus, qu'on célébroit au mois de Janvier.

DES FABLES MORALES.

D. Qu'entend-t-on par Fables morales ?

R. On entend des fictions faites à dessein d'instruire les hommes en les amusant.

L'homme est souvent si foible, & si orgueilleux, qu'il faut le mettre dans une perspective, où il puisse voir la vérité, sans en être choqué. C'est un malade qui a besoin d'une médecine; mais il faut oter les dégoûts qu'elle peut lui causer. La Fable ou l'Apologue est le remede que de grands génies ont employé pour attaquer le vice. La Fable se présente avec un air ingenu, gracieux, aimable, qui la fait introduire, l'esprit la reçoit, & le cœur adopte les sentimens qu'elle inspire.

La Morale sans doute est l'ame de la Fable,
C'est une fleur qui doit donner son fruit.

. . . . . .

L'homme n'eût point voulu d'un précepte sévere,
Pour le prendre il falloit trouver cet hameçon.
Ainsi ce * Phrygien que l'univers renomme,
Fut Précepteur du genre humain.
Qu'un Lecteur est bien sous sa main!
Il l'amuse en enfant, mais pour en faire un homme.

La Motte, L. 5. F. 3.

La Fable est une Philosophie déguisée qui ne badine que pour instruire, & qui instruit toujours d'autant mieux, qu'elle amuse.

D. Quel est le meilleur Auteur en ce genre?

R. M. de la Fontaine Poëte incomparable qui a mis les Fables d'Esope en Vers François avec une légereté & des graces, qui ont fait un honneur infini à son Auteur, & qui charment les esprits les plus délicats. * Tout devient or entre ses mains.

Tout fleurit dans ses Vers, le plus vil animal, est éloquent. *La Motte* L. 3. F. 10.

D. Quels personnages a-t-on choi-

* Esope.

* Fables choisies mises en Vers. Paris 1745.

sis

fis dans ces sortes d'Ouvrages?

R. Les animaux, les arbres &c. En effet ce sont autant de Maîtres, qui nous enseignent la vérité. Voici comme notre Auteur s'en explique.

Tout parle en mon Ouvrage, même les poissons. L. 1. dans la Dédic.
Ce qu'ils disent s'adresse à tous tant que nous sommes;
Je me sers d'animaux pour instruire les hommes.

Et ailleurs,

Les Fables ne sont pas ce qu'elles semblent être L. 6. f. 1.
Le plus simple animal, nous y tient lieu de Maître.
Une Morale nue apporte de l'ennui,
Le conte fait passer le précepte avec lui,
En ces sortes de feintes, il faut instruire & plaire.

Et dans le huitiéme Livre, il termine une Fable, qui a pour titre, *Le Pouvoir des Fables*, & qui en démontre l'utilité & l'usage dans une occasion importante, par ces Vers. F. 4.

Le monde est vieux, dit-on, je le crois, cependant,
Il le faut amuser encore comme un enfant.

C'est ainsi qu'en usoit Esope, revenant de Delphes à Athenes, il trouva toute la face du Gouvernement changée par l'usurpation de Pisistrate; il fit sur cet évenement la célébre Fable des Grenouilles, qui lassées de leur liberté voulurent un Roi.

L.3.f.4.

D. Quel ordre peut-on donner à ces Fables.

R. Ce seroit de les diviser respectivement aux personnes que l'on veut enseigner, & à la matiere que l'on souhaite leur inculquer.

D. Quelles seront les personnes ?

R. Celles qui sont chargées de l'éducation de la jeunesse, & la jeunesse elle-même.

D. Quelle seroit la matiere ?

R. Les vertus & les vices.

Nous pouvons tous tant que nous sommes,
Trouver ici de quoi corriger nos défauts,
Et Disciples des Animaux,
En apprendre à devenir hommes.

La Motte. L. 1. Fab. 2.

Nécessité du bon exemple.

D. A quelle chose les parens & les maîtres doivent-ils s'attacher dans l'education des enfans ?

R. A leur donner un bon exemple,

ſans cela les meilleurs préceptes deviennent inutiles. Un enfant qui reconnoît de l'irrégularité dans la conduite de celui qui l'éléve, devient inſolent, perd le reſpect, ſecoue le joug, mépriſe les leçons de celui qui les lui donne.

L'Ecreviſſe avoit fort mauvaiſe grace à blâmer dans ſa fille un défaut, qu'elle avoit elle-même; elle devoit aſſurément s'attendre à cette réponſe mortifiante.

Puis-je autrement marcher que ne fait ma famille? L. 12. f. 10.
Veut-on que j'aille droit, quand on y va tortu?
Elle avoit raiſon; la vertu
De tout exemple domeſtique
Eſt univerſelle, & s'applique

. . . . . .

En bien, en mal, en tout: fait des ſages, des ſots:
Beaucoup plus de ceux-ci.

Voici comme s'exprime ſur cette matiere un autre Poëte.

Mere crains pour ta fille, elle examine en toi
L'eſprit, l'air, tout enfin, juſqu'à je ne ſçai quoi;
Le pis pour cet enfant, dont tu fais tes délices,
C'eſt qu'elle aime bien moins tes vertus, que tes vices.

Quoiqu'ailleurs quelquefois son enfance sommeille,
Elle est auprès de toi, tout œil & tout oreille.

Sanlec. Sat. 3.

Un bon exemple est le germe de mille bonnes actions. Le Général qui veut accoutumer des Soldats à la fatigue, doit montrer par ses actions qu'il ne la craint pas lui-même.

Education convenable à l'état.

D. Quelle éducation doit-on donner aux jeunes gens ?

R. Celle qui convient à leur naissance, & à la profession à laquelle on les destine. Avant de leur procurer un état, il faut étudier leur naturel & leur caractere; voir s'ils ont les qualités requises pour l'exercer, les familiariser ensuite aux incommodités qui en résultent, & ne rien négliger pour leur donner toutes les dispositions qu'il est nécessaire qu'ils y apportent.

L. 8. f. 24.

Laridon & César, freres dont l'origine
Venoit de Chiens fameux, beaux, bien faits & hardis;
A deux maîtres divers échus au tems jadis,
Hantoient l'un les Forêts, & l'autre la Cuisine.

Les soins qu'on prit de César rendirent ſon nom fameux. Il fut le premier Céſar que la gent chienne ait eu. Mais Laridon ayant perdu de vûe ſes ayeux & ſon pere, livré aux occupations baſſes & roturieres de la Cuiſine, perdit tout le fruit de ſa haute naiſſance.

Le peu de ſoin, le tems, tout fait qu'on dégenere,
Faute de cultiver la nature & ſes dons.
O combien de Céſars deviendroient Laridons !

D. Tout le monde eſt-il capable d'inſtruire les enfans?

Difficulté de l'éducation.

R. Non, cela demande beaucoup de prudence, de patience, & des ſoins infinis. On doit les reprendre de leurs défauts avec douceur, les chatier quand leur malice mérite punition, éviter de le faire en colere, ſe meſurer à leurs foibleſſes, & épier leur foible avec ſoin, pour en tirer parti dans l'occaſion.

C'eſt perdre toute confiance dans l'eſprit des enfans, & leur devenir inutile, que de les punir des fautes qu'ils n'ont pas faites, ou même ſévérement de celles qui ſont légeres, ils ſçavent précisément, & mieux que personne, ce qu'ils méritent, & ils ne méritent gueres que ce qu'ils craignent.

Qui ne sent le ridicule du Pédant, qui fait une longue harangue à un enfant qui se noye?

L. 1. f. 19. Ah le petit babouin!
Voyez, dit-il, où l'a mis sa sotise?
Et puis prenez de tels fripons le soin.
Que les Parens sont malheureux, qu'il faille
Toujours veiller à semblable canaille!

Ayant tout dit, il mit l'enfant à bord, qui reprend ainsi le ridicule de la remontrance:

Hé mon ami, tire-moi du danger,
Tu feras après ta harangue.

Education propre à former le cœur & l'esprit.

D. A quoi faut-il que la jeunesse s'occupe?

R. A acquerir des connoissances capables de former l'esprit & le cœur: L'ignorance ote toute ressource à l'homme. Celui qui méprise la science, est méprisé lui-même. La Fontaine en donne un bel exemple à l'occasion d'un riche ignorant, qui railloit un sçavant ſur le peu de profit que lui apportoit ſon travail.

Tenez-vous table ? L. 8. f. 19.
Que ſert à vos pareils de lire inceſſamment ?
Ils ſont toujours logés à la troiſiéme chambre,
Vêtus au mois de Juin, comme au mois de Décembre,
Ayant pour tout laquais leur ombre ſeulement.
La République a bien affaire
De gens qui ne dépenſent rien.
L'homme lettré ſe tût,

. . . . . .

La guerre le vengea mieux qu'une Satyre.
Mars détruiſit le lieu que nos gens habitoient.
L'un & l'autre quitta ſa ville,
L'ignorant reſta ſans aſyle,
Il reçut par tout des mépris,
L'autre reçut par tout quelque faveur nouvelle.
Cela décida leur querelle.
Laiſſez dire les ſots, le ſçavoir a ſon prix.

La Fable de la Fourmi & de la Cigale, nous prouve auſſi la néceſſité de préferer l'étude au plaiſir; l'avantage de ſe faire de bonne heure un fond utile, & de remplir ſon eſprit de connoiſſances ſolides. Le pareſſeux qui chante tout l'Eté, c'eſt-à-dire, qui employe ſa jeuneſſe à mille choſes vaines, mérite dans l'âge avancé le reproche que la Fourmi fait à la cigale.

L.1.f.1. Que faisiez-vous au tems chaud ?
Nuit & jour à tout venant,
Je chantois, ne vous déplaise.
Vous chantiez ? J'en suis fort aise !
Hé bien dansez maintenant.

Légereté condamnable.

D. Quel est le défaut ordinaire de la jeunesse ?

R. La légereté ; une espece d'yvresse séduit la plupart des esprits. On n'aime que les plaisirs sensibles, on ignore le prix excellent de la vertu, & séduit par l'amorce trompeuse des passions qui plaident leur cause avec plus de charmes, on s'embarque témérairement, & très-souvent on tombe dans des abîmes, dont on ne peut se retirer.

L.3.f.5. Capitaine Renard alloit de compagnie
Avec son ami Bouc, des plus hauts encornés.
Celui-ci ne voyoit point plus haut que son nés,
L'autre étoit passé maître en fait de tromperie.
La soif les obligea de descendre en un puits.
Là chacun d'eux se désaltere.
Ce n'est pas tout de boire, il faut sortir d'ici,

Dit le Regnard, il exhorte son ami à lui prêter son dos & ses cornes.

Par ma barbe, dit l'autre, il est bon.
Le Regnard sort du puits, laisse son compagnon,
Et vous lui fait un beau sermon.

Pour l'exhorter à patience :
Si le Ciel t'eût, dit-il, donné par excellence,
Autant de jugement, que de barbe au menton,
Tu n'aurois pas à la légere,
Descendu dans ce puits. Or adieu j'en suis hors,
Tache de t'en tirer, & fais tous tes efforts.

D. Est-il d'une grande consequence de s'appliquer au bien de bonne heure ?

Force du naturel.

R. Rien ne l'est d'avantage, l'habitude est une nouvelle nature entée sur la nôtre, qui se confond avec la premiere, & qu'il n'y a pas moyen de desunir.

Tant le naturel a de force,
Il se moque de tout ; certain âge accompli,
Le vase est imbibé, l'étoffe a pris son pli.

L. 2. f. 13.

D. Quelle est la source la plus féconde des vices de la jeunesse ?

Danger des mauvaises compagnies.

La mauvaise compagnie. Rien n'est si pernicieux que de fréquenter les méchans, leur société pervertit le cœur & l'esprit, attire souvent de fort mauvaises affaires, & pour l'ordinaire on est leur victime.

La société de Léonine, dont parle la Fontaine, ne fut d'aucune utilité à la

L. 1. f. 6.

Chevre, à la Génisse, ni à la Brebis. Le Lion se rendit maître de tout.

Avec plus grand que soi, tout pacte est dangereux,
Les Grands ne sont bons que pour eux.

L. 3. f. 13. Et notre Poëte traitant encore ce même sujet, conclut;

Il faut faire aux méchans guerre continuelle,
La paix est fort bonne de soi,
J'en conviens, mais de quoi sert-elle
avec des ennemis sans foi.

Il y a même souvent danger d'obliger un méchant. La grosse Chienne à qui la compagne prête son domicile, pour mettre bas ses petits, après un second terme accordé par grace, redemande sa maison, sa chambre, son lit: & pour recompense on lui dit en montrant les dents,

L. 2. f. 7. Je suis prête à sortir avec toute ma bande,
Si vous pouvez nous mettre hors
Ce qu'on donne aux méchans, toujours on le regrette.
Pour tirer d'eux ce qu'on leur prête
Il faut que l'on en vienne aux coups,
Il faut plaider, il faut combattre.
Laissez leur prendre un pied chez vous,
Ils en auront bien-tôt pris quatre.

Ce ſujet eſt encore traité dans la Fable du Tribut envoyé par les animaux à Alexandre. Le Lion ſe mit de compagnie, on mit l'argent dans une bourſe commune; quand on fut en plaine, le le Lion fit le malade.

» Continuez votre Ambaſſade, dit-» il, je ſens un feu qui me brule au-» dedans, & veux chercher quelque » herbe ſalutaire. Rendez-moi mon » argent. On débale. Oh Dieux, s'é-» crie-t-il, que de piéces mon argent a » produites? L. 3. f. 12.

Il prit tout là-deſſus,
Ou bien s'il ne prit tout, il n'en demeura gueres.

» On ſe remit en chemin, on vint ſe » plaindre au fils de Jupiter; mais on » n'eut pas raiſon.

D. Peut-on ſans danger écouter les flateurs?

R. Rien n'eſt plus dangereux. Le Corbeau écoute la voix du Renard, perd ſon fromage, & reçoit à ſes frais la leçon qui ſuit.

Mon bon Monſieur
Apprenez que tout flateur
Vit aux dépens de celui qui l'écoute. L. 1. f. 2.

D. Que pensez-vous de l'amitié ?

R. Que ceux dont le cœur est ouvert aux sentimens, & qui veulent aimer comme il faut, lisent la Fable des deux amis. Tous deux dorment profondément. Un songe trompeur représente à l'un son camarade dans l'embaras ; il se leve en sursaut, prend son épée, vole à son secours. L'autre étonné, croyant qu'il a perdu son argent au jeu, ou qu'on lui a intenté querelle, ou qu'il s'ennuie, lui offre sa bourse, son bras. Combien d'amis sont capables de s'inquiéter à ce point sur le sort de ceux ausquels ils donnent ce nom ! que la Morale de notre Poëte à ce sujet, est magnifique !

L. 8. Qui d'eux aimoit le mieux, que t'en semble,
f. 11. Lecteur ?
Cette difficulté vaut bien qu'on la propose ;
Qu'un ami véritable, est une douce chose !
Il cherche vos besoins au fond de votre cœur,
Il vous épargne la pudeur
De les lui découvrir vous-même.
Un songe, un rien, tout lui fait peur,
Quand il s'agit de ce qu'il aime.

Quelquefois l'amitié est indiscrete. Telle fut celle de l'amateur des Jardins & de l'Ours. Ils vivoient dans une grande concorde, & prévenoient leurs besoins réciproquement. Un jour l'Homme dormoit, & l'Ours à ses côtés chassoit les Mouches qui venoient l'incommoder; comme il ne pouvoit en faire partir une logée sur le nés de son ami, il

Vous empoigne un pavé, le lance avec roideur L. 8,
Casse la tête à l'Homme, en écrasant la Mouche; f. 10
Et non moins bon archer, que mauvais raisonneur,
Roide mort étendu sur la place il le couche.
Rien n'est si dangereux qu'un ignorant ami,
Mieux vaudroit un sage ennemi.

L'amitié engendre aussi quelquefois une familiarité hors d'œuvre. La Fable de l'Ane & du chien nous en donne un bel exemple. L'Ane raisonne ainsi;

Ce Chien parce qu'il est mignon, L.4.f.5.
Vivra de pair à compagnon,
avec Monsieur, avec Madame,
Et j'aurai des coups de baton?
Que fait-il? il donne la patte,
Puis aussi-tôt il est baisé.
S'il en faut faire autant afin que l'on me flatte,
Cela n'est pas bien mal aisé,
Dans cette admirable pensée,
Voyant son maître en joie, il s'en vient lourdement,
Leve une corne toute usée,

La lui porte an menton fort amoureusement;
Non sans accompagner pour plus grand ornement,
De son chant gracieux cette action hardie.
Oh, oh, quelle caresse, & quelle mélodie,
Dit le maître aussi-tôt, hola, Martin bâton,
Martin Bâton accourt, l'Ane change de ton,
Ainsi finit la Comédie.

Des Fables qui ont une application particuliere aux Demoiselles.

D. Quelle est la plus redoutable de toutes les passions?

R. C'est l'amour, parce qu'on en guérit plus difficilement que de toute autre. Le meilleur remede est la fuite de toutes les occasions; quiconque délibére est pris. Celui qui ne craint pas, dit un célébre Cardinal, est déja tombé. Le cœur le plus magnanime livré à cette passion, devient foible, indolent, négligent sur ses véritables intérêts, sourd aux avis les plus salutaires.

Bona.

L. 4. f. 1.

Amour, amour, quand tu nous tiens,
On peut bien dire, adieu prudence.

Un Lion devient amoureux d'une

Bergere ; le pere répond, ma fille est délicate, vos griffes pourroient la blesser, permettez qu'on vous les rogne, & qu'on vous lime les dents.

Le Lion consent à tout cela,
Tant son ame est aveuglée.
Sans dents, ni griffe, le voilà,
Comme place démantelée.
On lâcha sur lui quelques chiens,
Il ne fit point de résistance.

Amour, amour quand tu nous tiens,
On peut bien dire, adieu prudence.

Notre Fabuliste rapporte que l'amour jouoit un jour avec la folie ; une dispute survint, la folie donna un coup à l'amour, dont il perdit la lumiere ; Venus en demande justice au Conseil des Dieux. L. 12. f. 14.

L'intérêt du public, celui de la patrie,
Le résultat enfin de la suprême Cour,
Fut de condamner la folie,
A servir de guide à l'amour.

En effet quand on aime, on n'est guere en état de raisonner, les plus grands génies ont fait à cet égard les fautes les plus énormes.

D. Qu'est-ce que la Fable du Buste & du Renard nous enseigne ?

R. A ne point ſe laiſſer prendre aux apparences ; que la beauté eſt un tréſor fragile ; qu'une belle tête n'a ſouvent d'autre mérite.

Le Renard trouvant un Buſte creux, admire l'art de la Sculpture.

L. 4. f. 14. Belle tête, dit-il, mais de cervelle point !

L'amour propre eſt un poiſon ſubtil, qui nous fait regarder ce qui eſt ſouvent la cauſe de notre perte, comme quelque choſe de précieux. Bien des perſonnes mettent au deſſous d'eux des qualités & des talens capables de les faire ſubſiſter, pour en employer d'autres plus brillans, mais moins utiles. Tel eſt ce Cerf pourſuivi par un Chaſſeur, qui un inſtant avant ſa mort admiroit ſon bois, qui la lui cauſa, & mépriſoit ſes jambes qui ſeules pouvoient lui ſauver la vie.

L.6.f.9. Nous faiſons cas du beau, nous mépriſons l'utile.
Et le beau ſouvent nous détruit.
Ce Cerf blâme ſes pieds qui le rendent agile,
Il eſtime un bois qui lui nuit.

D. A quelle Fable faut-il renvoyer les perſonnes adonnées au luxe, & à la vanité des habits ?

R. A celle du Singe & du Léopard. Elles y apprendront, que si la beauté des habits plaît quelquefois, celle de l'esprit plaît toujours, qu'un beau dehors couvre souvent un trompeur, un scélerat, un stupide, un ignorant, que c'est moins par l'extérieur qu'il faut juger d'une personne, que par ses paroles & par ses actions. Tout le monde vint voir le Léopard, parce que la bigarure de son habillement étoit magnifique. Voilà disoit-on un bel animal, puis on se retiroit : du premier coup d'œil on avoit tout vû. Il n'en fut pas de même du Singe ; la diversité de son esprit plut infiniment davantage que celle de la peau du Léopard ; on écouta ses contes, on vit avec plaisir ses grimaces & ses singeries. Toute sa petite personne donna un divertissement parfait à la compagnie.

Ce n'est pas sur l'habit L.9.f.3.
Que la diversité me plaît, c'est dans l'esprit.
L'une fournit toujours des choses agréables,
L'autre en moins d'un moment lasse les regardans
O que de gens au Léopard semblables,
N'ont que l'habit pour tous talens!

D. A quelle chose les Demoiselles doivent-elles s'appliquer dans le choix d'un Epoux ;

R. A rechercher la conformité des humeurs préférablement au bien ; à ne point faire les précieuses, ni dédaigner les bons partis qui se présentent lorsqu'on a de bons témoignages de la probité des personnes.

L. 7. f. 5. Quoi, moi, quoi, ces gens-là ! L'on radote, je pense.
A moi les proposer ! Hélas, ils font pitié
Voyez un peu la belle espece !

Celles qui agissent ainsi, après s'être données en ridicule, se trouvent souvent dans le cas d'épouser le premier venu. Tel est la précieuse de notre Fabuliste.

Celle-ci fit un choix qu'on n'auroit jamais cru,
Se trouvant à la fin toute aise, & toute heureuse,
De rencontrer un malotru.

D. Lorsqu'une Demoiselle est mariée, à quoi doit-elle s'appliquer ?

R. Au soin de son ménage. Elle doit mépriser les grands ajustemens, & les parures, chérir le tems, faire peu de cas du jeu, trouver ses plaisirs & sa ſatisfaction dans ſa maiſon; aimer ſon mari, lui complaire; veiller ſur ſes Domeſtiques, & ſur l'intérieur de ſa maiſon; bien élever ſes enfans, leur donner bon exemple, fuir la compagnie des femmes oiſives & deſœuvrées, & leur faire le compliment de la Fourmi.

Adieu, je perds le tems, laiſſez-moi travailler, L. 4. f. 3.
Ni mon grénier, ni mon armoire,
Ne ſe remplit à babiller.

La Pie allant de compagnie avec l'Aigle, l'entretenoit des uns & des autres, à tort & à travers, lui offrant de lui rapporter tout ce qui ſe paſſeroit.

Son offre ayant déplu, L. 12. f. 11.
L'Aigle lui dit tout en colere,
Ne quittez point votre ſejour,
Caquet bonbecq, ma mie, adieu, je n'ai que faire
D'une babillarde à ma Cour,
C'eſt un fort méchant caractere.

D. Quelle vertu doit-on avoir éminemment dans le ménage?

R. La Prudence. Il ne faut rien faire qu'avec reflexion & prévoyance, & ne s'en rapporter à perſonne pour tout ce qu'on peut faire ſoi-même. Le Maître d'un Champ s'étoit attendu d'abord ſur ſes amis pour faire ſa moiſſon, aucun n'ayant paru, il eut recours à ſes parens qui ne furent pas plus empreſſés à le ſecourir; enfin il alla avec ſa famille couper lui-même ſes bleds.

L. 4. Notre erreur eſt extrême,
F. 22. Dit-il, de nous attendre à d'autres gens que nous,
Il n'eſt meilleur ami, ni parent que ſoi-même.

D. Les Dames portent-elles aiſément un ſecret?

R. Voici comme notre Auteur répond à cette queſtion.

L. 8. Rien ne peſe tant qu'un ſecret,
F. 6. Le porter loin eſt difficile aux Dames.

Elles ſe trouvent un peu vengées par le mot ſuivant:

Je ſçais même ſur ce fait,
Bon nombre d'hommes qui ſont femmes.

Mais le pis d'un ſecret divulgué c'eſt que paſſant de bouche en bouche, il ſe trouve enfin que ce qui n'étoit qu'une ſimple bagatelle & minutie de converſation devient une affaire impliquée, qu'on ne ſçait par quel bout démêler, &

si différente de ce qu'elle étoit dans sa source, qu'à peine la retrouve-t-on; un mari badin fait accroire à sa femme qu'il étoit accouché d'un œuf. Au premier récit,

Ma commere, dit-elle, un cas est arrivé;
N'en dites rien sur tout, car vous me feriez
battre,
Mon mari vient de pondre un œuf gros comme
quatre.

La commere court le dire aussi-tôt à une autre, le secret fut tant divulgué, & l'objet si grossi, que le mari avoit pondu plus de cent œufs avant la fin de la journée.

D. Doit-on beaucoup s'embarrasser dans le monde du *qu'en dira-t-on?*

R. Il faut que notre conduite soit reglée par la raison, après quoi il faut peu s'embarrasser des discours frivoles des hommes; à peine les événemens les plus célébres font impression quelques jours.

Notre Fabuliste rapporte à ce sujet la belle Fable du Meunier, & de son fils qui alloient vendre leur Ane au marché; la critique glosa sur toutes les façons dont ils s'y prirent pour le mener.

1°. Pour qu'il fût frais, on lui lia les pieds, & le pere & le fils le porterent suspendu comme un lustre.

Le premier qui le vit, de rire s'éclata,
Qu'elle farce, dit-il, vont jouer ces gens-là ?
Le plus âne des trois, n'est pas celui qu'on pense.

2°. Le fils monte sur l'âne, & le vieillard alloit de pied, un quidam s'écrie :

Oh-là, oh, descendez qu'on ne vous le dise,
Jeune homme qui menez laquais à barbe grise.
C'étoit à vous de suivre, au vieillard de monter.

3°. Le vieillard monte, le fils met pied à terre, c'est grand honte, s'écrie-t-on,

Qu'il faille voir ainsi clocher ce jeune fils,
Tandis que ce nigaud comme un Evêque assis,
Fait le veau sur son âne.

4°. Le Meunier prend son fils en croupe, lorsqu'un passant dit :

Ces gens sont fous,
Le Baudet n'en peut plus, il mourra sous leurs coups,
Hé quoi ! charger ainsi cette pauvre bourrique,
N'ont-ils point de pitié de leur vieux Domestique.

5°. Ils descendent tous deux, un quidam les rencontre :

Est-ce la mode
Que baudet aille à l'aise, & Meunier s'incommode ?
Qui de l'âne ou du Maître est fait pour se lasser ?
Je conseille à ces gens de le faire enchasser.
Ils usent leurs souliers, & conservent leur âne.

Voici l'importante conclusion.

Quant à vous, suivez Mars, ou l'Amour, ou le Prince,
Allez, venez, courez, demeurez en Province,
Les gens en parleront, n'en doutez nullement.

D. Ne voit-on pas les défauts des autres, plutôt que les siens propres ?

R. Cette vérité est renfermée dans la Fable de la besace. Aucun des animaux assemblés ne trouva à redire à lui-même, mais tous se censurerent les uns, les autres. Le singe après avoir vanté ses qualités, dit que l'Ours n'avoit été qu'ébauché, & qu'il ne lui convenoit point de se faire peindre, celui-ci glosa sur l'Elephant, trouva sa queue trop courte, & les oreilles trop longues, l'Elephant trouva la Baleine trop grosse, la Fourmi dit que le Ciron étoit trop petit. Bref de tous les animaux l'Homme parut le moins sage.

L. 1. F. 7. Linx envers nos pareilles, taupes envers nous ;
Nous nous pardonnons tout, & rien aux autres hommes.
On se voit d'un autre œil, qu'on ne voit son prochain.
Le Fabricateur souverain
Fit pour nos défauts la poche de derriere,
Et celle de devant pour les défauts d'autrui.

Des Vices principaux qu'on doit bannir de la Société.

D. Quelles personnes doit-on bannir de la Société ?

R. 1°. Les Fourbes. La Fontaine nous donne à ce sujet l'excellente Fable de l'Aigle ; de la Laye, femelle du Sanglier & de la Chate. Cette derniere détruisit par ses fourberies l'accord qui régnoit entr'eux, prenez garde à vos petits, dit-elle, à la Laye, l'Aigle se prépare à faire irruption dès que vous sortirez pour les mener paître ; ayant donné cette frayeur à la Laye, elle grimpe au nid de l'Aigle, on médite votre perte, la Laye est une traîtresse qui fouille la terre tous les jours pour faire tomber le chêne, & se jetter sur vos petits, cet avis l'obligea à garder la retraite.

La

La faim détruisit tout, il ne resta personne L.8.f.3.
De la gent marcassine, & de la gent aiglonne,
Qui n'allât de vie à trépas.

Cela fit une ample curée pour la Chate & pour ses Chats.

Que ne sçait point ourdir une langue traîtresse
Par sa pernicieuse adresse?
Des malheurs qui sont sortis
De la boëte de Pandore,
Celui qu'à meilleur droit, tout l'Univers abhorre,
C'est la fourbe à mon avis.

Quelquefois en voulant perdre les autres, on se perd soi-même.

La ruse la mieux ourdie
Peut nuire à son inventeur, L. 4. F. 11.
Et souvent la perfidie
Retourne sur son auteur.

La Fable du Lion malade le prouve clairement; les animaux étoient venus de toutes parts pour le visiter, chacun avoit apporté sa recette, le seul Renard s'en étoit dispensé. Le Loup pour faire sa cour lui en fit un grief, le Renard fut mandé, il se douta que le Loup lui avoit joué ce tour: pour se venger, il dit qu'il venoit de faire un pélerinage, qu'en chemin il avoit consulté plusieurs Médecins sur la maladie de Sa Majesté, qu'il n'y avoit qu'un remede efficace qui étoit de l'envelopper de la peau toute fumante d'un Loup écorché vif.

Le Roi goûta cet avis-là,
L.8.F.3 On écorche, on taille, on demembre
Messire Loup, le Monarque en soupa,
Et de la peau s'enveloppa.

La Cigogne débarrasse le Loup glouton d'un os qu'il avoit bien avant dans le gosier.

Elle demanda son salaire,
Votre salaire, dit le Loup,
L.3.F.9 Vous riez ma bonne Commere,
Quoi, ce n'est pas encore beaucoup
D'avoir de mon gosier retiré votre coû ?
Allez, vous êtes une ingrate,
Ne tombez jamais sous ma pate.

2°. Les Hypocrites. *L'hypocrisie*, dit un Auteur célébre, *est un hommage que le vice rend à la vertu*; en effet on se soucie davantage de paroître tel qu'on doit être que d'être en effet tel qu'on doit être. Un jour vient où les vices qu'on s'efforce de cacher se devoilent, & couvrent leurs auteurs de
L.4.F.9 confusion. Tel est le Geay revêtu d'un plumage postiche, il fut becquetté,

honni, hué, & mis nud à la porte. L.5.F.21.

L'Ane vêtu de la peau de Lion faiſoit trembler tout le monde.

Un petit bout d'oreille échappé par malheur,
Découvrit la fourbe & l'erreur.
Martin fit alors ſon office,
Ceux qui ne ſçavoient point la ruſe, & la malice
S'étonnoient de voir que Martin
Chaſsât le Lion au Moulin.

Valet de Meunier armé d'un bâton.

Il faut mettre dans cette Claſſe ceux qui employent leur adreſſe pour ſurprendre & pour attraper les autres; il eſt bien permis d'uſer de ſon induſtrie pour ſe procurer du bien, mais que peut-on penſer de celui qui met en uſage celle des autres pour en avoir tout le profit, le ſinge Bertrand me ſert ici d'exemple, il ſçut ſe ſervir adroitement de la patte du chat pour tirer les marons du feu, ſans permettre à cet animal d'en manger un ſeul.

Raton avec ſa patte L.9.F.19.
D'une maniere délicate
Ecarte un peu la cendre, & retire les doigts,
Puis les reporte à pluſieurs fois,
Tire un maron, puis deux, & puis trois en eſcroque,
Et cependant Bertrand les croque,

Une servante vient, adieu mes gens. Raton
N'étoit pas content, ce dit-on.

Fables de Richer Paris 1748. L. I. F. 14.

M. Richer a traité ce sujet avec élégance dans la Fable de l'Aigle & du Vautour.

L'Aigle avoit trouvé une Huitre qui tenoit bon contre les coups de bec.

Et se tenoit serrée
Sans vouloir ouvrir sa maison

Après de vains efforts,

Il consulta sur cette affaire.
Un Docteur du canton, c'étoit un vieux Vautour,
Maître Gonin qui sçavoit plus d'un tour,
Ouvrir l'Huitre, Seigneur, est chose aisée à faire
Répondit le subtil escroc,
Faites-là tomber sur un Roc.

L'Aigle s'éleve vers les Cieux, laisse tomber l'écaille qui se brise.

De l'avaler qui des deux eut la joie,
Ce fut notre larron, il fondit sur la proie
Dans le moment, & l'Aigle de retour
Vit qu'il avoit ouvert l'Huitre pour le Vautour.

On trouve encore une autre espece d'hommes qui se piquent de rendre d'importans services, & qui n'en font rien, ils ressemblent à la mouche qui n'attribuoit qu'à elle seule la gloire d'avoir fait avancer les chevaux d'un Coche arrêté dans un chemin sabloneux & mal aisé, & qui demandoit son salaire. L.7.F.9

Ainsi certaines gens faisant les empressés,
S'introduisent dans les affaires,
Ils font par tout les nécessaires,
Et par tout importuns devroient être chassés.

3°. Les menteurs. Le mensonge, dit Montagne, est un maudit vice; nous ne sommes hommes, & nous ne tenons les uns autres que par la parole; rien n'est si beau que la candeur, le vrai, c'est le seul moyen de gagner la confiance.

Un Bucheron au désespoir d'avoir perdu sa coignée prioit les Dieux de la lui renvoyer, Mercure pour l'éprouver vint lui en offrir une d'or, puis une d'argent, le Bucheron les refusa toutes deux, ne les reconnoissant point pour être à lui; enfin ce Dieu lui en ayant montré une troisiéme, il la reclama.

Tu les auras dit le Dieu, toutes trois, L.5.F.1
Ta bonne foi sera récompensée.

D'autres Bucherons plus avides & menteurs soutinrent à Mercure, que celle qui étoit d'or leur appartenoit.

Mercure au lieu de donner celle-là
Leur en décharge un grand coup sur la tête.
Ne point mentir, être content du sien,
C'est le plus sûr, cependant on s'occupe
A dire faux pour attraper du bien,
Que sert cela? Jupiter n'est pas dupe.

M. le Noble traitant ce même sujet sous le titre de *Probité récompensée*, dit fort ingénieusement.

L'Indigence est une Coupele
Dangereuse pour la vertu,
Et tel prend un chemin tortu,
Qui marcheroit fort droit sans elle.
On a toujours assez de bien
En quelque état qu'on soit quand on a la sagesse,
Et l'on est riche sans richesse
Si-tôt qu'on ne souhaite rien.

4°. Les gourmans. Ce vice est très-commun chez les enfans, ils mettent tout en œuvre pour satisfaire cette passion, elle commence à triompher de l'homme dès le berceau, il suffit qu'un objet les tente pour en faire paroître à leurs yeux la possession aisée, semblable à ces deux chiens qui voyant floter un âne mort sur la riviere, essayerent d'en boire toute l'eau, afin de mettre le corps à ſec.

Buvons toute cette eau, L. 8. F. 25.
Ce corps demeurera
Bien-tôt à ſec, & ce ſera
Proviſion pour la ſemaine.
Voilà mes chiens à boire, ils perdirent haleine,
Et puis la vie, ils firent tant
Qu'on les vit crever à l'inſtant.

La Fontaine fait une application de cette Fable à une autre eſpece de gourmandiſe, c'eſt-à-dire, à l'avidité de tout poſſéder, de tout connoître, de tout ſçavoir.

Si j'arondiſſois mes Etats!
Si je pouvois remplir mes coffres de ducats!
Si j'apprenois l'Hebreu, les Sciences, l'Hiſtoire!
Tout cela c'eſt la mer à boire.
Mais rien à l'homme ne ſuffit:
Pour fournir aux projets que forme un ſeul eſprit,
Il faudroit quatre corps; encor loin d'y ſuffire,
A mi chemin, je crois que tous demeureroient.
Quatre Mathuſalems bout-à-bout ne pourroient
Mettre à fin ce qu'un ſeul déſire.

Dans la Fable de l'Huitre, M. de la Motte dépeint un Voyageur jetté par la tempête dans une Iſle ſauvage, languiſſant & mourant de faim, il apperçoit des Huitres, il hazarde d'en avaler une.

Quel goût, quelle fraîcheur! Il avaloit toujours;
Grande exclamation à chaque Huitre avalée,
Vive, dit-il, cette eau salée!
Quel délice! à ce prix je passe ici mes jours.
C'est assez, lui crioit te mpérance importune,
Il est sourd à ses cris; encor une, encor une,
Et d'une en une il arriva
Que l'imprudent glouton creva.
Voilà l'humaine extravagance;
Nous nous perdons par les excès,
Contre plaisir & repugnance;
Raison perd toujours son procès.

5°. Les entêtés. L'opiniâtreté est un défaut très-commun, & insupportable dans la société.

On sçait que le chanvre sert à faire des rets, des lacets, & plusieurs autres piéges propres à attraper des oiseaux.
L.1.F.8 Une Hirondelle prudente leur conseilla en conséquence d'en manger la graine pendant qu'on la semoit; elle parla à des sourds; la graine étant levée, elle revint à la charge pour les engager à l'arracher brin à brin, on méprisa ce conseil, enfin pendant la récolte, elle leur représenta que leur vie dépendoit de leur retraite, mais aucun ne voulut l'entendre, sa prédiction se vérifia, beaucoup d'oiseaux furent pris, & le mal devint sans remede.

Il en prit aux uns comme aux autres,
Maint oisillon se vit esclave retenu,
Nous n'écoutons d'instincts que ceux qui sont les nôtres,
Et ne croyons le mal que quand il est venu.

L'entêtement a sa source dans notre amour propre. M. de la Motte dit excellemment.

Notre cœur veut avoir sa pleine liberté, L. 4. F. 21.
L'ombre de contrainte le blesse,
Et c'est un Roi jaloux de son autorité
Jusques à la délicatesse,
En choisissant je crois du Diadême,
Exercer les Droits Souverains,
Quelque ordre survient-il? Je ne suis plus le même,
Le Sceptre me tombe des mains.
Je songe alors à secouer ma chaîne,
Impatient de rentrer dans mes droits,
L'objet de mon plaisir le devient de ma peine,
Ma dépendance est tout ce que j'y vois.

6°. Les Ingrats.

L'homme est ingrat; c'est son grand vice,
Comme une grace il sollicite un bien;
L'a-t-il reçu? Ce n'est plus que justice. La Motte. L. 2. F. 10.
On a bien fait, il n'en doit rien.
Place-t-on un nouveau Ministre?
Il faut pour ses flâteurs agrandir son Palais,
Des graces, des trésors, n'a-t-il plus le Registre?
Une solitude sinistre
Fait déserter jusques à ses Valets.

Un bienfait porte sa récompense avec soi, l'Ingrat qui l'oublie est honteux d'avoir son bienfaiteur pour témoin de son ingratitude, rien n'est si beau que de baiser la main bienfaisante qui nous a secouru, que sçait-on si quelque jour, on n'aura point recours à ceux qu'on aide aujourd'hui.

Un Rat sort de terre entre les pattes d'un Lion qui lui accorde la vie.

L. 2. F. 11.
Ce bienfait ne fut pas perdu,
Quelqu'un auroit-il jamais cru
Qu'un Lion d'un Rat eût affaire?

Le Lion est pris dans les rets,

Sire Rat accourut, & fit tant par ses dents,
Qu'une maille rongée emporta tout l'ouvrage.

Il faut autant qu'on peut obliger tout le monde,
On a souvent besoin d'un plus petit que soi.

F. 12. La Colombe sauva des eaux une Fourmi prête à se noyer, en lui jettant un brin d'herbe, la Fourmi lui sauva la vie à son tour, en piquant au talon un Paysan qui alloit lui lancer une fléche.

Le Vilain retourne la tête,
La Colombe l'entend, part & tire de long.

L. 6. F. 13. Un Paysan trouva dans un chemin un Serpent roide & prêt à mourir de froid, il lui rendit la vie en l'échauffant dans son sein, mais à peine fut-il dégourdi, qu'il se tourna contre son bienfaiteur, & voulut le piquer; le villageois outré de cette ingratitude l'en châtia sur l'heure.

Il est bon d'être charitable,
Mais envers qui, c'est là le point
Quant aux ingrats, il n'en est point;
Qui ne meurt enfin misérable.

M. Richer a traité noblement ce même sujet dans la Fable de la Tortue, du Scorpion, & du Canard, qui commence par ce beau début. L.3.F.7

Il n'est rien de plus agréable
Qu'un ami sûr & véritable.
Sensible à nos chagrins ainsi qu'à nos plaisirs,
Il prévient nos besoins, il prévient nos désirs,
Discret, généreux & sincere,
Le définir est chose aisée à faire,
Mais le trouver c'est la difficulté.
Sous ce beau nom souvent le profane vulgaire
Couvre sa perfidie, & sa malignité.

La Tortue avoit des liaisons intimes avec un Scorpion; dans un voyage ils trouverent un ruisseau, le Scorpion au désespoir faisoit ses adieux, la Tortue charitable lui prêta ſon dos, le perfide auſſi-tôt travailla à percer l'écaille avec ſon dard, un Canard en avertit la Tortue qui l'apoſtropha de cette façon.

C'eſt donc ainſi que tu me remercies
Des égards que j'avois pour toi,
Ami deloial & ſans foi,
Je dois punir tes perfidies,
Va porter ton poiſon là bas.
Que ne puis-je avec toi noyer tous les ingrats.

L.1.F.3 7°. Les Orgueilleux. Tôt ou tard les Orgueilleux ſubiſſent le ſort de la Grenouille, elle eut beau s'enfler pour s'égaler au bœuf. Sa taille n'en crut pas davantage, & ſa préſomption la fit crever.

Le monde eſt plein de gens qui ne ſont pas plus ſages.
Tout Bourgeois veut bâtir comme les grands Seigneurs,
Tout petit Prince a des Ambaſſadeurs,
Tout Marquis veut avoir des Pages.

M. de la Motte commence la Fable des deux Livres par cette morale qui fait à notre ſujet.

J'ai vû quelquefois un enfant
L.4.F.9 Pleurer d'être petit, en être inconſolable,
L'élevoit-t on ſur une table?

Le marmot penſoit être grand.
Tout homme eſt cet enfant, les Dignités, les Places,
La Nobleſſe, les biens, le luxe, & la ſplendeur.
C'eſt la Table du Nain, ce ſont autant d'échaſſes
Qu'il prend pour ſa propre grandeur.

Une grande fortune engendre une haute eſtime de ſoi-même, ſujette très-ſouvent à des retours fâcheux.

Se croire un perſonnage eſt fort commun en France, L. 8. F. 15.
On y fait l'homme d'importance,
Et l'on n'eſt ſouvent qu'un Bourgeois,
C'eſt proprement le mal François.

M. Richer dans la Fable du Moucheron & de la Tortue, introduit ce Moucheron bruiant, hautain, faiſant une guerre obſtinée à la Tortue; on lui dit qu'il perdoit l'eſprit, qu'il étoit trop foible pour tenter un projet ſemblable. L. 9. F. 14.

L'Inſecte mépriſa cet avis charitable,

. . . . . .

Dès le premier aſſaut le petit téméraire,
Rompit ſon aiguillon, tandis que la commere
Dans ſon écaille en ſureté
Rioit de ſa folie, & de ſa vanité.

Concluons avec le Poëte,

Craignons les trompeuſes amorces
D'un projet vain, & conſultons nos forces.

Ajoutons ici quelques traits de M. de la Motte.

Qu'est-ce que l'homme ? Aristote répond,
C'est un animal raisonnable.
Je n'en crois rien. S'il faut le définir à fond,
C'est un animal sot, superbe, & misérable.
Chacun de nous sourit à son néant,
L. 1. F. S'exagere sa propre idée,
13. Tel s'imagine être un Géant
Qui n'a pas plus d'une coudée.
Aristote n'a pas trouvé notre vrai nom,
Orgueil & petitesse ensemble
Voilà tout l'homme ce me semble
Est-ce donc là ce qu'on nomme raison ?

8°. Les Injustes. La vertu doit être le mobile de toutes nos actions ; nous en sommes comptables devant Dieu, & devant les hommes. La Fontaine trace avec un crayon inimitable l'injustice, la
L. 1. F. perfidie, la calomnie, les mensonges
10. d'un Loup qui devore un Agneau innocent sans autre prétexte que sa force.

Là dessus au fond des forêts,
Le Loup l'emporte, & puis le mange
Sans autre forme de procès.

M. Richer a traité ingénieusement cet
L. 1. F. indigne procédé dans la Fable du Chien,
17. du Mouton, & du Renard.

De coucher ſur la dure, un vieux Dogue étoit
las,
Il rencontre un Mouton dont la toiſon nouvelle
Lui parut bonne à faire un matelas.
Au paiſible animal mouflar cherche querelle,
Tu me dois, lui dit le fripon
Une livre de laine. Il faut en diligence
Me la payer.

Le Mouton interdit, ignoroit ce qu'on vouloit lui dire, un Renard vint à paſſer, le Dogue le prit pour arbitre, Robin ignoroit la procédure, il ſe laiſſa juger. Voici la Sentence du Renard.

Maraud, on te demande une livre de laine,
Lui dit ce Juge à la douzaine,
On te fait trop de grace, & vous n'y penſez pas,
Seigneur Mouflar, je ſuis témoin du cas,
Au lieu d'une, il vous en doit quatre,
J'ordonne qu'il les paye. Il n'en faut rien rabbatre.

Voici la Morale.

Le Juge Patelin fait ſa cour au plus fort,
Chez lui le foible a toujours tort.

9°. Les Avares. Ces hommes entre les riches ſont les plus déteſtables, bien loin de jouir de leur bien, & de poſſéder leur argent, c'eſt leur argent qui les poſſede, ils entaſſent ſomme ſur ſomme, & les cachent dans des lieux éloignés ; ils y ruminent jour & nuit : les viſites fréquentes qu'ils font à leur tréſor les décelent, quelqu'un les guette, & l'enleve ; l'Avare gémit, quel malheur vous accable, lui demande-t-on, hélas ! répond-t-il, on a pris mon tréſor ; votre tréſor ? oui, près de cette pierre : que ne le gardiez-vous dans votre Cabinet, il vous auroit été facile d'y puiſer à toute heure. Comment replique notre Avare ?

L. 4. F. Je n'y touchois jamais. Dites-moi donc de grace :
20. Reprit l'autre, pourquoi vous vous affligez tant,
Puiſque vous ne touchiez jamais à cet argent ?
Mettez une pierre à la place,
Elle vaudra tout autant.

Les richeſſes ne ſont des tréſors que pour ceux qui ſçavent en faire un excellent uſage, & les hommes riches ne ſont ſur la terre que pour être les économes de leurs biens à l'égard des pauvres. La nature ſe contente de peu, il faut s'accoutumer à mépriſer le ſuperflu. Socrate à la vûe du luxe & des meubles précieux qui éclatoient dans une Foire, s'écria : *Qu'il y a de choſes dont je puis me paſſer !*

Les richeſſes ſont la ſource d'une

infinité de maux, elles entretiennent l'oisiveté qui est la mere de tous les vices; les riches pour la plûpart ne s'occupent que du plaisir & de la volupté, négligent les biens solides qui annoblissent l'ame, méprisent les indigens, & lorsque le pauvre se présente, on lui fait la réponse du Rat solitaire à son ami. Je ne puis.... rien faire.

Que de prier le Ciel qu'il vous aide en ceci, L.7.F.3
J'espere qu'il aura de vous quelque souci.

DE LA BIENSEANCE.

CE n'eſt point un défaut pour une Demoiſelle d'ignorer la Muſique, la Danſe, la Philoſophie; c'en eſt un qu'on ne pardonne point, d'avoir l'eſprit malfait, opiniâtre, dur, & des ſentimens bas & malſéans. Les hommes ſe doivent réciproquement deux genres de politeſſe, l'une qui regarde les manieres, l'autre qui regarde les termes & les expreſſions.

La Bienſéance qui conſiſte à conformer nos actions à la raiſon & à l'honnêteté, fait que ce que nous faiſons, ſied toujours bien, comme auſſi la maniere dont nous le faiſons. La Bienſéance dis-je regle tout, elle nous fait placer où il faut ce que nous faiſons de bien, & elle nous empêche de faire le mal que nous devons éviter; elle proportionne nos actions à notre âge, à notre état présent, à notre profession, aux personnes avec qui nous traitons, aux lieux, aux tems où nous sommes. Comme la Bienséance embrasse toutes les actions de notre vie, elle perfectionne & donne un prix à toutes les vertus, elle s'étend même sur les actions qui paroissent les plus indifférentes, & y fait reluire quelque rayon de cette raison active & vigilante, qui nous empêche d'agir sans dessein & au hazard.

C'est l'ordre de la Bienséance qui fait que chacun observe ce qui se pratique dans son pays, & qu'il suit encore en beaucoup de choses les Loix & les Coutumes des étrangers, lorsqu'il vit parmi eux : ce qui a donné lieu à ce Proverbe si connu : *Qu'il faut vivre à Rome, comme à Rome.*

Lorsque la raison guide ainsi nos pas, on nous voit modérés dans tous nos plaisirs, patiens dans tout ce qui peut les traverser, modestes dans la bonne fortune, fermes dans la mauvaise, circonspects dans nos discours, & toujours ennemis de ce qui blesse notre devoir. Une conduite tranquille, judicieuse, semblable au calme & à la sérénité des beaux jours, est sans doute préférable aux grandes actions que l'on admire légerement & sans réfléxion, & qui sont souvent les effets de l'humeur, du caprice, de l'ostentation, ou du hazard.

Les regles que prescrit la Bienséance sont essentielles en tout tems, & vis-à-vis toute sorte d'âge. Il ne nous est pas permis de nous en dispenser à l'égard des enfans qui n'ont pas encore l'âge de la raison; car quoiqu'ils ne soient pas capables de faire la différence de nos actions, nous ne devons pas laisser d'être circonspects en leur présence, afin de ne point accoutumer leurs yeux à rien d'indécent & d'irrégulier.

Un regard, un sourire, un geste en certaines occasions, un certain maintien, parler quand il faut se taire, se taire quand il faut parler; être guai, s'ennuyer, paroître distrait, tout cela blesse la Bienséance.

C'est blesser la Bienséance que d'aborder avec un air enjoué des personnes qu'on sçait avoir des sujets particuliers de tristesse, & au contraire de troubler par une humeur bizarre & ennemie du plaisir, la joie d'une fête, d'un festin, d'une bonne affaire. Saint

Paul nous avertit de pleurer avec ceux qui pleurent, & de rire avec ceux qui rient.

Rien ne ſied ſi mal que d'obliger de mauvaiſe grace, & de ſe faire arracher les ſervices que l'on rend, au lieu de s'y porter de ſoi-même, & d'épargner à ceux qui ne peuvent ſe paſſer de nous, la confuſion de nous découvrir leur beſoin. Pourquoi être officieux, ſans être honnête ? Pourquoi faire le bien en reculant, & déplaire en obligeant.

Un compliment déplacé marque un cœur faux, qui n'affecte de beaux dehors, que pour nous tromper. Quand Philippe II. Roi d'Eſpagne fit arrêter ſon fils, & qu'on changea ſon appartement en cette affreuſe priſon dans laquelle on le fit mourir, ce pere y vint, & voyant que ce jeune Prince ſe tourmentoit, à meſure qu'au lieu de tant de choſes magnifiques qu'on ôtoit de ſa chambre on n'y laiſſoit pour tout meuble qu'un matelas à terre; pour couvrir l'animoſité qui le faiſoit agir contre ſon propre ſang; *Ne vous troublez pas*, lui dit il avec un viſage attendri en apparence, *tout ce qu'on fait eſt pour votre bien.* Comme s'il eût voulu lui imposer par une pareille affectation, & renverser l'ordre naturel des choses, en détruisant l'impression qu'un semblable procédé doit produire dans les esprits.

Jamais Prince n'a eu une occasion plus belle d'exercer la politesse & la grandeur d'ame, que Charles-Quint durant la prison de François premier; il ne le visita qu'une seule fois, encore ce ne fut que dans la maladie, que lui avoit attiré le déplaisir de se voir traité si indignement; après qu'on l'eût averti, que ce Prince étoit à l'extrêmité, & que Sa Majesté perdroit sa rançon, si ce Roi venoit à mourir. Ce procédé parut indigne au Chancelier de Charles. En effet les Princes doivent être grands en tout; les mauvais procédés ne sont pas faits pour eux.

On blesse la Bienséance dans les paroles en deux manieres, ou par les choses qu'on dit, ou par les termes avec lesquels on s'exprime.

Les termes grossiers blessent tellement la modestie & la délicatesse des sentimens, comme aussi de certaines manieres de jurer qu'on fait entrer sans nécessité dans les conversations les plus indifférentes, & que l'on profere dans l'enjouement, de même que dans le dépit, & dans la colere, que toute Dame bien née est à l'abri de ces habitudes. Je passe encore sur l'article des injures, & des menaces qui portent avec elles un certain air de liberté malhonnête ; ce qui est plus que suffisant pour les faire supprimer à une femme qui a reçu quelque éducation. Mais les équivoques qu'on mêle dansles conversations enjouées , sont toujours bien plus dangereuses ; elles blessent encore plus la Religion, que les regles de la politesse & de la Bienséance, & ne tendent à rien moins qu'à la corruption du cœur.

Les Chansons modernes ne respirent que cette affreuse licence. On ne voit presque qui que ce soit, qui ne les souffre, les femmes & même les jeunes filles, chez qui la pudeur devroit être plus tendre & plus aisée à blesser, chantent ces sortes de Chansons, à cause des équivoques qu'elles renferment, avec la même liberté & le même goût, qu'elles en chantent d'autres à cause de la beauté des airs ; comme si le soin qu'on a eu de mettre ces équivoques en vers & en musique les devoit rendre recommandables, & comme si elles perdoient dans les Chansons le sens qu'elles cachent dans le discours ordinaire. De quel déreglement l'homme n'est-il point capable ? Semblable à l'avare, qui par son indigne passion renverse l'ordre naturel des choses, & en altere l'usage, nous corrompons l'usage des mots en leur donnant un sens contraire, nous représentons le mal sous des formes nouvelles, en le cachant dans des mots & dans des expressions ambigues.

Il ne faut pas croire que tout ce qui est esprit, soit dans l'ordre de la Bienséance; on court grand risque de s'en éloigner dans tout ce qu'on dit, si le jugement ne s'en mêle. On peut dire des sotises avec esprit; une repartie fine & piquante offense vivement, & se pardonne difficilement.

Ainsi ne brillez jamais aux dépens du bon sens ? Soyez enjoué sans excès ? Ne vous exposez point à la confusion de rire seule parmi des personnes qui ont des raisons d'être sérieuses, ne riez jamais la premiere de ce que vous dites, de peur d'empêcher les autres d'en rire s'il en vaut la peine.

Soyez moins occupée à tirer avantage

tage de vos bonnes qualités, qu'à vous corriger de vos défauts? Craignez les dangers où la beauté expose; c'est un présent du ciel qu'il faut respecter dans vous même, & dont vous n'avez aucun droit de disposer de votre chef, pour ne vous préparer aucun sujet de repentir; regardez la sans cesse comme l'occasion de votre perte, & comme la matiere de votre gloire; car il y a peu de femmes qui ayent été belles, & qui ne doivent être fachées de l'avoir été. Ne jugez point de vous même sur ce qu'on vous en dit, les hommes ne louent que par intérêt.

N'affectez pas des airs dédaigneux & pleins de fierté? Evitez le trop grand nombre de paroles; la lenteur ou la précipitation à parler, le ton haut & décisif, les contes fréquens, les explications, les digressions, le trop d'exemples & les complimens, tout cela déplaît, & impatiente.

Que la modestie & le bon sens paroissent dans tout votre ajustement; Songez moins à être parée, qu'à être propre, ne soyez le singe de personne dans vos manieres, non plus que dans vos habits? Marchez toujours en la présence de l'Esprit Saint, si vous voulez être parfaite, croyez qu'il a les regards attachés sur vous, afin de conformer vos sentimens à ses volontés, & votre action exterieure au respect que vous lui devez; faites regner dans tout ce que vous faites, un air de sagesse, de Bienséance qui vous distingue de celles qui ont l'ame déreglée, qui ne s'observent sur rien, & qui oublient que Dieu les voit.

REGLES GENERALES

De la Bienséance & de la Politesse.

1. Il faut qu'une Demoiselle se comporte suivant son âge & sa condition, qu'elle prenne garde à la qualité de la personne avec laquelle elle traite; qu'elle observe bien le tems, qu'elle fasse attention au lieu où elle se rencontre.

2. La familiarité est une liberté honnête que des personnes qui parlent & agissent ensemble prennent entr'elles, qui fait que par une certaine convention tacite & réciproque, on prend en bonne part, ce qui choqueroit étant pris à la rigueur. Il faut observer que d'inferieur à supérieur la familiarité est

une effronterie : & ſi on ne ſe connoît point, c'eſt une inſolence ; que de ſupérieur à inférieur la familiarité doit toujours être dans la Bienſéance, & même obligeante pour l'inférieur.

3. Comme le ſalut eſt la premiere marque du reſpect, la révérence ne doit jamais être ni courte, ni trop précipitée, mais baſſe & grave, on peut même s'incliner un peu du corps quand on ne fait que paſſer.

4. Un marché modeſte ſied à une Demoiſelle ; il faut éviter de frapper fortement la terre ou le plancher, de marcher comme ſi on danſoit, de tourner la vue çà & là, d'être trop lente ou trop précipitée.

5. Comme les yeux ſont l'image de l'ame ; que vos regards ſoient doux, modeſtes, naturels ſans affectation, en ſorte qu'on ne remarque en vous aucune paſſion ou affection dereglée.

6. Tenez-vous toujours droite, & accoutumez-vous à cette poſture.

7. Il faut éviter les grands éclats de rire & plus encore de rire de tout & ſans ſujet.

8. Ecoutez beaucoup, & parlez peu, prenez garde d'interrompre ceux qui parlent. Comme une gravité trop mar-

quée est insuportable, il faut l'éviter aussi-bien que la légereté.

9. Il n'est pas séant de faire paroître beaucoup d'admiration, ni de s'épuiser en louanges, comme si on n'avoit jamais rien vû, quand quelqu'un montre à la compagnie quelque bijou ou autre chose; il ne faut pas aussi être indifferent & froid à estimer ce qui est estimable.

10. Si on se trouve dans la compagnie de quelque licentieux qui sort des regles, & profere quelque parole libre & équivoque, il faut éviter d'en rire, & même faire semblant de ne l'avoir pas oui, couper adroitement le discours, quitter même la compagnie, en trouvant quelque excuse.

11. Il faut que tout le discours d'une Demoiselle soit simple, sans fard, qu'il marque la retenue & le respect, dont elle veut persuader la personne avec qui elle traite, & que le mensonge ne soit jamais sur ses levres.

12. Il faut honorer & respecter les Maîtres & Maîtresses, les Ecclésiastiques, les Vieillards, les Magistrats; fermer les yeux sur leurs défauts, & ne prêter jamais l'oreille au mal qu'on dit d'eux.

13. Pour votre habillement, ſuivez la coutume du pays, & les façons de s'habiller des perſonnes de votre condition, qui ſe piquent de modeſtie; retranchez tout le ſuperflu & tout ce qui reſſent l'eſprit du monde.

14. Que la conduite des volages, des évaporées ne trouve aucune approbation dans votre eſprit; n'ayez pour elles aucune complaiſance, évitez les lieux où elles ſe trouvent, & détournez-vous de tous les mauvais chemins qu'elles prennent.

DE L'ARITHMETIQUE.

D. QU'eſt-ce que l'Arithmetique ?
R. C'eſt la ſcience des Nombres.

D. Qu'eſt-ce que les Nombres ?

R. Ce ſont des Caractères dont les hommes ſont convenus de ſe ſervir pour exprimer les quantités qu'ils conçoivent, comme 4. 8. &c. qui déſignent qu'on entend 4 aunes ou 8 aunes de telle ou telle marchandiſes, ou d'autres choſes.

D. Combien y a-t-il de ſortes de Nombres ?

R. De deux ſortes, d'entiers, & de fractionnaires. Les entiers comprennent des unités pleines, comme 6 écus, 20 aunes; les Nombres fractionnaires contiennent une ou pluſieurs parties de quelque entier, comme $\frac{1}{4}$, &c. qui ſignifie qu'une choſe eſt diviſée en 4 *parties*, & qu'on en prend *une*.

D. Quels sont les caractères ou chiffres dont on est convenu de se servir ?

R. Il y en a 9 que voici : 1. 2. 3. 4. 5. 6. 7. 8. 9. qui désignent les quantités que nous appellons un, deux, trois &c.

On se sert encore du zéro qui se marque ainsi 0, ce caractère ne marque rien par lui-même ; mais il détermine la valeur des caractères qui le précedent.

D. Est-ce que la valeur des chiffres ne dépend pas de leur figure ?

R. Non, tel chiffre ne vaut que trois unités, qui, placé à un second rang vaut trois dixaines d'unités, au troisiéme vaut trois cent unités ; voici le principe dont on est convenu ; quand plusieurs chiffres sont rangés de suite sur une même ligne, ceux qui sont dans la premiere place commençant à compter de droite à gauche, ne valent jamais que ce qu'ils signifient ; ceux qui sont dans la seconde place, valent dix fois davantage que dans la premiere ; 2 dans la premiere vaut deux unités, dans la seconde il vaut deux dixaines, dans la troisiéme il vaut dix fois davantage ; sçavoir deux centaines, dans la quatriéme il vaut deux mille, dans la cinquiéme des dixaines de mille, dans la sixiéme des centaines de mille, &c. en sorte que la valeur d'un chiffre est toujours dix fois plus grande dans le rang suivant que dans le précédent.

Les zéros font le même effet que les chiffres, s'il y a un zero aprés le 2, ce 2 vaut dix, s'il y a deux zéros, ce 2 vaut deux cent &c. 2 : 20 : 200 : &c.

D. Comment exprime-t-on une rangée de plusieurs chiffres sur une même ligne ?

R. On la coupe de trois en trois par tranche, & chacune de ses tranches a son nom, la premiere s'appelle *tranche des unités*; la seconde, *tranche des mille*; la troisiéme, *tranche des millions*; la quatriéme, *tranche des billions*, &c. & ainsi à l'infini. Soit ce nombre à exprimer 3478588945 je le partage en tranches de cette façon

billions,	millions,	mille,	unités,
3	478	588	945

& je dis qu'il vaut trois billions, quatre cent soixante-dix-huit millions, cinq cens quatre-vingt-huit mille, neuf cens quarante-cinq unités.

Maniere d'écrire toutes ſortes de Nombres avec les caractères qui les figurent.

Chiffre commun.		Chiffre Romain.
Un	1	I
Deux	2	II
Trois	3	III
Quatre	4	IV
Cinq	5	V
Six	6	VI
Sept	7	VII
Huit	8	VIII
Neuf	9	IX
Dix	10	X
Onze	11	XI
Douze	12	XII
Treize	13	XIII
Quatorze	14	XIV
Quinze	15	XV
Seize	16	XVI
Dix-ſept	17	XVII
Dix-huit	18	XVIII
Dix-neuf	19	XIX
Vingt	20	XX
Vingt-un	21	XXI
Vingt-deux	22	XXII
Vingt-trois	23	XXIII
Vingt-quatre	24	XXIV
Vingt-cinq	25	XXV

Vingt-six	26	XXVI
Ving-sept	27	XXVII
Vingt-huit	28	XXVIII
Vingt-neuf	29	XXIX
Trente	30	XXX
Quarante	40	XL
Cinquante	50	L
Cent	100	C
Cinq cent	500	D
Mille	1000	M
Dix mille	10000	X. M.
Vingt mille	20000	XX. M.
Cent mille	100000	C. M.
Million	1000000	X. C. M.

Des quatres opérations de l'Arithmætique.

DE L'ADDITION.

D. Qu'est-ce que l'Addition ?

R. C'est une opération qui trouve la *somme* ou le *total* de plusieurs sommes particulieres.

D. Que faut-il faire pour procéder avec ordre & exactitude ?

R. Il faut disposer les Nombres donnés de telle sorte que les premiers chiffres des uns soient sous les premiers chiffres des autres, les unités sous les unités, les dixaines, sous les dixaines, les centaines ſous les centaines, &c. Enſuite il faut ajouter leſdits Nombres par partie, commençant de droite à gauche afin que la ſomme s'augmentant, on rejette les chiffres qui paſſent 10 dans le rang ſuivant, ainſi on place dans ce premier rang le ſurplus de dix, s'il y en a, c'eſt-à-dire, les unités, & on retient les dixaines pour le rang ſuivant, par exemple : ſi l'Addition du premier rang fait 17, comme ce nombre fait une dixaine & ſept unités, on poſe 7 ſous le premier rang, & on tranſporte la dixaine au rang ſuivant.

EXEMPLE.

Un Particulier doit	589
Plus	387
Plus	794
On demande le Total de ſa dette.	1770

Je dis 4 & 7 font 11 & 9 font 20 je poſe un zéro, & je retiens deux dixaines. Après je dis deux dixaines & 9 font 11 & 8 font 19 & 8 font 27, je poſe ſept dixaines, & je retiens 20 dixaines qui font 200, puis je dis deux centaines que j'ai retenues & 7 font 9

& 3 font 12. & 5 font 17, je pose 7 au rang des centaines, & je transporte dix centaines qui font un mille dans le rang suivant.

Quand il se trouve que l'Addition des premiers rangs ne produit que des zéros, il faut ajouter les autres chiffres, & y mettre autant de zéros qu'il est nécessaire, afin que les chiffres pleins soient dans le rang qui leur convient.

Une Abbaye possede	
une Ferme qui rapporte	5000 liv.
Une Prairie de	3000
En rente sur les Etats du Pays	15000
Revenu total	23000

S'il se trouve des zéros dans le deuxiéme ou troisiéme rang; on pose dans ce rang les chiffres retenus de la colomne ou du rang précédent.

Un pere dépense	
pour la pension de sa fille	405 liv.
pour le voyage	106
pour ses ajustemens	209
Total	720 liv.

De la Soustraction.

D. Qu'est-ce que la Soustraction?

R. C'est une opération qui ôte un plus petit nombre d'un plus grand pour en connoître le reste.

D. Que faut-il observer pour cela?

R. Il faut placer le plus petit sous le plus grand; les unités, sous les unités; les dixaines, sous les dixaines &c. & quand le chiffre qu'on veut retrancher, est plus grand que celui de qui on veut le retrancher, il faut l'augmenter en empruntant une dixaine dans le rang suivant.

EXEMPLE.

Une Demoiselle avoit en entrant au Couvent 598 liv. elle a payé 425 liv. pour sa pension, combien lui reste-t-il?

	598
ôtez	425
reste	173 liv.

Je dis qui de 8 ôte 5 reste 3, que j'écris à son rang, ensuite je dis, qui de 9 ôte 2 reste 7 que je marque au rang des dixaines, qui de 5 ôte 4 reste 1 que j'écris sous la colomne des centaines; & l'opération est faite qui me dit qu'il lui reste 173 liv.

AUTRE EXEMPLE.

Un homme doit	635
Il paye	478
reste	157

Je dis qui de 5 veut ôter 8, cela ne se ne peut, j'emprunte une dixaine du 8 au rang suivant qui étant jointe fait 15 : qui de 15 ôte 8 reste 7, ensuite venant au 3 du rang suivant qui ne vaut que 2 à cause de l'emprunt, je dis qui de 2 paie 7 cela ne se peut, j'emprunte de nouveau, & je dis qui de 12 paie 7 reste 5, ensuite venant au troisiéme où 6 ne vaut plus que 5, je dis qui de 5 paie 4 reste 1

Quand il se trouve un zéro dans le nombre qui est dessous, il faut placer le chiffre positif du dessus entre les nombres qui composent le *reste*, puisque d'un tel nombre n'ôtant rien, ce nombre doit rester tout entier.

Je veux retrancher 503 de 794 : je dis :

	794
	503
reste	291

Qui de 4 ôte 3 reste 1, qui de 9 n'ôte rien reste 9, qui de 7 ôte 5 reste 2.

Quand le nombre qui doit être retranché est égal à celui de qui on le retranche on met un zéro, & on continue l'opération.

de	648
j'ôte	348
reste	300

Quand sous un zéro il se trouve un zéro, on met un zéro pour conserver la valeur des chiffres qui suivent & qui précedent.

de	1000
j'ôte	700
reste	300

D. Comment se fait la preuve de l'Addition & de la Soustraction?

R. La preuve de l'Addition se fait par la Soustraction : j'ajoute ensemble.

	354
&	478
Total	832
	1'1'0

Je dis en commençant de gauche à droite 3 & 4 font 7 ôtez de 8 reste 1 ; je continue 5 & 7 font 12 ôté de 13 reste 1, puis 4 & 8 font 12 de 12 quitte, ce qui prouve que l'Addition est bonne.

La preuve de la Soustraction se fait par l'Addition, si je dois 832, & qu'en payant 478, je trouve que je redevrai 354; pour justifier l'opération, j'ajoute 478 avec 354, & leur somme 832 vérifie l'exactitude.

De la Multiplication.

Qu'est-ce que la Multiplication ?

R. C'est une espece d'Addition par laquelle on ajoute un certain nombre donné autant de fois à lui-même qu'il y a d'unités dans un autre nombre donné, je veux multiplier 4 par 5 ce qui fait 20 : j'ajoute autant de fois 4 à lui-même qu'il y a d'unités dans 5.

On appelle *Multiplicande* le nombre qu'on multiplie, *Multiplicateur* celui qui multiplie, *produit* le nombre qu'on cherche ; dans cet exemple 4 est mulplicande, 5 Multiplicateur, 20 le produit.

D. Pour bien pratiquer la Multiplication que faut-il faire ?

R. Il faut bien sçavoir par cœur la Table suivante, suivant cette regle,

Nul ne peut être bon Chiffreur
S'il ne sçait son Livre par cœur.

2 fois	2 font	4
2	3	6
2	4	8
2	5	10
2	6	12
2	7	14
2	8	16
2	9	18
3	3	9
3	4	12
3	5	15
3	6	18
3	7	21
3	8	24
3	9	27
4	4	16
4	5	20
4	6	24
4	7	28
4	8	32
4	9	36

5	5	25
5	6	30
5	7	35
5	8	40
5	9	45
6	6	36
6	7	42
6	8	48
6	9	54
7	7	49
7	8	56
7	9	63
8	8	64
8	9	72
9	9	81

D. Que faut-il faire pour multiplier un nombre par un autre ?

R. Il faut placer le Multiplicateur sous le nombre à multiplier comme dans l'Addition

Ensuite multiplier le Multiplicande par le chiffre du Multiplicateur , & écrire le produit comme dans l'Addition.

Soit 48 à multiplier
par 7

336

Je dis 7 fois 8 font 56 je poſe 6 & je retiens 5 dixaines; je dis 4 fois 7 font 28 & 5 de retenu ſont 33 : je poſe 3 au rang des dixaines, & j'avance l'autre au rang des centaines.

D. Quand le Multiplicateur eſt compoſé de pluſieurs chiffres que faut-il faire ?

R. Il faut 1°. multiplier par le premier de ces chiffres le nombre à multiplier.

Enſuite par le ſecond, & ainſi des autres, mettant le premier produit de chacune de ces multiplications partiales ſous le chiffre qui a multiplié.

2°. Il faut ajouter dans une ſomme ces multiplications partiales, & l'Addition donne le nombre qu'on cherchoit.

aunes
37 de dentelle
à 28 ſols

296
74

1036 ſols

Quand il a des zéros au commencement, soit du Multiplicateur, soit du Multiplicande on multiplie les chiffres pleins par les chiffres, & on place après les produits les zéros tant du Multiplicateur que du nombre à multiplier.

30 aunes de Damas
à 20 liv.

600 liv.

Quand le Multiplicateur est avec un ou plusieurs zéros, il ne faut que placer après le nombre qui doit être multiplié, les zéros du Multiplicateur.

4 aunes de Ruban à
10 sols

40 sols ou 40 sols.

40 Pieces de vin à
100 liv.

4000 liv. ou 4000 liv.

La certitude de cette opération est évidente dans la premiere. Je cherche un nombre dix fois plus grand, & dans la seconde un nombre cent fois plus grand: or pour former ces valeurs, j'ajoute un zero dans la premiere, & deux zeros dans la ſeconde.

D. Les Zéros peuvent-ils multiplier?

R. Non? cependant il faut marquer ces Zéros pour remplir la place où ils ſe trouvent, & pour conſerver la valeur des nombres qui ſuivent, & qui précédent.

304	aunes de toile à
108	ſols l'aune.
2432	
3040	
32832	

De la Diviſion.

D. Qu'eſt-ce que la Diviſion?

R. C'eſt une eſpece de ſouſtraction par laquelle on retranche d'un plus grand nombre un autre plus petit, ou égal, autant de fois qu'il y eſt contenu.

Le premier s'appelle *Dividende*, le ſecond *Diviſeur*. Le nombre qui exprime combien de fois le Diviſeur eſt contenu dans le Dividende, s'appelle *Quotient*.

Diviſer 12 par 4, c'eſt chercher combien le nombre 12 contient de fois le nombre 4; il le contient 3 fois, 3 est le quotient de cette Division.

D. Pour diviser un nombre donné par un autre, que faut-il faire?

R. Il faut écrire le Diviseur à la droite du nombre à diviser, & voir ensuite combien le Diviseur est contenu dans le nombre à diviser, & écrire le Quotient de cette Division sous le Diviseur.

Le nombre donné pour être divisé est 95, le Diviseur est 5. Je place premiérement le Diviseur 5 à côté du Dividende, en le distinguant par un trait, ensuite je vois combien de fois 5 est contenu dans 9, il y est contenu une fois, lequel j'écris au Quotient sous le Diviseur.

95	5
45	19

Aprés cela je multiplie 5 par 1, le produit est 5, que j'ote du nombre à diviser 9, & il reste 4. J'abaisse le 5 à côté du 4, il reste encore à diviser 45 par 5. Je dis en 45 combien de fois 5, il y est 9 fois, ce que je marque aprés le premier Quotien 1, ensuite multipliant le Diviſeur 5 par ce dernier Quotient, le produit eſt 45, que je retranche de 45 ſecond nombre du Dividende, & il ne reſte rien.

D. Quand le Diviſeur a pluſieurs caracteres que faut-il faire ?

R. Il faut conſiderer ſeulement combien ſon premier caractere de gauche à droite eſt contenu dans le premier caractere du Diviſeur; après multiplier tout le Diviſeur par le Quotient, commençant par le premier caractere dudit Diviſeur de droite à gauche, & retrancher le produit de cette multiplication du nombre à diviſer, laquelle Souſtraction fait connoitre ſi l'on a bien diviſé.

68 | 34
2.

Sur le nombre donné 68 pour être diviſé par le Diviſeur 34, je diſpoſe ces nombres comme il a étéenſeigné, je ne cherche point d'abord combien tout le Diviſeur eſt contenu dans le nombre 68, je vois ſimplement combien 3 eſt contenu dans 6; il y eſt deux fois, ce que je marque; mais auſſi pour m'aſſurer, ſi tout le Diviſeur 34 eſt véritablement deux fois dans le nombre à diviſer 68, & ſi par conſequent 2 eſt le Quotient de cette Diviſion, je multiplie ce Diviſeur entier par le Quotient 2, & trouvant que deux fois 34 font 68, je ne doute plus que l'opération ne ſoit bonne.

D. Si ayant multiplié le Diviſeur par le Quotient, il ſe trouve que le produit eſt plus grand que le nombre à diviſer, que faut-il faire?

R. Il faut prendre un Quotient plus petit.

$$\begin{array}{r|l} 68 & 38 \\ \hline 30 & 1\,\frac{30}{38} \end{array}$$

Il reſte dans cette Diviſion 30 à diviſer par 38. Nous verrons plus bas comment on opere ſur cette Fraction, qu'on écrit comme vous voyez après le Quotient ſur une ligne, & ſous cette ligue le Diviſeur.

D. Quand le Divieur n'eſt pas contenu exactement dans le nombre à diviſer, que faut-il faire?

R. Il faut prendre le caractere ſuivant dans le Dividende.

Soit

Soit 112 à diviser par 57.

$$11.2 \mid \frac{57}{1\,\frac{55}{57}}$$

Je prends deux caracteres dans le Dividende, & je marque un point, parce que le premier chiffre 1 ne peut pas contenir le premier caractere 5 du Diviseur. Le premier chiffre 5 du Diviseur est deux fois dans 11, premiers chiffres du nombre à diviser; mais parce qu'en multipliant par le Quotient 2 le Diviseur 57, le produit est 114, qui est plus que le nombre à diviser 112; je connois par cette épreuve que ce Quotient est trop grand; j'en prends donc un plus petit; sçavoir 1, & j'en ote le produit du nombre à diviser 112, disant 1 fois 7 font 7, que j'ote de 12 reste 5, & je retiens 1 que j'ai emprunté, ensuite je dis 1 fois 5 font 5, & un que j'ai retenu font 6, que je soustrais de 11, il reste 5, ainsi 57 est contenu 1 fois dans 112 avec un reste.

Soit le nombre à diviſer 288 par 72.

28.8	72
00	4

Le premier chiffre 7 du Diviſeur, n'eſt pas contenu dans 2 premier chiffre du nombre à diviſer, j'en prends deux, & je dis en 28 combien de fois 7, & opérant comme ci-deſſus, je trouve que 7 eſt 4 fois dans 28, ce que je marque. Je multiplie le Diviſeur 72 par ce Quotient, diſant 2 fois 4 font 8, que j'ote de 8, & il ne reſte rien; après cela je dis 4 fois 7 font 28, que j'ote de 28, & il ne reſte rien; ainſi je ſçais que 72 eſt véritablement contenu 4 fois dans 288.

D. Après que l'on a diviſé les premiers caracteres du nombre à diviſer, que faut-il faire?

R. Il faut deſcendre les ſuivans de la gauche à la droite, juſqu'à ce que l'on ait diviſé tout ce nombre donné.

Soit le nombre 9906 à diviſer par 39, après avoir mis ces nombres dans leur place,

```
9906 | 39
     |----
210    254
 156
  00
```

Je dis 3 eſt contenu 3 fois dans 9 ; mais ce Quotient étant trop grand, j'en prends un plus petit, ſçavoir, 2 ; & je dis 2 fois 9 font 18, que j'ote de 19, il reſte 1, que je marque comme vous le voyez, & je retiens 1, après cela je dis 2 fois 3 font 6 avec 1 que j'ai retenu fait 7, que j'ote de 9, & il reſte 2.

Je deſcends le chiffre ſuivant, & je dis 3 eſt contenu 7 fois dans 21, mais ce Quotient étant encore trop grand, j'en prends un plus petit, à ſçavoir 5, & je dis 5 fois 9 font 45, que j'ote de 50, il reſte 5, & je retiens 5 ; enſuite je dis 5 fois 3 font 15 avec 5 que j'ai retenu font 20. que j'ote de 21, & il reſte 1 ; je deſcends un nouvaau caractere du Dividende, & je dis, 3 eſt contenu 5 fois dans 15, mais ce Quotient étant encore trop grand, j'en prends un plus petit ; ſçavoir 4, & je dis 4 fois 9 font 36, que j'ote de 36 il ne reste rien, & je retiens 3. Enfin je dis 4 fois 3 font 12, & 3 de retenu font 15, qui étant oté de 15 il ne reste rien. ainsi ayant divisé 9906 par 39 le Quotient est 254, ce que je voulois sçavoir.

D. Quand le Diviseur n'est pas contenu dans le nombre à diviser, lorsqu'on a descendu un caractere, que faut-il faire?

R. Il faut mettre un zéro au Quotient.

315.45	45
0.0.45	701

Le nombre à diviser est 31545, le Diviseur est 45. Je dispose ces nombres comme il a été dit.

1° 45 n'étant point dans 31, je prends trois caracteres du Dividende. Je marque un point, & je considere combien 4 est dans 31, il y est 7 fois, je multiplie le Diviseur 45 par ce quotient, disant 7 fois 5 font 35, que j'ote de 35, reste rien, & je retiens 3; après cela je dis 4 fois 7 font 28, & 3 que j'ai retenu font 31, que j'ote de 31, & il ne reste rien.

2°. Je descends le 4 du Dividende, & par ce que 45 n'est pas contenu dans ce caractere, je place un zéro après le 7.

3°. Je descends le 5, dernier caractere du Dividende, & je dis 4 est une fois en 4, je marque cet 1 au Quotient, ensuite multipliant le Diviseur 45 par ce Quotient, je trouve que le produit 45 de cette multiplication est égal au nombre à diviser; par conséquent la division a été très-bien faite, ainsi 701 est le Quotient de 31545 divisé par 45.

La Multiplication & la Division se servent réciproquement de preuves.

Si on multiplie 12 par 36, le produit 432 divisé par 36 donne au Quotient 12; & multipliant le Quotient 12 par le Diviseur 36 on retrouve le Dividende 432.

De la Regle de Trois ou Regle d'or.

D. Pourquoi appelle-t-on cette Regle, *Regle de Trois*, ou *Regle de Proportion?*

R. Parce qu'elle est toujours composée de trois nombres connus, par le moyen desquels on cherche un quatriéme inconnu; & que les trois nombres connus, & le quatriéme que l'on trouve par la regle, sont proportionnels; c'est-à-dire, que cette regle présente quatre Termes, tellement disposés que si le premier Terme est le tiers ou le quart du second, le troisiéme est le tiers, ou le quart du quatriéme. On les écrit de cette façon:

2 4 :: 8 16

Ce qui s'exprime en disant, 2 est à 4 comme 8 est à 16.

Cette Regle porte aussi le nom de *Regle d'or*, à cause de son grand usage dans toutes les sciences.

D. Pour bien entendre cette Regle que faut-il faire?

R. 1°. Remarquez que le premier & le troisiéme Terme doivent être de même espece. C'est-à-dire, hommes ou especes, &c. comme aussi le second & le quatriéme; ainsi on mettra pour second celui qui est de la qualité de ce que l'on cherche.

2°. Multipliez le second nombre par le troisiéme, & divisez le produit par le premier ; le Quotient donnera le quatriéme nombre cherché.

Regle de Trois.

Un homme dépenſe en huit jours 32 liv. on demande combien il dépenſera en quarante jours, faiſant toujours les mêmes dépenſes.

Dans cette queſtion on cherche un quatriéme Terme qui ſoit à 40 comme 32 eſt à 8.

```
8   32 : : 40     (160)
     40
  ------
  1280 | 8
       -----
   480   160
```

Les Termes étant rangés comme on le voit, on multiplie le troiſiéme par le ſecond, ou le ſecond par le troiſiéme, & on diviſe le produit, par le premier, le Quotient 160 eſt le quatriéme Terme cherché.

D. Comment fait-on la preuve de cette Regle ?

R. En multipliant le premier Terme 8 par le quatriéme, qui eſt 160, le produit doit être égal à celui du ſecond par le troiſiéme.

160
88

1280

On peut dire encore, si on dépense en 40 jours 160 liv. combien en 8 jours; on trouvera 32 comme il a été proposé.

40 s. 160 liv. : : 8
8

1280 | 40
80. 32.

Autre Exemple.

12 aunes d'étoffe ont couté 72 liv. on demande combien on aura d'aunes pour 144 liv.

Pour resoudre cette question, je dis, si pour 72 liv. j'ai eu 12 aun. combien en aurai-je pour 144 liv.

72 liv. 12 a : : 144 liv. (24)

```
      144
    -------
       48
      48
     12
    --------
     172.8 | 72
           ------
      288    24
       00
```

Des Fractions.

D. Qu'est-ce que Fraction ou nombre rompu ?

R. C'est une expression qui donne le rapport de la partie à un nombre entier ; par exemple cette expression $\frac{2}{3}$ marque que l'entier a été rompu en 3 parties, ou qu'il a trois parties, dont on prend deux.

D. Comment appelle-t-on les nombres qui sont sous la ligne ?

R. On les appelle *Dénominateurs* de la Fraction.

D. Comment appelle-t-on le nombre qui est sur la ligne ?

R. On l'appelle *Numérateur.*

D. Que vaut le Dénominateur d'une Fraction ?

R. Il vaut toujours un entier. Dans cette Fraction $\frac{4}{4}$, le Numérateur 4 vaut un entier, puisqu'il comprend toutes les parties du Dénominateur.

Dans cette Fraction $\frac{2}{4}$, le Numérateur 2 vaut moins que son Dénominateur 4, parce qu'il ne vaut que 2 parties, telles que 4 en valent 4.

Dans cette Fraction $\frac{6}{4}$, le Numérateur 6 vaut plus que son Dénominateur, par ce qu'il vaut 6 parties telles que 4 n'en valent que 4.

Regle générale.

Dans tous les cas la Fraction est égale au Numérateur divisé par le Dénominateur.

$\frac{7}{4}$ d'aunes valent 1 aune $\frac{3}{4}$
$\frac{4}{4}$ valent 1 aune.
$\frac{3}{4}$ valent $\frac{3}{4}$ d'une aune.

D. Pour réduire un nombre entier & fractionnaire en même terme, ou en une même Fraction, que faut-il faire ?

R. Il faut multiplier l'entier par le Dénominateur de la Fraction, & ajouter au produit le Numérateur de la même Fraction.

On veut réduire 8 $\frac{1}{2}$ en Fraction ; pour cela je multiplie 8 par 2, il vient 16, ausquels ajoutant 1 Numérateur de $\frac{1}{2}$ il vient 17 qu'il faut écrire pour Numérateur de la Fraction demandée, & mettre pour dénominateur le dénominateur 2 de la Fraction proposée, & on aura $\frac{17}{2}$ égaux à 8 $\frac{1}{2}$.

D. Pour réduire une Fraction à ses moindres termes, que faut-il faire ?

R. il faut diviser le numérateur & le dénominateur de la Fraction par leur plus grande commune mesure. Dans les petits nombres cela s'apperçoit aisément ; mais en général il est plus aisé de remarquer si on peut soustraire parties égales du numérateur & du dénominateur.

Soit $\frac{108}{144}$.

1°. On peut prendre moitié desdits nombres, on aura $\frac{54}{72}$ $\frac{27}{36}$ le tiers $\frac{9}{12}$ le tiers $\frac{3}{4}$.

2°. On peut prendre encore le $\frac{1}{3}$ de $\frac{54}{72}$ le tiers de 5 est 1, le tiers de 24 est 8, le tiers de 7 est 2, le tiers de 12 est 4, & continuer de même, en disant le tiers de 18 est 6, le tiers de 24 est 8, & enfin la moitié de 6 est 3,

& la moitié de 8 est 4 ; ce qui fait voir que la Fraction $\frac{108}{144}$ ne vaut que $\frac{3}{4}$.

$\frac{54}{72}$, $\frac{18}{24}$, $\frac{6}{8}$, $\frac{3}{4}$.

D. Pour reduire deux Fractions au même dénominateur, comment fait-on ?

R. On multiplie le dénominateur de la premiere par le dénominateur de la seconde, & on en forme un dénominateur commun qu'on écrit sous une ligne plus bas.

Aprés on multiplie le numérateur de la premiere par le dénominateur de la seconde. Enfin le numérateur de la seconde par le dénominateur de la premiere.

$\frac{3}{4}$ $\frac{1}{2}$.

$\frac{6 \quad 4}{8}$

La Fraction $\frac{3}{4}$ vaut 6 huitiémes, & la Fraction $\frac{1}{2}$ vaut 4 huitiémes, s'il faut réduire 3 ou quatre Fractions, on s'y peut prendre de même.

$\frac{1}{4}$ plus $\frac{1}{8}$ plus $\frac{1}{3}$ valent

$\frac{8 \quad 4}{32}$ vaut $\frac{12}{32}$

$\frac{36}{96}$ $\frac{32}{96}$

Des Opérations d'Arithmetique sur les Fractions.

D. Comment s'y prend-t-on pour ajouter ensemble plusieurs Fractions ?

R. On les reduit au même dénominateur, & on additionne les numérarateurs.

$\frac{3}{4}$, & $\frac{7}{8}$ d'aune de Damas, combien ces fractions valent-elles ?

$$\frac{3}{4} \qquad \frac{7}{8}$$

$$\frac{24 \qquad 28}{52} \;\Big|\; \frac{52}{32}$$

R. Je dis 4 fois 8 font 32, dénominateur commun, puis multipliant en croix, je dis 4 fois 7 font 28, & 3 fois 8 font 24, j'additionne ces deux numérateurs, & j'ai $\frac{52}{32}$, j'en prends le quart, & j'ai $\frac{13}{8}$, qui valent 1 aun. $\frac{5}{8}$.

D. Comment s'y prend-t-on pour soustraire une Fraction d'un entier, & d'une Fraction ?

R. 1°. Pour soustraire une Fraction d'un entier, il faut réduire l'entier en Fraction, en le multipliant par le dénominateur de la Fraction donnée, oter $\frac{3}{4}$ de 4, je réduis l'entier 4 à la

Fraction $\frac{16}{4}$, dont otant la Fraction $\frac{3}{4}$, il reste $\frac{13}{4}$.

2°. Pour oter une Fraction d'une autre Fraction, il faut les réduire au même dénominateur, & retrancher le plus petit numérateur du plus grand,

on veut retrancher $\frac{2}{3}$ de $\frac{3}{4}$,

On aura $\frac{8-9}{12}$.

Otez $\frac{8}{12}$ de $\frac{9}{12}$ reste $\frac{1}{12}$.

D. Comment faut-il opérer pour multiplier une Fraction par une autre Fraction ?

R. Il faut multiplier les numérateurs l'un par l'autre, & ensuite les dénominateurs.

Les Fractions $\frac{1}{2}$ à multiplier par $\frac{2}{3}$ donnent $\frac{2}{6}$.

D. Comment divise-t-on une Fraction par une Fraction ?

R. On les réduit au même dénominateur, & on place les deux numérateurs en Fraction.

$\frac{2}{8}$ & $\frac{3}{8}$ donnent $\frac{2}{3}$.

DES OPERATIONS COMPOSE'ES.

Table des Monnoyes, Poids & Mesures pour les Opérations plus difficiles.

1 écu vaut	.	.	.	60 ſ.
La livre	.	.	.	20
Le ſols	.	.	.	12 d.

L'aune de France contient 3 pieds, 7 pouces, 8 lignes. Elle eſt différente dans les différens pays.

Elle ſe diviſe en	$\frac{1}{2}$
en	$\frac{1}{4}$
en	$\frac{1}{3}$
en	$\frac{1}{8}$

La livre ordinaire eſt de 16 onces, ou 2 marcs, celle pour peſer la ſoie eſt de 15 onces.

Le marc ſe diviſe en			8 onces.
L'once en	.	.	8 gros.
Le gros en	.	.	3 deniers.
Le denier en	.	.	24 grains.

APPLICATION DES PRE'CEPTES PRECEDENS.

Addition composée de livres, sols & deniers.

354 liv.	15 s.	4 d.
233	18	7
143	17	6
732	11	5

Après avoir disposé ces trois sommes comme vous le voyez, sçavoir les livres sous les livres, les sols sous les sols, & les deniers sous les deniers, on commence à compter par le rang des deniers.

La meilleure preuve pour vérifier une Addition composée est de la compter deux fois, en allant du bas en haut, puis en descendant du haut en bas.

Soustraction composée.

Quelqu'un doit 78 liv. 3 s. 5 den. & il en paye 45 liv. 7 s. 6 den. on demande ce qu'il doit de reste.

Dette	78 liv.	3 ſ.	5 d.
Payé	45 ..	7 .	6
Reſte	32 ..	15 .	11
Preuve	78 liv.	3 ſ.	5 d.

Multiplication compoſée.

PARTIES ALIQUOTES.

D. Qu'eſt-ce que des Parties aliquotes ?

R. Ce ſont les parties de quelque entier qui y ſont pluſieurs fois préciſément contenues & ſans reſte.

D. Quelles ſont les Parties aliquotes plus uſitées ?

R. Ce ſont celles qui ſuivent.

15 ſols ſont les trois quarts de vingt ſols, ou . $\frac{3}{4}$
10 ſols ſont la moitié ou $\frac{1}{2}$
5 ſ. le quart, ou . . . $\frac{1}{4}$
4 ſ. le cinquiéme, ou . $\frac{1}{5}$
2 ſ. le dixiéme, ou . . $\frac{1}{10}$
1 ſ. le vingtiéme, ou . $\frac{1}{20}$
6 ſ. 8 d. le tiers, ou . . . $\frac{1}{3}$

3 ſ. 4 d. le ſixiéme, ou . $\frac{1}{6}$
2 ſ. 6 d. le huitiéme, ou $\frac{1}{8}$
13 ſ. 4 d. les deux tiers, ou $\frac{2}{3}$

D. Qu'eſt-ce que de multiplier par les Parties aliquotes ?

R. Ce n'eſt autre choſe que de diviſer un nombre par 5, par 6 & par 7, &c. Et cette Diviſion ſe fait en tirant le cinquiéme, le ſixiéme & le ſeptiéme du nombre à multiplier.

On veut ſçavoir combien couteront 438 Eventails à 15 ſ. la piéce.

Pour faire cette Regle je prends pour 10 ſ. la moitié du nombre donné 438, & pour 5 la moitié du produit des 10 ſ.

		438 e. à 15 ſ.	
p.	10 ſ.	219	
p.	5	9	10
		238	10

On demande ce qu'il faut payer pour 2854 aunes de ruban à 5 ſ. l'aune.

Selon cette Méthode il faut prendre le quart de 2854, & il viendra pour la réponſe 713 liv. 10 ſ.

2854

713 liv. 10 ſ.

Pour ſçavoir ce qu'il faut payer pour 577 aunes de ruban à 4 ſ. l'aune, il faut prendre le cinquiéme dudit nombre & viendra 115 liv. 8 ſ.

577 à 4 ſ.

115 l. 8 ſ.

Pour trouver le produit de 136 aunes de ſatin à 6 ſ. 8 d. il faut prendre le tiers du nombre à multiplier, & il viendra 45 liv. 6 ſ. 8 d.

Pour la réponſe. 136

45 liv. 6 ſ. 8 d.

TABLE

Des Parties aliquotes de 24. deniers pour avoir des livres, & de 12 deniers pour avoir des ſols.

6 deniers eſt le $\frac{1}{4}$ de 24 deniers $\frac{1}{4}$
& la demi de 12 $\frac{1}{2}$
4 deniers eſt le ſixiéme de 24 d. $\frac{1}{6}$
& le tiers de 12 $\frac{1}{3}$
3 deniers eſt le huitiéme de 24 d. $\frac{1}{8}$
& le quart de 12 $\frac{1}{4}$

D. Combien couteront 877 aunes à 6 deniers ?

R. 1°. on peut multiplier 877 par 4 deniers, diviser le produit par 12, & réduire ensuite les sols en livres.

2°. On peut en opérant par les Parties aliquotes retrancher le dernier caractere de droite à gauche, & prendre le quart des autres, ensuite prendre moitié des dixaines, & du chiffre retranché.

87|7 aunes
à 0 0 s. 6 den.

21 » 18 » 6.

On peut faire la preuve en disant à 1 sols ce seroit

43 liv. 17 dont la moitié est
21„ 18 6

Multiplication par Livres, Sols & Deniers.

D. On demande ce que couteroient 498 aunes à 6 liv. 17 s. 6 den.

R. 3423 liv. 15 ſ.

	498 aunes	
à	6 liv. 17 ſ. 6 d.	
	2988	
pour 10 ſ.	249	
pour 5 ſ.	124	10
pour 2 ſ. 6.	62	5
	3423 liv.	15 ſ.

On peut faire la preuve en multipliant 1°. par 6 qui donnera le premier produit 2988 liv. 2°. En multipliant 498 par les 17 ſ. 6 d. on aura 8715 ſols qui étant réduits en livres donneront 435 liv. 15 ſ. qu'on joindra au produit précédent.

Diviſion composée.

L'on veut partager 7989 liv. 19 ſols 6 den. à 543 perſonnes, on demande combien chacun aura pour ſa part?

Pour cela diviſez 7989 livres par 543 il viendra 14 livres au quotient, & il reſtera 387 liv. 19 ſ. qu'il faut réduire en ſols, en les multipliant par

20 ſ. le produit donnera 7759 ſ. qu'il faut diviſer par le même diviſeur des livres, le quotient donnera 14 ſols & il reſtera 157 ſols qu'il faut réduire en deniers en les multipliant par 12 den. & diviſant le produit par le même diviſeur, le quotient donnera 3 deniers, & il reſtera 261 deniers.

7989 liv. 19 ſ. 6 d. } 543
2559 } 14 liv. 14 ſ. 3 d.
387
20

7759
2329
157
12

320
157

1890
261 d.

Pour prouver cette diviſion multipliez le diviſeur 543 par 14 liv. 14 ſ. 3 d. & ajoutant 261 d. reſtant le produit donnera 7989 liv. 19 ſ. 6 d.

D. Une perſonne a acheté 95 aunes

d'étoffe qui a couté 1920 liv. 13 sols on demande combien vaut l'aune.

R. 20 liv. 4 s. 4. d. divisez 1920 liv. 13 par 95.

1920 liv. 13 | 95

20 liv. 4 s. 4

Diverses Regles usitées dans le Commerce.

Regle du Cent.

D. Qu'est-ce que la Regle du Cent?

R. C'est une Regle de Trois qui sert à trouver le prix de plusieurs nombres donnés par le moyen de celui d'un cent.

Un Particulier a acheté 736 liv. $\frac{1}{2}$ de marchandise, à raison de 142. liv. le cent, on demande combien il doit payer pour lesdites marchandises.

Pour faire cette Regle, dites :

Si 100 liv. coutent 142. liv combien 736. liv. $\frac{1}{2}$

Ensuite multipliez le troisiéme nombre par le second, & divisez le produit par le premier, ou retranchez autant de chiffres du nombre à diviser qu'il y a de zéros au diviseur, ce qui est la même chose, & vous trouverez que

```
     736. liv. 1/2
     142
   ------------
      7472
     2944
    736
       71
   ------------
    1045|83
        |20 sols
  s.  16|60
        |12 den.
        |-------
  d.   7|20 den.
  -------------
```

736 liv. $\frac{1}{2}$ de marchandise à 142. liv. le cent couteront 1045 liv. 16 sols 7 d. $\frac{1}{5}$.

Commission ou Provision.

D. Qu'est-ce que Commission ou Provision ?

R. C'est le Bénéfice ou fruit dont jouit un Négociant qui est employé par un autre, soit pour vendre ses marchandises ou pour payer ses Letres de change, & pour faire généralement toutes les affaires qu'un Négociant peut faire pour un autre.

Quelle

Quelle eſt la Commiſſion de 6870 liv. à 2 ſ. pour 100?

	par	2 liv.
Réponſe liv.	137	40
		20 ſ.
ſols,	8	00

Pour faire cette Regle, dites: Si 100 liv. donnent 2 liv. de profit, combien 6870 liv. ou multipliez le nombre duquel on veut tirer la Commiſſion par 2 & diviſez le produit par 100, ce qui ſe fait en coupant deux figures comme aux Regles du Cent.

Courtage.

D. Qu'eſt-ce que Courtage?

R. C'eſt le Salaire des Courtiers & Agents de Change qui concluent les négociations entre les Marchands & Banquiers.

D. Quel eſt le Salaire des Courtiers ſur les Ventes & Achats des Marchandiſes?

R. C'eſt $\frac{1}{3}$ $\frac{1}{4}$ & $\frac{1}{2}$ ſuivant l'uſage.

A combien monte le Courtage de 860 l. à $\frac{1}{4}$ liv. ou 5 ſ. pour 100 ?

		860 liv.
Rép. liv.	2	15
		20 ſ.
ſ.	3	00

Pour cela prenez le quart de 860 liv. & coupez les deux dernieres figures, & vous trouverez 2. liv. 3. ſ. pour réponſe.

Conſtitution de Rente.

D. Qu'eſt-ce que Conſtituer ?

R. C'eſt mettre une ſomme à rente pour en tirer un intérêt annuel, ſuivant le Denier de Conſtitution porté par l'Ordonnance, comme au denier 18, au denier 20, &c. c'eſt-à-dire, donnant 18 liv. au denier 18 on a une livre d'intérêt par an, & au denier 20, de 20 liv. une d'intérêt par an.

D. Pour trouver l'intérêt d'une ſomme à quelque prix que ce ſoit, que faut-il faire ?

R. Il faut diviſer le nombre donné par le prix du denier, & le quotient ſera la réponſe.

Bordereau de Payement.

D. A quoi ſert le Bordereau de payement par la diviſion ?

R. Il ſert à trouver combien il faut de pieces de quelque eſpece que ce ſoit pour faire tel payement que l'on voudra.

On demande combien il faut de Louis de 24 liv. pour payer 6500 liv.

Diviſez 6500 liv. par 24 il viendra au Quotient 270 Louis avec 20 liv. de monnoye, comme il ſe voit ci-deſſous.

$$\begin{array}{r|l} 6500 & 24 \\ 170 & \hline \\ 20 & 270\frac{20}{24} \end{array}$$

Regle de Dépenſe.

D. Pour ſçavoir ce qu'on dépenſe par jour à raiſon de ce qu'on dépenſe par an, que faut-il faire ?

R. Il faut diviſer le nombre donné par 365 jours que contient l'année & le quotient ſera la réponſe.

On dépense par an 1733 liv. 15 sols, on demande combien par jour

1733 liv. 15 sols } 365 / 4 liv. 15 ſ.

Regle d'Intérêt.

D. Qu'entendez vous par intérêt ?

R. J'entens un Bénéfice que ſe procure ſur ſon argent celui qui trouve quelqu'un qui a beſoin d'eſpeces pour quelque entrepriſe faite ou à faire ſur marchandiſe ou autres effets, comme négociation de Drap, achat de Bois ou Terre, & ce, à 3.4.5.6, pour cent par an, ſuivant la rareté de l'argent & les conventions entre les Contractans.

Un Particulier donne à intérêt la ſomme de 3600 liv. à raiſon de 5 pour cent par an, on demande combien il doit recevoir d'intérêt par 6 mois.

Pour faire cette Regle, dites : Si 100 l. donnent 2 $\frac{1}{2}$ combien 3600 liv.

$$\begin{array}{r} 2\ \frac{1}{2} \\ \hline 7200 \\ 1800 \\ \hline \text{Liv. } 90|00 \end{array}$$

Faisant cette Regle, on trouvera 90 liv. pour l'intérêt des six mois.

Regle de la Tare.

D. Qu'est-ce que la Regle de la Tare ?

R. C'est le déchet du poids total comparé de quelque marchandise, & de ce qui l'enclos ou contient, que l'on nomme caisse, cordage, tonneau, & laquelle tare se rabat à tant pour cent en-dehors & en-dedans.

Un Particulier a acheté trois balles de marchandise pésant 1384 port, on demande quelle en doit être la tare à raison de 6 pour 100

Pour faire cette Regle, dites :
Si 100 donnent 6 p. de tare combien

	1384 port		1384 port
			6
Tare	83	Tare	83|04
net	1301 port		

Ayant fait l'opération, il est venu 83 port de tare qu'il faut ôter de 1384 port pour avoir 1301 port net ; ainsi les autres.

Regle du Marc la Livre.

D. Qu'est-ce que Marc la Livre?

R. C'est chercher ce que doit porter 1 liv. au respect de la somme que l'on veut imposer ou diminuer.

Une Généralité payoit l'année derniere 72000 liv. on l'augmente de 6000 liv. on demande combien c'est pour livre.

Si 72000 sont augmentées de 6000 liv. combien 1 liv.

20

120000

120000 s. } 72000 / 1 s. 8. d.

Preuve.

Si 1 liv. donne 1 sols 8 den. combien 7200.0 liv.

1 s. 8 den.

3600
1200
1200

6000 liv.

F I N.

APPROBATION.

J'Ai lû par ordre de Monseigneur le Chancelier un Manuscrit intitulé *les Etudes convenables aux Demoiselles, &c.* dont je crois que l'on peut permettre l'impression. A Paris le 25. Mai 1749. FOUCHER.

PRIVILEGE DU ROI.

LOUIS, par la grace de Dieu, Roi de France & de Navarre : A nos amés, &c. SALUT. Notre amé PANCKOUCKE, Libraire à Lille, Nous a fait exposer qu'il désireroit faire imprimer & donner au public des Ouvrages qui ont pour Titre *Manuel Philosophique*, ou *Précis universel des Sciences. Les Etudes convenables aux Demoiselles.* S'il Nous plaisoit lui accorder nos Lettres de Privilége pour ce nécessaires : A CES CAUSES, voulant favorablement traiter l'Exposant, Nous lui avons permis & permettons par ces Présentes, de faire imprimer lesdits Ouvrages en un ou plusieurs Volumes, & autant de fois que bon lui semblera ; & de les vendre, faire vendre & débiter par-tout notre Royaume, pendant le tems de six années consécutives, à compter du jour de la date desdites Présentes : FAISONS défenses à toutes personnes, de quelque qualité & condition qu'elles soient, d'en introduire d'impression étrangère dans aucun lieu de notre obéissance : comme aussi à tous Libraires & Imprimeurs d'imprimer ou faire imprimer, vendre, faire vendre, débiter ni contrefaire lesdits Ouvrages, n'y d'en faire aucun Extrait, sous quelque pretexte que ce soit d'augmentation, correction, changement ou autres, sans la permission expresse & par écrit dudit Exposant, ou de ceux qui auront droit de lui, à peine de confiscation des Exemplaires contrefaits, de trois mille livres d'amende contre chacun des contrevenans, dont un tiers à Nous, un tiers à l'Hôtel-Dieu de Paris, &c. A la charge que ces Présentes seront enregistrées tout au long sur le Registre de la Communauté des Libraires, & Imprimeurs de Paris, dans trois mois de la date d'icelles, que l'impression dudit ouvrage sera faite dans notre Royaume, & non ailleurs, en bon papier & beaux caractères, conformément à la feuille imprimée & attachée pour modéle sous le contre-scel des Présentes, que l'Impétrant se conformera en tout aux Réglemens de la Librairie, & notamment à celui du 10. Avril 1725. qu'avant de les exposer en vente, les Manuscrits ou Imprimés qui auront servi de copie à l'impression desdits Ouvrages, seront remis dans le même état où l'Approbation y aura été donnée ès mains de notre très-cher & féal Chevalier le Sieur Daguesseau, Chancelier de France, Commandeur de nos Ordres; & qu'il en sera ensuite remis deux Exemplaires de chacun dans notre Bibliothéque publique, un dans celle de notre Château du Louvre, & un dans celle de notre très-cher & féal Chevalier le Sieur Daguesseau, Chancelier de France; le tout à peine de nullité des Présentes; du contenu desquelles vous mandons & enjoignons de faire jouir l'Exposant ou ses ayans-cause, pleinement & paiſiblement, ſans ſouffrir qu'il leur ſoit fait aucun trouble ou empêchement. VOULONS qu'à la copie deſdites Préſentes qui ſera imprimée tout au long au commencement ou à la fin deſdits Ouvrages, &c. CAR tel eſt notre plaiſir. DONNÉ à Paris le 2. Décembre, l'an de grace 1747. & de notre Regne le trente-troiſiéme. Par le Roi en ſon Conſeil. SAINSON.

Regiſtré ſur le Regiſtre XI. de la Chambre Royale des Libraires & Imprimeurs de Paris, N°. 898. fol. 788. conformément aux anciens Réglemens, confirmés par celui du 28. Février 1723. A Paris le 5. Mars 1748. G. CAVELIER, Syndic.

www.ingramcontent.com/pod-product-compliance
Lightning Source LLC
LaVergne TN
LVHW011253110826
845149LV00001B/122

* 9 7 8 2 0 1 4 5 1 3 0 8 0 *